Die Autorin

Marion Zimmer Bradley, geboren 1939, entdeckte ihre Liebe zur Science-Fiction- und Fantasyliteratur bereits im Alter von 16 Jahren. Mit ihrem Zyklus um den Planeten Darkover wurde sie international bekannt und avancierte schließlich mit ihrem epochalen Arthur-Roman »Die Nebel von Avalon« zur unumstrittenen Königin der fantastischen Literatur.

Die vorangegangenen Bände des großen Ruwenda-Zyklus, den Marion Zimmer Bradley gemeinsam mit den beiden anderen »Grande Dames« der Science-Fiction- und Fantasy-Szene, Julian May und Andre Norton, schrieb, sind ebenfalls im Wilhelm Heyne Verlag erschienen:
     »Die Zauberin von Ruwenda« (01/9698), »Der Fluch der schwarzen Lilie« (01/10104), »Hüter der Träume« (01/10340), »Das Amulett von Ruwenda« (01/10554).

Von Marion Zimmer Bradley erschienen außerdem im Wilhelm Heyne Verlag:
»Trapez« (01/10180), »Trommeln in der Dämmerung« (01/9786), »Die Teufelsanbeter« (01/9962), »Das graue Schloß am Meer« (01/10086), »Die Tänzerin von Darkover« (01/10389) und gemeinsam mit Mercedes Lackey und Andre Norton »Der Tigerclan von Merina« (01/10321).

MARION ZIMMER BRADLEY

DIE ERBIN
VON RUWENDA

Roman

Aus dem Amerikanischen
von Marion Balkenhol

WILHELM HEYNE VERLAG

MÜNCHEN

HEYNE ALLGEMEINE REIHE
Nr. 01/10581

Titel der Originalausgabe
LADY OF THE TRILLIUM
erschienen 1995 bei Bantam Books, a division of Bantam
Doubleday Dell Publishing Group, Inc., New York

Besuchen Sie uns im Internet:
http:// www.heyne.de

Umwelthinweis:
Dieses Buch wurde auf chlor- und säurefreiem
Papier gedruckt.

Copyright © 1995 by Marion Zimmer Bradley
Copyright © 1997 der deutschen Ausgabe
by Wilhelm Heyne Verlag GmbH & Co. KG, München
Published in agreement with Baror International, Inc.,
Armonk, N. Y., USA
Printed in Germany 1998
Umschlagillustration: Mark Harrison
Umschlaggestaltung: Atelier Schütz, München
Satz: Leingärtner, Nabburg
Druck und Bindung: Elsnerdruck, Berlin

ISBN 3-453-13644-6

Dieses Buch ist allen gewidmet,
die im Eisschloß leben,
denn ohne ihre Unterstützung und Ermutigung
wäre es nie zustande gekommen.

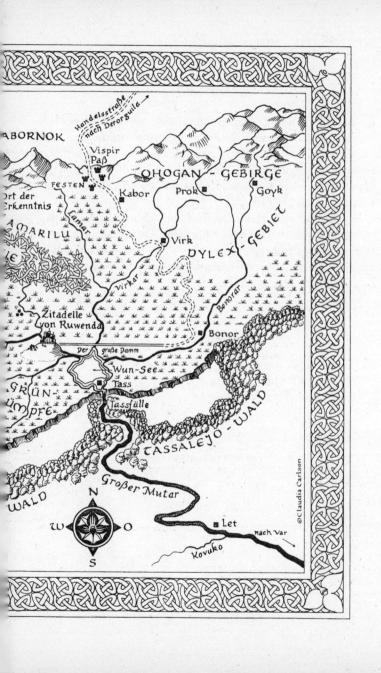

Danksagung

Ich habe die Entstehung eines Romans oft mit der Geburt eines Kindes verglichen (wobei jene von »Die Nebel von Avalon« eher mit der Geburt eines Elefanten zu vergleichen gewesen wäre), und es gehört sich einfach, allen, die während der Wehen Beistand geleistet haben – den Geburtshelfern sozusagen – Dank und Anerkennung auszusprechen.

Für das hier vorliegende Buch möchte ich mich vor allem bei meiner Cousine und Sekretärin Elisabeth Waters bedanken, deren Beitrag zu diesem Werk weit über die Arbeit einer Hebamme hinausging. Sie hat gewissermaßen die Stellung einer Ersatzmutter eingenommen. Danke, Elisabeth.

1

Verlassen stand der steinerne Turm von Noth inmitten abgestorbener Pflanzen. Schaum bedeckte das Wasser, das noch im Graben war, und der Hauch des Todes lag in der Luft. Das Mädchen lief über die Zugbrücke, durch den Garten und den Hof und erreichte das Zimmer der Erzzauberin erst in dem Augenblick, als diese starb und ihr Körper zu Staub wurde. Das Mädchen war verblüfft über die Schnelligkeit, mit der alles vor sich ging: Im Nu zerfiel der gesamte Turm um sie herum zu Staub, der im Wind verwehte. Einzig und allein der weiße Umhang der Erzzauberin blieb übrig ...

Haramis, die Weiße Frau, Erzzauberin von Ruwenda, schreckte aus dem Schlaf hoch. Sie fühlte sich plötzlich sehr alt, vor allem im Vergleich zu dem jungen Mädchen, das sie im Traum gewesen war. Das war nicht weiter verwunderlich, denn sie war in der Tat hoch betagt. Es mochten inzwischen einige normale Lebzeiten sein, dachte sie traurig. Als Erzzauberin, die mit ihrem Land verwachsen war, hatte sie ihre beiden Drillingsschwestern um viele Jahre überlebt. Obwohl sie zusammen zur Welt gekommen waren, hatte das Schicksal sie vor langer Zeit getrennte Wege geführt, und nun war sie, die älteste der Drillingsprinzessinnen, die einzige, die übriggeblieben war.

Kadiya, die zweite der drei Schwestern, war als erste aus dem Leben geschieden. Nach der großen Schlacht gegen die Eroberer aus Labornok und den bösen Zauberer Orogastus war sie mit ihrem Gefährten, einem Seltling, in ihre geliebten Sümpfe gezogen. Auch ihren Talisman hatte sie mitgenommen, das Dreilappige Brennende Auge, Bestandteil des großen magischen Zepters, mit dem die Drillinge Orogastus besiegt hatten. Eine Zeitlang hatten sie und Haramis mit Hilfe ihrer seherischen Gaben Verbindung zueinander aufgenommen, aber dann war Kadiya vor vielen Jahrzehnten verschwunden. *Inzwischen*, dachte Haramis, *ist sie bestimmt längst gestorben.*

Anigel, die Jüngste, hatte Prinz Antar von Labornok geheiratet und die beiden Königreiche vereint. Sie war in hohem Alter im Kreise ihrer Kinder und Enkel friedlich entschlafen. Die Herrschaft über die beiden Königreiche war in direkter Linie an Kinder und Kindeskinder weitergegeben worden. Saß zur Zeit ein Enkel oder Urenkel Anigels auf dem Thron? Haramis wußte es nicht; die Jahre vergingen zu schnell. Es mochte vielleicht sogar ein Ur-Urenkel sein.

Haramis, die Älteste, war dazu ausersehen worden, die Erzzauberin Binah in ihrer Rolle als Hüterin des Landes zu ersetzen. Im Laufe der Jahre war Ruwenda zu Wohlstand gekommen, und Haramis liebte das Land wie ein eigenes Kind, was es in gewisser Weise auch war.

Zur Zeit jedoch plagten sie sonderbare Träume. Seit drei Nächten erlebte sie im Traum noch einmal Binahs Tod und war am nächsten Morgen zu müde, um aufzustehen. Sollte das eine Warnung sein, daß auch ihr Ende bevorstand?

Vielleicht nahte der Zeitpunkt, an dem eine neue Hüterin die Aufgabe übernehmen mußte. Wenn Haramis bald eine Nachfolgerin fände, hätte sie vielleicht noch Zeit, diese auf ihre Aufgabe vorzubereiten. Auch Haramis hätte seinerzeit, als sie auserwählt wurde, eine Art Ausbildung begrüßt, aber dazu war es nicht gekommen. Sie wollte es bei ihrer Nachfolgerin besser machen. Aber wer war es?

Binah hatte Haramis einfach ihren Umhang in die Hand gedrückt und war gestorben. Der Turm, in dem sie gelebt und gearbeitet hatte, war ebenso wie ihre sterblichen Überreste einfach zu Staub zerfallen. Bis zu jenem Zeitpunkt war Haramis Thronerbin gewesen und seit ihrer Kindheit darauf vorbereitet worden, Königin zu werden, nicht Erzzauberin. Der plötzliche Wechsel ihrer Pflichten hatte sie, gelinde gesagt, ziemlich aus der Fassung gebracht. Es war auf keinen Fall das Vermächtnis, das sie *ihrer* Nachfolgerin zu hinterlassen gedachte.

Mühsam zog sich Haramis aus dem Bett, die Schmerzen in den Gelenken und ihr Unwohlsein nicht weiter beachtend. Wenn sie noch in der Zitadelle von Ruwenda gelebt hätte, wo sie aufgewachsen war, wäre es ihr ohne Zweifel viel schlechter ergangen – die Zitadelle war eine Burg aus Stein, und es war nahezu unmöglich, sie zu beheizen. Aber in den Innenräumen des Turms, den Haramis bewohnte, seitdem sie Erzzauberin war, herrschte wohlige Wärme, obwohl er an der Grenze zwischen Labornok und Ruwenda auf dem Gipfel des Mount Brom stand, wo es auch im Sommer nicht warm wurde. Und jetzt war Winter. Vor ihr hatte Orogastus in dem Turm gelebt. Er hatte ihn mit allem möglichen Luxus ausgestattet, den er aufspüren und stehlen oder käuflich erwerben konnte. Er hatte sich auf Gegenstände und Vorrichtungen des Versunkenen Volkes spezialisiert. Ein Großteil dieser Geräte diente kriegerischen Zwecken, aber einige waren doch recht praktisch und brachten ein wenig Bequemlichkeit in den Alltag.

Pech für Orogastus war, daß er nie den Unterschied zwischen der überlieferten Technologie des Versunkenen Volkes und echter Magie begriffen hatte. Er hatte sich sehr stark von der Technik abhängig gemacht, so daß Haramis und ihre Schwestern in der Lage gewesen waren, ihn mit Hilfe von Magie zu vernichten.

Für Haramis lag der Unterschied zwischen Magie und althergebrachter Technologie auf der Hand, wenn man ihn auch nur schwer zu erklären vermochte, und ihr war nach wie vor unverständlich, wie Orogastus so dumm hatte sein können, zumal er persönlich auch über magische Kräfte verfügte.

Haramis wand sich noch immer bei dem Gedanken an den Zauber, mit dem er sie vorübergehend betört hatte – ein paar Wochen hatte sie sich sogar eingebildet, sie sei in ihn verliebt. *Aber damit hat er sich in den eigenen Finger geschnitten*, erinnerte sie sich. *Er hat ein paar Gelegenheiten verpaßt, bei denen er mir hätte schaden können, selbst nachdem ich klargestellt hatte, daß ich ihn nicht liebe. Es war, als ob er glaubte, daß er mich liebte und mir kein Leid zufügen könnte und ich daher seine Liebe erwidern und ihn in seinen Plänen unterstützen würde.*

Sie trat an einen mit wunderschönen Schnitzereien verzierten Schrank und holte eine silberne Schale aus einer Schublade. Sie stellte sie auf einen Tisch in der Mitte des Raumes, füllte sie zur Hälfte mit klarem Wasser aus einem Krug neben ihrem Bett und beugte sich darüber.

Einige Seltling-Stämme, die in den Sümpfen rund um die Zitadelle lebten, praktizierten das Hellsehen in der Wasserschale. Die Seltlinge gehörten nicht zur menschlichen Rasse; sie stammten von den Ureinwohnern des Landes ab. Einige Seltlinge ähnelten in ihrer äußeren Erscheinung den Menschen, während andere einem Alptraum entsprungen schienen. Im allgemeinen hielten sie jedoch Frieden mit den Menschen.

Die Nyssomu gehörten zu den menschenähnlichen Seltlingen, und einige unter ihnen hatten am Hof von Ruwenda gedient, als Haramis noch ein Kind gewesen war. Ihr bester Freund Uzun vom Stamme der Nyssomu war Hofmusikant gewesen und hatte neben seiner musikalischen Begabung auch eine Reihe magischer Talente besessen. Er war es auch, von dem Haramis das Hellsehen in der Wasserschale gelernt hatte. Erfahrungsgemäß war diese Methode der Hellseherei nicht besonders zuverlässig und brachte nur wenig mehr, wenn man mit jemandem in Verbindung treten wollte. Aber Haramis hatte festgestellt, daß die Methode ziemlich genau war, wenn sie die Wasserschale mit ihrer Macht der Erzzauberin verband. Und am besten funktionierte sie, wenn man noch nichts gegessen hatte.

Nun versuchte sie, alle anderen Gedanken aus dem Kopf zu verbannen, obwohl ihr das nach dem Traum der vergangenen Nacht kaum möglich schien, und konzentrierte sich auf das Wasser.

Sogleich hatte sie das Gefühl, als flöge sie wie auf einem der großen Lämmergeier, die sie bei Bedarf hin und wieder beförderten, durch die Lüfte auf einen Turm zu, den sie noch gut kannte. Es war der Hauptturm der Zitadelle, ein relativ neuer Anbau (höchstens fünfhundert Jahre alt), der im Gegensatz zum Hauptgebäude, einem Überbleibsel aus der Zeit des Versunkenen Volkes, von Menschen errichtet worden war.

Sanft setzte sie auf dem Dach des Turmes auf und ließ ihren Geistkörper durch die Falltür ins oberste Stockwerk gleiten. Ihre Vorstellung zeigte einen leeren Raum. Beim letzten Mal, als Haramis tatsächlich hier gewesen war, hatten sich Soldaten aus Labornok in dieses Zimmer gedrängt und versucht, sie und Uzun zu ergreifen. Zum Glück waren rechtzeitig zwei Lämmergeier eingetroffen, die sie vom Turm forttrugen. So war es ihnen gelungen, lebend zu entkommen. Jetzt, da Haramis ihren damaligen Fluchtweg zurückverfolgte, kehrten Erinnerungen an jenen fernen Tag zurück.

Das Stockwerk darunter hatte als Schlafraum für Wachmannschaften der Zitadelle gedient. Soweit Haramis sich erinnerte, hatte ihr Großvater die verrückte Idee gehabt, die Soldaten hoch oben im Turm, weitab von allem Geschehen, schlafen zu lassen. Ihr Vater war eher ein Gelehrter als ein Krieger gewesen und hatte es nicht für nötig befunden, die bestehende Regel zu ändern.

Offensichtlich war aber inzwischen jemand so klug gewesen und hatte diese Einrichtung fallen lassen, ehe sie zur festen Tradition wurde. Obwohl sich in dem Raum noch immer ein halbes Dutzend Feldbetten und die dazugehörigen Spinde befanden, hielten sich nur zwei Personen in den ehemaligen Schlafräumen auf. Es waren Kinder, ein Junge und ein Mädchen, beide etwa zwölf Jahre alt. Sie hatten sich einander gegenüber auf den Boden gesetzt, mitten ins Sonnenlicht, das durch ein offenes Fenster fiel.

»Ich glaube, es geht nur bei Helligkeit«, sagte der Junge gerade. Er war schlank und hatte dunkles, festes Haar, das dringend einer Schere bedurft hätte. Als er sich über den Gegenstand beugte, den die beiden untersuchten, fielen ihm die Haare ins Gesicht. Mechanisch strich er sie nach hinten – aber vergeblich, denn sobald er die Hand entfernte, fielen sie wieder nach vorn, was er jedoch nicht beachtete.

»Es kann nicht *nur* daran liegen«, widersprach das Mädchen. Sie hatte hellrotes Haar, das nachlässig geflochten war und ihr bis an die Hüfte reichte. Eine solche Haarfarbe hatte Haramis zuletzt bei ihrer Schwester Kadiya gesehen, und so, wie das Mädchen aussah, legte sie offenbar ebensowenig Wert auf ihre äußere Erscheinung wie Kadiya damals. Die beiden Kinder trugen offensichtlich abgelegte Kleidung von älteren Geschwistern, und beide verschwendeten nicht einen Gedanken daran, sie sauber zu halten. Der Holzboden war allem Anschein nach schon seit Monaten nicht gereinigt worden, wenn nicht sogar seit Jahren, aber die Staubschicht zeigte Spuren, die die Vermutung nahelegten, daß die Kinder oder wer auch immer die Angewohnheit hatten, ungeachtet des Staubs oder der Holzsplitter auf dem Boden herumzurutschen. Das Mädchen war sogar noch dünner als der Junge. *Gibt denn niemand diesen Kindern etwas zu essen?* fragte sich Haramis.

»Im Dunkeln geht es nicht.« Der Junge beharrte auf seinem Standpunkt.

»Gut, ich gebe ja zu, daß es Licht braucht, damit es läuft, aber wenn es nur durch Licht angetrieben würde, dann würden alle Töne außer dem niedrigsten auf einmal erklingen.«

Haramis durchquerte mit ihrer Geistgestalt den Raum, um nachzusehen, was das Mädchen in der Hand hielt. Sie erkannte den Gegenstand sofort, er war eines ihrer Lieblingsspielzeuge gewesen, als sie noch klein gewesen war. Es handelte sich um eine Spieluhr, ein Überbleibsel aus der Zeit des Versunkenen Volkes in Form eines Würfels, der je nachdem, auf welche Seite man ihn legte, eine andere Melodie erklingen ließ.

»Schau, Fiolon«, erklärte das Mädchen und hielt den Würfel so, daß eine Ecke den Boden zwischen ihnen berührte. »Wenn es nur am Licht läge, müßte jetzt zumindest eine Melodie erklingen – jetzt fällt das Sonnenlicht direkt darauf.« Sie veränderte die Lage des Würfels, so daß er auf einer Seite lag, und eine Melodie ertönte.

»Siehst du? Man muß ihn auf eine Seite legen oder« – sie hob ihn gerade in die Höhe, und die Musik spielte unverändert weiter – »ihn parallel zum Boden halten.«

»Horizontal, meinst du«, sagte der Junge.

»Das ist dasselbe, wenn der Boden eben ist. Jetzt schau her.« Sie drehte den Würfel mit langsamen, vorsichtigen Bewegungen auf eine andere Seite. »Die Musik hört auf, wenn du ihn mehr als zwei Fingerbreit kippst, und wenn die neue Seite horizontal liegt, tritt eine Pause ein, und dann spielt die Musik wieder. Und in dieser Pause«, beendete sie ihre Ausführungen triumphierend, »spüre ich, daß sich in dem Würfel etwas verschiebt. Die Musik fängt erst an, wenn das, was da drinnen ist, die Unterseite erreicht.« Sie hielt sich den Würfel dicht ans Ohr und schüttelte ihn. »Da ist eine Art

Flüssigkeit drin. Ich würde ihn zu gern öffnen, um zu sehen, was es ist und wie es funktioniert.«

Fiolon streckte eine Hand aus und entriß ihr das Spielzeug. »Das darfst du nicht, Mikayla! Wir haben nur den einen, und er gefällt mir. Wenn du ihn auseinandernimmst, heirate ich dich nicht, wenn wir groß sind.«

»Ich würde ihn ja wieder zusammensetzen«, protestierte Mikayla.

»Du weißt aber nicht, ob du das schaffst«, schloß Fiolon mit seinem ruhigen und praktischen Verstand. »Du weißt nicht, was für eine Flüssigkeit das ist – für Wasser ist sie zu schwer –, und du würdest bestimmt etwas verschütten, wenn du das Ding aufmachst. Und dann haben wir nichts mehr, was uns zeigt, wie die Musik des Versunkenen Volkes klang.«

Mikayla lachte. »Du willst einfach nicht riskieren, *irgendeine* Musikquelle zu zerstören. Dein Vater muß ein Musiker gewesen sein.«

Fiolon zuckte die Achseln. »Das werden wir nie erfahren.«

Mikayla nahm den Würfel wieder an sich und wog ihn in der Hand. »Was die Flüssigkeit angeht, hast du wahrscheinlich recht. Sie ist zu schwer für Wasser und das, was da drinnen ist, bewegt sich so langsam, daß es unmöglich in Wasser schwimmen kann.« Sie seufzte. »Ich wünschte, wir würden mehr davon finden.«

»Ich auch«, stimmte Fiolon ihr zu. »Vielleicht hätten wir dann noch mehr Melodien.«

»Und wenn wir noch so einen Würfel fänden, könnte ich ihn auseinandernehmen und herausfinden, was drin ist.«

»Warum willst du nur immerzu wissen, wie ein Ding funktioniert?«

Mikayla hob die Schultern. »Ich will es eben. Warum willst du ständig ein Lied über alles schreiben?«

Fiolon ahmte ihr Schulterzucken nach. »Ich will es eben.«

Sie schauten sich an und brachen in lautes Gelächter aus.

Haramis lachte in sich hinein. Plötzlich war sie wieder in ihrem Turm und saß vor der Wasserschale. Ihr Atem hatte die Oberfläche gekräuselt und die Vision unterbrochen.

Nun, dachte sie, *die beiden scheinen recht intelligent zu sein, aber es fällt schwer, sich das Mädchen als Erzzauberin vorzustellen. Ich muß mehr über sie herausfinden – und über ihn. Aus seiner Bemerkung über eine Heirat könnte man annehmen, daß sie vielleicht verlobt sind, aber es ist höchst merkwürdig, daß er anscheinend nicht weiß, wer sein Vater ist. Die Kleidung sieht zwar abgetragen aus, war aber ursprünglich von guter Qualität. Außerdem reden die Kinder nicht wie Bedienstete.*

Haramis zog sich rasch an, um zu frühstücken. Sie mußte Briefe schreiben und Botschaften abschicken.

Über das Land wußte Haramis so gut Bescheid wie über ihren Herzschlag. An Auskünfte über die Bewohner kam sie weitaus schwieriger heran. Ayah, eine Palastdienerin vom Stamme der Nyssomu, erhielt erst nach Wochen die Nachricht der Erzzauberin, ließ sich für einen Besuch bei ihrer Schwester beurlauben und entfernte sich so weit von der Zitadelle, daß ein Lämmergeier sie unbemerkt abholen konnte. Niemand von der königlichen Familie wußte, daß Ayahs Schwester bei der Erzzauberin arbeitete, und dabei wollte Haramis es belassen.

Endlich landete ein Lämmergeier mit einer gut verpackten Nyssomu auf dem Rücken auf dem Turm. Haramis stieg die Treppen hinauf, um den Vogel zu empfangen, und trug die kleine Frau eigenhändig nach unten. Ein großer Nachteil ihres Lebens hier oben war, daß die Nyssomu sich nicht im Freien aufhalten konnten, ohne Schaden zu nehmen. Selbst nach fast zweihundert Jahren erinnerte sich Haramis noch lebhaft an den Tag, an dem ihr Freund und Begleiter Uzun auf ihrer gemeinsamen Suche nach dem Talisman beinahe erfroren wäre. Sie hatte zwei ganze Tage verloren, denn sie hatte vom Berg hinabsteigen und Uzun auftauen müssen, ehe sie ihn in die Ebene zurückschicken und ihren Weg allein fortsetzen konnte. Die Vispi waren die einzigen Seltlinge, die im Gebirge überleben konnten, und selbst sie bevorzugten ein Leben in abgeschiedenen kleinen Tälern, die von heißen Quellen erwärmt wurden.

Haramis trug also ein gut verschnürtes Bündel in den Turm, das sie Enya überreichte, der Schwester ihres Gastes. Diese brachte

Ayah in ihr Zimmer und reichte ihr nach der langen Reise eine Erfrischung. Die Nachrichten, die Haramis interessierten, hatten so lange warten müssen – da kam es auf ein paar Stunden mehr oder weniger nicht an.

Als sich die drei im Arbeitszimmer der Erzzauberin versammelten und heißen Ladu-Saft aus Bechern schlürften, erkundigte sich Haramis bei Ayah nach den Kindern, die sie in ihrer Vision gesehen hatte.

»Prinzessin Mikayla und Lord Fiolon?« Die Seltlingfrau zeigte sich überrascht. Offenbar fragte sie sich, welches Interesse Haramis an den beiden Kindern haben mochte, aber Haramis zog es vor, keine Erklärungen abzugeben – zumindest jetzt noch nicht. Sie wartete einfach, bis die Frau fortfuhr.

»Mika – Prinzessin Mikayla – ist das sechste von sieben Königskindern. Der König konzentriert sich auf die Erziehung seines Erben; die Königin schwirrt ständig um ihr ›Nesthäkchen‹ herum, das inzwischen schon zehn Jahre alt ist, und die anderen vier liegen vom Alter her nicht weit auseinander und halten zusammen wie Pech und Schwefel.« Die Seltlingfrau schüttelte den Kopf. »Niemand kümmert sich also darum, was Mika treibt, und Fiolons Eltern sind tot – zumindest seine Mutter. Wenn die beiden sich nicht hätten, wäre Mika ein sehr einsames Kind, und er ebenfalls, nehme ich an.«

Haramis dachte darüber nach. »Ich hatte immer Uzun zum Freund«, sagte sie und lächelte, während ihr Blick auf eine polierte Holzharfe neben ihrem Stuhl fiel, in deren Krone ein Knochenstück eingelassen war. Mit einer Hand fuhr sie über die Säule der Harfe, als würde sie ein Haustier streicheln. »Trotzdem kann ich mir nicht vorstellen, wie meine Kindheit ohne meine Schwestern ausgesehen hätte. Sie waren immer in meiner Nähe – ob ich wollte oder nicht.« Sie wandte ihre Gedanken wieder der Gegenwart zu. »Und wie paßt Fiolon ins Bild? Woher kommt er?«

Ayah fuhr mit ihrem Bericht fort. »Lord Fiolon stammt aus Var. Seine Mutter war die jüngste Schwester des Königs von Var – unsere Königin ist die mittlere. Fiolons Mutter starb bei seiner Geburt, aber es dauerte über sechs Jahre, ehe unsere Königin den König überredete, das Kind ihrer verstorbenen Schwester in Pflege zu nehmen.«

»Und was ist mit Fiolons Vater?« Haramis hatte sich über diesen Punkt Gedanken gemacht, seitdem sie der Unterhaltung der beiden Kinder zugehört hatte.

Ayah zuckte die Achseln. »Das weiß keiner. Seine Mutter war nicht verheiratet.«

Haramis riß die Augen auf. »Die Schwester des Königs von Var hatte ein Kind, und niemand hat die leiseste Ahnung, wer es gezeugt hat? Wenn ich bedenke, wie wenig Privatleben man in einem Palast hat, kann ich das fast nicht glauben. Es muß doch bestimmt jemand einen Verdacht hegen, wer ihr Liebhaber war.«

»Gerüchten zufolge hat sie in der Stunde ihres Todes ausgerufen, einer der Herrscher der Lüfte habe das Kind gezeugt.«

Verwundert hob Haramis die Augenbrauen. »Es ist mir neu, daß die Herrscher der Lüfte körperliche Gestalt annehmen, geschweige denn Kinder zeugen.«

Ayah seufzte. »Sie lag im Sterben, Herrin, und war gewiß nicht mehr bei Sinnen. Aber es stimmt – es ist schon sehr sonderbar, daß niemand weiß, wer der Vater des Kindes ist.«

Haramis zuckte die Achseln. »Ich glaube nicht, daß es von Belang ist. Jede größere Familie hat ein paar Kinder zuviel. Ist er mit Mikayla verlobt?«

Ayah schüttelte den Kopf. »Man spricht darüber – auch Mikayla gehört zu der Kategorie der ›überflüssigen Kinder‹, wie eben jede Prinzessin –, aber es gibt keinen offiziellen Vertrag. Ich glaube aber, es wäre gar nicht schlecht, denn sie sind einander sehr zugetan.«

»Schade drum«, sagte Haramis. »Da Mikayla die nächste Erzzauberin wird, muß sie ihn wohl aufgeben.«

Ayahs Kinn fiel nach unten. »Mika soll Erzzauberin werden?« Sie zögerte eine geraume Weile, ehe sie fortfuhr. »Weiße Frau, ich glaube nicht, daß ihr das gefallen wird.«

»Es spielt keine Rolle, ob es ihr gefällt oder nicht«, sagte Haramis gelassen. »Man führt dieses Leben nicht freiwillig. Es ist ihr bestimmt, so wie es mir bestimmt war.«

2

Haramis wollte nicht länger warten. Ihrer Nachfolgerin sollte es nicht ebenso ergehen wie ihr selbst – damals, als sie auf einmal die Erzzauberin von Ruwenda war und nicht wußte, was das eigentlich zu bedeuten hatte. Daher mußte sie, so grausam und voreilig das erscheinen mochte (und offensichtlich tat es das für Ayah), anfangen, Mikayla auf das Amt, das sie eines Tages übernehmen würde, vorzubereiten.

Ayah blieb ein paar Tage im Turm. Enya leistete ihr Gesellschaft, während Haramis Reisevorbereitungen traf, um ihre Nachfolgerin zu holen. Natürlich hätte sie einfach ein paar große Lämmergeier rufen können, um auf ihnen zur Zitadelle zu fliegen und anschließend mit Mikayla zum Turm zurückzukehren. Aber Mikayla sollte das Land, dem sie einmal verbunden sein würde, genau kennenlernen. Und so stieg sie am selben Tag, an dem sie Ayah auf dem Rücken eines Lämmergeiers fortschickte, auf einen Fronler, lud Vorräte und alles Notwendige für ein Nachtlager auf einen zweiten und machte sich auf den Weg nach Süden zur Zitadelle, in der ihre Schwester Anigel bis zu ihrem Tod gelebt hatte.

Während der ersten paar Tage ritt sie durch das Gebirge. Es war sehr kalt, obwohl das Wetter für winterliche Verhältnisse mild war und kein Schnee mehr fiel. (Haramis bereitete es auch so genug Schwierigkeiten, durch den schon liegenden Schnee voranzukommen, so daß sie keinen weiteren Schnee zuließ.) Trotz des gut gefütterten Schlafsacks schmerzten ihr beim Aufwachen am Morgen sämtliche Glieder. Am Ende des fünften Tages hatte sie den Schnee jedoch hinter sich gelassen und sah den großen, roten Sonnenball über dem Marschland im Westen untergehen.

Nun legte sie weite Wegstrecken auf wenig benutzten, geheimen Pfaden durch das Marschland von Ruwenda zurück. Früher hatte sie jeden Zoll dieser Pfade so gut gekannt wie ihre Bücherregale in der Bibliothek. Nicht zuletzt das Ziehen in den Muskeln zeigte ihr jedoch, daß sie in der Tat viel zu lange zurückgezogen hinter den Mauern ihres bequemen Turmes zugebracht hatte. Zwar bestand kein zwingender Grund für sie, den Turm zu verlassen, solange mit dem Land alles in Ordnung war, trotzdem hätte sie es öfter persönlich in Augenschein nehmen sollen. Wie lange schon hatte sie es nur in Visionen vor sich gesehen? Obwohl sämtliche Glieder schmerzten, tat es gut, draußen zu sein etwas zu unternehmen.

Sie hatte die Gestalt einer normalen Frau angenommen, die nicht mehr jung war, aber trotz der grauen Haare einen gesunden, körperlich kräftigen Eindruck machte. Dieses Aussehen hatte sie sich stets zugelegt, wenn sie im Land unterwegs war, auch als junges Mädchen schon. Damit war sichergestellt, daß man sie mit einem gewissen Respekt behandelte, nicht indes mit der übertriebenen Ehrfurcht, die man ihr entgegenbringen würde, wenn sie sich als Erzzauberin zu erkennen gäbe. Doch am Ende eines jeden Tages fragte sie sich, ob die scheinbar gesunde körperliche Verfassung nicht ebenso eine Lüge war wie alles, was auf ihre verborgenen Kräfte hätte schließen lassen können – oder auf ihr Alter.

Immer wieder sagte sie sich, daß sie allen Grund gehabt hätte, einen Lämmergeier zu rufen. Oft war sie nahe daran, es zu tun, vor allem spät nachmittags. Sie hätte es allemal mit der Dringlichkeit ihrer Mission entschuldigen können.

Wenn sie jedoch auf einem Lämmergeier im Hof ihrer Großnichte wievielten Grades auch immer gelandet wäre, hätte sie ganz Ruwenda in Aufruhr versetzt. Das Mädchen – und wahrscheinlich sogar ihre Eltern, die es eigentlich besser wissen sollten – hätte einen vollkommen falschen Eindruck von den Pflichten und Schwierigkeiten einer Erzzauberin bekommen und sich Flausen bezüglich des richtigen Gebrauchs magischer Kräfte in den Kopf gesetzt. An den Fronlern war nichts Magisches: Orogastus hatte einen eigenen Stall unterhalten (er war nicht in der Lage gewesen, die Lämmergeier zu rufen, daher waren die Fronler seine einzige Transportmöglichkeit zum Turm gewesen), und Haramis hatte sein Zuchtprogramm einfach fortgeführt.

Orogastus, der glanzvolle Auftritte liebte, wäre zu dieser Mission ganz bestimmt auf einem Lämmergeier aufgebrochen, wenn es ihm möglich gewesen wäre. Aber das war nicht Haramis' Art.

Sie setzte ihren Weg ohne fremde Hilfe fort und führte die Fronler an der Hand, wenn niedrig hängende Pflanzen das Reiten unmöglich machten. Außer ihrem weißen Umhang und ihrem Stab hatte sie nichts Magisches bei sich. Ihr Talisman, der Dreiflügelreif, den sie an einer Kette um den Hals trug, war unter ihrer Kleidung verborgen. Sie trug feste Stiefel, die sie vorsorglich mit einem Zauber belegt hatte, damit sie dem für diese Jahreszeit zu erwartenden Regen und Nebel standhielten, und damit ihre Trägerin sich nicht auf den verworrenen Pfaden verirrte. Als Erzzauberin bedurfte sie dieses letzten Zaubers eigentlich nicht, aber sie hatte sich seit ihrer Kindheit mit Zauberei befaßt und wollte in Übung bleiben..

Die Reise war eine gute Gelegenheit für sie, ihre Erinnerungen an die Straßen und Wege von Ruwenda wieder aufzufrischen, auf die sie seit Jahren keinen Fuß mehr gesetzt hatte. Obwohl sie also beliebig viel Begleitung, tatsächliche oder magische Transportmöglichkeiten jeder Art hätte wählen können, enthielt sie sich auf dieser Reise weitgehend der Zauberei und ging zu Fuß oder ritt auf einem Fronler. Dennoch hoffte sie, ihre Groß-Groß-Nichte würde den magischen Zweck ihrer Reise wenigstens ahnen.

Sollte sich nämlich herausstellen, daß das Mädchen über eine gewisse natürliche Zauberkraft verfügte, wäre das für den Beginn ihrer Ausbildung recht vielversprechend. Nach dem Wenigen zu urteilen, was Haramis von Mikayla gesehen hatte, neigte diese jedoch eher dazu, herauszufinden, warum ein Zauber funktionierte, als daß sie daran arbeitete, das Gefühl für den Zauber zu erlernen. Aber sie war das Mädchen, das Haramis in der Vision als ihre Nachfolgerin erschienen war, also war es ihr offenbar bestimmt. Sie hielt es für unwahrscheinlich, daß Fiolon, der zum einen männlich war und zum anderen aus Var stammte, ihr möglicher Nachfolger sein könnte.

Ihre gemächliche Reise durch die Sümpfe nahm weitere vier Tage und Nächte in Anspruch; Zeit, in der Haramis ihre Bekanntschaft mit dem Land von Ruwenda wieder auffrischte – mehr allerdings, als ihr lieb war, denn der Weg führte die meiste Zeit durch Schlamm. Sie hatte so lange in den verschneiten Bergen gelebt, daß sie vergessen hatte, was Matsch bedeutete. Schnee konnte man sich von der Kleidung bürsten, und der Rest trocknete ab, sobald man wieder in geschlossenen Räumen war. Morast indessen blieb kleben, trocknete auf der Haut ein und verursachte Juckreiz. Haramis war erleichtert, als der Weg schließlich auf dem Großen Damm endete und in eine gepflasterte Straße überging.

Sie kam jetzt leichter von der Stelle, mußte nicht mehr auf jeden Fußtritt achten und konnte sich umschauen. Obwohl es im Winter in der Nähe der Zitadelle immer regnerisch war, hatte sie einen der seltenen milden, sonnigen Tage erwischt, stets eine willkommene Unterbrechung der winterlichen Trostlosigkeit. Vögel zwitscherten in den Bäumen zu beiden Seiten des Dammes. Auf der Wiese, die den gesamten Zitadellenberg bedeckte, blühten selbst jetzt, mitten im Winter, überall schwarze Drillingslilien. Haramis lachte in sich hinein. In ihrer Kindheit gehörte die Schwarze Drillingslilie zu den seltenen Pflanzen, denen Zauberkraft zugesprochen wurde. Sie waren in der Tat so rar, daß damals nur noch eine einzige Pflanze existierte, die sich in der Obhut der Erzzauberin befand. Nachdem Haramis und ihre Schwestern jedoch Orogastus besiegt hatten, waren die Blumen auf dem gesamten Berghang unterhalb der Zitadelle aus dem Boden gesprossen. Heutzutage waren sie fast wie Unkraut – und wurden wahrscheinlich, dachte Haramis mit einem Anflug von Ironie, ebenso wenig beachtet wie dieses.

Am späten Vormittag erreichte sie die Zitadelle, wo der König sie empfing. Er reagierte überrascht, ja beinahe bestürzt auf ihr Erscheinen.

»Werte Erzzauberin, es ist uns eine große Ehre«, sagte der König leicht beunruhigt. »Womit können wir Euch dienen?«

Die Königin wiederum betrachtete das unangemeldete und unerwartete Eintreffen der Erzzauberin als das exzentrische Verhalten einer älteren Frau und übte Nachsicht. »Ihr müßt erschöpft sein, Ehrwürdige!« Eilig trat die Hausdame vor, nachdem die Königin einen Blick in ihre Richtung geworfen hatte. »Die Diener sollen Euer Gepäck in das Gästezimmer tragen und sich um Eure Tiere kümmern, während Ihr Euch von der Reise erholt.«

Nach zehn langen Tagen, in denen sie sich mit der winterlichen Witterung und den Launen zweier leicht verschrobener Fronler hatte herumschlagen müssen (die Berge machten ihnen nichts aus, aber sie verabscheuten die Sümpfe), war Haramis nicht nur mit ihren Kräften, sondern auch mit ihrer Geduld am Ende.

»Die Zeremonien könnt Ihr Euch sparen«, sagte sie kurz angebunden. »Ich bin nicht wegen Euch hergekommen, sondern wegen Mikayla.«

»Mikayla?« Der König sah blaß aus.

»Ja, wegen Eurer Tochter Mikayla«, sagte Haramis mit zusammengebissenen Zähnen. Dummheit hatte sie noch nie ausstehen können, und in den langen Jahren ihres einsamen Daseins hatte sie die Regeln höfischer Etikette fast verlernt. Außerdem konnte es ihr als Erzzauberin gleichgültig sein, was die anderen über sie dachten. »Das sechste Eurer sieben Kinder. Ihr erinnert Euch doch an sie, oder?«

Der König brachte ein nervöses Kichern zustande. »Ja, natürlich. Aber sie ist noch klein. Was wollt Ihr von dem Kind?«

Zum Glück war die Königin etwas praktischer veranlagt, sonst wäre Haramis womöglich noch der Kragen geplatzt. Flüchtig dachte Haramis an ihre eigenen Eltern, den gelehrten und stets etwas durchgeistigten König Krain und die tüchtige, freundliche Königin Kalanthe. Als erstes sorgte die Königin dafür, daß die Hausdame das Gästezimmer herrichten und das Feuer im Kamin anzünden ließ, daß die Diener das Gepäck des hohen Gastes hereinholten, und daß die beiden Fronler versorgt wurden. Sie rief Ayah, die sich, was Haramis ganz und gar nicht überraschte, hinter der Hausdame herumgedrückt hatte, und wies sie an, nach Prinzessin Mikayla zu suchen und sie umgehend in das kleine Empfangszimmer zu bringen. Anschließend geleitete sie Haramis in das Empfangszimmer, bat sie, in dem bequemsten Sessel Platz zu nehmen, und ließ Erfrischungen kommen. »Es gibt bald etwas zu essen«, erklärte sie, »aber vielleicht sind Euch Trockenobst und Käse bis dahin recht?«

23

Haramis saß kerzengerade auf dem Stuhl, sorgsam darauf bedacht, sich nicht anmerken zu lassen, wie erschöpft sie war. Draußen, bei strahlendem Sonnenschein hatte sie sich wohlgefühlt, hier drinnen aber war es trotz des Feuers im Kamin düster und feucht. Sie betrachtete den König, der ihnen gefolgt war und nun unsicher neben der Tür stand. Ihm war anzusehen, daß er sich lieber Zeit genommen hätte, Mikayla auf die Begegnung mit ihrer älteren Verwandten vorzubereiten. Haramis hatte zwar noch nicht viel von Mikayla gesehen. Sie konnte sich aber denken, daß die Königin ähnlich empfand wie ihr Gatte, aber sie vermochte es besser zu kaschieren. Vielleicht versuchte der König aber auch wirklich nur, sich Mikayla ins Gedächtnis zu rufen. Wenn er meinte, sie sei noch ein kleines Mädchen, dann hatte er ihr in der letzten Zeit offenbar nicht viel Aufmerksamkeit geschenkt. Haramis wurde das Gefühl nicht los, daß der heutige Tag dem König einen gehörigen Schock versetzte.

Das Essen kam. Haramis griff zu, um der Höflichkeit Genüge zu tun, und versuchte, ihre Ungeduld zu zügeln. Ayah würde Mikayla bestimmt so schnell wie möglich aufspüren, und es wäre unklug gewesen, zu viel Ungeduld zu zeigen.

Als Ayah aber zurückkehrte, war sie allein.

»Wo ist meine Tochter?« wollte die Königin wissen.

Ayah schaute unglücklich drein. »Nicht in der Zitadelle, Majestät. Ich fürchte, sie ist schon wieder mit Lord Fiolon zu einer ihrer Entdeckungsreisen aufgebrochen.«

Die Königin sank auf einen Stuhl und preßte einen Finger an die Nasenwurzel, als habe sie plötzlich Kopfschmerzen. Die Nachricht kam in diesem Augenblick zwar denkbar ungelegen, aber Haramis hatte den sicheren Eindruck, daß sie für die Königin nicht völlig überraschend war. Und so lautete deren einziger hörbarer Kommentar denn auch: »Warum ausgerechnet heute?«

Der König stand der Situation vollkommen ratlos gegenüber, Haramis hingegen hatte ein gewisses Verständnis. Ihre Schwester Kadiya hatte nämlich die Angewohnheit gehabt, für Wochen nur in Begleitung ihres Lieblingsgefährten, des Jägers Jagun vom

Stamme der Nyssomu, in den Sümpfen zu verschwinden. Daher war Haramis dieses Verhalten gewissermaßen vertraut. Prinzessin Kadiya hatte sich so lange bei den Nyssomu aufgehalten, daß man ihr den in den Sümpfen geläufigen Titel »Weitsichtige« verliehen und sie als Ehrenmitglied in den Stamm der Nyssomu aufgenommen hatte.

»Entdeckungsreisen?« polterte er. »Erkläre dich, Weib! Willst du damit sagen, daß meine Tochter sich allein in den Sümpfen herumtreibt?«

»Nein, Majestät«, versicherte Ayah rasch, »allein ist sie wahrscheinlich nicht. Sie und Lord Fiolon haben in dem Nyssomu-Dorf westlich des Burgfelsens viele Freunde, und ich bin sicher, daß sie mit mindestens einem Führer unterwegs sind.«

Der König schien kurz vor einem Wutausbruch zu sein; Männer, dachte Haramis, erkundigen sich stets nur nach Belanglosem. Sie aber nutzte die Gelegenheit und bot ihre Hilfe an.

»In welche Richtung sind sie wohl gegangen?« fragte sie ruhig.

»Im letzten Monat haben sie sich über ein paar alte Ruinen am Fluß Golobar unterhalten«, sagte Ayah. »Aber sie waren beide übereinstimmend der Meinung, daß der Fluß zu wenig Wasser führte, als daß man mit einem Boot weit hinauffahren könnte. Natürlich«, fügte sie zaghaft hinzu, »hat es seither ziemlich viel geregnet.«

Haramis kannte die Ruinen, um die es ging, obwohl sie persönlich noch nie dort gewesen war. Sie befanden sich in der Gegend, in der die Schwarzsümpfe an die Grünsümpfe stießen, etwa am Mittellauf des Golobar zwischen seiner Quelle und der Mündung in den Unteren Mutar, ungefähr eine Tagesreise von der Zitadelle entfernt. Einen Tag brauchte man, um den Golobar zu erreichen, und unter günstigen Voraussetzungen wahrscheinlich mindestens eine Woche, um zu den Ruinen zu gelangen – vorausgesetzt, natürlich …

»Die Skritek!« stieß Haramis hervor. »Weiß sie, daß sich in der Gegend viele Skritek aufhalten?«

»Was?« brüllte der König so laut, daß der Schreckensruf der Königin fast unterging.

»Ja, wißt Ihr denn überhaupt etwas über Euer Königreich?« fuhr Haramis ihn an. »Über Eure Familie scheint Ihr ja so gut wie nichts zu wissen.«

»Mach dir keine Sorgen, Mama: Die Skritek tun Mika nichts«, ertönte eine Kinderstimme trostspendend von der Tür. »Sie spricht mit ihnen, und sie lassen sie in Ruhe.«

Haramis hegte ihre Zweifel an dem Wahrheitsgehalt der Aussage. Sie selbst war in der Lage, marodierende Skritek mit einem Befehl zurückzuweisen, aber sie war immerhin Erzzauberin.

Die Skritek, im Volksmund auch Wasserbestien genannt, waren bekannt dafür, daß sie im Wasser ihrer Beute auflauerten – Seltlingen (wie den Nyssomu zum Beispiel) und großen Tieren –, die sie unter Wasser zogen und fraßen, sobald diese ertrunken waren. Ihre Jagdgewohnheiten an Land waren noch grauenvoller: Auf dem Trockenen jagten sie in Rudeln. Haramis hatte auch schon erlebt, daß sie Jagd auf Menschen machten, ein Skritek-Rudel hatte sogar einen Teil der Armee König Voltriks ausgelöscht. Da König Voltrik in Ruwenda eingedrungen war, ihre Eltern umgebracht und versucht hatte, ihr und ihren Schwestern dasselbe anzutun, konnte sich Haramis damals, als sie von seinem Unglück erfuhr, die Tränen verkneifen.

Bei den Bestien hatte es sich um ausgewachsene Skritek gehandelt. Die Jungen waren in gewisser Weise noch gräßlicher. Die Skritek legten Eier und überließen sie sich selbst. Sie waren die einzige Seltling-Rasse, die noch ein echtes Larvenstadium durchlief. Ihre Larven verteidigten sich so gut wie möglich selbst – was ihnen recht wirkungsvoll gelang –, bis sie einen Kokon bildeten, sich verwandelten und als kleine, wilde Erwachsene wieder auftauchten. Haramis hatte das ungute Gefühl, daß sich einer der Haine von abgestorbenen Bäumen, in die sich die Skritek für ihre Metamorphose zurückzogen, auf der voraussichtlichen Route der Kinder befand. Sie beschloß, das zu überprüfen, sobald sie die Möglichkeit dazu hatte.

Zunächst jedoch stellte die Königin stolz ihr »Nesthäkchen« vor – den zehnjährigen Prinzen Egon. In vorbildlicher Manier beugte er sich über die Hand der Erzzauberin, worüber diese sich im stillen amüsierte. Ein kleiner Charmeur also, na schön. Mit seinem goldgelben, lockigen Wuschelkopf und den großen, unschuldigen blauen Kulleraugen sah er Anigel zum Verwechseln ähnlich. *Sie hat nach Generationen ihr Ebenbild gefunden*, dachte Haramis. *Ich hoffe nur, daß er wenigstens Verstand hat, obwohl er bei seinem Aussehen wahrscheinlich auch ohne zurechtkäme.*

»Deine Schwester spricht also mit den Skritek, hm?« fragte Haramis. »Was sagt sie ihnen denn?«

»Sie sagt, es ist ihnen verboten, Krieg gegen die Menschen zu führen.«

Haramis war überrascht. Was er sagte, stimmte, und es gehörte zu den Aufgaben einer Erzzauberin, dafür zu sorgen, daß dieses Verbot nicht übertreten wurde. Aber wie kam es, daß Mikayla davon wußte – und unter welchen Umständen hatte sie darüber mit einem Skritek gesprochen? Sie glaubte nicht, daß die Skritek das Verbot allzu ernst nahmen. Aber wenn Mikayla anderer Meinung war …

Haramis mußte so bald wie möglich Mikaylas Bekanntschaft machen.

3

Der Fluß hatte gerade so viel Wasser, daß ein flaches Nyssomu-Boot bis zu den Ruinen vordringen konnte. Mikayla, Fiolon und ihre Führer Quasi und Traneo vom Nyssomu-Stamm hatten in den vergangenen Tagen immer wieder die Plätze in den Booten getauscht, um sich beim Staken an seichten Stellen und beim Rudern stromaufwärts, wenn das Wasser tief genug war, abzuwechseln. Es war ein hartes Stück Arbeit, aber sie hielten durch, jeden Tag von Sonnenaufgang bis Sonnenuntergang.

Wenn es so dunkel wurde, daß sie nicht mehr sehen konnten, wohin sie fuhren, zogen sie das Boot ans Ufer, aßen eine sorgsam rationierte Portion des Dörrfleisches, das sie als Marschverpflegung mitgenommen hatten, und legten sich zum Schlafen in eines der Boote. Das zweite drehten sie um und befestigten es auf dem ersten. Auf diese Weise mußten sie nachts nicht Wache stehen. Die Skritek, die einzigen Räuber, die groß genug waren, die Boote auseinanderzunehmen, würden Menschen nicht angreifen, wenn man sie nicht reizte, und solange Quasi und Traneo zwischen Mikayla und Fiolon schliefen, würde ihr Geruch einem vorbeikommenden Skritek nicht auffallen. Jetzt, nachdem sie das Gebiet der Skritek erreicht hatten, war ohnehin alles vom Modergeruch der Sümpfe überlagert.

Sie waren bereits zwei Tage durch das Gebiet der Skritek gefahren, als am Ufer des Flusses erste Anzeichen der Ruinen auftauchten, nach denen sie suchten.

Aufgeregt wies Fiolon darauf hin. »Schaut, da war einmal ein Dorf. Vielleicht finden wir in den Ruinen noch andere Spieluhren – oder etwas ähnlich Interessantes.«

»Ich glaube kaum, daß es etwas gibt, das auch nur annähernd so interessant ist«, zog Mikayla ihn auf. »Jedenfalls nicht für dich.«

»Prinzessin«, ließ sich der kleine Nyssomu Quasi, einer ihrer Seltling-Führer vernehmen, »Ihr wollt doch nicht etwa diese Ruinen hier betreten. Weiter oben am Fluß stehen viel interessantere.«

Mikayla betrachtete ihn argwöhnisch. »Du willst, daß wir noch weiter flußaufwärts durch Skritek-Gebiet fahren und damit ein noch größeres Risiko eingehen, auf sie zu stoßen? Was stimmt denn nicht mit diesen Ruinen hier?«

»Ich finde sie wunderbar«, warf Fiolon ein, »und ich will mehr über das Versunkene Volk herausbekommen.«

»Und ich will wirklich noch mehr von diesen Spieluhren finden«, fügte Mikayla hinzu, »um festzustellen, wie sie funktionieren.«

Traneo, der anscheinend Angst hatte, wagte einzuwenden: »Der König wäre sehr erbost, wenn Euch etwas zustieße, Herr; er hat mir den strikten Auftrag erteilt, dafür zu sorgen, daß weder Euch noch der Prinzessin etwas zustößt.«

»Quatsch«, sagte Fiolon. »Dem König ist es egal, was ich treibe. Ich glaube, der König weiß nicht einmal, daß wir hier sind.«

Mikayla erschrak über die Gewißheit, die in Fiolons Worten lag. Als ihr darüber hinaus klar wurde, daß er recht haben konnte, verschlug es ihr zunächst die Sprache. Dann drehte sie sich zu Quasi um und sagte: »Aber du hast noch immer nicht gesagt, was an diesen Ruinen so gefährlich sein soll.«

»Nun ja«, sagte Quasi nervös und verdrehte die Augen, »sie leben noch.«

»Leben noch?« fragte Fiolon. »Die Ruinen? Willst du uns weismachen, die Ruinen hätten gelebt und lebten noch? Soweit ich weiß, war nicht einmal das Versunkene Volk imstande, Gebäuden Leben einzuhauchen.«

»Wenn jemand die Ruinen betritt«, sagte Quasi mit bebender Stimme, »dringen Stimmen aus dem Boden und reden in einer unbekannten Sprache.«

»Ich vermute, es gibt da drinnen Geräte des Versunkenen Volkes, die noch immer funktionieren!« sagte Mikayla aufgeregt. »Wir müssen da rein!«

»Jetzt nicht!« bat Traneo flehentlich. »Es ist schon fast dunkel. Bitte, Prinzessin, übereilt nichts! Schlaft eine Nacht darüber! Geht nicht vor Tagesanbruch hinein – wenn überhaupt.«

»Na gut, dann wollen wir eben einen sicheren Lagerplatz suchen«, sagte Mikayla. »Und – ich weiß nicht, wie es euch geht, aber ich habe Hunger. Ihr nicht?«

Die Frage veranlaßte Fiolon zu der nüchternen Feststellung: »Ich bin seit drei Tagen fast nur noch hungrig. Du hast schließlich darauf bestanden, daß wir unsere Vorräte einteilen.«

»Ich halte es immer noch für richtig«, sagte Mikayla, »denn wenn uns die Nahrungsmittel ausgehen, müssen wir umkehren. Und das will ich auf keinen Fall – noch nicht.«

»Was sollen wir also deiner Meinung nach tun?« fragte Fiolon.

»Ich meine, Quasi und Traneo sollen einen guten Lagerplatz für uns suchen.«

Fiolon warf Quasi einen fragenden Blick zu, und dieser beeilte sich zu antworten: »Wir haben vor dem Dunkelwerden nicht mehr viel Zeit, Herr, aber ich werde mein Bestes tun.«

Sie fuhren noch ein Stück weiter flußaufwärts, bis Traneo ein Zeichen gab, die Boote ans Ufer zu lenken, das an dieser Stelle einen kleinen Vorsprung aufwies, der mit runden, glatten Steinen bedeckt war. »Hier können wir es versuchen, Lord Fiolon. Wenigstens gibt es hier kein hohes Gras, in dem sich Skritek verbergen können.«

»Ganz gewiß nicht«, stimmte Mikayla ihm zu. »Hier gibt es nicht einmal so viel Gras, daß sich ein Wiesenhüpfer verstecken könnte.« Sie sprang aus dem Boot, um nach trockenem Gras zu suchen, das sie zum Anzünden eines Lagerfeuers brauchten. Sobald sie aber den Boden berührte, blieb sie wie erstarrt stehen.

»Mika?« Fiolon, der noch im Boot war, schaute sie fragend an. »Ist etwas nicht in Ordnung?«

»Ja, da ist etwas«, sagte Mikayla, »aber ich weiß nicht genau, was. Irgend etwas stimmt mit dem Boden nicht.«

Traneo war bereits vor Mikayla an Land gegangen und streifte auf der Suche nach einem geeigneten Lagerplatz umher. Mikayla folgte ihm sehr langsam und versuchte, die Ursache für ihr ungutes Gefühl herauszufinden.

Als sie an die glatten Steine kam, stolperte sie. Zu ihrer Überraschung fühlte sich der Stein nicht hart, sondern eher weich und ledrig an. Während sie ihn gedankenverloren betrachtete, begann er, langsam hin und her zu schwanken. Aber so fest hatte sie doch gar nicht dagegen getreten! Verblüfft überlegte sie noch, was es sein mochte, da sprang das Ding mit einem merkwürdigen Reißgeräusch auf. In dem sich öffnenden Spalt tauchte eine häßliche Schnauze auf, über der zwei schwarze, hervortretende Rundungen thronten.

Mikayla hatte noch nie einen Skritek in Larvenform gesehen, aber es bedurfte keiner Erklärung durch einen Dritten, daß sie in diesem Augenblick vor einer Skritek-Larve stand. Das scheußliche Maul öffnete sich und entblößte zwei Reihen abstoßend langer, scharfer Zähne. Es waren nicht die Reißzähne eines ausgewachsenen Skritek, und die Kreatur war auch wesentlich kleiner.

Mikayla war ganz und gar unvorbereitet auf die Wendigkeit, mit der sich das häßliche Ding bewegte. Obwohl es zunächst nicht größer als dreißig Zentimeter war, schien es vor ihren Augen zu wachsen. Es kroch erschreckend rasch auf Traneo zu, packte ihn mit den Klauen und schleifte ihn hinter sich her zum Wasser. Ent-

30

setzt sah Mikayla, wie der junge Skritek den Nyssomu bei lebendigem Leib verschlang. Traneo schrie.

Mikayla hatte den Eindruck, daß die Kreatur noch nicht sehen konnte – teilweise lag noch ein fester weißer Film über den hervortretenden Augen. Während sie vor Schreck wie gelähmt zuschaute, biß es jedoch dem Seltling bereits den Kopf ab. Traneos Schrei hörte abrupt auf, und nur das Aufspritzen des Wassers zeigte die Stelle, an der die gräßliche Skritek-Brut den Nyssomu unter Wasser gezogen hatte.

Mikayla sprang zurück, fiel über einen Felsbrocken und landete der Länge nach im Sand. Sie wurde von Panik ergriffen; früher auf der Jagd hatte sie dem Tod schon ins Auge geblickt, aber noch nie in einer derart scheußlichen Form. Hastig versuchte sie, auf die Beine zu kommen, aber unter ihrem Fuß regte sich ein zweites Ei, und sie ging vor dem nächsten schlüpfenden Skritek zu Boden. Sie landete flach auf dem Rücken, so daß ihr der Atem stockte. Hilflos lag sie im Sand. Der kleine Skritek hatte sein Maul bereits weit aufgerissen, als ihn ein Stein an der vorstehenden Schnauze traf. Er torkelte rückwärts und fiel zur Seite.

Vor Erleichterung aufschluchzend richtete sich Mikayla schwankend auf und sank Fiolon in die Arme, der sie eher rüde als galant in ein Boot zog und vom Ufer ablegte. In der Mitte des Flusses hatte Mikayla sich wieder einigermaßen gefaßt. Sie weinte um Traneo – niemand durfte auf diese Weise den Tod finden und buchstäblich bei lebendigem Leibe gefressen werden –, aber sie war nicht mehr außer sich und konnte Fiolons Arm, den sie umklammert hatte, freigeben, so daß er das Boot jetzt leichter in den Griff bekam.

»Ich nehme an, das – das Ding war ein Skritek, und was wie runde Steine aussah, waren Skritek-Eier«, sagte Fiolon.

Quasi, der in dem anderen Boot hinter ihnen saß und sich am Heck ihres Bootes festhielt, versicherte ihnen grimmig, daß diese Vermutung richtig war. Schaudernd warf Mikayla einen Blick auf das Ufer.

»Mit den ausgewachsenen Skritek komme ich ja zurecht, aber nicht mit ihrer Brut! Ich verabscheue sie jetzt noch mehr, nachdem ich sie von nahem gesehen habe«, bemerkte sie. »So nah will ich nie wieder einem Skritek-Ei kommen. Wenn der Stein von dir kam, Fiolon, dann danke ich dir; ich glaube, du hast mir damit das Leben gerettet. Was machen wir jetzt?«

Fiolon sagte mit zitternder Stimme: »Ich finde, wir sollten zurück zu den Ruinen fahren. Seltsame Stimmen sind mir allemal lieber als schlüpfende Skritek!«

»Mir auch«, sagte Mikayla. »Seht doch nur, die Eier!« Am Ufer regten sich weitere Eier und brachen auf; sobald ein Skritek schlüpfte und auf die anderen zu torkelte, fiel ein zuvor geschlüpftes mit gebleckten Zähnen über ihn her und riß ihn in Stücke. Kurz darauf war das gesamte Ufer ein einziger Haufen reißender, geifernder und fetzender Brut, über und über mit ihrem häßlichen, schwarz-grünen Blut besudelt. Die drei auf dem Fluß wandten sich angeekelt ab, während die Boote rasch flußabwärts glitten.

Eine Zeitlang wagte niemand zu sprechen. Fiolon stand am Bug und drückte das Boot von den Ufern ab. Allmählich wurde es dunkler. Quasi hielt die Boote zusammen. Mikayla, die noch immer ein wenig zitterte, kroch nach hinten, um Quasi zu helfen. Sie hatte natürlich die berüchtigten Wasserbestien schon einmal gesehen, aber mit den wenigen, denen sie begegnet war, hatte sie sich stets verständigen können. Geschöpfe, mit denen sie nicht reden konnte, waren etwas anderes!

Bei Tagesanbruch wachten Mikayla und Fiolon auf, voller Tatendrang, die Ruinen zu erforschen. Quasi gefiel diese Vorstellung ganz und gar nicht, aber da er die Wahl hatte, entweder allein zurückzubleiben oder die Kinder zu begleiten, trottete er grummelnd hinter ihnen her.

Vorsichtig bahnten sie sich auf dem überwucherten Pfad zu den Ruinen einen Weg und hielten wachsam nach Eiern Ausschau, die wie Steine aussahen, entdeckten aber keine.

»Ich glaube, sie haben ihre Eier weiter stromaufwärts abgelegt, nicht hier«, lautete Fiolons Kommentar, den er sich hätte sparen können.

»Das wollen wir hoffen«, sagte Quasi düster.

»Ich spüre hier keine Gefahr«, bemerkte Mikayla. »Quasi, du hast gesagt, daß Leute, die hier waren, Stimmen gehört haben – aber gibt es denn auch Berichte darüber, daß jemand verletzt worden ist?«

»Die meisten sind vernünftig genug, die Beine in die Hand zu nehmen, wenn sie merkwürdige Stimmen hören, Prinzessin«, antwortete Quasi schroff.

»Mit anderen Worten«, übersetzte Mikayla, »niemand ist hier zu Schaden gekommen.«

»Soweit es uns bekannt ist.« Quasi klang alles andere als glücklich.

»Dann werden wir eben auf Skelette achten«, sagte Mikayla, die trotz der eindringlichen Warnungen des Seltlings nun wieder viel fröhlicher war.

»Seht nur!« rief Fiolon so plötzlich, daß Mikayla im ersten Moment schon dachte, er hätte tatsächlich ein Skelett gefunden. »Das Gebäude da vor uns – es sieht unzerstört aus!« Die beiden Kinder liefen darauf zu, Quasi schickte sich in sein Unglück und trippelte hinter ihnen drein.

Das Gebäude war in der Tat nicht verfallen, und als sie die Schwelle überschritten, setzten die Stimmen ein, die Quasi erwähnt hatte.

»Sie hören sich nicht bedrohlich an«, stellte Mikayla fest und blieb stehen, um zu lauschen.

Fiolon hörte wie gebannt zu. »Ich glaube, sie sagen immer das gleiche in unterschiedlichen Sprachen – eine Art Willkommensgruß oder eine Ankündigung vielleicht. Hörst du, wie ähnlich ihr Tonfall ist?«

Mikayla lauschte, bis die Stimmen verstummten, und schüttelte den Kopf. »Ich fürchte, ich habe nicht so ein gutes Gehör wie du, Fiolon, aber ich bin sicher, daß du recht hast. Komm, du Meistermusikus, wir wollen nachsehen, ob wir noch eine Spieluhr finden.« Sie hakte sich bei ihm unter und zog ihn weiter in das Gebäude hinein.

Es war aus Steinen errichtet und hatte große Räume mit hohen Gitterfenstern, die viel Tageslicht hereinließen. Selbst jetzt, da die

Gitter von Ranken überwuchert waren, fiel noch so viel Licht in die Räume, daß sie keine Kerze brauchten.

»Vielleicht war das hier eine Schule«, sagte Mikayla, als sie einen Raum mit Bänken und Tischen durchquerten.

»Oder ein Theater.« Fiolon war ihr in den nächsten Raum vorausgeeilt. »Sieh nur, die Bänke stehen auf Stufen um die Bühne herum.«

»Ja«, sagte Mikayla, »es sieht wirklich aus wie das Theater, das zu Hause in einem Buch abgebildet ist. Aber könnte es nicht sein, daß eine Schule ein eigenes Theater hat?«

»Das müßte schon eine sehr wohlhabende Schule sein«, überlegte Fiolon.

»Vielleicht war das Versunkene Volk ja reich im Vergleich zu uns«, sagte Mikayla. »Selbst die Gegenstände, die für sie eher Plunder waren, sind für uns unendlich kostbar.« Sie steckte den Kopf in einen kleinen Raum hinter der Bühne. »Ich glaube, das hier ist eine Art Lagerraum, aber es ist zu dunkel. Hast du eine Kerze?«

Quasi holte zögernd eine Kerze und Zündhölzer hervor, während er vor sich hin brummte, daß es Dinge gebe, die besser nicht ans Licht gelangten.

Mikayla überhörte sein Brummeln und dankte ihm, als sie die Kerze in Empfang nahm. Gemeinsam mit Fiolon betrat sie den Raum. Staunend hielten sie die Luft an. Der Raum war vollgestopft mit Kleiderständern, Regalen und Schränken. Fiolon ging noch einmal zurück in den Theaterraum, um sich eine zweite Kerze von Quasi zu holen, während Mikayla begann, die Regale zu untersuchen. Auf dem ersten lagen Gesichtsmasken mit stilisierten, aber in Form und Farbe deutlich menschlichen Gesichtszügen. Für die Augen waren Löcher eingearbeitet, so daß der Träger oder die Trägerin hindurchsehen konnte. Am Mund befand sich eine kleinere Öffnung, durch die offenbar geatmet und gesprochen wurde. An einem Ständer neben diesem Regal hingen Kostüme. Aber als Mikayla versuchte, eines davon vom Bügel zu nehmen, zerfiel es unter ihren Händen. Sie schluckte verzweifelt. »Was habe ich da angerichtet?«

Fiolon zündete seine Kerze an ihrer an und fuhr mit den Fingern durch die Fetzen auf dem Boden, die unter seinen Händen noch weiter zerfielen. »Du hast gar nichts getan, Mikayla«, beruhigte er sie. »Es ist eine Art Seide, und Seide verrottet mit der Zeit. Bei der kleinsten Berührung zerfällt sie.«

»Oh, gut«, sagte Mikayla. »Der Gedanke, ich hätte durch meine Unvorsichtigkeit wertvolle Geschichte zerstört, behagt mir gar nicht.«

Fiolon zuckte die Achseln. »Man kann diesen Stoff nicht berühren, ohne ihn zu zerstören. Ich will mir die Schränke einmal ansehen. Wenn es in diesem Raum Spieluhren gibt, stehen sie ganz bestimmt in einem Schrank.«

»Sonst hätten wir sie jetzt beim Schein der Kerzen gesehen«, pflichtete Mikayla ihm bei. »Ich werde mir rasch die anderen Kleiderständer anschauen, dann fange ich auf der anderen Seite mit den Schränken an, und wir treffen uns in der Mitte.«

Fiolon murmelte zustimmend und öffnete bereits einen Schrank nach dem anderen. Mikayla ging die restlichen Kostüme durch und gab acht, sie nicht zu berühren. Dann kam sie an ein Gestell, an dem silberne Kugeln hingen, die etwa den Durchmesser ihres Daumennagels hatten. Jede Kugel war mit einer Öse versehen, durch die jeweils ein Band in einer anderen Farbe gezogen war. Die Bänder waren aus einem Material hergestellt, das Mikayla noch nie gesehen hatte, und ihre Länge ließ darauf schließen, daß die Kugeln eine Art Anhänger sein sollten. Offenbar gab es von jeder Farbe jeweils zwei Bänder. Mikayla berührte eine Kugel sanft mit der Fingerspitze, so daß sie hin und her baumelte. Leise Glockentöne erklangen.

Wenn der Ton auch noch so schwach war, Fiolon wurde sogleich aufmerksam. »Was hast du da?« fragte er und trat neben sie.

»Ich weiß nicht«, sagte Mikayla, »aber sie sind hübsch, nicht?«

Fiolon prüfte bereits die Tonhöhe der Kugeln in der Reihenfolge, in der sie aufgehängt waren. »Die verschiedenen Farben bedeuten unterschiedliche Töne«, sagte er nachdenklich.

»Die hier gefällt mir.« Mikayla nahm eine der beiden Kugeln mit einem grünen Band und legte sie sich um den Hals. »Hier«, sagte sie und ließ das Gegenstück über Fiolons Kopf gleiten, »nun haben wir wenigstens etwas Musikalisches gefunden.« Sie fuhr mit dem Finger über das Halsband. »Weiß der Himmel, woraus diese Bänder bestehen, aber das Material ist viel stabiler als Seide.« Sie trat ans andere Ende der Schrankreihe. »Ich werde jetzt meine Hälfte der Schränke durchsuchen.«

Fiolon hielt die klingende Kugel an beide Ohren und steckte sie anschließend unter sein Hemd, ehe er wieder an die Schränke trat. Nachdem er ein paar durchstöbert hatte, erklang beim Öffnen des nächsten Schrankes eine Kakophonie von Lauten. »Mikayla, schau!« rief er.

Mika lachte. »Ich brauche gar nicht hinzusehen, ich höre es schon. Es klingt seltsam, wenn alle gleichzeitig spielen, nicht? Wie viele sind es denn?«

»Sieben«, erwiderte Fiolon und steckte ein paar in seine Gürteltasche. Mikayla trat neben ihn und packte den Rest ein. Es wurde still, als kein Licht mehr auf sie fiel.

»Können wir jetzt gehen?« ertönte Quasis Stimme von draußen. »Bitte!«

Mikayla und Fiolon tauschten Leidensblicke. »Nun«, sagte Fiolon, »ich denke schon. Ich bin mir nicht sicher, Mika, aber ich glaube, wir haben hier sogar ein Duplikat.«

»Außerdem wissen wir nicht, wie viele dieser elenden Skritek-Larven überlebt haben und ob sie flußabwärts kommen«, gab Mikayla zu. »Wir können ja jederzeit zurückkehren, wenn nicht gerade Brutzeit ist.«

»Gut«, sagte Quasi, dem hörbar ein Stein vom Herzen fiel. »Laßt uns von hier verschwinden – ich möchte gern auf dem schnellsten Wege nach Hause!«

Mikayla steckte ihre kleine Kugel in den Ausschnitt, damit sie auf dem Rückweg zu den Booten nicht irgendwo hängenblieb. Dann löschten sie die Kerzen und gingen zum Fluß zurück.

Quasi betrachtete die Boote traurig. »Am besten, wir lassen eins hier«, sagte er. »Wir drei passen in ein Boot, und wir kommen rascher voran, wenn wir nicht die ganze Zeit versuchen müssen, zu dritt zwei Boote zu fahren.« Die Kinder waren einverstanden und luden rasch die verbliebenen Vorräte in ein Boot um. Das andere zogen sie ans Ufer und drehten es mit dem Kiel nach oben.

»Wir können es beim nächsten Mal wieder mitnehmen«, sagte Mikayla.

Quasi knurrte nur und stieß ihr Boot vom Ufer ab.

Die Strömung des Flusses brachte sie schnell voran, und bald näherten sie sich der Stelle, an der der Golobar in den Unteren Mutar mündete. Mikayla kniff die Augen zusammen, um besser sehen zu können, was vor ihnen lag. »Die Strömung sieht viel stärker aus als vor ein paar Tagen auf unserem Weg stromaufwärts«, stellte sie mit besorgter Miene fest.

Quasi blickte auf und schnappte nach Luft. »Duckt euch und haltet euch fest«, befahl er. In dem Augenblick jedoch, als die Kinder ihm mit raschen Bewegungen Folge leisten wollten, erreichte das Boot den Unteren Mutar, wurde von der Strömung erfaßt und wie ein Spielzeugboot von einer steifen Brise umgeworfen.

4

Zum Glück befand sich das Boot fast schon am gegenüberliegenden Ufer des Unteren Mutar, als es kenterte, und die drei Insassen wurden von der Strömung an Land getragen. Fiolon fand sehr schnell einen Halt unter den Füßen, packte Quasi und schob ihn ans Ufer.

Mikayla aber war unter einer der Decken aufgetaucht, die auf dem Wasser schwammen. Beim ersten Versuch, Luft zu holen, bekam sie die Decke in den Mund, spuckte sie sofort aus, tauchte wieder unter und kam, sobald sie stehen konnte, mit erhobenen Fäusten aus dem Wasser, so daß sie mit den Händen und dem Kopf unter der Decke eine Lufttasche bildete. Vorsichtig ging sie rückwärts, die Hände hochgestreckt, um den Luftraum zu erhalten, bis sie unter der Decke hervorkam. Da stand auch schon Fiolon vor ihr und starrte sie an.

»Das sah wirklich seltsam aus«, sagte er. »Einen Augenblick dachte ich schon, du würdest ertrinken.«

»Das nicht gerade«, sagte Mikayla. »Aber ich hatte das Gefühl, als würde ich die Decke einatmen.« Zu zweit zogen sie die Decke aus dem Wasser und hängten sie zum Trocknen über einen Ast, denn sie wußten, daß sie etwas Warmes brauchten, wenn die Nacht hereinbrach.

»Betrachtet es von der guten Seite«, sagte Mikayla und wrang die tropfnassen Zöpfe aus. »Wenigstens sind wir nicht mehr im Skritek-Gebiet.«

»Und nicht allzu weit von zu Hause entfernt«, fügte Fiolon hinzu. »Quasi, kannst du dich gedanklich mit deinem Dorf in Verbindung setzen?« Es gab Seltlinge, die über telepathische Fähigkeiten verfügten, und Quasi war sogar ausgesprochen begabt.

Quasi indes starrte wie vom Donner gerührt in den Himmel. Die Kinder folgten seinem Blick und sahen zwei riesige Vögel auf sich zukommen.

Sie waren mindestens dreimal so groß wie die größten Vögel, die Mikayla je gesehen hatte, und als sie näherkamen, nahmen sie riesige Ausmaße an. Sie hatten einen weißen Körper, der fast die Größe eines Fronlers hatte, und schwarz-weiß gestreifte Flügel; Nacken und Kopf jedoch waren nicht gefiedert und hatten dieselbe Hautfarbe wie Mikayla. Die schwarzen Augen der Vögel zeugten von einer Intelligenz, wie Mikayla sie noch nie an einem Vogel beobachtet hatte. Die Schnäbel waren dunkelbraun und hatten am oberen Schnabelende zu beiden Seiten ein Loch.

In Sekundenschnelle waren die Vögel vom Himmel herabgekommen und neben den durchnäßten Wanderern gelandet. Auf dem Rücken des einen Vogels saß eine fremde Frau. Die beiden Kinder starrten sie verblüfft an. »Ich wußte gar nicht, daß Vögel Menschen tragen«, sagte Mikayla zu Fiolon.

Fiolon antwortete ihr nicht, er war sprachlos und hatte sich hingesetzt.

Die Dame jedoch schien ungehalten. »Mikayla«, sagte sie, beugte sich hinunter und packte das Mädchen beim Arm. »Du setzt dich hier vor mich.« Beinahe grob zerrte sie das Mädchen in die richtige Lage. »Fiolon«, fügte sie hinzu und zeigte auf den zweiten Vogel. »Steig auf.« Mit langsamen Bewegungen kam Fiolon der Aufforderung nach. Voller Argwohn betrachtete er den großen Vogel und zog Quasi hinter sich her. Der Seltling zögerte, bis die Dame ihm zunickte, und nahm dann seinen Platz direkt hinter dem Hals des Vogels ein.

Die Dame sagte etwas zu den Lämmergeiern, und sie hoben ab. Mikayla glaubte zu träumen, wäre da nicht der Schmerz in ihrem Arm gewesen an der Stelle, an der die Frau sie gepackt und auf den Vogel gezerrt hatte, und das äußerst unangenehme Gefühl der nassen Kleidung, die während des Flugs auf ihrem Körper abkühlte. Das überzeugte sie davon, daß sie wach war und – wenigstens in diesem Moment noch – lebte.

Innerhalb einer Stunde hatten sie den Turm erreicht und dieselbe Entfernung zurückgelegt, die Haramis auf ihren Fronlern so große Anstrengung gekostet hatte.

Mikayla spürte, daß der Vogel, auf dem sie saßen, an Höhe verlor und die Luft etwas mehr Widerstand bot und wärmer wurde, obwohl »wärmer« ein sehr relativer Begriff war. Sie hob ganz leicht den Kopf, den sie in die Federn des Vogels gedrückt hatte, um sich vor dem schneidenden Wind zu schützen, und schaute über den Hals des Vogels nach vorn. Sie näherten sich einem weißen Turm, der auf einem Felsvorsprung errichtet war. Bei dem Schnee, der hier überall lag, wäre er vielleicht unsichtbar gewesen, hätte man ihn nicht genau deshalb mit schwarzem Putz an allen Fenstern und mit schwarzen Zinnen auf der Krone verziert. Sie flogen einen Balkon an, der groß genug für die Lämmergeier war. Offenbar waren sie am Ziel.

Die Vögel landeten und legten die Flügel an. Mikayla rutschte zu Boden, nachdem die Frau sie losgelassen hatte. Ihre Kleidung, die inzwischen gefroren war, knackte, wenn sie sich bewegte. Sie schaute hinter sich, um zu sehen, ob Fiolon alles gut überstanden hatte.

Fiolon kniete auf dem Boden und hielt den bewußtlosen Quasi in den Armen. Den Vögeln, die sich auf den erneuten Abflug vorbereiteten, schenkte er keinerlei Beachtung. »Quasi!« sagte er eindringlich und schüttelte den kleinen Seltling. »Wach auf!«

39

Steif trat die Dame zu ihnen, beugte sich vor und fühlte Quasi unbeholfen die Stirn. »Er kann dich nicht hören«, sagte sie schroff. »Nimm ihn mit und folge mir.« Sie drehte sich um und ging durch ein Tor in den Turm, ohne sich auch nur ein einziges Mal umzuschauen.

Mikayla half Fiolon, Quasi hochzuheben. Sie erschrak, als sie merkte, wie kalt sein Körper war. Als sie ihn mit Fiolon durch den Eingang trug, zeigte er keinerlei Reaktion. Der Transport bereitete ihnen große Mühe, waren sie doch selbst steif vor Kälte und durch die gefrorene Kleidung in ihren Bewegungen eingeschränkt. Quasi zuckte nicht einmal zusammen, als sie aus Versehen mit ihm gegen den Türrahmen stießen.

Im Innern des Turms mußten sie feststellen, daß die Dame die Eingangshalle bereits durchquert hatte und von einer Treppe auf sie herabschaute. Sie vernahmen das Trippeln kleiner Schritte und sahen dann fünf Diener, die ihrer Herrin entgegeneilten: drei Nyssomu und zwei Vispi. Mikayla hatte noch nie einen Vispi gesehen, aber sie erkannte die Seltlinge sofort aufgrund der Beschreibungen in den Büchern, die sie mit Fiolon gelesen hatte.

Die Vispi sahen den Menschen noch ähnlicher als die Nyssomu. Sie waren größer, hatten schmalere Gesichter und – wie Mikayla fand – normale Nasen und Münder mit kleinen, ebenmäßigen Zähnen. Ähnlich den Nyssomu hatten sie größere Augen als Menschen, die jedoch grün statt goldfarben waren. Das Haar war silberweiß, und die Ohren liefen spitz zu. An jeder Hand saßen drei Finger, deren Fingernägel im Grunde genommen Klauen waren.

»Willkommen zu Hause, Herrin«, sagte die Nyssomu-Frau respektvoll.

»Danke«, sagte Haramis kurz angebunden. Sie wies auf Quasis starren Körper und bedeutete den beiden Nyssomu-Männern, ihn mitzunehmen. »Ihr beide da, taut ihn auf. Und du«, sagte sie zu der Vispi-Frau, wobei sie mit dem Kopf auf Mikayla wies, »nimmst das Mädchen mit und sorgst dafür, daß sie gewaschen und frisch eingekleidet wird.« Zu dem Vispi-Mann sagte sie: »Du kümmerst dich um den Jungen.« Nachdem man sie von Quasi erlöst und eine weitere Treppe hinaufgeführt hatte, hörte Mikayla, wie Haramis hinzufügte: »Laß mir ein Bad einlaufen, Enya, und sorge dafür, daß das Feuer in meinem Arbeitszimmer brennt. Wir werden dort essen, wenn die Kinder fertig angezogen sind.«

Als sie ihren ausgekühlten Körper im warmen Badewasser entspannte, fiel Haramis ein – nicht gerade zu früh, dachte sie –, was Mikaylas Eltern wohl zu dem plötzlichen Verschwinden ihrer jungen Schützlinge sagen mochten. Sie bat in Gedanken einen Lämmergeier, der gerade in der Nähe war, einen ihrer Diener mit einer Botschaft an den König und die Königin mitzunehmen. Der Lämmergeier erklärte sich bereit, und Haramis forderte Enya auf, einen Diener auszuwählen und dafür zu sorgen, daß er für den Flug auf dem Lämmergeier warm genug gekleidet wurde. Enya nickte und verließ den Raum.

»Ich bin allmählich zu alt, um auf diese Weise durch die Gegend zu fliegen«, murmelte sie vor sich hin, während sie noch in der Wanne lag und darauf wartete, daß ihre Glieder sich aufwärmten und ihren Befehlen wieder gehorchten. Warum nur, so fragte sie sich, hatte sie alle drei hierher gebracht, statt einfach zur Zitadelle zurückzukehren? Ihre Kleidung war zu dünn für einen Flug in dieser Höhe, und der Seltling war womöglich erfroren. Haramis hätte es besser wissen müssen: Einen ungeschützten Nyssomu konnte man nicht in dieses Klima mitnehmen. Sie konnte sich noch gut an den Tag vor über zweihundert Jahren erinnern, an dem sie zugelassen hatte, daß Uzun sie auf der Suche nach ihrem Talisman ins Gebirge begleitete. Sie legte die Finger auf den Dreiflügelreif, der noch immer an einer goldenen Kette vor ihrer Brust hing. Damals hatte sie zwei Tage verloren, an denen sie Uzun wieder bergab tragen und auftauen mußte. Daran hätte sie denken müssen, ehe sie einen Nyssomu auf einen Lämmergeier steigen ließ. Sie hätte ihn in den Sümpfen lassen sollen, wo er in größerer Sicherheit war. Hinzu kam, daß sie außer Mikayla niemanden hier oben brauchte – weder den Seltling noch den Jungen. *Werde ich senil?* fragte sie sich.

Stirnrunzelnd dachte sie über diese Frage nach. In den vielen Jahren, die sie nun schon als Erzzauberin tätig war, hatte sie festgestellt, daß sie zuweilen etwas machte, was ihr zum Zeitpunkt der Ausführung merkwürdig erschien, sich später jedoch als sinnvoll erwies, auch wenn ihr der Grund dafür zum Zeitpunkt des Handelns unbekannt war. Sie hatte das Gefühl, daß dies wieder einer jener Momente war, aber was mochte der Grund sein? Vielleicht hätten Mikaylas Eltern nicht zugelassen, daß die Erzzauberin ihre Tochter mitnähme, aber nach allem, was Haramis von ihnen gesehen hatte, schien ihr dieser Gedanke eher unwahrscheinlich. Selbst wenn die Eltern versucht hätten, sie von ihrem Vorhaben abzuhalten, hätte sie das Mädchen mitgenommen, und sie hätten nichts dagegen unternehmen können – gar nichts.

Sie zuckte die Achseln, stieg aus der Wanne und zog sich trotz der angenehmen Temperaturen in ihren Räumen warm an. Dann verließ sie ihr Zimmer, um sich ihren Gästen zu widmen.

Die Diener hatten ihnen verschiedene Kleidungsstücke herausgesucht – eine bunte Zusammenstellung schlecht sitzender Sachen. Die Kinder saßen bald trocken und warm vor einem Feuer im Arbeitszimmer der Erzzauberin und nahmen eine schmackhaft zubereitete Mahlzeit zu sich. Enya, die das Essen gekocht hatte, war hocherfreut, denn wie oft schon hatte sie sich bei Haramis beklagt, diese esse wie ein Spatz; und da Enya gern kochte, erfuhr ihre Kochkunst durch den gesunden Appetit der Kinder einen erheblichen Auftrieb.

Quasi war wieder aufgetaut, so daß er ihnen Gesellschaft leisten konnte, aber er war noch sehr träge und aß nur wenig. Die beiden Kinder waren sehr um ihn besorgt und fragten ihn immer wieder nach seinem Befinden, bis Haramis schließlich der Geduldsfaden riß und sie ihnen befahl, den Mund zu halten und zu essen.

Nachdem Haramis zu guter Letzt die leeren Teller wieder in die Küche gezaubert hatte, funkelte sie ihre jungen Gäste und Quasi wütend an, der respektvoll schweigend neben ihnen saß, die Hände im Schoß gefaltet.

»Ihr lästigen kleinen Ungeheuer«, bemerkte sie nicht gerade freundlich. »Ich frage mich, ob auch nur einer von euch dreien der

Mühe wert ist, die ihr mich und meine Lämmergeier gekostet habt.«

Quasi, der sich während des Essens zusehends erholt hatte – was wahrscheinlich der Tatsache zuzuschreiben war, daß er direkt neben dem Feuer saß –, sagte ziemlich vorlaut: »Verzeiht, Herrin – es war natürlich sehr gütig von Euch, daß Ihr nach uns geschaut habt, und ich bin sicher, daß wir alle sehr dankbar sind –, aber schließlich hat keiner von uns darum gebeten, so mir nichts dir nichts hierher gebracht zu werden. Und was werden erst der König und die Königin sagen, wenn die Prinzessin und der junge Herr spurlos verschwunden sind! Ich weiß es wirklich nicht!«

»Stimmt«, tönte nun auch Mikayla. »Mama und Papa werden schrecklich besorgt sein, wenn sie nichts von uns hören.«

»Nun werdet nicht auch noch frech«, knurrte die Erzzauberin. »Ich habe dem König und der Königin eine Nachricht zukommen lassen, und sie werden sehr bald schon wissen, daß ihr hier bei mir und in Sicherheit seid. Und nach allem, was ich von euren Eltern gesehen habe – und von eurem Verhalten gehört habe«, fügte sie mit schneidender Stimme hinzu, »wird es ein paar Tage dauern, bis sie überhaupt beginnen, sich um euch zu sorgen.« Mikayla biß sich auf die Unterlippe und senkte den Blick.

Insgeheim dachte Haramis, daß es Mikaylas Eltern und Fiolons Aufsichtspersonen nur recht geschähe, wenn sie ein paar Tage in Sorge um die Kinder wären, da sie sich so wenig um ihre Schützlinge gekümmert hatten – ein Umstand, der letzten Endes dazu geführt hatte, daß sie, Haramis, wegen der unerwarteten Gäste ihren Turm auf den Kopf stellen mußte.

»Aber Ihr müßt verstehen«, sagte Mikayla mit ernster Miene, »daß wir eine Rettung wirklich nicht brauchten. Immerhin, gnädige Frau …«, sie hatte keine Ahnung, wer die Erzzauberin sein mochte. Aber deren üppiger weißer Haarschopf reichte aus, Mikayla einen gewissen Respekt einzuflößen. »Immerhin sind wir den Skritek entkommen, und es ist uns gelungen, das Ufer zu erreichen, und wir waren nicht weit von Quasis Dorf entfernt. Wir sind also ganz gut allein zurechtgekommen. Wenn Ihr uns trotzdem gerettet habt, müßt Ihr einen Grund dafür haben, oder wir sind Euch irgendwie nützlich. Stimmt's? Es ist also eigentlich nicht unsere Schuld, daß wir hier sind, oder?«

Erschrocken sagte Fiolon: »Mika, du darfst nicht undankbar sein. Ich bin sicher, daß die Dame, wer immer sie auch sein mag, aus gutem Grund so gehandelt hat.«

Bis zu diesem Augenblick war der Erzzauberin nicht im Traum eingefallen, die beiden jungen Leute könnten nicht wissen, wer sie war. Sie hob den Kopf und fragte gereizt: »Wißt ihr denn nicht, wer ich bin?«

»Wir haben nicht die leiseste Ahnung, gnädige Frau«, antwortete Fiolon höflich. »Nach Euren Vögeln zu urteilen, seid Ihr mindestens eine mächtige Zauberin. Ich habe nur von einer Frau gehört, die den Lämmergeiern Befehle erteilen konnte, und ich war der Meinung, sie sei vor vielen Jahren gestorben. Ihr seid nicht zufällig die alte Erzzauberin von Ruwenda?« Nach kurzem Zögern fügte er hinzu: »Oder doch?«

Haramis hätte darauf vorbereitet sein müssen – wenn sie wirklich darüber nachgedacht hätte, dann wäre ihr klar geworden, daß keiner der beiden sie je zu Gesicht bekommen hatte. Und angesichts des Verhaltens des Königs ihnen gegenüber lag der Schluß nahe, daß ihre Erziehung vernachlässigt worden war.

»Nein, ich bin nicht die alte Erzzauberin«, verkündete sie. »Ihr Name war Binah, und sie ist vor langer Zeit gestorben, da wart ihr noch nicht auf der Welt. Ich bin die neue Erzzauberin – es wäre inzwischen unpassend, von der jungen Erzzauberin zu sprechen – und ich heiße Haramis.«

Fiolon rang nach Luft. Der Name schien ihm offenbar etwas zu sagen. Mikayla indes war verwirrt. Haramis sah sie stirnrunzelnd an. »Ich bin sogar mit dir verwandt. Bilde dir nur nicht ein, ich sei stolz darauf«, sagte sie beißend. »Das bin ich ganz und gar nicht.«

Mikayla erhob sich und beugte das Knie. Sie hatte vorbildliche Manieren, wenn sie wollte, dachte Haramis, vermutlich hatte die Königin sie in höfischer Etikette unterwiesen. Aber es sah so aus, als würde sie nur selten Gebrauch davon machen.

»Ist es erlaubt zu fragen, warum Ihr uns hierher gebracht habt, werte Erzzauberin?«

Haramis seufzte. Die Begeisterung, mit der sie dieses vorlaute junge Mädchen zu ihrer Nachfolgerin erwählt hatte, war ihr fast abhanden gekommen. Aber was blieb ihr schließlich anderes übrig? Sie hatte keine andere Wahl und mußte das Mädchen unterrichten. Mikayla war immerhin Anigels Ur-Enkelin – oder Ur-Ur-Enkelin? – und mochte wohl einige Gaben ihrer Vorfahrin besitzen. Sie mußte einfach das Beste daraus machen.

Sie versuchte sich zu beherrschen und sagte: »Wie alle Geschöpfe bin auch ich sterblich. Ich muß meine Nachfolgerin ausbilden, ehe ich sterbe. Würde es dir gefallen, Mikayla, Erzzauberin zu werden, wenn die Dinge ihren Lauf nehmen und ich ins nächste Stadium der Existenz übergehe, wie immer es auch aussehen mag?«

Mikayla starrte sie mit offenem Mund an. Haramis hoffte, es wäre ein Ausdruck des Erstaunens, aber es sah auffällig nach blankem Entsetzen aus. Es dauerte ein paar Minuten, ehe das Mädchen die Sprache wiederfand.

»Auf den Gedanken wäre ich nie gekommen, gnädige Frau. Was macht denn eine Erzzauberin?«

»Mika!« flüsterte Fiolon, aber nicht leise genug. Haramis wandte ihre Aufmerksamkeit dem Jungen zu.

»Möchtest du etwas sagen, junger Mann?« fragte sie spöttisch.

Rasch siegte Neugier über seine Höflichkeit. »Seid Ihr die Erzzauberin Haramis, eine der königlichen Drillingsschwestern?« fragte er. »Die den heroischen Kampf gegen den bösen Zauberer Orogastus ausgefochten und gewonnen haben ...« Er verstummte und schaute sich aufgeregt um. »Das ist der Turm, in dem er gelebt hat, nicht wahr?« fragte er begeistert.

Haramis hob die Augenbrauen. »Ja«, erwiderte sie. »Wie kommt es, daß du diese alten Geschichten kennst?«

»Ich mag Musik«, sagte Fiolon selbstbewußt. Er schaute zu Boden und zog mit dem Zeh einen Halbkreis auf dem Teppich. »Jede Ballade, die ich auftreiben konnte, habe ich auswendig gelernt, dazu gehören auch alle Werke von Meister Uzun.« Die Harfe, die ruhig in der Ecke gestanden hatte, ließ ihre Saiten sanft schwingen, als hätte sie etwas vernommen, was ihr gefiel. Fiolon musterte sie eingehend. Mikayla hatte anscheinend nichts gehört.

»Er liebt die Musik über alles«, sagte Mikayla stolz. »Er kann auf jedem mir bekannten Instrument spielen, und er hat eine wunderschöne Stimme. Der König läßt ihn immer bei Hofe vorspielen, wenn wir Gäste haben.«

Haramis lächelte dem Jungen zu. »Vielleicht spielst du mir etwas vor, ehe du von hier fortgehst.«

Fiolon verbeugte sich so gut er es im Sitzen vermochte. »Es ist mir eine Ehre, verehrte Erzzauberin.«

»Wann können wir denn gehen?« fragte Mikayla.

Haramis wandte sich ihr zu und unterdrückte einen Seufzer. *Hoffentlich fand Binah mich nicht ebenso wenig vielversprechend,* dachte sie. »*Du* gehst nicht fort, Mikayla«, sagte sie. »Du wirst hierbleiben, damit ich dich zu meiner Nachfolgerin ausbilden kann.«

»Aber ich werde Fiolon heiraten«, wandte Mikayla ein und reichte ihm die Hand. Er nahm sie und hielt sie fest, aber seine Miene war ernst – offensichtlich hatte er mehr Ahnung von den Dingen, die hier vor sich gingen, als das Mädchen. »Das ist der einzige Vorteil davon, die jüngste Prinzessin zu sein: Meine Eltern haben schon genug Töchter für alle nützlichen Verbindungen, und deshalb haben sie gesagt, daß Fiolon und ich heiraten können. Wir werden auf einem kleinen Anwesen in der Nähe der Grünsümpfe leben und die Ruinen dort erforschen und unsere Kinder etwas über das Versunkene Volk lehren …«

Sie verstummte, als sie dem Blick der Erzzauberin begegnete. »Unsere Verlobung soll im kommenden Frühjahr bekanntgegeben werden«, begehrte Mikayla noch einmal auf. »Meine Eltern haben es *versprochen.* Ich bin nur eine überzählige Prinzessin – für niemanden von Nutzen.«

»*Ich* kann dich gebrauchen«, sagte Haramis energisch. »Das Land kann dich gebrauchen.« Sie warf Fiolon einen bösen Blick zu, bis er Mikaylas Hand zögernd freigab.

»Fio?« Mikayla versuchte, sich an ihn zu klammern. Er klopfte ihr sanft auf den Rücken und ließ sie los.

Sie schaute zuerst ihn, dann Haramis an. »Bleibt mir denn gar nichts anderes übrig?«

»Nein«, sagte Haramis unumwunden. »Die Angelegenheit ist viel zu wichtig, als daß sie den Launen eines Kindes geopfert werden könnte.«

Mikayla warf ihr einen langen Blick zu, und Haramis sah förmlich, wie es im Kopf des jungen Mädchens arbeitete.

Sie sagte: »Wenn ich keine andere Wahl habe, dann nehme ich an, es ist gleichgültig, wie ich darüber denke.« Sie verbeugte sich vor der Erzzauberin – höflicher, als Haramis erwartet hatte – und sagte: »Ich bin hier, um Euren Willen zu erfüllen, Ehrwürdige.«

Haramis glaubte jedoch, ein paar Randgedanken Mikaylas mitzubekommen, und die Körpersprache des Mädchens war noch deutlicher. Mikayla würde den Willen der Erzzauberin ausführen, aber es würde lange dauern, bis dies auch Mikaylas Wille wäre. Sehr lange sogar.

Vielleicht hätte ich lieber warten sollen, bis ich dem Tode nahe bin, um ihr dann die Aufgabe zu übertragen, dachte Haramis müde. *Sie auszubilden, wird nicht leicht werden.*

5

Es war still im Arbeitszimmer der Erzzauberin. Außer dem Knistern des Feuers war kein Laut zu hören.

Fiolon stand auf und trat an eine Harfe mit wunderschönen Einlegearbeiten, die genauso groß war wie er selbst. Sie hatte silberne Saiten und einen Rahmen aus seidig glänzendem, rötlichem Holz. Eine Intarsie aus weißem Bein zierte die Krone der Säule. »Was für eine schöne Harfe, edle Haramis«, sagte er. »Darf ich darauf spielen? Ich bin sicher, daß sie einen einmaligen Klang hat.«

Haramis sagte verwundert: »Kannst du denn Harfe spielen, so jung wie du bist, Fiolon?«

»Ja, aber ich bin beileibe kein Virtuose. Ich habe auf vielen Instrumenten Unterricht gehabt, aber am liebsten spiele ich Harfe.«

Es ist fast unmöglich, einer Harfe einen Ton zu entlocken, der nicht wunderbar klingt.«

»Da hast du wohl recht«, sagte Haramis und erhob sich. »Aber das hier ist keine gewöhnliche Harfe, außerdem spielt man nicht auf ihr wie auf einem gewöhnlichen Instrument. Das hier ist Uzun, der weiseste unter meinen Seltling-Beratern.«

»Das ist Meister Uzun?« fragte Fiolon aufgeregt und überrascht. »Ich dachte, er ist schon lange tot.«

»Als er schließlich vor dem Ende seines irdischen Daseins stand«, erklärte Haramis, »habe ich meinen ersten großen Zauber-akt ausgeführt und ihn in diese Harfe verwandelt, so daß ich stets in den Genuß seines weisen Rates kommen kann. Ich werde euch Uzun vorstellen, und wenn er bereit ist, kann er mit euch reden oder euch sogar etwas vorsingen.«

Mikayla murmelte: »So einen Unsinn habe ich im Leben noch nicht gehört. Eine Harfe soll Berater sein – oder was er sonst zu seinen Lebzeiten war?«

»Ich weiß nicht«, sagte Fiolon leise, »aber bis jetzt zumindest bin ich bereit, alles zu glauben, was die Dame sagt. Sei bitte vorsichtig, Mika.«

Haramis warf Mikayla einen strengen Blick zu, enthielt sich aber eines Kommentars. Auf die Harfe zugehend sagte sie: »Guten Abend, Uzun.«

»Guten Abend, ehrwürdige Haramis.« Es war eine kräftige, klangvolle Stimme mit einem lieblichen, singenden Tonfall. Allem Anschein nach kam sie tatsächlich aus dem Klangkörper der großen Harfe, die regungslos auf dem Teppich stand. Aus den Augenwinkeln warf Haramis einen kurzen Blick auf Mikayla. Das Mädchen war offensichtlich noch nicht bereit, ihren eigenen Ohren zu trauen, und versuchte sich einzu-reden, daß sie einem schlau eingefädelten Trick aufgesessen sei.

»Und wer sind die jungen Leute?« fragte die Stimme. »Ich glaube nicht, daß ich ihnen schon einmal begegnet bin.«

Haramis antwortete: »Meister Uzun, ich möchte dir zwei meiner jungen Verwandten vorstellen: Prinzessin Mikayla von

Ruwenda und Lord Fiolon von Var, der Sohn der verstorbenen Schwester des Königs.«

»Es freut mich, Eure Verwandten kennenzulernen, Herrin«, erwiderte Uzun, dessen Stimme die Saiten der Harfe zum Schwingen brachte. »Es ist gut, wenn Ihr Euch jemanden zu Hilfe holt, um die vielen schweren Bürden zu tragen. Ist sie diejenige, die Eure Pflichten übernehmen soll, wenn Ihr nicht mehr in der Lage dazu seid?«

»Wie gut du mich kennst, Uzun«, sagte Haramis liebevoll.

Sie sah Mikayla an und glaubte die Gedanken förmlich zu hören, die dem Mädchen durch den unreifen, undisziplinierten Kopf gingen. Die Harfe hatte keine Augen, so weit Mikayla das zu beurteilen vermochte, also konnte sie nichts sehen. Mit Sicherheit ging hier etwas sehr Merkwürdiges vor, und Mikayla versuchte anscheinend noch immer zu ergründen, was es war und wie es funktionierte.

Mit schneidender Stimme fragte Haramis: »Glaubst du mir jetzt, du dummes Kind?«

Mikayla schaute sie skeptisch an. »Verehrteste, wollt Ihr mir wirklich weismachen, daß Ihr einen Menschen – eine *Leiche* wohlgemerkt – in eine Harfe verwandelt habt?«

»Schön, wenigstens bist du ehrlich«, sagte Haramis schroff. »Wenn du an meinen Worten zweifelst, sprich es freimütig aus, und ich werde versuchen, es dir zu erklären. Ehrliche Zweifel vorzubringen ist allemal besser, als Einverständnis zu heucheln. Am besten sagst du mir ehrlich, was du denkst, selbst wenn mich die Wahrheit ärgert.« *Und da wir gerade bei Ärger sind …* »Du bist gerade ziemlich wütend auf mich, nicht wahr, Mikayla?«

Mikayla funkelte sie böse an. »Ja.« Sie wandte sich an Fiolon und warf auch ihm einen wütenden Blick zu. »Sieh mich nicht so an, Fiolon, sie hat mich schließlich gefragt. Und wenn man bedenkt, daß sie uns beide entführt hat, nur um mich gegen meinen Willen hierzubehalten, und uns dann erzählt, sie könne einen Menschen so mir nichts dir nichts in eine Harfe verwandeln, dann kannst du wohl kaum von mir erwarten, daß ich mich nicht – gelinde gesagt – über sie aufrege.«

Fiolon schaute auf und schluckte. »Aber Mika, glaubst du wirklich, es ist gut, wütend auf jemanden zu sein, der dich in etwas anderes verwandeln kann? Ich meine, selbst wenn du wütend bist, du mußt es ja nicht unbedingt leugnen, aber du kannst wenigstens den Mund halten.«

Uzuns Stimme sang auf der Harfe. »Prinzessin Mikayla, Ihr seid ungerecht gegenüber unserer ehrwürdigen Erzzauberin. Sie hat mich gewiß nicht ohne mein Einverständnis in eine Harfe verwandelt, und sie hat sich große Mühe dabei gegeben.«

Mikayla trat zu Uzun, streckte eine Hand aus und berührte zögernd mit dem Finger die Beinintarsie in der Harfe. »Wie hat sie es angestellt?« fragte sie. »Gehörte dieser Knochen zu Eurem Körper? Hat sie Euch getötet, um den Zauber ausführen zu können, oder seid Ihr auf natürlichem Weg gestorben, und sie hat einfach Euren Körper in Stücke gehackt? Anscheinend könnt Ihr hören, aber könnt Ihr auch etwas sehen? Könnt Ihr Euch frei bewegen?«

»Euer Wissensdurst nach pathologischen Einzelheiten kann warten, bis Ihr so viel Ausbildung genossen habt, daß Ihr versteht, worüber Ihr redet«, erwiderte die Harfe. »Und mit Blick auf die Zukunft möchte ich Euch nur sagen, daß ich ohne mein Einverständnis keine Berührung dulde.« In Uzuns klingender Stimme schwang Ärger mit. Haramis lächelte.

Fiolon fragte: »Wo ist er hingegangen? Sagt ihm, er soll wiederkommen – ich meine, fragt ihn, bitte.«

Mit ernster Miene sagte Haramis: »Selbst ich erteile Uzun keine Befehle, mein Junge. Ich fürchte, ihr beide habt es fertiggebracht, ihn zu beleidigen, und es kann eine Weile dauern, ehe er wieder mit einem von euch redet – oder mit mir, denn ich habe euch die Unverschämtheit durchgehen lassen, ihn auszufragen.«

Mikayla verdrehte die Augen. »Warum sollte er Euch für unser Verhalten verantwortlich machen? Ihr habt uns erst heute kennengelernt; Ihr habt schließlich weder mit unserer Erziehung noch mit unserer Ausbildung etwas zu tun. Was könntet Ihr denn seiner Meinung nach gegen unser Verhalten überhaupt unternehmen?«

Aber Fiolon sagte: »Du solltest dich ihm gegenüber höflich verhalten, Mikayla – ich habe dir doch von ihm erzählt, weißt du nicht mehr? Er war Hofmusikant am Hofe König Krains und beschäftigte sich nebenbei auch ein wenig mit Magie. Er begleitete Prinzessin Haramis auf dem ersten Teil ihrer Suche nach dem Talisman.«

Mikayla schaute ihn an und schüttelte den Kopf. »Sag mal ehrlich, Fio, erinnerst du dich an jede Einzelheit aus jedem Lied, das du mal gehört hast?«

Fiolon dachte einen Augenblick nach. »Ja, ich glaube schon«, erwiderte er dann.

Mikayla seufzte. »Na schön, dann versuche daran zu denken, daß es mir nicht so geht wie dir. Viele deiner Lieblingsballaden sind fast zweihundert Jahre alt, und sie klingen in meinen Ohren alle gleich. Und wer, bitte schön, war König Krain?«

»Er war mein Vater«, erwiderte Haramis. »Er wurde auf grauenvolle Weise umgebracht, als die Armee aus Labornok in unser Land einfiel – ich will euch die grauenhaften Einzelheiten ersparen. Es wird Zeit für euch, zu Bett zu gehen, und ihr braucht keine Alpträume.« Mit einem Ruck betätigte sie die Klingelschnur, nahm Platz und hüllte sich in Schweigen, das niemand zu unterbrechen wagte, bis Enya erschien. Dann trug sie Enya auf, dafür zu sorgen, daß die Kinder und Quasi zu Bett gebracht wurden. Anschließend stolzierte sie aus dem Raum, ohne auch nur auf Enyas bestätigende Antwort zu warten.

Als sie entschwand, flüsterte Fiolon Mikayla zu: »Ich glaube, du hättest ihren Vater nicht erwähnen sollen. Ich an deiner Stelle würde ihre Familie überhaupt nicht ansprechen.«

Kurz darauf lagen die beiden Kinder in zwei schmalen, nebeneinander stehenden Betten im Gästezimmer der Erzzauberin. Haramis ging in ihr Zimmer und baute ihre Wasserschale vor sich auf. »Mal sehen, was die beiden tun, wenn sie allein sind«, murmelte sie vor sich hin.

Zunächst gab es nichts Interessantes zu sehen. Mikayla, die immerhin einen langen, anstrengenden Tag hinter sich hatte, schlief rasch ein. Fiolon indessen schien unruhig und konnte nicht einschlafen. Er warf sich von einer Seite auf die andere, richtete sich von Zeit zu Zeit im Bett auf, legte sich dann wieder hin und versuchte von neuem, Schlaf zu finden – aber vergeblich.

Haramis vermutete, daß er sich die Szene mit Uzun vor dem Kamin noch einmal durch den Kopf gehen ließ, und daß er gern noch einmal hinunter gegangen wäre, um sich vor dem Einschlafen mit Meister Uzun zu versöhnen. Der Junge besaß offenbar so viel Verstand, zu erkennen, daß Mikayla sich eine Feindschaft mit Meister Uzun nicht leisten konnte.

Und er hat recht, dachte Haramis, Mikayla sollte sich um ein gutes Verhältnis zu Uzun bemühen; selbst in seiner jetzigen Form ist er der einzige noch lebende Berater, den ich habe. Außer ein paar Seltling-Dienern, von denen die meisten dem Stamme der Vispi angehören, leben in dem Turm nur Uzun und ich.

Als Fiolon aus dem Bett stieg und die Treppe hinunterging, blieb Haramis sitzen und hielt ihn nicht auf. Sie saß vor ihrer Wasserschale und beobachtete ihn. Die bevorstehende Auseinandersetzung würde ihr gewiß Spaß bereiten. Uzun war schon seit jeher ungewöhnlich stur gewesen. Es versprach spannend zu werden, zu beobachten, wie Fiolon mit ihm zurechtkam.

Das Arbeitszimmer war leer. Die flackernden Kohlen im Kamin spiegelten sich auf der großen Harfe wider, deren Holz rotgolden im Feuerschein leuchtete. Fiolon kniete auf dem Kaminteppich vor der Harfe nieder und flüsterte: »Meister Uzun, ich bitte Euch, meiner Cousine Mika zu verzeihen; sie meint es wirklich nicht böse. So ist sie eben, sie glaubt nur das, was sie sehen und messen kann. Sie gehört zu den Menschen, die gern etwas auseinandernehmen, um nachzusehen, wie es funktioniert. Blindes Vertrauen und der Glaube an Zauberei, für die sie keine natürliche Ursache finden kann, sind nicht ihre Stärke.«

Meister Uzun schwieg hartnäckig. Haramis wartete und schaute zu. Dann kam es Fiolon offenbar in den Sinn – ob es nun seine eigene Idee war oder ob sie ihm auf irgendeinem Weg von dem schweigenden Zauberer eingegeben worden war –, daß Meister Uzun Mikayla erst dann vergeben konnte, wenn sie persönlich zu ihm käme und ihn um Vergebung für ihre gedankenlosen

Worte bäte. Er stand auf und ging wieder zur Treppe. Haramis verfolgte seinen Weg in der Wasserschale.

Fiolon verlor keine Zeit. Leise schlich er die Treppe hinauf, um in das Gästezimmer zu gelangen, wo Mikayla schlief. Von seiner Cousine war nur eine rote Locke auf dem Kopfkissen zu sehen. Fiolon zog daran, woraufhin Mikayla den Kopf hob und die Augen aufschlug.

»Fio? Wieso schläfst du nicht? Es ist doch noch nicht Morgen, oder? Es ist noch dunkel! Was ist denn?«

»Mikayla, du mußt auf der Stelle mit mir ins Arbeitszimmer hinuntergehen und dich bei Meister Uzun entschuldigen.«

»Du spinnst wohl, Fio? Mitten in der Nacht! Wahrscheinlich schläft er – ganz bestimmt sogar.« Sie schaute ihn stirnrunzelnd an. »Und deine Stimme klingt so komisch. Wirst du krank? Wir haben uns auf unserem Flug hierher alle unterkühlt, du wahrscheinlich noch mehr als ich. Immerhin saß ich zwischen Haramis und dem Vogel, also irgendwie geschützt, während du den Wind voll abbekommen hast.« Sie streckte eine Hand aus, um seine Stirn zu fühlen, und erschrak. »Fiolon, du glühst vor Fieber. Du gehst jetzt sofort wieder ins Bett!«

Fiolon blickte sie verärgert an und sagte: »Erst mußt du dich bei Meister Uzun entschuldigen.«

Mikayla seufzte. »Na schön. Ich tue ja alles, damit du aufhörst, dich wie ein Idiot zu benehmen. Du bist krank, Fiolon, du solltest unter der Bettdecke stecken.« Sie stand auf, schlüpfte mit den nackten Füßen in ein Paar warmer Hausschuhe und ging hinter ihm die Treppe hinunter.

Die roten Kohlen im Kamin waren heruntergebrannt und verbreiteten einen unheimlichen Schein. Fiolon legte noch etwas nach und fachte das Feuer wieder an, bis eine kleine Flamme aufzüngelte. Mikayla kniete vor der glänzenden Harfe nieder.

»Meister Uzun«, sagte sie zerknirscht, erhob sich und machte einen tiefen Hofknicks. »Ich flehe Euch an, mir zu vergeben, Meister Uzun«, murmelte sie feierlich. »Wenn die Erzzauberin mich wirklich zu ihrer Nachfolgerin auserkoren hat, werde ich hier Freunde brauchen. Ich bitte Euch in aller Bescheidenheit um Verzeihung, und ich versichere Euch, daß ich Euch weder beleidigen noch Eure Existenz anzweifeln wollte.« Sie schwieg eine Zeitlang. »Bitte, vergebt mir, Herr«, flüsterte sie noch einmal nach ein paar Minuten.

Im Raum herrschte absolute Stille. Dann ertönte ein langgezogener Laut. Es klang wie ein Seufzer, als Uzuns Saiten ein paar klagende Töne auf der Tonleiter anschlugen. Dann hauchte er: »Ich vergebe Euch, Prinzessin Mikayla, von ganzem Herzen sogar. Ich hoffe, wir werden in Zukunft Freunde sein. Und auch Ihr, Meister Fiolon. Es war sehr höflich von Euch, dieses Mißverständnis aus der Welt zu räumen.« Was er nicht laut sagte, war, daß er seine Bekanntschaft mit Fiolon gern vertiefen wollte. Haramis, die von ihrem Zimmer aus zuschaute, hörte es jedoch so laut, als hätte Uzun es tatsächlich ausgesprochen. Aber Uzun vermutete zu Recht, daß Fiolon nicht mehr lange hier bleiben würde.

»Ihr müßt nicht glauben, daß Ihr hier eine Gefangene seid, Prinzessin«, sagte Uzun, als hätte er Mikaylas Gedanken aufgegriffen. »Es ist eine große Ehre, zur Erzzauberin auserwählt zu sein, und ich bin sicher, daß Ihr die Aufgabe gut erfüllen werdet, wenn die Zeit gekommen ist. Und Ihr werdet den Vorteil haben, darauf vorbereitet worden zu sein – ein Luxus, den die ehrwürdige Haramis nicht hatte.«

»Warum hat sie ausgerechnet *mich* auserwählt?« fragte Mikayla. »Ich gehöre nicht gerade zu den Magiern.« Fiolon neben ihr prustete los. Anscheinend stimmte er dieser Einschätzung ihres Charakters voll und ganz zu.

»Die Erzzauberin wählt ihre Nachfolgerin nicht aus«, erklärte Uzun. »Ich glaube sogar, das Land selbst trifft die Entscheidung. Aber wenn es so weit ist, weiß die Erzzauberin, an wen sie ihr Amt weitergeben kann.«

»Wie wurde Haramis ausgewählt?« fragte Fiolon neugierig. »In Euren Balladen ist nichts darüber zu finden.«

»Ja, leider, wegen meiner Körperschwäche«, seufzte Uzun. »Ich war damals nicht bei ihr. Ich mußte sie verlassen, als sie hierher in die Berge ging und nach ihrem Talisman suchte.«

»Ihr wärt erfroren, wenn Ihr versucht hättet, ihr zu folgen«, erklärte Mikayla freundlich. Haramis war froh, als sie sah, daß das Kind die Gefühle anderer zumindest andeutungsweise zu würdigen wußte. »Quasi ist heute erfroren und mußte wieder aufgetaut werden. Erinnert Ihr Euch, wie schlapp er beim Essen war?«

»Quasi?« fragte die Harfe. »War ein Nyssomu bei euch? Er wurde mir nicht vorgestellt.«

Mikayla schaute die Harfe eine Weile nachdenklich an. »Ihr seid blind«, stellte sie fest. »Und Ihr könnt Euch nicht bewegen, stimmt's? Ihr seid ein Mensch, der in einer Harfe gefangen ist, der hören und sprechen kann, aber das ist auch alles. Wieso hat sie Euch das angetan?«

»Sie legte Wert darauf, daß ich am Leben blieb«, sagte Uzun ruhig.

»Ihr habt sie zaubern gelehrt, als sie noch ein Kind war«, sagte Fiolon und wechselte hastig das Thema. »Das steht in einer Chronik. Wurde sie auserwählt, weil sie sich in Magie bereits auskannte?«

»Das kann nicht sein«, entgegnete Mikayla, ehe Uzun antworten konnte. Haramis unterdrückte einen Seufzer. Allem Anschein nach waren gute Manieren bei Mikayla Glückssache. »Denn dann wäre ich nicht auserwählt worden. Ich kenne mich in Magie nicht aus, Fio – du bist der einzige, der etwas davon versteht.«

Fiolon wurde so rot, daß man es sogar im Feuerschein sehen konnte. »Nur kleine Tricks. Ich kann weder Meister Uzun noch der Erzzauberin das Wasser reichen. Aber die Drillinge waren alle bewandert in Magie, Mika, deshalb gehe ich jede Wette ein, daß du es lernen kannst. Du hast dich nur nie in Zauberei versucht und kannst daher gar nicht wissen, ob du magische Fähigkeiten hast oder nicht.« Nach kurzem Überlegen fügte er hinzu: »Ich bin mir ziemlich sicher, daß du eine gewisse Begabung mitbringst – denk daran, daß du gesagt hast, etwas sei nicht in Ordnung, kurz bevor die Skritek schlüpften.«

»Ich weiß, daß ich kein Interesse an Zauberei habe«, murmelte Mikayla. »Schade, daß sie *dich* nicht auserwählt hat.«

Uzun sagte leise: »Ich kann mir vorstellen, daß das alles ein ziemlicher Schock für Euch ist, mein Kind, aber es wird sich alles zum Guten wenden. Ihr werdet schon sehen.«

Mikayla seufzte. »Ich wollte immer nur Fiolon heiraten und die Grünsümpfe erforschen.«

»Dann habt Ihr mehr Gemeinsamkeiten mit der Erzzauberin, als Euch bewußt ist«, sagte Uzun. »Sie war mit Prinz Fiomak von Var verlobt. Fünfzig Tage vor der Hochzeit griff König Voltriks Armee Ruwenda an. Und Haramis war die Thronerbin. Glaubt mir, Prinzessin Haramis hatte eine Menge Pläne, die nichts damit zu tun hatten, Erzzauberin zu werden.« Die Saiten klangen, als lachte er in sich hinein. »Und ich muß nicht einmal dabei gewesen sein, um sagen zu können, daß sie mit der Erzzauberin Binah eine heftige Auseinandersetzung hatte.«

Und ob ich das hatte, dachte Haramis, *aber durch ihren plötzlich eintretenden Tod wurde die Auseinandersetzung ziemlich abrupt beendet.*

»Ihr müßt jetzt wieder ins Bett«, sagte Uzun. »Ich wünsche Euch eine angenehme Ruhe und schöne Träume.« Sein Tonfall ließ keinen Zweifel aufkommen, daß er sie wie Höflinge nach einer Audienz entlassen hatte. Die beiden Kinder verbeugten sich vor ihm und gingen nach oben ins Bett. Sobald sie eingeschlafen waren, leerte Haramis ihre Wasserschale und begab sich auf recht steifen Beinen ins Bett – die gebeugte Haltung über der Wasserschale hatte ihrem Körper nicht gut getan. Noch beim Einschlafen dachte sie, Uzun könne bei der Ausbildung der Prinzessin wahrscheinlich sehr hilfreich sein. Sie brauchte, bei allen Herrschern der Lüfte, jede Hilfe, die sie bekommen konnte!

6

Haramis war fest entschlossen, Fiolon am nächsten Tag nach Hause zu schicken. Sie wollte ihn so schnell wie möglich von Mikayla trennen. Das Mädchen würde das, was Haramis ihr beizubringen gedachte, viel schneller lernen, wenn sie nicht durch die

Anwesenheit ihres Spielgefährten abgelenkt würde. Es war höchste Zeit, daß Mikayla ihre Kindlichkeit ablegte und die Pflichten einer Erwachsenen übernahm.

Leider aber hatte Mikayla in der Nacht zuvor recht gehabt mit ihrer Vermutung, daß Fiolon krank werden würde. Als die Kinder am Vormittag aufwachten – ziemlich spät übrigens –, hatte er Schwierigkeiten beim Atmen und klagte mit schwacher Stimme über Schmerzen in der Brust. Als Haramis selbst ihn untersuchte, warf Mikayla ihr wütende Blicke zu.

»Er hat eine Lungenentzündung«, fauchte sie, »was ja auch nicht anders zu erwarten war, nachdem er gestern in durchnäßter Kleidung die ganze Zeit durch die kalte Luft geflogen ist. Ist Euch überhaupt aufgefallen, daß seine Sachen an seinem Körper festgefroren waren, als wir hier ankamen?«

Bei ihrer Ankunft war Haramis jedoch selbst so kalt und elend zumute gewesen, daß es ihr entgangen war, aber sie hielt es für angebracht, dies besser nicht zuzugeben. »Mach nicht so viel Wind, Mädchen«, sagte sie. »Tut mir leid, daß er krank ist, aber meine Hausdame wird gut für ihn sorgen, und er wird bald wieder gesund sein.« *Hoffentlich*, dachte sie, *ich möchte ihn so schnell wie möglich loswerden.* »Und was dich betrifft,« – sie schaute Mikayla stirnrunzelnd an – »seine Krankheit ist keine Entschuldigung dafür, daß du noch zu dieser Tageszeit im Nachthemd herumläufst. Zieh dich sofort an und komm dann in mein Arbeitszimmer.« Sie rauschte aus dem Zimmer und zog es vor, das Aufstampfen von Hausschuhen hinter ihrem Rücken zu überhören.

Es dauerte eine geschlagene halbe Stunde, ehe Mikayla wie befohlen im Arbeitszimmer auftauchte. Das Frühstück, das Haramis für das Mädchen hatte kommen lassen, war inzwischen kalt geworden. Die Erzzauberin hatte schon in aller Frühe etwas gegessen. »Du kannst es dir aussuchen, Mikayla«, sagte sie. »Entweder du kommst pünktlich zu den Mahlzeiten, oder du mußt sie kalt essen. Heute hast du dich für ein kaltes Frühstück entschieden. Iß schnell – wir haben eine Menge zu erledigen.«

Mikayla schaufelte kalten Haferbrei in sich hinein und fragte: »Was denn?«

»Sprich nicht mit vollem Mund«, sagte Haramis automatisch. »Du mußt etwas über Magie lernen und zweifellos ganz am Anfang beginnen. Du kannst hoffentlich lesen.«

Mikayla nickte und aß ihren Haferbrei weiter. Allem Anschein nach nahm sie weder vom Geschmack noch von der Temperatur Notiz, sie schien nicht einmal zu merken, daß sie überhaupt aß. Haramis legte die Stirn in Falten. Mit Essen war die Prinzessin offenbar nicht zu motivieren. Was war für dieses Mädchen von Wert, anders als für Fiolon? Wie konnte Haramis an sie herankommen?

Mikayla aß bis auf den letzten Löffel alles auf und ließ diesen dann in den Teller fallen, so daß es laut schepperte. Haramis schickte das Geschirr mit einem Wink in die Küche, was Mikayla nicht sonderlich zu beeindrucken schien. Natürlich hatte sie am Abend zuvor bereits gesehen, daß Haramis das schmutzige Geschirr wegzauberte, und wußte also, daß es möglich war, aber wenn sie Magie einfach als selbstverständlich hinnahm … Nun, vielleicht wäre das für ihre Ausbildung von Vorteil – zumindest würde sie nicht stundenlang über jede Kleinigkeit staunen. Aber ein bißchen Sinn für das Wunderbare wäre durchaus wünschenswert gewesen.

Haramis nahm Mikayla mit in die Bibliothek, wo sie mit einer einfachen Erklärung über die Grundlagen der Magie und ihrer Anwendung begann.

»Wie ich sehe, weißt du nur sehr wenig über Zauberkraft, Mikayla. Also fangen wir mit der ersten Lektion in dieser Kunst an. Ein Zauberer darf niemals etwas mit Magie tun, was er nicht unbedingt braucht, und mag es noch so simpel sein. Ich habe Quasi heute morgen auf einem Lämmergeier nach Hause geschickt, denn sonst wäre er erfroren. Ich bin auf den Lämmergeiern zu euch geflogen, um euch am Fluß zu retten, denn ihr befandet euch in höchster Gefahr. Ihr hattet euer Boot verloren und wußtet noch nicht genug über den Umgang mit den Skritek. Daher sah ich mich gezwungen, euch aus dieser Gefahr zu retten, in die euch euer Leichtsinn geführt hatte. Eure Kenntnisse reichten noch nicht aus, euch selbst zu befreien. Hast du das verstanden?«

»Nein«, sagte Mikayla. »Das verstehe ich nicht. Zunächst einmal befanden wir uns nicht in unmittelbarer Gefahr. Die nächsten Skritek waren eine halbe Tagesreise entfernt – mit dem Boot, wohlgemerkt, flußabwärts!«

»Kein vernünftiger Mensch riskiert sein Leben für eine Begegnung mit den Skritek, und niemand, der einigermaßen verantwortungsbewußt ist, riskiert das Leben seiner Gefährten.«

Unwillkürlich schüttelte sich Mikayla, als sie an Traneos Schicksal dachte. Aber sie erinnerte sich auch an ein paar andere Dinge. »Bis zu Quasis Dorf hatten wir nicht mehr weit zu gehen. Als Ihr uns dort herausgeholt und hierher verschleppt habt, ist Quasi fast erfroren, und Fiolon hat sich eine Lungenentzündung geholt. Aber davon mal ganz abgesehen, werte Erzzauberin, ist es denn falsch, die Lämmergeier zu benutzen?«

»Es ist nicht falsch«, sagte die Erzzauberin und überhörte geflissentlich den Sarkasmus des Mädchens. »Es ist nur unklug und unnötig. Wer weiß, wann uns oder unserem Land eine ernste Gefahr droht? Am Ende sind die Lämmergeier dann zu schwach, wenn ich sie am dringendsten brauche. Eines Tages, hoffe ich, wirst du wissen, was notwendig ist und was nicht – und dieses Wissen wirst du weder in Büchern noch in einem der Geräte des Versunkenen Volkes finden. Wenn dieses Wissen nicht in deinem Herzen geschrieben steht, Mikayla, dann steht es dir nicht zur Verfügung, wenn du es brauchst. Das ist das einzige, was ich dir beibringen kann, und wenn wir Glück haben, reicht es. Alles andere, Zauberkram und ähnliches, kannst du bei jeder Kräuterfrau der Seltlinge lernen. Diesen feinen Unterschied hat Orogastus nie begriffen – aber es gibt durchaus auch Menschen, denen meine Worte gleichgültig sind.«

Mikayla hakte an einem anderen Punkt ein. »Ihr habt gesagt, daß wir noch nicht viel über die Kommunikation mit den Skritek wissen. Wollt Ihr mir die Sprache der schlüpfenden Skritek-Brut beibringen?«

Die Erzzauberin nickte. »Um es genauer zu sagen, wirst du lernen, mit ihnen gedanklich Verbindung aufzunehmen. Dieses Wissen läßt sich nicht unbedingt in Worte fassen. Ich weiß nicht, ob sie wirklich etwas haben, was man als Sprache bezeichnen kann – aber du wirst in der Lage sein, sie zu verstehen.«

»Einen schlüpfenden Skritek verstehen? Ich glaube, ich würde lieber lernen, wie man ihn tötet!« Mikayla hatte noch immer das Bild vor Augen, wie ein junger Skritek Traneo mit Haut und Haaren verschlang.

»Das ist ein sehr grausamer und kurzsichtiger Standpunkt. Das Leben selbst hat vielleicht einen Grund für die Existenz der Skritek, obwohl ich gestehen muß, daß ich ihn noch nicht kenne.« Im stillen amüsierte sie sich über Mikaylas verwunderten Blick. »Oh ja, es gibt viele Dinge, die nicht einmal ich weiß.« Mikayla war anzusehen, daß ihr der Gedanke neu war, die alte Zauberin könnte etwas nicht wissen.

»Deine ablehnende Haltung gegenüber den Skritek rührt daher, daß du ihnen keinen Nutzen abgewinnen kannst, nicht wahr?« fuhr Haramis mit ihrer Lektion fort.

»Ich kann mir nicht vorstellen, wozu die Skritek gut sein sollen.«

»Ist das die Schuld der Skritek, oder liegt es an deiner Vorstellungskraft?« fragte die Erzzauberin. »Ihre Eier dienen den Seltlingen zum Beispiel als Nahrung.«

Mikayla fragte sich plötzlich, warum die Seltlinge statt dessen nicht lieber eine Art Geflügel hielten; aber es stimmte, daß in den Sümpfen nicht genug Platz war, um Geflügel zu halten und zu züchten. Wenn die Seltlinge sich nach anderer Nahrung umgesehen hätten, hätte das wenigstens den Vorteil gehabt, daß sie sich nicht mit den Skritek hätten abgeben müssen. Aber Mikayla wollte nicht streitsüchtig erscheinen und schwieg.

Den ganzen Vormittag über fuhr Haramis mit ihrem Unterricht fort. Dann suchte sie ein Buch über Hellsehen aus dem Regal und reichte es Mikayla. »Nach dem Mittagessen beginnst du darin zu lesen. Und denk daran, daß ich dich später abfragen werde – lies es also aufmerksam durch. Bedenke stets, daß es auf der Welt nichts Wichtigeres gibt als zu lernen. Man weiß nie, wann sich etwas scheinbar Unbedeutendes als lebenswichtig herausstellen wird. In der Regel sind es nicht die großen Dinge, die dich umbringen oder dir das Leben retten, sondern Kleinigkeiten. Schau beim Lernen also genau hin.«

Mikayla nickte, aber sie wirkte gelangweilt und aufsässig. *Na schön*, dachte Haramis, *es ist mir einerlei, was sie von mir hält, solange sie etwas lernt. Aber ich verstehe sie nicht. Ich hätte für die Ausbildung, die ich ihr zukommen lasse, alles gegeben – warum erkennt sie den Wert nicht an?*

Mikayla zog sich nach dem Mittagessen zurück, während die Erzzauberin in ihrem Arbeitszimmer mit Uzun sprach. Haramis hatte angenommen, Mikayla würde sich in der Bibliothek aufhalten, bis sie das Mädchen zum Abendessen riefe. Aber in der Bibliothek war niemand, ebenso im Zimmer, das Enya für Mikayla hatte herrichten sollen – hatte ihr denn niemand mitgeteilt, daß dies jetzt ihr neues Zimmer war? Haramis verdrehte die Augen und durchquerte die Empfangshalle auf dem Weg zu Fiolons Zimmer in der festen Überzeugung, daß sie das Mädchen dort antreffen würde.

Und siehe da, als sie sich der Zimmertür näherte, hörte sie Mikaylas Stimme. Sie blieb vor der Tür stehen, um zu hören, was das Mädchen sagte. Sogleich wurde ihr klar, daß Mikayla sich nicht unterhielt, sondern laut aus dem Buch über Hellsehen vorlas. Haramis steckte den Kopf zur Tür hinein. Fiolon schlief, aber Mikayla saß auf einem Holzstuhl neben seinem Bett. Mit der Linken hielt sie seine Hand, und mit der Rechten versuchte sie, das Buch auf ihrem Schoß festzuhalten, während sie daraus vorlas.

»Ich glaube kaum, daß er viel davon mitbekommt«, bemerkte Haramis, »im übrigen ist es Zeit fürs Abendessen.«

Mikayla steckte einen Finger in das Buch, damit es nicht zuklappte, drehte sich auf dem Stuhl um und schaute Haramis an. »Wenn Ihr meint, daß er nicht jedes Wort, das ich vorlese, aufnimmt«, sagte sie von oben herab, »dann habt Ihr ohne Zweifel recht. Er war im Fieberwahn, ehe er einschlief. Aber meine Stimme scheint ihn zu beruhigen. Außerdem«, fügte sie hinzu, ehe Haramis Einwände gegen die Wahl ihres Leseplatzes erheben konnte, »wenn ich ihm laut vorlese, kann ich besser behalten, was ich lese. Besser jedenfalls, als wenn ich es leise für mich lese.«

Haramis fand es müßig, darüber zu diskutieren. Sie war müde und hatte Hunger. Sie war nicht gewohnt, Kinder um sich zu haben. »Komm und iß etwas«, sagte sie. »Nach dem Abendessen erwarte ich, daß du in dein Zimmer gehst.«

»Habe ich denn ein anderes Zimmer?« fragte Mikayla.

»Ja«, sagte Haramis mit Nachdruck. »Ich werde Enya bitten, es dir nach dem Abendessen zu zeigen.«

Mikayla sah sich in dem Zimmer um, in das Enya sie geführt hatte. Es befand sich auf demselben Stockwerk wie Fiolons Zimmer, worüber Mikayla froh war. Sie wollte auf keinen Fall von Fiolon getrennt werden, wenn es sich vermeiden ließ. Eine Wand des Zimmers war aus Stein, offenbar die Außenmauer des Turms. Darin eingelassen waren zwei kleine, verglaste Fenster, durch die sie in der Dunkelheit nichts sehen konnte. Der Rest dieser Wand war mit Wandteppichen behängt.

Für einen Außenraum in einem Steingebäude war es hier drinnen erstaunlich warm, obwohl die anderen Wände mit Holzpaneelen verkleidet waren, und es eine Feuerstelle gab, die von bunten Ziegeln umrahmt war. Bei näherer Untersuchung des Raumes entdeckte Mikayla ein kleines, in die Wand neben dem Bett eingelassenes Gitter, ungefähr in Kniehöhe, aus dem ihr warme Luft entgegenkam. Diese Einrichtung in Verbindung mit der Hitze des offenen Feuers erklärte die ungewöhnliche Wärme. Mikayla versuchte sich die anderen Räume, die sie bisher gesehen hatte, noch einmal ins Gedächtnis zu rufen, und war ziemlich sicher, daß sie überall solche Gitter gesehen hatte. Nun verstand sie, warum es im Turm so warm war, daß Haramis sich in diesem Klima Nyssomu-Dienerschaft halten konnte, und es war wahrscheinlich auch der Grund, warum die Vispi hier so leicht bekleidet waren.

Das Bett war riesengroß. Sein Baldachin war aus Gonda-Holz geschnitzt und mit Brokat behängt, und die Matratze befand sich in Schulterhöhe. Weiche Bettlaken und eine große Daunendecke sowie drei Daunenkissen vervollständigten das Bild. In einem solchen Bett hatte Mikayla noch nie geschlafen. Hier würde sie nicht Gefahr laufen, sich zu erkälten, aber sie war sich keineswegs sicher, ob sie nicht ersticken würde.

Auf einer Bank zwischen Bett und Schrank hatte jemand ein Nachtgewand für sie ausgebreitet. Sie legte das Buch über Hellsehen, das nicht so langweilig war, wie sie befürchtet hatte, auf einen Tisch neben der Feuerstelle, an dem zwei rote Lederstühle standen, zog sich das Nachtgewand über, stieg die drei Stufen einer kleinen Holztreppe zum Bett empor und kroch unter die Decke. In der Tat bekam Mikayla zunächst nur wenig Luft, aber sie schlief so schnell ein, daß sie keine weiteren Gedanken daran verschwenden konnte.

In den nächsten Tagen lernte sie viel Interessantes, obwohl sie ihr Zuhause vermißte. Nachdem sie das Buch zu Ende gelesen hatte, brachte ihr Haramis bei, in die Grünsümpfe zu sehen, den südlichen Teil der Irrsümpfe. Vom Turm auf Mount Brom aus gesehen, lagen sie am anderen Ende des Landes, und wenn Mikayla in der Lage war, die Grünsümpfe zu sehen, dann konnte sie sich mühelos das ganze Land vor Augen führen, ohne selbst dort zu sein.

Haramis sorgte dafür, daß Mikayla es in allen Einzelheiten vor sich sah, bis hin zu den kleinen stechenden Insekten, bei deren Anblick Mikayla froh war, sie vom Turm aus zu betrachten und nicht im Sumpf von ihnen gestochen zu werden.

»Ich vermute, du kannst dir auch bei ihnen nicht vorstellen, warum sie existieren?« fragte Haramis die Prinzessin herausfordernd.

Mit Blick auf die häßlichen kleinen Viecher sagte Mikayla mürrisch, sie persönlich könne sich keinen besonderen Grund für ihre Existenz denken; aber da sie ja wisse, wie Haramis denke, gebe es bestimmt einen Grund, selbst wenn sie ihn noch nicht kennen sollte. Jedenfalls könne sie sich vorstellen, daß die Fische in den Sümpfen sie gern fingen, und das wäre doch immerhin etwas Gutes, selbst wenn sie nur als Futter für die Fische dienten.

»Gut«, sagte die Erzzauberin, »du fängst an, ein paar Dinge über dieses Land zu begreifen.« Mikayla konnte sich nicht vorstellen, welchen Nutzen ihr dieses Wissen bringen sollte, aber sie war überzeugt, daß die Erzzauberin es ihr eines Tages erklären würde – zumindest wenn es etwas war, was sie wissen sollte. Und wenn nicht, dann gab es wohl keinen Grund, sich mit dieser Frage zu belasten.

Die Nachmittage verbrachte Mikayla in Fiolons Zimmer. Sie las ihm alle Bücher, die für sie bestimmt waren, laut vor und berichtete ihm von ihren Lektionen. Haramis war aber offensichtlich fest entschlossen, sie nicht mit Fiolon allein zu lassen: Nach dem ersten Tag hielt sich immer eine Dienerin in ihrer Nähe auf, obwohl Fiolon noch schwer krank war und hohes Fieber hatte. Wochen zogen ins Land, ehe das Fieber sank und er wieder einen klaren Gedanken fassen konnte. Für Mikayla bedeutete es eine wesentliche Erleichterung, als er sich wieder vernünftig mit ihr unterhalten konnte. Aber stets war eine Dienerin bei ihnen, und Mikayla war überzeugt, daß die Sorge der Erzzauberin nicht in erster Linie Fiolons Gesundheit galt.

Haramis hatte indessen ein sehr lebhaftes Interesse an Fiolons Genesung; sie wartete sehnsüchtig darauf, daß er reisefähig wurde, damit sie ihn fortschicken konnte. Aber er war sehr krank gewesen. Auch wenn sein Verstand sich rasch erholte, der Körper brauchte seine Zeit. Er blieb hager und blaß, und Mikayla mußte ihn gemeinsam mit einer Dienerin aus dem Bett heben und auf einen Stuhl setzen.

Zu Beginn des Sommers fürchtete Haramis bereits, Fiolon könnte neben einer Lungenentzündung an einer anderen Krankheit leiden. Sie ging sogar so weit, einen Lämmergeier loszuschicken, der eine Heilerin der Vispi aus Movis auf Mount Rotolo holen sollte.

Mount Rotolo war der westliche Gipfel der drei Bergspitzen und Mount Brom der östliche. Der mittlere Gipfel, Mount Gidris, war ein heiliger Berg und unbewohnt. Haramis selbst war nur einmal dort gewesen, als sie nach ihrem Talisman suchte. In einer Eishöhle an der Südseite des Berges hatte sie ihn gefunden. Als sie ihren Talisman herausholte, war die Höhle über ihr zusammengestürzt. Ihr Lämmergeier hatte sie gerade noch retten können. Seitdem war Haramis nie wieder auf Mount Gidris gewesen und hatte auch nicht vor, noch einmal dorthin zu gehen.

Die Heilerin untersuchte Fiolon sorgfältig, sprach lange allein mit ihm, sagte Mikayla ein paar knappe, tröstende Worte und teilte Haramis mit, sie müsse Geduld haben. »Ich spüre, daß er noch ein paar Monate bei Euch sein wird«, sagte sie, »aber er wird sich wieder erholen, wenn die Zeit gekommen ist. Dessen bin ich mir sicher.«

Haramis fuhr also fort, Mikayla an den Vormittagen zu unterrichten, nahm davon Abstand, sie auszufragen, wie sie die Nachmittage verbrachte, und sorgte dafür, daß sich stets eine Dienerin in Fiolons Zimmer aufhielt, wenn Mikayla nicht bei Haramis war. Immerhin machte das Mädchen Fortschritte. Schon nach wenigen Monaten konnte sie in die Ferne sehen und war imstande, die einfache Form der Teleportation auszuüben, die Haramis anwandte, um den Tisch abzuräumen oder ein Buch aus der Bibliothek zu holen. Allerdings bestand Haramis darauf, daß Mikayla die Bücher persönlich holte, damit sie wußte, wo sie standen, und in der Lage war, sie wieder richtig einzuordnen. »Bedenke, daß ein falsch eingeordnetes Buch gleichsam verlorenes Wissen ist.« Mikayla seufzte, nickte und lernte die Reihenfolge der Bücher auf den Regalen auswendig.

Haramis lehrte sie auch, wie man Kontakt zu den Lämmergeiern aufnahm, erlaubte ihr aber nicht, auf ihnen zu fliegen. Mikayla besaß inzwischen gut sitzende Kleidung für drinnen. Aber nichts, was für einen Aufenthalt im Freien geeignet gewesen wäre, fand den Weg in ihren Kleiderschrank. Mikayla nahm sich vor, eines Tages etwas in dieser Hinsicht zu unternehmen, aber sie lernte auch, wann und wie sie sich Haramis widersetzen konnte und womit sie ungestraft durchkam. Solange sie Fiolon jeden Tag besuchen durfte, versuchte sie freilich, Haramis nicht zu sehr in Aufregung zu versetzen.

Was konnte sie dafür, daß Haramis eines Nachmittags ins Zimmer trat und sie dabei erwischte, wie sie mit Fiolon Telefangen spielte. Es war ein Spiel, das sie sich ausgedacht hatten, und wurde mit einem kleinen, vorzugsweise unzerbrechlichen Gegenstand gespielt. Diesmal benutzten sie eine Ladu-Frucht. Ziel des Spiels war es, den Gegenstand auf telepathischem Weg in Reichweite des Mitspielers zu befördern, der ihn mit einer Hand fangen mußte, ohne ihn zu Boden oder auf das Bett fallen zu lassen. Hatte er ihn gefangen, mußte er ihn auf telepathischem Weg wieder zurücktransportieren. Da der Gegenstand an jedem beliebigen Punkt im Halbkreis vor dem Mitspieler sichtbar gemacht werden konnte, war es eine knifflige Sache, den Gegenstand rechtzeitig zu entdecken und zu fangen – es sei denn, man mogelte ein wenig und setzte seinerseits Telepathie ein, um vorauszusehen, wohin der andere ihn schickte, was wiederum dann nicht ging, wenn der andere einen Schutzschild gegen Telepathie aufbaute …

Sie hatten Spielregeln in allen möglichen Variationen ausgearbeitet, und das Spiel war recht anspruchsvoll geworden. An diesem Tag schützten sie beide ihre Gedanken, was eine hohe Konzentration erforderte. Haramis schaute dem Treiben von der Tür aus eine Weile zu, ehe die Kinder bemerkten, daß sie eingetreten war. Sie hatte genug Zeit zu beobachten, daß Mikayla zwar recht geschickt war, Fiolon sie jedoch bei weitem übertraf.

Am nächsten Tag ließ Haramis die Heilerin erneut kommen, und Fiolon begann mit einer intensiven Körpertherapie. Schon nach einer Woche konnte er wieder laufen, wenn auch noch langsam, und zwei Wochen später entschied Haramis, daß er kräftig genug war, zur Zitadelle zurückzukehren. Sie überhörte Mikaylas Einwände, Fiolon sei zu krank – oder zu krank gewesen –, und man könne ihn nicht mitten im Winter nach Hause schicken. »Wobei das Klima hier im Sommer auch nicht besser ist«, fügte sie hinzu.

»Als nächstes werden wir das Wetter und das Gefühl für das Land durchnehmen«, informierte Haramis sie. »Ich versichere dir, du wirst bald lernen, den Unterschied zwischen den verschiedenen Jahreszeiten wahrzunehmen – selbst hier.«

7

Die Erzzauberin ließ Reitkleidung und die für ein Nachtlager notwendige Ausrüstung zusammentragen. Da es im Turm nicht viel gab, was man als menschliche Kleidung hätte bezeichnen können, war es ein Glück, daß Fiolon so klein war, daß er zur Not Sachen der Vispi anziehen konnte. Sobald die Diener seine Sachen gepackt und ihn warm angezogen hatten, führte Haramis Fiolon und Mikayla die lange Treppenflucht hinab, die am Ende auf einen großen Platz vor dem Turm mündete. Mikayla war dieser Vorplatz noch nicht aufgefallen. Bei ihrer Ankunft waren sie auf der anderen Seite des Gebäudes im oberen Stockwerk gelandet, und sie war seither noch nicht wieder an der frischen Luft gewesen. Solange sie Fiolon in ihrer Nähe gewußt hatte, war ihr der Gefängniskoller erspart geblieben, aber sie fürchtete, daß sich das ändern würde. Ehe sie hierher gekommen und im Turm eingesperrt worden war, hatte sie einen Großteil ihrer Zeit im Freien verbracht, und sie war es seit Jahren gewöhnt, daß sie kommen und gehen konnte, wann sie wollte. Fiolons bevorstehende Abreise flößte Mikayla zunehmend Angst ein; nun, da sie nicht mehr zu zweit sein würden, empfand sie die Gefangenschaft noch stärker.

Haramis hatte sich geweigert, ihr Kleidung zur Verfügung zu stellen, die einen Aufenthalt im Freien erlaubt hätte. Mikayla wurde den Verdacht nicht los, daß dahinter eine Absicht steckte. Im Augenblick hatte sie sich in einen Umhang der Erzzauberin gehüllt, der ihr zwar viel zu lang war, der sie aber während des Abschieds von Fiolon warm halten würde.

Mikaylas Füße steckten jedoch in leichten Hausschuhen und wurden kalt und naß, denn auf dem Vorplatz lag knöcheltief Schnee.

An der gegenüberliegenden Seite des Platzes klaffte eine breite Schlucht, über die allem Anschein nach kein Weg führte. Mikayla ging zunächst davon aus, daß die Erzzauberin die Lämmergeier rufen würde. Statt dessen aber öffnete sich zu ihrer Linken ein großes Tor, aus der ein Vispi zwei Fronler über eine steile Rampe

67

herunterführte. Mikayla starrte die Tiere mit offenem Mund an. »Wie kommen die denn da rüber?« fragte sie und zeigte auf die Schlucht. »Mit Zauberkraft?«

Die Erzzauberin warf ihr einen verdrießlichen Blick zu. »Kein bißchen«, antwortete sie. »Als Orogastus diesen Turm errichten ließ, hat er ihn mit allen möglichen technischen Finessen des Versunkenen Volkes ausgestattet, die er erbetteln, kaufen oder stehlen konnte. Natürlich«, fügte sie voll Verachtung hinzu, »war er der Meinung, es handle sich um Zauberei. Ich glaube, er war selbst nach so vielen Jahren nicht imstande, den Unterschied zu erkennen. Aber wenigstens du, Mikayla, solltest lernen, worin der Unterschied besteht. Es ist nicht gut, die Lämmergeier zu rufen, wenn es auch ohne Zauber geht. Das ist eine der wichtigsten Lektionen überhaupt: die Frage, wann es angebracht ist, Zauberkraft anzuwenden, und wann nicht.«

»Und das soll ich also von jemandem lernen, der mit Zaubertricks den Tisch abräumt«, murmelte Mikayla aufsässig.

Haramis beachtete sie nicht weiter. Mit ein wenig Übung würde es leichter fallen – und, oh Herrscher der Lüfte, sie würde viel Übung bekommen!

Die Fronler waren ein gut aufeinander abgestimmtes Paar. Fiolon sah verwundert zu, wie sie stillhielten, als ein kleiner Vispi einem der Tiere das Gepäck auflud.

Er warf einen Blick über den Rand der Schlucht, in der tief unten ein Fluß rauschte. »Es wäre doch schön, ehrwürdige Haramis, wenn entweder die Fronler oder ich oder mein Gepäck fliegen könnten«, sagte er höflich. »Wollt ihr mir das Fliegen beibringen? Oder können die beiden hier schon fliegen?«

»Nein, natürlich nicht«, sagte Haramis. »Obwohl Orogastus wahrscheinlich auch das hier für Zauberei hielt.« Aus den Tiefen ihres Gewandes zog sie eine silberne Pfeife hervor und blies hinein. Ein hoher, dünner Ton erklang, und die Kinder sahen gebannt zu, wie ein Eisensteg aus dem Rand der Schlucht hervortrat und rasch zu einer Brücke wurde.

Mikayla schnappte nach Luft. Es würde mich interessieren, zu erfahren, wie das funktioniert, dachte sie – mindestens ebenso wie bei den Spieluhren, die sie und Fiolon peinlich genau untereinander aufgeteilt hatten. Mikayla hatte drei behalten. Zwei davon waren Duplikate der Spieluhr, die sie schon früher gefunden hatten. Die übrigen hatte Fiolon sorgfältig zu der Kleidung und den Nahrungsmitteln gepackt, die Haramis ihm mitgegeben hatte. Wenn sie schon hier im Turm festsaß, dachte Mikayla, konnte sie ebenso gut möglichst viel lernen, am liebsten natürlich das, was sie interessierte und nicht nur, was eine junge, angehende Erzzauberin nach Ansicht der alten Erzzauberin wissen sollte.

Leider schien Haramis keinerlei Interesse an Technik zu haben, und ein Gefühl dafür hatte sie schon gar nicht. *Soll sie doch über meine mangelhaften magischen Gaben meckern*, dachte Mikayla, *wenigstens habe ich aber ein Gespür für Technik. Sie kann technische Geräte nur benutzen, wenn sie herausfindet, wie sie funktionieren, oder wenn Orogastus ihr gesagt hat, wie es geht, bevor sie ihn umbrachte.*

Mikayla ignorierte den mißbilligenden Blick der Erzzauberin ebenso wie den Schnee, der in ihre Hausschuhe drang, und stapfte über den Vorplatz zu Fiolon, der im Begriff war, auf den vorderen Fronler zu steigen. »Sei vorsichtig«, sagte sie. »Ich weiß nicht, warum sie dich mitten im Winter auf einem Fronler fortschickt …« Sie beendete den Satz nicht.

Fiolon legte ihr einen Arm um die Schultern und drückte sie tröstend an sich. »Ich werde schon aufpassen, Mika. Ich habe schon einmal im Winter draußen übernachtet – vor ein paar Jahren, weißt du noch?«

»Ja, aber da waren wir nicht allein. Ich war bei dir, und wir haben zwei Wächter mitgenommen – sonst hätten meine Eltern uns nicht gehen lassen. Sie sagten, es sei zu gefährlich.« Mikayla biß sich auf die Lippe. »Ich glaube nicht, daß Haramis untröstlich wäre, wenn du einen tödlichen Unfall hättest.« Sie schaute ihm direkt in die Augen. »Aber ich warne dich, Fio, wenn du jetzt gehst und dabei umkommst, spreche ich nie wieder ein Wort mit dir!«

Sie kicherten beide über die Sinnlosigkeit dieser Drohung. »Ich werde schon nicht umkommen«, sagte Fiolon. »Das verspreche ich dir.« Er warf einen Blick auf Haramis und seufzte. »Sie schaut uns

69

schon wieder ganz böse an, und ich muß aufbrechen, ehe es dunkel wird.«

»Ja«, pflichtete Mikayla ihm bei. »Ich weiß.«

»Dann solltest du jetzt vielleicht meine Jacke loslassen«, sagte Fiolon.

Mikayla schaute auf ihre Hände. Sie klammerte sich so fest an die Ärmel von Fiolons kurzer Jacke, daß ihre Knöchel weiß hervortraten. Es kostete sie große Überwindung, die steifen Finger zu bewegen und den Griff zu lockern, dann beugte sie sich trotzig vor und gab Fiolon einen Kuß auf die Wange. »Paß auf dich auf«, sagte sie leidenschaftlich. »Und lebe wohl.«

»Mach's gut, Mika«, sagte Fiolon, klopfte ihr auf die Schulter, drehte sich um und stieg auf den Fronler. Er schaute von oben zu ihr herunter. »Streng dich an.«

»Du glaubst doch nicht im Ernst, daß Haramis mir auch nur eine Chance läßt, etwas anderes zu tun?« Mikayla versuchte zu lächeln. Fiolon sollte sie nicht mit tränenüberströmtem Gesicht in Erinnerung behalten.

Mit reiner Willenskraft hielt sie das Lächeln so lange aufrecht, bis Fiolon ihr den Rücken zugekehrt und die Mitte der Brücke erreicht hatte. Inzwischen hatte Haramis den Platz überquert und sich neben sie gestellt. Sie legte ihrer Schülerin eine Hand auf die Schulter. Mikayla schüttelte sie ärgerlich ab.

Sie sahen Fiolon nach, wie er die Brücke überquerte, den zweiten Fronler an einem Halteseil hinter sich her führend, die Berghänge hinunter ritt und allmählich ihren Blicken entschwand. Erneut fragte Mikayla: »Warum habt Ihr ihn nur allein auf diese lange Reise über schlechte Wege, über Pässe und durch tiefen Schnee geschickt, wenn Ihr die Lämmergeier herbeirufen könnt, auf denen er gegen Abend zu Hause gewesen wäre und sicher in seinem Bett gelegen hätte?«

Haramis seufzte. »Wie oft muß ich dir noch sagen, Mikayla, daß es nicht klug ist, die Lämmergeier zu rufen, wenn nicht Not am Mann ist?«

Mikayla zuckte die Achseln. Fiolon war nicht mehr zu sehen. Sie kehrte in den Turm zurück und schleppte sich mit hängenden

Schultern, die Augen starr auf die Stufen gerichtet, die Treppen hinauf. Haramis folgte ihr mit langsamen Schritten und hielt ab und zu an, um Luft zu schnappen, während Mikayla stetig und wie aufgezogen bis zu den Wohnräumen im mittleren Stockwerk des Turms hinaufstieg. Für den Rest des Tages wechselte sie kein Wort mehr mit Haramis.

Am Abend überreichte ihr Haramis nach dem Essen einen kleinen, mit Stoff bezogenen Kasten. Mikayla klappte den Deckel auf und entdeckte zwei Silberkugeln. Als sie eine in die Hand nahm, ertönte der gleiche Glockenklang wie bei den Kugeln, die sie mit Fiolon in den Ruinen gefunden hatte. Dieser hier war nur lauter und hatte eine tiefere Tonlage, wahrscheinlich weil diese Kugel im Durchmesser etwa doppelt so groß war wie die, die ihr noch immer an einem grünen Band um den Hals hing.

Haramis wußte nichts von der kleinen Kugel, und da Mikayla sie unter der Kleidung trug, gab sie kein Geräusch von sich. Mikayla glaubte nicht, daß Haramis etwas ahnte. Sie war fest entschlossen, die Kugel als Erinnerung an Fiolon und an den glücklichen Tag in den Ruinen zu behalten. Haramis erwähnte häufig ihren nahen Tod, und Mikayla hegte die Hoffnung, daß sie in ein paar Jahren frei sein würde. Wenn die Erzzauberin einmal gestorben war, konnte sie Mikayla und Fiolon nicht mehr trennen.

Falls Haramis etwas von der kleinen Kugel an Mikaylas Halsband wußte, so erwähnte sie es nicht. Sie forderte Mikayla nur auf, die zweite Kugel aus dem Kasten zu nehmen, die wiederum ein wenig tiefer klang als die erste, obwohl die beiden Kugeln nach außen hin identisch waren.

»Wieso klingen sie unterschiedlich?« fragte Mikayla.

»Tun sie das?« wunderte sich Haramis. »Ich habe nie darauf geachtet, was für Geräusche sie machen. Ich möchte, daß du folgendes damit machst ...« Sie nahm beide Kugeln in eine Hand und ließ sie, ohne etwas dazu zu sagen, zuerst in die eine, dann in die andere Richtung umeinander kreisen. »Versuch es auch einmal.«

Sie gab Mikayla die Kugeln zurück. Nebeneinander liegend füllten sie Mikaylas gesamte Handfläche aus, und als sie versuchte, sie kreisen zu lassen, klackten sie gegeneinander und gaben metallische Töne von sich. Sie versuchte, sie in der anderen Richtung kreisen zu lassen, und ließ prompt eine Kugel fallen, die daraufhin von ihrem Schoß rollte und mit einem lauten, metallischen Klang auf dem Boden aufschlug. Mikayla zuckte bei dem Geräusch zusammen und kroch hastig unter den Tisch, um die Kugel wieder aufzuheben.

Als sie wieder auftauchte, schaute Haramis sie mit Leidensmiene an. »Nimm sie mit auf dein Zimmer und übe jeden Abend vor dem Zubettgehen und jeden Morgen nach dem Aufwachen. Wenn sie dir auf die Bettdecke fallen, machen sie wenigstens nicht so viel Lärm.« Sie stand auf. Offenbar wollte sie sich zurückziehen. »Du mußt so lange üben, bis du sie in beiden Richtungen und in jeder Hand geräuschlos kreisen lassen kannst.«

Diese Aussicht schien Mikayla so unerfreulich, daß sie nicht einmal daran dachte, zu fragen, warum sie es lernen sollte. Das fiel ihr erst ein, als Haramis den Raum bereits verlassen hatte. Seufzend legte sie die Kugeln wieder in den Kasten und ging die Treppe hinauf in das Zimmer, das Haramis ihr zugewiesen hatte. Sie zog sich aus und legte ihr Nachtgewand an. Ebensogut konnte sie zu Bett gehen, denn es gab hier für sie ohnehin nichts mehr zu tun.

Sie hatte immer geglaubt, daß sie als Kind einsam gewesen war, ehe Fiolon in die Zitadelle gezogen war, aber damals hatte sie immerhin ihre Familie gehabt, auch wenn diese sie die meiste Zeit nicht zur Kenntnis nahm. Und die Dienerschaft in der Zitadelle war freundlich gewesen. Hier war Enya die einzige, die überhaupt mit ihr redete. Wenn sie den anderen Dienern auf den Korridoren begegnete, taten sie immer so, als gäbe es Mikayla gar nicht – oder als wären sie selbst unsichtbar. Uzun war inzwischen bereit, mit ihr zu reden, und zuweilen setzte sie sich abends zu ihm, wenn Haramis anderweitig beschäftigt war. Aber Uzun war als Harfe nicht imstande, sich fortzubewegen. Mikayla hatte ihn unter dem Deckmantel höflicher Konversation vorsichtig ausgehorcht und dabei festgestellt, daß er in der Tat blind war. Offenbar hatte ihn plötzlich eine tödliche Krankheit befallen, und Haramis hatte ihn in eine Harfe verwandelt, weil dies der erstbeste Zauber gewesen

72

war, den sie finden konnte und der die Aufrechterhaltung seines Bewußtseins ermöglichte. Mikayla hatte bereits von blinden Harfenspielern gehört, und natürlich hatten Harfen keine Augen, aber die meisten Harfen waren auch keine empfindsamen Wesen. Uzun besaß ein ausgezeichnetes Gehör, er hörte noch besser als Mikayla, und das wollte etwas heißen. Er benutzte es als Ausgleich dafür, daß er nicht sehen und sich nicht von der Stelle rühren konnte. Dennoch erfuhr er nur das, was in Hörweite vor sich ging – im Arbeitszimmer der Erzzauberin und im Korridor davor. Mikayla fragte sich oft, ob er wohl darunter litt. Sie glaubte, daß es ihm bis zu einem gewissen Grad etwas ausmachte. Sie spürte, daß er traurig war, auch wenn seine »Stimme« sehr fröhlich klang. Wenn er nur für sich ein Lied spielte, war es eher ein melancholisches.

Mikayla saß im Schneidersitz auf ihrem Bett und holte noch einmal die Kugeln aus dem Kasten. Sie schüttelte sie nacheinander und lauschte auf die unterschiedliche Tonhöhe. Dabei fragte sie sich, wie das wohl möglich war. Wenn doch nur Fiolon bei ihr gewesen wäre, damit sie ihn fragen oder ihm die Kugeln zeigen konnte! *Die würden ihm gefallen*, dachte sie sehnsüchtig. *Wie es ihm wohl auf seiner Heimreise ergehen mag?*

Sie ließ die Kugeln auf der rechten Handfläche liegen und zog mit der anderen Hand die kleine Kugel am grünen Band aus ihrem Nachtgewand. Es machte ihr Spaß, ganz leicht mit ihr gegen die beiden größeren Kugeln zu stoßen und den verschiedenen Klängen zu lauschen. Wenn sie die kleine Kugel von oben an die großen Kugeln heranführte, spiegelte sie sich in jeder Kugel, und wenn sie die kleine Kugel neben die großen Kugeln hielt, entstand ein Dreieck, an dessen Eckpunkten jeweils eine Kugel saß. Zunächst sah sie in dem Dreieck ihre Handfläche, die sich schließlich auch darunter befand. Nachdem sie jedoch eine Minute unverwandt hineingeschaut hatte, trübte sich ihr Blick, und als sie wieder etwas erkennen konnte, erblickte sie Fiolon, der zusammengerollt in einem Schlafsack neben einem kleinen Feuer lag. Verblüfft ließ sie die Kugeln auf das Bett fallen, und als sie einen zweiten Versuch unternahm, kehrte die Vision nicht wieder. An diesem Abend jedoch schlief sie mit einem Lächeln auf den Lippen ein: Vielleicht hatten die Kugeln ja einen Sinn, von dem Haramis nichts wußte.

Mikayla erwachte am nächsten Morgen kurz nach Tagesanbruch. Ihr erster Gedanke galt den Kugeln. Sie war neugierig, ob es ihr noch einmal gelingen würde, die Vision von Fiolon heraufzubeschwören, die sie am Abend zuvor gesehen hatte. Sie rollte die Kugeln in der Hand, was ihr zunehmend leichter fiel – zumindest in der Richtung, in der sie sie bewegte –, bis sie merkte, daß sie in eine Art Trance fiel. Die Kugeln auf ihrer Handfläche wurden warm, so warm, daß es beinahe unangenehm war. Sie berührte die beiden großen Kugeln mit der kleinen, die um ihren Hals hing, und schaute auf die Stelle, an der sie zusammentrafen.

Und da war wieder unverkennbar Fiolon. Er schlief in einem Schlafsack, der neben den angebundenen Fronlern auf der Erde lag. *So ein Faulenzer,* dachte Mikayla belustigt. *Ob ich ihn wohl wecken kann?* Sacht rüttelte sie die Kugeln in der Hand und brachte sie damit zum Klingeln.

In ihrer Vision schlug Fiolon die Augen auf, fuhr plötzlich in die Höhe und griff sich mit einer Hand an die Brust. Ob seine Kugel auch klingelte? Mikayla wünschte sich, sie könnte hören, was um ihn herum geschah.

Vielleicht ging es ja, zumindest konnte sie es versuchen. Irgendwie hatte sie das Gefühl, mit den Gedanken zu wandern. Nun konnte sie das leise Schnauben der Fronler hören, das Rascheln des Laubes und sogar Fiolons Atem, der ein wenig abgerissen klang, als wäre er plötzlich aus einem Traum aufgeschreckt.

»Fiolon?« fragte sie leise und wußte nicht einmal, ob sie laut redete oder nicht. »Kannst du mich hören?«

Fiolon drehte suchend den Kopf nach allen Seiten. »Mika? Wo bist du?«

Das geht ja wunderbar! dachte Mikayla. *Vielleicht kann die Erzzauberin uns doch nicht trennen.*

»Ich stecke noch immer hier in dem vermaledeiten Turm, Fio – wo du mich zurückgelassen hast!« fügte sie vorwurfsvoll hinzu.

»Aber ich glaube, ich habe etwas Interessantes entdeckt. Schau auf die Kugel, die du um den Hals hängen hast.«

Fiolon warf einen Blick in die Runde, zuckte mit den Achseln und zog die Kugel unter dem Hemd hervor. Sie läutete, als er sie bewegte, und die kleine Kugel in Mikaylas Hand läutete ebenfalls, obwohl sie reglos auf ihrer Handfläche lag. Die größeren Kugeln, die an der kleineren lagen, gaben ebenfalls Glockentöne von sich. Fiolon hielt die Kugel vor das Gesicht, und sogleich tauchte sein Kopf in Mikaylas kleiner Kugel auf und verdeckte das Bild seiner Umgebung. »Ich kann dein Gesicht hier drin sehen, Mika!« sagte er verblüfft. »Was ist das, eine Art Zauber? Hat die Erzzauberin dir das beigebracht?«

»Nein«, fuhr Mikayla ihn an. »Immerhin habe ich noch Hirn im Kopf, Fio; ich habe es nicht im Fluß verloren, als sie uns auf die Lämmergeier zerrte. Und was die Magie dieser Kugeln betrifft«, fügte sie hinzu und überlegte. »Ich glaube, sie wäre ziemlich sauer, wenn sie hörte, daß du das hier als Zauber bezeichnest. Überlege doch, wo wir die Kugeln gefunden haben – es sind wahrscheinlich Geräte, mit denen das Versunkene Volk untereinander Verbindung aufnahm. Vielleicht wurden sie im Theater dazu verwendet, einem Schauspieler, der steckengeblieben war, im Text weiterzuhelfen.«

»Da könntest du recht haben«, sagte Fiolon. »Es gab viele verschiedene, aber die beiden, die wir mitgenommen haben, paßten zueinander. Vielleicht sind sie miteinander verbunden. Aber wenn sie nur für den Gebrauch im Theater bestimmt waren, warum können wir uns über eine so weite Entfernung hinweg unterhalten?«

»Ich habe da so eine Idee«, erklärte Mikayla. »Haramis hat mir einen Kasten mit zwei Kugeln gegeben, die genauso aussehen, nur etwas größer sind – ich wünschte, du wärst hier und könntest sie dir ansehen. Sie sind genau gleich groß, aber in der Tonhöhe verschieden, und als ich Haramis darauf ansprach, wußte sie nichts davon, oder es war ihr gleichgültig – ich glaube nicht einmal, daß es ihr überhaupt je aufgefallen ist. Glaubst du, daß sie verschiedene Tonhöhen nicht voneinander unterscheiden kann?«

»Ich weiß, daß es solche Menschen gibt«, sagte Fiolon. »Man sagt dann, sie haben kein musikalisches Gehör. Aber sie hätte Meister Uzun wohl kaum in eine Harfe verwandelt, wenn sie kein musikalisches Gehör hätte – oder wenn ihr Musik nicht besonders gut gefallen würde. Und in den alten Liedern heißt es übereinstimmend, daß sie sehr musikalisch war.«

»Vielleicht nimmt die Fähigkeit, bestimmte Tonhöhen wahrzunehmen, im Alter ab«, sagte Mikayla. »Sie ist doch ziemlich alt, oder?«

»Knapp über zweihundert«, sagte Fiolon. »Bei der letzten Großen Vereinigung des Dreigestirns hätte sie heiraten sollen, und die nächste steht in ungefähr vier Jahren bevor. Also ist sie wahrscheinlich zwischen zweihundertzehn und zweihundertfünfzig Jahre alt.«

»Aber so alt wird doch kein Mensch!« protestierte Mikayla. »Bist du sicher?«

»Sie ist ja auch kein ganz normaler Mensch«, sagte Fiolon. »Sie ist die Erzzauberin. Und wenn sie die Haramis ist, die zu den Drillings-Prinzessinnen gehörte, die den bösen Zauberer Orogastus besiegt haben, dann ist sie sicher über zweihundert Jahre alt.«

»Ich glaube nicht, daß ich so lange leben *will*«, sagte Mikayla und schüttelte sich. Die Kugeln in den Händen läuteten leise.

»Warum hat sie dir die Kugeln gegeben?« fragte Fiolon neugierig.

»Sie hat mir gesagt, ich soll üben, sie in einer Hand kreisen zu lassen, aber ich habe keine Ahnung, warum.«

»Ich wette, das soll deine Finger geschmeidig machen, damit du sie besser beherrschen kannst«, sagte Fiolon. »Du hast die magischen Gesten bei den Seltlingen gesehen – zum Beispiel die gegen den bösen Blick. Wahrscheinlich wird sie dir Magie beibringen, die dir sehr genaue Bewegungen mit Händen und Fingern abverlangt.«

Das ergab einen Sinn für Mikayla. »Stimmt, das hört sich zumindest ganz vernünftig an. Die hochwohllöbliche Erzzauberin läßt sich zu keinerlei Erklärungen herab und nennt mir auch keinen Grund, warum ich dies und das tun soll.« Sie seufzte. »Schade, daß sie nicht dich auserwählt hat. Deine Hände sind jetzt schon geschickter, als meine es je sein werden. Ich kann nicht einmal auf einer kleinen Schoßharfe spielen.«

»Aber sie hat dich auserwählt, Mikayla, und sie muß gewußt haben, was sie tat. Schließlich ist sie die Erzzauberin.«

Mikayla zuckte die Achseln. »Sie macht eben einfach, was sie will. Schau dir doch nur an, was sie dem armen Uzun angetan hat. Aber ich bin froh, daß ich wenigstens mit dir reden kann, wenn wir schon nicht zusammen sein können.« Sie biß sich auf die Unterlippe. »Du fehlst mir so. Warum mußte sie uns trennen? Ich wette, ich würde viel schneller lernen, was ich lernen soll, wenn du dabei wärst.«

Fiolons Miene war ernst. »Weiß sie, daß du über die Kugeln mit mir redest?«

Mikayla hob die Schultern. »Ich habe keine Ahnung. Ich nehme mal an, das hängt davon ab, wie allwissend sie ist. Sollte sie es nicht wissen, was fast unwahrscheinlich ist, werde ich es ihr jetzt noch nicht sagen. Deshalb stehe ich lieber auf und ziehe mich an, bevor jemand nach mir schaut. Ich melde mich später wieder bei dir, ja? Ich soll mit diesen Kugeln üben, wenn ich aufwache, und kurz vor dem Zubettgehen, also wird es etwa um diese Zeit sein.«

»Wenn du sicher bist, daß die Erzzauberin nichts dagegen hat ...«, sagte Fiolon unsicher.

»Ich kann dir versichern, daß sie es mir dann schon sagt«, antwortete Mikayla. »Bitte, Fiolon, ich brauche jede nur denkbare Unterstützung. Von allein wäre ich nie darauf gekommen, warum ich mit den Kugeln üben soll – du kannst mir wirklich helfen, wenn du willst.«

»Natürlich will ich das, Mika. Solange ich kann.«

Mikayla bemühte sich wirklich zu lernen, was Haramis ihr beizubringen versuchte, aber sie fand es sehr schwierig. Wenn sie nachsichtig war, sagte sie sich, daß Haramis noch nie jemanden unterrichtet hatte. Hinzu kam, daß sie nie eine formale Ausbildung erhalten hatte. Von daher war es verständlich, wenn sie ihre »Lektionen« nach dem Zufallsprinzip erteilte. Mikayla kam damit zurecht, weil sie alles mit Fiolon durchsprechen konnte, der ein viel besseres, intuitives Verständnis für Magie und die damit verbundenen Themen hatte. Wenn sie auch nach gemeinsamen Überlegungen etwas nicht herausbekamen, wartete sie, bis Haramis zu Bett gegangen war, und schlich sich ins Arbeitszimmer, um Meister Uzun zu fragen. Er wußte fast immer die Antwort oder konnte ihr sagen, wo sie es in der Bibliothek nachschlagen konnte. Der Seltling in Harfengestalt gefiel ihr immer besser. Häufig ging sie spätabends noch hinunter, um einfach nur mit ihm zu reden, auch wenn sie keine besonderen Fragen hatte. Sie war allein und vermutete, daß Uzun noch einsamer war, als sie es je sein würde. Uzun erzählte ihr viel darüber, wie Haramis als Kind gewesen war, obwohl diese Auskünfte ihr jetzt nicht viel nutzten.

»Sie muß sich sehr verändert haben, seit sie Erzzauberin geworden ist«, sagte Mikayla eines Abends, als sie neben Uzun am Kamin saß. »Das Mädchen, das Ihr mir beschreibt, ist so anders als die alte Frau, mit der ich zu tun habe.«

»Eine Zeitlang hat sie sich tatsächlich verändert«, sagte Uzun nachdenklich. »Sie war weicher, nicht so selbstbewußt und stets unsicher, ob sie etwas richtig machte oder nicht. Aber im Laufe der Zeit starben alle ihre Bekannten, und sie wurde wieder, wie sie einmal war.«

»Und noch schlimmer.« Mikayla seufzte. »Inzwischen ist sie davon überzeugt, daß sie allein das einzig Wahre tut. Ihre Gesetze sind die einzig richtigen; dabei sind ihre Gesetze zuweilen widersprüchlich.« Sie legte das Kinn auf die angezogenen Knie und starrte in die Flammen. »Sie sagt, daß wir keine Technik benutzen sollen, wie zum Beispiel die Geräte des Versunkenen Volkes, und daß Magie nur in wirklich wichtigen, dringend notwendigen Fällen angewandt werden soll – und dann zaubert sie das schmutzige Geschirr in die Küche. Aber wehe, sie erwischt Fiolon und mich dabei, wie wir dieselbe Magie benutzen, um Fangen zu spielen und unsere Fähigkeiten zu schulen, dann wird sie fuchsteufelswild und schickt ihn auf einem Fronler fort, durch den Schnee, mitten im Winter. Ich glaube, es machte ihr nicht einmal etwas aus, wenn er sich wieder eine Lungenentzündung einfangen würde, solange es nicht hier passiert und ihr Umstände bereitet.«

Die Harfensaiten ließen ein absteigendes Glissando vernehmen – ein Zeichen, daß Uzun seufzte. »Ich weiß, daß es schwer für Euch ist, Prinzessin«, sagte er. »Aber Ihr müßt versuchen, Geduld mit ihr zu haben. Fiolon ist wohlbehalten in der Zitadelle eingetroffen, und das wißt Ihr genau.«

»Ja, den Herrschern der Lüfte sei Dank«, sagte Mikayla. »Aber er fehlt mir so! Wenn Haramis sich nicht von Euch hat trennen müssen, warum mußte Fiolon dann fortgehen?«

»Ich glaube, es wird Zeit für Euch, ins Bett zu gehen«, sagte Uzun. »Es ist schon sehr spät, und Ihr braucht wenigstens ein bißchen Schlaf.«

»Mit anderen Worten, Ihr wollt es mir nicht sagen.« Mikayla stand auf. Sie machte sich nicht die Mühe, nach einer Kerze zu suchen – inzwischen kannte sie jeden Zoll des Korridors zwischen ihrem Zimmer und dem Arbeitszimmer, so daß sie den Weg geräuschlos zurücklegen konnte, auch wenn es stockfinster war. »Gute Nacht, Uzun.«

»Gute Nacht, Prinzessin.«

Aber Mikaylas Versuche, Geduld mit Haramis zu zeigen, waren nicht so recht von Erfolg gekrönt. Eine besonders enttäuschend verlaufende Lektion ein paar Tage darauf war einfach mehr, als sie verkraften konnte. Sie hatte in der Nacht zuvor nicht genug geschlafen, und der kurze Schlaf, den sie bekommen hatte, war zudem noch von Alpträumen überschattet. Sie hatte Kopfschmerzen, das Mittagessen schmeckte sonderbar, und sie hatte das Gefühl, eine Erkältung zu bekommen. Sie fühlte sich rundherum elend, was sich in ihrer Lektion niederschlug. Mikayla ließ ihre Kugeln mindestens fünfmal fallen, bis Haramis schließlich einen langen, leidensvollen Seufzer ausstieß und sagte, sie solle die Kugeln zur Seite legen. Dabei brachte Mikayla es fertig, auch noch die Wasserschale umzustoßen. Sie enthielt nur Wasser und nicht die Wasser-Tinten-Mischung, die sie zuweilen benutzten, aber Haramis setzte ihre Leidensmiene auf und

79

machte·viel Aufhebens um das Aufwischen des verschütteten Wassers.

Haramis verstand es ausgezeichnet, auch ohne Worte deutlich zu machen, daß sie Mikayla für schlecht erzogen, dumm, faul und unmotiviert hielt und der Meinung war, daß sie es nicht wert sei, Erzzauberin zu werden. Diese Haltung schmerzte Mikayla zwar, aber sie hätte sie akzeptiert, wenn es zugleich bedeutet hätte, daß Haramis aufgab und sie nach Hause schickte. Aber Haramis gab nicht auf. Sie setzte vielleicht zum fünfzigsten Mal zu ihrer Standardlektion an, wie glücklich sich Mikayla doch schätzen könne, diese Ausbildung zu erhalten, statt so unvorbereitet wie sie, Haramis, in das Amt gestoßen zu werden, und warum könne Mikayla sich dann nicht ein wenig Mühe mit ihren Lektionen geben, und warum sei sie so ein träges, undankbares Gör …

Diesen Sermon kannte Mikayla bereits auswendig. Sie gab ihr Bestes, selbst wenn es ausgerechnet heute einmal nicht so gut war, und sie war so wütend, daß sie am liebsten jeden nur greifbaren Gegenstand genommen und Haramis an den Kopf geworfen hätte. Da dies jedoch wahrscheinlich zu einem, zumindest begrenzten, magischen Duell geführt hätte, was Mikaylas Kräfte an diesem Tag mit Sicherheit überstieg, versuchte sie es mit Worten.

»Bevor Ihr mich entführt habt«, schrie sie die Erzzauberin an, »hatte ich ein Leben und eine Familie – auch wenn die mich nicht sonderlich beachtet hat. Ich hatte einen Freund, und Ihr habt mich hierher gebracht und ihn fortgeschickt. Ihr habt mich nie gefragt, ob ich Erzzauberin werden will – Ihr habt mir gesagt, daß ich es machen muß, Ihr habt mich in diese schreckliche, öde Gegend verschleppt und mich gezwungen, all die dummen Lektionen zu lernen, ob ich wollte oder nicht!

Bevor Ihr mich entführt habt, war ich frei. Ich konnte nach draußen gehen, wann ich wollte, ich konnte lernen, was ich wollte. Ich weiß nicht, wie ich hier ein Gefühl für das Land entwickeln soll: Ich bin so ziemlich von jedem Kontakt mit dem Land abgeschnitten, weniger könnte es fast nicht sein. Ihr laßt mich nicht einmal vor die Tür, geschweige denn in die Sümpfe oder ins Dylex-Gebiet oder irgendwohin, wo etwas wächst in diesem Land!

Vielleicht hat sich zu Hause niemand um mich gekümmert, aber man hat mich wenigstens in Ruhe gelassen. Es stand nicht laufend jemand neben mir und sagte ›tu das‹ und ›eine Erzzauberin tut das nicht‹. Bevor ich hierher kam, war ich Mikayla, jetzt bin ich nur noch ›die auszubildende Haramis‹. Ich will mein Leben wieder haben! Ich will mich selbst wieder haben! Ich finde es abscheulich hier! Ich wünschte, ich wäre tot!

Jedesmal wenn ich ein Gerät des Versunkenen Volkes finde, das wirklich interessant ist oder mit dem ich gern spielen würde, oder von dem ich etwas lernen könnte, nehmt Ihr es mir weg unter dem Vorwand, es würde mich nur vom Studium der wahren Magie ablenken, wonach eine richtige Erzzauberin zu streben habe – was unglaublich scheinheilig ist, wenn man bedenkt, daß Ihr schon seit Jahrhunderten in einem Turm lebt, den Orogastus mit allen nur möglichen technischen Errungenschaften des Versunkenen Volkes ausgestattet hat, derer er habhaft werden konnte! Aber die Erzzauberin darf ja nichts Praktisches verwenden, die Erzzauberin muß eine Frau des Landes sein. Das Dumme ist nur, ich will kein Teil des Landes sein! Ich will nur ich selbst sein! Ich will mich wieder haben! *Ich will nicht werden wie Ihr, wenn ich groß bin!*«

Nach diesem Ausbruch starrte Haramis sie tatsächlich mit offenem Mund an – ihr fehlten einfach die Worte. Mikayla floh in ihr Zimmer und schloß sich ein, ehe Haramis etwas unternehmen konnte. Für den Rest des Tages blieb sie im verschlossenen Zimmer, und niemand rief sie zum Essen.

Als sie am nächsten Morgen zum Frühstück kam, tat Haramis so, als wäre nichts vorgefallen. Sie verkündete einfach die für diesen Tag geplanten Lektionen, als hätte Mikayla nie ein Wort gegen den Plan vorgebracht, sie zur Erzzauberin zu machen. Mikayla hatte plötzlich die Vision, dies könnte jahrelang so weitergehen: Sie würde bei den Mahlzeiten Haramis gegenüber sitzen und Haramis bei endlosen Vorträgen zuhören … Mikayla fühlte sich verloren. Sie wünschte, sie könnte sich einfach irgendwo zusammenrollen und sterben. Aber sie war jung und gesund. Außerdem wollte sie eigentlich nicht wirklich tot sein – sie wollte nur nicht so weiterleben wie jetzt.

8

Haramis betrachtete Mikayla, die ihr gegenüber am Frühstückstisch saß und lustlos in ihren gekochten Körnern herumstocherte. Sie unterdrückte einen Seufzer. Fiolon war nun schon seit fast einem Jahr fort. Mikayla zeigte zwar durchaus eine gewisse Begabung für Magie, doch ihre Zauberkräfte hatten nicht in dem Maße zugenommen, wie Haramis es sich gewünscht hätte, nachdem Fiolon erst einmal aus dem Weg war und Mikayla ihre Energie und ihre Zeit nicht länger mit ihm vergeudete. Haramis war nicht wohl in ihrer Haut. Sie hatte erwartet, daß Mikayla nach Fiolons Abreise erhebliche Fortschritte machen würde, aber statt dessen war das Kind in Launenhaftigkeit verfallen, die inzwischen anscheinend zu ihrem Wesen gehörte. Sollte dieses mürrische Mädchen wirklich die nächste Erzzauberin werden?

Sie war nicht mehr patzig, überlegte Haramis, das war es nicht. Ihr Betragen hatte sich in dieser Hinsicht seit Fiolons Abreise wesentlich gebessert. Sie war ruhig, sprach nur, wenn sie aufgefordert wurde; sie war gehorsam und tat, was man ihr sagte. Aber sobald sie eine ihr gestellte Aufgabe erledigt hatte, warf sie sich in den nächstbesten Stuhl oder auf die nächstbeste Bank und starrte stumm in ihren Schoß. Sie erweckte den Eindruck, als wäre sie an Magie eigentlich gar nicht interessiert, obwohl sie zweifellos eine gewisse Gabe mitbrachte. Schlimmer noch, sie schien das Interesse am Leben verloren zu haben. Haramis selbst interessierte sich fast ausschließlich für Magie und achtete auf nichts anderes, aber sie war bestimmt nicht unglücklich darüber. Uzun schien im Augenblick lebendiger als Mikayla.

»Mikayla.« Das Mädchen hob den Kopf, den es über eine Schüssel gebeugt hatte, und schaute Haramis ausdruckslos an. Haramis dachte angestrengt darüber nach, womit sie das Kind aufheitern konnte. Leider fiel ihr nichts ein. »Hast du heute morgen mit den Kugeln geübt?«

»Ja, Herrin.« Die Stimme klang lustlos, und der Gesichtsausdruck – vielmehr die Ausdruckslosigkeit – blieb unverändert.

»Wie klappt es denn?«

»Ganz gut, Herrin.«

Diese Unterhaltung führt uns nicht weiter, dachte Haramis verbittert. *Ich war doch auch einmal jung und sollte eigentlich imstande sein, mit ihr zu reden.* »Du mußt mir nachher einmal zeigen, wie du mit ihnen zurechtkommst«, sagte sie, um einen liebenswürdigen, aufmunternden Ton bemüht.

»Wie Ihr wollt, Herrin.«

Haramis gab auf. »Iß dein Frühstück, mein Kind«, befahl sie. Sie hatte den dringenden Verdacht, daß Mikayla ohne direkte Aufforderung den ganzen Morgen vor ihrem Essen sitzen und darin herumstochern würde. Im stillen nahm sie sich vor, Enya nach Mikaylas Lieblingsgerichten zu fragen. Die sollte Enya kochen, denn Haramis wollte vermeiden, daß das Mädchen noch stärker an Gewicht verlor.

Was könnte sie hier interessieren? Haramis dachte an ihre erste Vision von Mikayla, als sie gemeinsam mit Fiolon die Spieluhren untersuchte und eine auseinandernehmen wollte, um herauszufinden, wie sie funktionierte. *Wenn ihr die Spieluhren gefallen*, überlegte Haramis, *ist sie wahrscheinlich auch an anderen Gerätschaften des Versunkenen Volkes interessiert. Und Orogastus hat wer weiß wie viele hinterlassen. Als ich hierher kam, habe ich alles in den Lagerraum im Kellergeschoß gesteckt, aber einige funktionieren bestimmt noch. Ich will sie mir aber zuerst ansehen, denn einige sind wahrscheinlich tödlich.* Für Haramis, die Technik nicht ausstehen konnte und Regeln verabscheute, die im Kopf bedacht werden mußten, statt in der Seele oder im Herzen gefühlt zu werden, war das eine lästige Aufgabe.

Wahrscheinlich gefällt ihr auch der »Zauberspiegel« des Orogastus, dachte Haramis grimmig, *aber ich will damit warten, bis sie im Hellsehen sicherer ist. Sie soll nicht meinen, die Geräte des Versunkenen Volkes könnten die eigenen Fähigkeiten auch nur annähernd ersetzen.*

Haramis ging in ihr Arbeitszimmer, während Mikayla ihr Frühstück beendete. Die Erzzauberin setzte sich auf ihren Stuhl und lehnte Uzun gegen ihre Schulter, als wäre er wirklich die Harfe,

83

die er zu sein schien. Sie legte die Wange an sein glänzendes Holz. Uzun gestattete ihr diese Freiheit, denn er merkte, daß seine älteste Freundin ernste Sorgen hatte.

»Wahrhaftig, Uzun, ich weiß nicht, was ich mit dem Mädchen anfangen soll.«

»Sie tut doch, was Ihr sagt«, bemerkte Uzun.

»Richtig.« Haramis seufzte. »Aber die Art, wie sie es tut! Wenn es nicht undenkbar wäre, könnte man fast meinen, sie wäre das falsche Kind, aber sie ist diejenige, die ich in meiner Vision gesehen habe.«

»Seid Ihr sicher, daß Ihr sie ausbilden sollt?« fragte Uzun. »Die Erzzauberin Binah hat Euch nicht ausgebildet, und Ihr habt Eure Sache gut gemacht.«

»Ich hatte bei dir bereits etwas gelernt, Uzun«, stellte Haramis fest, »und habe daher mein Amt nicht völlig unwissend angetreten. Mikayla hatte keinerlei magische Ausbildung, bevor sie herkam.«

»Sie hat offenbar eine gewisse magische Begabung«, sagte Uzun tröstend. »Und sie hat in den letzten beiden Jahren viel gelernt. Sie kam abends immer zu mir und hat mir erzählt, was sie gelernt hat. Und als Fiolon wieder laufen konnte, kamen die beiden mich jeden Abend besuchen, bis er fortging.«

»Wirklich?« fragte Haramis überrascht.

»Ich nehme an, sie haben gewartet, bis Ihr Euch zurückgezogen hattet, so daß Ihr nichts merken konntet«, bemerkte Uzun. »Ich frage mich nur, warum sie so spät noch auf den Beinen waren.«

»Sie ist begabt, aber sie will ihr Talent nicht einsetzen«, klagte Haramis. »Ich war nie so – ich bin hinter dir hergelaufen und habe dich gebeten, mich zu unterrichten, noch ehe ich richtig laufen konnte!«

Sie sank in ihren Stuhl zurück und ließ Uzun plötzlich und unerwartet los. Er schwankte ein wenig hin und her, ehe er wieder fest stand. Das Geräusch, das aus der Harfe erklang, war eine Mischung aus dröhnenden Saiten und dem erschrockenen Ausruf aus einem menschlichen Mund. »Haramis?« fragte Uzun for-

84

schend und fügte noch eindringlicher hinzu: »Haramis? Was ist los?«

Haramis war außerstande zu antworten. Sie fühlte sich seltsam. Die linke Körperhälfte prickelte wie von tausend Nadeln gestochen, als wären ihre Gliedmaßen eingeschlafen, und als sie versuchte, sich zu bewegen, stellte sie fest, daß es ihr nicht möglich war. Sogar die eine Gesichtshälfte fühlte sich wie eingefroren an. Sie war stark verwirrt – etwas Wichtiges fehlte, aber sie wußte nicht, was es war. Gab es eine Katastrophe im Land, die ihr entgangen war? *Sterbe ich?* fragte sie sich. *Das kann nicht sein, Mikayla ist noch nicht ausgebildet!*

Eine halbe Ewigkeit saß sie zusammengesunken auf ihrem Stuhl, während Uzun aufgeregt neben ihr vibrierte. Tatsächlich aber konnte es am Ende nicht viel länger als eine Viertelstunde gedauert haben. Dann ließ es nach – ob es eine Art Zauber war? –, und Haramis konnte sich wieder bewegen. Warum sollte sie jemand verzaubern? Sie hatte keine Feinde.

Aber sie wollte sich jetzt nicht damit beschäftigen. Deshalb versuchte sie, Uzun zu besänftigen und den Vorfall herunterzuspielen. »Ich bin sicher, es war nichts weiter, Uzun; wahrscheinlich habe ich in der vergangenen Nacht falsch gelegen, das ist alles.« *Aber es erinnert mich daran, daß noch viel getan werden muß.* Sie zog sich aus dem Stuhl hoch und versuchte zu überspielen, wieviel Mühe es sie kostete.

»Ich mache mich auf die Suche nach Mikayla. Es ist an der Zeit, daß ich ihr den Wetterzauber beibringe; es ist ein wichtiger Bestandteil der Arbeit einer Erzzauberin.«

»Ich glaube, dafür ist es noch ein wenig zu früh, Herrin.« Uzun widersprach höflich, doch Haramis überhörte seinen Einwand.

»Das zu beurteilen überlasse ruhig mir, alter Freund.« Sie lächelte ihm zu und hatte für einen Augenblick vergessen, daß er es nicht sehen konnte. Mit dem Lächeln wollte sie einerseits ihren Worten den Stachel nehmen und andererseits verbergen, daß sie auf einmal Angst hatte. *Kann sein, daß ich nicht mehr so viel Zeit habe, wie ich dachte.*

»Ihr wart immer schon stur.« Uzuns Stimme drang durch die Klangwellen eines leisen Glissandos auf den Saiten. »Macht, was Ihr wollt, ich kann ohnehin nichts daran ändern.«

Haramis fand Mikayla in ihrem Zimmer. Sie saß mit dem Rücken zur Tür im Schneidersitz auf dem durchwühlten Bett und beugte sich über etwas, das sie in den Händen hielt.

»Was machst du da?« fragte Haramis forschend.

Mikayla sprang auf, und zwei silberne Kugeln fielen auf das Bett. Haramis trat hinzu und nahm sie an sich. Sie glaubte gesehen zu haben, daß Mikayla sich etwas in den Halsausschnitt gesteckt hatte, aber sie war sich nicht sicher, und sie hatte ohnehin wichtigere Dinge im Kopf.

Sie reichte Mikayla die Kugeln, die ungewöhnlich warm waren – zweifellos hatten sie ihre Körperwärme angenommen –, und sagte: »Lege sie fort und komm in den Werkraum. Es ist Zeit für die nächste Phase deiner Ausbildung.«

Sie drehte sich auf dem Absatz um und verließ den Raum, ohne auf Mikaylas wortlosen Protest zu reagieren.

Lustlos schlurfte Mikayla in den Werkraum, gerade als Haramis die Geduld verlor und Enya nach ihr schicken wollte. Aber hätte sie mit dem Kind geschimpft, wäre es nur noch störrischer geworden. Deshalb zog sie es vor, sich ein Lächeln abzuringen.

»Komm, setz dich hier zu mir an den Tisch, mein Kind. Erkennst du das?«

Mikayla schlenderte lässig an den Tisch und warf einen Blick darauf. Es war eine abgewandelte Form des traditionellen Sandkastenspiels, das für die militärische Schlachtplanung verwendet wird. Doch statt des weißen Sandes und einer Reihe militärischer Figuren befanden sich auf diesem Tisch Sand in verschiedenen Farben, ein paar Felsbrocken, eine Menge zermahlener weißer Steine und Wasser. Bemerkenswert war vor allem, daß Mikayla beim Anblick des Tisches ihre Gleichgültigkeit ablegte. Zum ersten Mal seit langer Zeit entdeckte Haramis einen Anflug von Interesse auf ihrem Gesicht und Aufmerksamkeit in ihren Augen.

»Es ist das Königreich«, sagte Mikayla wie aus der Pistole geschossen.»Hier sind die Grünsümpfe« – sie deutete auf den grünen Sand – »und hier ist die Mündung des Golobar in den Unteren Mutar, wo Ihr Fiolon und mich« – sie zögerte kurz – »gefunden habt.«

Haramis fragte sich, ob das Wort, das Mikayla hinuntergeschluckt hatte, »entführt« war. Außerdem fiel ihr auf, daß das Mädchen den Seltling-Gefährten, der doch zu diesem Zeitpunkt bei ihnen gewesen war, mit keinem Wort erwähnte.

»Hier sind die Schwarzsümpfe«, fuhr Mikayla fort, »und hier die Goldsümpfe, und die Zitadelle auf ihrem Burgfelsen ist hier. Und wir befinden uns an dieser Stelle.« Sie zeigte ganz richtig auf die Anhäufung weißer Steine, die den Mount Brom darstellte. »Und hier ist Fiolon«, fügte sie trotzig hinzu und zeigte auf den Zitadellenberg.

Wohlweislich überhörte Haramis die letzte Bemerkung. »Das ist richtig, Mikayla, dieser Tisch ist ein Modell des Landes. Aber er ist weder ein Spielzeug noch eine reine Landkarte. Er hat einen bestimmten Zweck. Kannst du dir denken, welchen?«

Mikayla wollte schon ungehalten zur Decke schauen, besann sich aber eines besseren und schlug die Augen nieder. »Nein, Herrin«, erwiderte sie und versank wieder in ihre dümmliche, unterwürfige Haltung. Haramis hätte sie am liebsten geschüttelt.

»Dann bleibst du eben so lange hier und schaust dir die Sache an, bis dir ein Zweck einfällt«, sagte sie streng. »Ich sehe dich beim Mittagessen wieder.« Sie drehte sich abrupt um und stolzierte aus dem Zimmer.

Fünf Minuten später schritt sie erregt in ihrem Arbeitszimmer auf und ab und machte ihrer Empörung vor Uzun Luft. »Dieses Kind macht mich noch wahnsinnig!« klagte sie und erzählte, was sich im Werkraum zugetragen hatte.

Uzuns Saiten vibrierten unruhig. »Vielleicht hat sie es bereits geschafft. Ihr wollt doch nicht im Ernst behaupten, Ihr hättet sie allein und ohne Aufsicht gelassen und ihr gesagt, sie könne mit dem Sandtisch spielen?«

»Natürlich nicht«, erwiderte Haramis ungeduldig. »Ich habe ihr gesagt, sie soll ihn untersuchen, nicht berühren.«

87

»Habt Ihr Mikayla ausdrücklich verboten, ihn zu berühren?« fragte Uzun besorgt.

»Nein. Sie würde ihn wahrscheinlich völlig durcheinanderbringen, nur um mir eins auszuwischen, das kleine Biest. Was beunruhigt dich so, Uzun?«

»Der Tisch ist einer der mächtigsten Zaubergegenstände in diesem Turm«, sagte Uzun offen heraus, »und obwohl Ihr Prinzessin Mikayla beschimpft, hat sie einen hellen Verstand und beträchtliche magische Gaben.«

»Die sie nicht benutzen will«, stellte Haramis klar.

»Das kann sich jederzeit ändern«, warnte Uzun. »Ich glaube, Ihr unterschätzt sie gewaltig. Und es bedarf keiner überragenden Intelligenz, um festzustellen, daß man den Tisch für Wetterzaubereien verwenden kann, vor allem wenn Schüsseln voll Wasser für Regen und zermahlene Steine für Schnee daneben stehen.«

»Sie stehen in dem Regal am Ende des Tisches, wo sie hingehören«, klärte Haramis ihn auf. »Wo sonst? Ohne den aktivierenden Zauberspruch sind es einfach kleine Steinchen und Wassertropfen.«

»Man kann neue Zaubersprüche erfinden, mit denen man dasselbe Ergebnis wie mit den alten erzielt«, sagte Uzun ernst. »Magie ist eine Frage der Konzentration und des Willens, und Mikayla besitzt beides.«

»Du machst dir zu viele Sorgen, alter Freund.« Haramis lächelte liebenswürdig, trat an seine Seite und streichelte über das glatte Holz seines Rahmens.

»Wirklich?« fragte Uzun mit leichtem Vibrato. Es klang fast ein wenig belustigt. »Wolltet Ihr es denn heute hier regnen lassen?«

Haramis wirbelte herum und war mit einem Satz am Fenster ihres Arbeitszimmers. Uzun hatte recht: Dünner Regen fiel auf den Vorplatz und bildete genau in der Mitte, wo der Schnee schmolz, eine kreisrunde Fläche. Haramis hörte hinter sich die Harfe kichern, und sie rannte, leise vor sich hin fluchend, zum Werkraum. Als sie dort ankam, hatte sie Seitenstechen und schnappte nach Luft.

»Hör auf damit!« keuchte sie.

Mikayla schaute vom Tisch hoch, wo sie Wasser von der Spitze ihres kleinen Fingers genau auf das Abbild des Mount Brom tropfen ließ. »Ich glaube, ich habe herausgefunden, wozu dieser Tisch dient, Ehrwürdige«, sagte sie seelenruhig. »Er scheint sich ganz gut für Wetterzauber zu eignen.«

Haramis spürte einen scharfen, stechenden Schmerz hinter den Schläfen und konnte nur mit Mühe den ersten Impuls unterdrücken, ihren Kopf mit beiden Händen zu umklammern. Schlimm genug, daß sie nach Atem rang, da mußte sie sich nicht noch mehr Blößen geben. »Ich habe dir gesagt, du sollst den Tisch untersuchen, nicht berühren oder damit spielen!« fuhr sie das Mädchen an. »Ich habe dir doch gesagt, daß es kein Spielzeug ist!«

Mikayla schaute sie verwirrt an. »Aber wenn es gefährlich wäre, Ehrwürdige, hättet Ihr mich doch gewiß nicht hier allein gelassen. Und wie kann ich etwas untersuchen, das ich nicht anfassen darf? Man lernt etwas über die Dinge, indem man Experimente durchführt, eine Theorie aufstellt, diese prüft, und sich eine neue Theorie ausdenkt, wenn sich die erste als falsch erweist – so lange, bis man ein Modell erarbeitet hat, das der Wirklichkeit entspricht – oder zumindest die Teile, die man braucht, um damit zurechtzukommen. Und Ihr braucht einen größeren Sandtisch«, fügte sie hinzu. »Dieser hier hat für Labornok und Var keinen Platz, und Ihr seid doch ganz gewiß für Labornok zuständig. Die Königreiche sind nunmehr seit fast zweihundert Jahren vereint.«

Haramis hatte das Gefühl, ihr würde der Kopf zerspringen, und ihr war nicht danach, mit Mikayla oder irgend jemandem über ihre angebliche Verantwortung für die Bewohner eines Landes zu diskutieren, dessen Armee in ihre Heimat eingefallen war, ihre Eltern brutal ermordet hatte, sowie alle anderen, derer sie habhaft werden konnte, und die versucht hatte, ihr dasselbe anzutun. Selbst wenn besagte Ereignisse vor langer Zeit geschehen waren, standen sie Haramis noch so deutlich vor Augen, als wäre das alles erst vor einer Woche passiert. *Ich werde alt*, dachte sie, *wenn ich mich an lange zurückliegende Ereignisse besser erinnern kann als an das, was in jüngster Zeit geschehen ist.* Laut sagte sie nur: »Geh und wasch dich vor dem Abendessen, Mikayla. Wir sehen uns bei Tisch.«

Als sie den Raum verließ, um sich Weidenrindentee gegen ihre Kopfschmerzen zu besorgen, hörte sie, wie Mikayla hinter ihr sagte:

»Aber es ist erst Mittag.«

Nach dem Mittagessen gab Haramis ihrer Schülerin eine alte Chronik über die Geschichte von Ruwenda zu lesen. Sie hoffte, damit wäre Mikayla für den Rest des Tages beschäftigt, so daß sie keinen Ärger mehr bereitete. Haramis war zu müde, um sich mit ihr abzugeben.

Sie ging in ihr Zimmer, denn sie mußte eine Zeitlang allein sein, obwohl sie sich nach Kräften bemühte, nicht an die seltsame Episode am Morgen zu denken. Sie legte sich auf ihr Bett und wollte nur ein bis zwei Stunden ruhen, doch sie wurde von Schwäche übermannt und rührte sich erst wieder, als Enya eintrat, um nachzuschauen, warum sie nicht zum Abendessen heruntergekommen war.

»Abendessen?« Haramis richtete sich auf und strich sich die Haare aus dem Gesicht. »Ist es schon so spät?« Sie schaute aus dem Fenster und registrierte überrascht, daß es bereits dunkel war. »Ich muß eingeschlafen sein.«

»Ganz gewiß, Herrin«, erwiderte Enya. »Ich habe Prinzessin Mikayla schon etwas zu essen gebracht, und sie sitzt bei Meister Uzun und redet mit ihm. Um sie müßt Ihr Euch also keine Sorgen machen. Warum bleibt Ihr nicht einfach hier in Eurem Zimmer und laßt Euch von mir das Essen auf einem Tablett bringen? Ihr seht aus, als könntet Ihr die Ruhe gebrauchen.«

»Danke, Enya«, sagte Haramis. »Ich bin ein wenig müde, und Essen ans Bett gebracht zu bekommen, hört sich gut an.«

Sobald Enya den Raum verlassen hatte, stand Haramis mühsam auf und schaute in ihren Spiegel. Enya hatte recht. Offenbar hatte sie sich überanstrengt, denn der Schein, den sie für gewöhnlich automatisch aufrecht erhielt, der Zauber, mit dessen Hilfe sie von anderen nur so gesehen wurde, wie sie es wollte, war verschwunden. Das Gesicht, das ihr entgegensah, war ihr wahres Gesicht, blaß, hager und alt. »Ich bleibe lieber in meinem Zimmer, bis ich wieder zu Kräften komme«, murmelte sie. »Uzun kann ohnehin nichts sehen, und Enya weiß, wie ich bin. Aber es ist mir noch zu früh, Mikayla die Sachlage erklären zu müssen.«

Haramis hatte vergessen, daß Mikayla sie an diesem Tag bereits gesehen hatte. Beim Mittagessen hatte sie die Erzzauberin geradezu angestarrt, und Haramis war es nicht einmal aufgefallen. Nun führte Mikayla eine lange Unterredung mit Uzun.

»Ist Haramis krank, Uzun?« fragte sie ihn. »Sie sah beim Mittagessen schlecht aus, und zum Abendessen ist sie gar nicht erst erschienen. Enya sagt, sie sei müde, aber sie sah heute viel schlimmer aus als nur müde.«

»Was meint Ihr mit ›schlimmer als müde‹?« fragte Uzun.

Mikayla seufzte. »Ich wünschte, Ihr könntet es mit eigenen Augen sehen«, sagte sie. »Für gewöhnlich sieht sie irgendwie alterslos aus – ich meine, ihr Haar ist weiß, aber sie sieht eigentlich nicht so alt aus.«

Uzun seufzte, ein feines Klimpern auf den Harfensaiten. »Als Mädchen hatte sie schwarze Haare, aber als sie Erzzauberin wurde, legte sie sich die weiße Haarfarbe zu, und sie war damals erst zwanzig Jahre, nicht alt genug für natürliches weißes Haar. Sie machte sich damals auch äußerlich älter – als wäre sie mindestens vierzig –, und solange ich selbst noch sehen konnte, behielt sie diese Erscheinung bei. Ich weiß nicht, ob ihr Äußeres sich verändert hat, nachdem ich Harfe geworden bin …«

»Nein«, sagte Mikayla. »Sie hat jedesmal so ausgesehen, wenn ich ihr begegnet bin – bis heute. Heute war ihr Haar irgendwie graugelb, und sie sah wirklich alt aus. Ihr Gesicht war schmal und irgendwie eingefallen. Hat sie einen Zauber benutzt, damit sie all die Jahre anders aussah als in Wirklichkeit?«

»Nur einen kleinen«, sagte Uzun. »Besser gesagt ist es ein Schein, kein Zauber.«

»Oh, den kenne ich!« sagte Mikayla. »Als ich noch sehr klein war, habe ich etwas ähnliches angewandt. Es ist der Schein, den man sich überwirft, wenn man nicht beachtet werden will, wenn die anderen nicht sehen sollen, was man tut – wenn man zum Beispiel zum Spielen nach draußen geht und auf dem Weg aus der Burg nicht aufgehalten werden will. Oder wenn man in einem Zimmer ist und es kommt jemand herein, der einen nicht sehen soll – dann sitzt man einfach ganz still da und denkt ›ich bin nicht da‹, und dann sehen sie dich nicht.«

»Hört sich an, als wäre es im Prinzip dasselbe«, stimmte Uzun ihr zu.

»Soll das heißen, ich hätte diesen Schein auch verwenden können, um so auszusehen, als wäre ich fein angezogen, obwohl an meinen Sachen Schmutz klebte und meine Zöpfe sich auflösten?« fragte Mikayla. »Diese Version hätte ich auch lernen sollen, ich hätte mir viel Ärger erspart.«

Uzun lachte in sich hinein. »Dazu kann man einen Schein verwenden, ja. Aber ich nehme an, Prinzessin, daß die zu erwartenden Standpauken in Eurem Fall eher ein kleineres Übel als ein ernsthaftes Problem darstellten. Deshalb habt Ihr Euch nie die Mühe gemacht zu lernen, einen Schein auf diese Art zu verwenden.«

Mikayla kicherte. »Ihr habt recht. Ich fand es so dumm, daß ich immer sauber und ordentlich aussehen sollte. Wenn man in die Sümpfe geht, wird man schmutzig, so ist es nun mal. Und niemand hat sich wirklich darum gekümmert, wie ich aussah, es sei denn, es handelte sich um einen besonderen Anlaß. Dann habe ich mich von den Zofen immer fein anziehen lassen und bin sauber und ordentlich herumgelaufen, bis alles vorüber war.«

Sie legte die Stirn in Falten und überlegte, wie das auf Haramis anzuwenden war. »Wenn Haramis also einen Schein aufrechterhalten hat, um ihr Äußeres über Jahrzehnte hinweg unverändert beizubehalten, und jetzt ist dieser Schein urplötzlich verschwunden, dann ist es ihr entweder auf einmal gleichgültig geworden, oder – oder sie ist krank und hat keine Kraft, ihn aufrechtzuerhalten.«

»Ich fürchte, Ihr habt recht«, sagte Uzun. »Als sie heute morgen hier bei mir saß, erlitt sie so etwas wie einen Anfall – eine Zeitlang konnte sie weder sprechen noch sich bewegen. Sie behauptete, es sei nichts gewesen, und als ich sie darauf hinwies, daß es regnete, ist sie ziemlich schnell hinausgegangen.«

»Sie hat mir gesagt, ich solle herausfinden, wozu der Tisch gut ist«, sagte Mikayla, die Unschuld in Person. »Als wäre es mir nicht auf den ersten Blick schon klar gewesen! Aber es ist merkwürdig«, fuhr sie fort, »man kann ihn nicht einfach nur dazu benutzen, Wetter zu machen – obwohl es damit ziemlich leicht geht. Wenn ich den Tisch berühre, dann ist mir, als spürte ich das Land durch ihn, obwohl es ja nur ein kleines Modell des richtigen Landes ist.«

»Ihr könnt ›das Land fühlen‹?« fragte Uzun voller Hoffnung. »Was meint Ihr damit?«

»Wißt Ihr es nicht?« fragte Mikayla überrascht. »Das Land lebt, Uzun, und alles paßt zusammen; sobald sich an einer Stelle etwas verändert, wird die ganze Umgebung in Mitleidenschaft gezogen.«

»Und das könnt Ihr spüren«, sagte Uzun. »Wie lange seid Ihr schon in der Lage, das Land zu fühlen?«

Mikayla zuckte die Achseln. »Ich glaube, seit ich auf der Welt bin. Jedenfalls so lange ich zurückdenken kann – es war immer im Hintergrund vorhanden. Es wurde nur einfach viel stärker, als ich den Tisch berührte, das ist alles. Benutzt Haramis den Tisch, wenn sie wissen will, was im Land vor sich geht? Bleibt sie deshalb die ganze Zeit hier oben, statt herumzureisen?«

»Vielleicht«, erwiderte Uzun. »Sie hat es nie gesagt.«

»Aber heute morgen hat sie nicht gemerkt, daß es geregnet hat, bis Ihr es ihr gesagt habt?« fragte Mikayla. »Das klingt nicht gut.«

»Sie war etwas zerstreut«, sagte Uzun und fügte stolz hinzu: »Außerdem habe ich ein ausgezeichnetes Gehör. Macht Euch keine Sorgen, Kleine, morgen früh ist sie wahrscheinlich wieder wohlauf.«

9

Da Haramis den Abend im Bett verbrachte, nutzte Mikayla die Gelegenheit und holte die Kugeln aus ihrem Zimmer, mit denen Haramis sie noch immer üben ließ, und ging in den Werkraum.

Sie hatte im Jahr davor zwar nicht jeden Morgen und jeden Abend mit Fiolon Kontakt aufnehmen können, aber doch häufig genug, so daß es ihr inzwischen leicht fiel. Auch das Kreisen der Kugeln in der Hand, wie Haramis es von ihr erwartete, fiel ihr inzwischen nicht mehr allzu schwer – auch das hatte Mikayla geübt. An diesem Abend jedoch ließ sie die Kugeln nur so lange rotieren, bis sie genug Energie aufgebaut hatte, um die Verbindung zu Fiolon herzustellen.

»Fio«, flüsterte sie aufgeregt, als sie sein Gesicht vor sich sah. »Ich muß dir was Tolles zeigen. Bist du allein?«

Fio nickte. »Ich bin in unserem alten Spielzimmer«, sagte er. »Hier stört mich keiner.« Er runzelte kurz die Stirn. »Jetzt, wo du nicht mehr hier bist, nimmt mich eigentlich überhaupt niemand mehr zur Kenntnis. Ich bin ziemlich einsam.«

»Tut mir leid«, sagte Mikayla mit ernster Miene. »Du fehlst mir auch. Ich wünschte, du wärst hier, und ich könnte dir alles direkt mitteilen statt über die Kugeln.«

»Was mitteilen?« Fiolon reckte neugierig den Hals.

»Schau her.« Mikayla führte die Kugeln mit langsamen Bewegungen über den Tisch, so daß er alles gut sehen konnte.

»Das ist ja Ruwenda!« sagte Fiolon, ohne zu zögern. »So eine gute Karte habe ich noch nie gesehen. Wenn ich Tinte und Pergament hole, kannst du die Kugeln dann so lange halten, daß ich alles abzeichnen kann?«

»Das dürfte kein Problem sein«, erwiderte Mikayla. »Haramis und die Diener sind zu Bett gegangen, und Uzun kann ja nicht herumlaufen. Wir können uns die ganze Nacht Zeit lassen, wenn nötig. Hol dir, was du brauchst, und stell den Kontakt über deine Kugel wieder her, wenn du fertig bist.«

»Kann ich dich denn mit meiner einen Kugel auch erreichen?« fragte Fiolon. »Das haben wir noch nie gemacht.«

»Wenn wir es nicht versuchen, werden wir es nie erfahren«, stellte Mikayla fest. »Falls ich bis zur nächsten Markierung auf der Kerze nichts von dir gehört habe, rufe ich dich wieder. Aber ich glaube, daß du es kannst – du bist von Natur aus ein besserer Zauberer als ich.«

Fiolon lächelte und brach den Kontakt ohne weiteren Kommentar ab. Mikayla setzte sich ans Fenster, spielte mit den Kugeln und schaute in den Hof hinunter. Sie runzelte die Stirn, als sie sah, was der Regen am Morgen angerichtet hatte. Der Schnee im Hof war zum größten Teil geschmolzen, aber der Boden war noch naß gewesen, als es dunkel wurde und die Temperaturen sanken. Nun war der Hof eine einzige Eisfläche, die im Mondlicht schimmerte. »Das werde ich am besten abstellen«, sagte sich Mikayla, »oder alle Welt wird ausrutschen und sich die Knochen brechen, wenn es erst Morgen ist.« Sie seufzte. »Ich hätte es wirklich nicht regnen lassen dürfen. Es war furchtbar engstirnig, sich ins Wetter einzumischen, nur um Haramis zu ärgern.«

Sie trat wieder an den Sandtisch und betrachtete die Schüsseln, die an der Seite standen. Ganz zufällig drückte sie eine Faust in den zermahlenen weißen Stein, der unter ihren Knöcheln knirschte wie Schnee unter den Füßen. *Natürlich!* dachte sie. *Das Wasser ist Regen, und das hier ist Schnee! Darauf hätte ich heute morgen schon kommen können; schließlich ist es der Stoff, aus dem die Berge bestehen.*

Ihr wurde warm im Kopf. Gleichzeitig vernahm sie Fiolons Stimme. »Mikayla, kannst du mich hören?«

»Ja«, antwortete sie und hielt sich die Kugel vor die Augen, um ihn zu sehen. »Hier, ich halte die Kugel so, daß du den Tisch sehen kannst. Du kannst ihn abzeichnen, während ich arbeite.«

»Du arbeitest?« fragte Fiolon.

»Wetterzauber«, erklärte sie kurz angebunden und überhörte Fiolons »Oh, natürlich.«

Sie schmunzelte. »Haramis hat mich heute morgen hier allein gelassen und mich aufgefordert, herauszufinden, wozu der Tisch benutzt wird. Wahrscheinlich ist sie davon ausgegangen, daß es mich den ganzen Tag beschäftigen würde – wenn ich es überhaupt herausfände. Du hättest sehen sollen, wie sie angerannt kam, als ich es hier im Hof regnen ließ!«

»Bist du sicher, daß es kein Zufall war?« fragte Fiolon, der ihrem alten Gesprächsmuster von Rede und Gegenrede treu blieb. »Regnet es denn im Frühling nicht immer?«

»Haramis schien sich ihrer Sache sehr sicher, als sie mich an-

95

brüllte. Da habe ich sie zum ersten Mal außer Atem erlebt. Geschieht ihr im übrigen ganz recht. Sie darf mich nicht wie eine Idiotin behandeln.«

Fiolon öffnete den Mund, schloß ihn aber wieder. Mikayla konnte sich vorstellen, daß er im stillen zu der Überzeugung gelangt war, ihr lieber nicht zu sagen, was er von ihren geistigen Fähigkeiten hielt. »Im übrigen«, fügte sie hinzu, »regnet es hier nie, auch im Sommer nicht – hier schneit es immer.«

»Und was ist das für eine Arbeit, die du jetzt erledigen willst?«

»Kleine Ausbesserungen. Als ich es heute morgen regnen ließ, ist viel Schnee geschmolzen, und jetzt ist der ganze Hof eine einzige Eisfläche.«

»Willst du das Eis schmelzen?«

»Fiolon, hier ist es schon dunkel, und die Temperaturen sind gefallen. Das Schmelzen des Eises wäre gegen die Natur.«

»Stimmt«, sagte Fiolon, während er eifrig weiterzeichnete. »War eine dumme Frage von mir. Und wenn du es so warm werden läßt, daß das Eis mitten in der Nacht schmilzt, verursachst du wahrscheinlich irgendwo eine Überschwemmung.«

»Oder ich löse Lawinen aus«, stimmte Mikayla ihm zu. »Nein, ich glaube, das beste ist, wenn ich jetzt eine dicke Schneeschicht auf das Eis packe. Dann müssen alle durch den Schnee stapfen, der sie vor dem Ausrutschen bewahren dürfte. Wenn es dann in ein, zwei Tagen auf natürliche Art wärmer wird, kann ich Haramis bitten, mir zu zeigen, wie man das Eis so weit schmelzen kann, daß der Hof trocknet.« Sie betrachtete die verschiedenen Schüsseln neben dem Tisch. »Im übrigen weiß ich nicht, was man braucht, um es irgendwo warm werden zu lassen …«

»Eine Fackel?« schlug Fiolon vor.

»Vielleicht. Aber ich bin ziemlich sicher, daß dieses zermahlene Marmorzeug dazu dient, Schnee zu machen – und wenn nicht, dann werde ich es bald sehen.«

»Dann versuch es«, sagte Fiolon. »Aber sei vorsichtig. Kann ich dabei zuschauen? Ich möchte sehen, wie es geht.«

»Klar.« Mikayla nahm eine Handvoll zermahlenen weißen Stein und streute das Granulat vorsichtig über den Turm auf dem

Tisch, wobei sie sich in Gedanken auf Schnee konzentrierte. Sie stellte sich vor, auf den Turm und seine Umgebung falle Schnee, der sich sachte auf das Eis im Hof legte und das Dach und die Balkone mit einer weißen Schicht überzog. Ihr war, als schwebte sie draußen vor dem Turm in luftiger Höhe und sähe ringsum nur Schnee fallen. Es war ein eigenartiges Gefühl, das sie noch nie erlebt hatte. Als sie sich noch stärker konzentrierte, hatte sie das Gefühl, immer kleiner zu werden und auf die Größe einer Schneeflocke zu schrumpfen. Sie wurde zu einem unter unzähligen Kristallen, die langsam durch die Nacht zu Boden sanken, auf ihrem Weg Feuchtigkeit aufnahmen und sich in filigran gebaute Schneeflocken verwandelten …

Beim fahlen Licht des Morgengrauens wurde sie wach. Sie lag neben dem Tisch auf dem Boden, und jeder Muskel war steif und schmerzte. *Warum schlafe ich auf dem Boden, wenn ich ein wunderbares Bett habe?* fragte sie sich. Dann kehrte die Erinnerung an die vergangene Nacht zurück. Sie sprang auf und stöhnte, als ihr Körper gegen die plötzliche Bewegung protestierte. Sie lief ans Fenster und schaute hinaus.

»Ich hab's geschafft!« rief sie entzückt. Der Hof war mit Schnee bedeckt, und mit einem Blick auf das Geländer des nächsten Balkons stellte sie fest, daß er genau so hoch gefallen war, wie sie es sich vorgestellt hatte. Sie fragte sich, ob er schon die richtige Höhe hatte, als sie einschlief, und der Zauber dann aufhörte, oder ob es weiter geschneit hatte, bis die gewünschte Schneemenge gefallen war. Vielleicht würde Haramis es ihr sagen, sofern sie an diesem Morgen gut gelaunt war. Und Mikayla konnte zu dieser guten Laune erheblich beitragen, wenn sie sich zur Frühstückszeit in ihrem Zimmer aufhielt und mit den Kugeln übte.

Auf Zehenspitzen schlich Mikayla in ihr Zimmer, zog ihr Nachtgewand über, stieg ins Bett, durchwühlte es kräftig, damit es so aussah, als hätte sie darin geschlafen, und streckte die Hand nach dem Kasten mit den Kugeln aus. Dabei wurde ihr plötzlich bewußt, wie müde sie war. »Es kann nicht schaden, wenn ich noch ein wenig die Augen schließe«, sagte sie sich. »Es ist ja noch früh.

Und außerdem ist mir kalt.« Sie ließ den ausgestreckten Arm sinken, kuschelte sich unter die Decke und fiel sofort in einen tiefen Schlaf.

Als sie wieder aufwachte, schien die Sonne durch ihr Fenster – sie hatte vergessen, die Vorhänge zuzuziehen. »Oh nein«, sagte sie, kroch aus dem Bett und schlüpfte in die nächstbesten Kleider. »Ich komme zu spät zum Frühstück!« Rasch fuhr sie sich mit einem Kamm durch das Haar und lief zum Eßzimmer. Kurz davor verlangsamte sie den Schritt. Wie oft hatte ihre Mutter gesagt, daß eine Prinzessin niemals *rannte* – immer und immer wieder, bis Mikayla sich angewöhnt hatte, einen Raum immer damenhaft zu betreten, und wenn sie noch so schnell durch den Flur gelaufen war.

Das Frühstück stand auf der Anrichte, aber es gab nur ein Gedeck. *Haramis hat wahrscheinlich schon gegessen*, dachte Mikayla. *Hoffentlich ist sie mir nicht zu böse, daß ich verschlafen habe.* Mikayla nahm hastig einen kalten Toast zu sich und Ladu-Fruchtwein, der heiß gewesen war, nun aber auf Raumtemperatur abgekühlt war. Dann machte sie sich auf die Suche nach Haramis.

Zunächst versuchte sie es im Arbeitszimmer, aber als sie den Kopf zur Tür hineinsteckte, sah sie nur Uzun, der allein auf seinem Platz an der Wand stand. »Wer ist da?« sangen die Harfensaiten leise.

»Ich bin's, Mikayla«, erwiderte sie. »Guten Morgen, Uzun.« Sie mochte den Harfenseltling inzwischen sehr, vor allem seit Fiolon nicht mehr da war. Vor Fiolons Abreise schien Uzun eher sein Freund als ihrer zu sein, als akzeptiere er Mikayla nur, weil Fiolon sie mochte. Aber nachdem Fio fort war, hatte Mikayla Uzun immer wieder aufgesucht, der ihr wesentlich mehr Verständnis entgegenbrachte als Haramis.

Mikayla fand es ziemlich grausam von Haramis, daß sie ihn in seine jetzige Form verwandelt hatte. Es mußte doch furchtbar für ihn sein, nichts sehen zu können. Selbst wenn er dieser Verwandlung zugestimmt hatte, war es in Mikaylas Augen selbstsüchtig von Haramis, ihn derart zu binden.

»Guten Morgen, Prinzessin Mikayla«, sagte Uzun höflich. »Habt Ihr gut geschlafen?«

In Gedanken hörte Mikayla noch die stete Ermahnung ihrer Mutter: »Das ist ein Gruß, meine Tochter, keine Frage.« Erst hier war ihr bewußt geworden, wie viele Anweisungen ihrer Mutter sie in sich aufgenommen hatte. Damals in der Zitadelle hätte Mikayla – und mit ihr alle, die sie kannten – geschworen, daß die Worte ihrer Mutter an ihr abprallten wie Regentropfen an einem Wasservogel.

Jetzt antwortete sie auf einmal automatisch: »Ja, danke, Uzun. Und Ihr?« Sie nahm sich zusammen. »Entschuldigt bitte, ich weiß gar nicht, ob Ihr überhaupt schlaft oder nicht. Aber wenn, dann hoffe ich, daß Ihr gut geschlafen habt.«

»Ich weiß auch nicht genau, ob ich schlafe oder nicht, Prinzessin«, erwiderte die Harfe. »Wenn Ihr je hereinkommt und mich wecken müßt, dann werden wir es beide wissen. Aber ich bin mir ziemlich sicher, daß ich nicht träume.«

»Fehlt es Euch?« fragte Mikayla neugierig.

»Ja.« Die Antwort klang so freudlos, wie es einer Harfe überhaupt möglich war.

Mikayla biß sich auf die Lippe. *Wenn ich doch nur nicht dauernd seine Gefühle verletzte,* dachte sie. *Ich wünschte, ich wäre meinen Schwestern ähnlicher. Wenn ich doch nur zu Hause bei Mutter wäre!* Laut sagte sie: »Tut mir leid.« Viel mehr konnte sie auch nicht sagen, denn Mikayla zweifelte nicht im geringsten daran, daß sie imstande war, die Situation noch zu verschlimmern, wenn sie weiter redete. Höchste Zeit, das Thema zu wechseln.

»Wißt Ihr, wo die Erzzauberin heute morgen ist, Uzun?«

»Nein.« Die Harfe seufzte. »Sie kam heute nicht herein, um Guten Morgen zu sagen.«

»Das ist komisch«, sagte Mikayla. »Es sah so aus, als hätte sie gefrühstückt.«

»Zieht an der Klingelschnur, Prinzessin«, sagte Uzun rasch. »Fragt Enya, was geschehen ist.«

Kurz darauf hörte sie Enyas Schritte. Die Hausdame hatte den Raum noch nicht betreten, da fragte Uzun auch schon nach Haramis.

Er mag zwar blind sein, aber er hat ein ausgezeichnetes Gehör, dachte Mikayla. *Ich glaube, er hat Enya mindestens eine halbe Minute früher gehört als ich.*

99

»Sie ist nicht da«, erklärte Enya. »Gerade noch saß sie beim Frühstück und starrte Löcher in die Luft – Ihr wißt ja, wie sie dazusitzen pflegt, Prinzessin –, und im nächsten Augenblick ließ sie ihr Essen stehen, ging hinaus, nahm ihren Umhang und flog auf einem ihrer großen Vögel davon.«

»Wohin?« fragte Uzun. »Hat sie nichts gesagt?«

»Nun, Meister Uzun«, erwiderte Enya, der sichtlich unbehaglich zumute war, »es steht mir nicht zu, ihr Kommen und Gehen in Frage zu stellen, und ich darf es eigentlich nicht sagen ...«

Die Saiten der Harfe gaben ärgerliche Mißtöne von sich, und Enya nestelte nervös an ihrer Schürze. »Sie flog nach Süden, vielleicht zur Zitadelle. Ich weiß es aber nicht genau.«

Mikayla schnappte entsetzt nach Luft. Eine ungute Vorahnung beschlich sie. »Fiolon!« sagte sie und verließ im Eilschritt den Raum. Sie hielt erst inne, als sie in ihrem Zimmer war und die Tür verriegelt hatte. Hastig riß sie den Kasten an sich und kippte die Kugeln in eine Hand. Sie fingen beinahe ohne ihr Zutun an, zu rotieren, und die Energie baute sich fast im selben Augenblick auf, als sie die großen Kugeln mit der kleinen berührte, die sie bei sich trug. Diesmal vernahm sie bereits Stimmen, noch bevor sie ein Bild vor sich sah. Ohne Zweifel steckte Fiolons Kugel unter seinem Hemd in Sicherheit, aber die Diskussion, die um ihn herum stattfand, war gut zu hören.

»Ihr irrt Euch, Ehrwürdige Erzzauberin«, sagte die Königin gerade unbeeindruckt. »Meine Tochter mag zwar ein kleiner Wildfang sein, aber unzüchtig ist sie nicht. Das gleiche gilt für den Sohn meiner Schwester.«

»Natürlich irrt sie sich«, sagte Fiolon verärgert. »Ich habe Mikayla noch nie in der Weise berührt. Im letzten Jahr hätte unsere Verlobung stattfinden sollen, und dann wollten wir heiraten. Ich hatte bestimmt keinen Grund, meine zukünftige Gemahlin zu entehren.«

»Sie ist nicht deine zukünftige Gemahlin!« fuhr Haramis ihn wütend an.

»In der Zeit, auf die Ihr Euch bezieht, Ehrwürdige«, erwiderte Fiolon, »konnten wir noch davon ausgehen, das kann ich Euch

100

versichern. Ich liebe Mikayla, und ich werde sie immer lieben, ganz gleich was Ihr mit ihr macht, und ich hätte ihr nie etwas angetan.«

»Das ist doch lächerlich«, wandte der König vorsichtig ein. »Seht ihn Euch doch an – sie sind doch noch Kinder. Und«, fügte er etwas sicherer hinzu, »den größten Teil der letzten beiden Jahre hat Mikayla bei Euch gelebt. Sie hätten nicht miteinander schlafen können, es sei denn, Ihr hättet Eure Pflichten als Anstandsdame vernachlässigt.«

»Wie bitte?« Mikayla schnappte hörbar nach Luft.

Offensichtlich hatte Fiolon sie gehört, aber zum Glück wurde sein warnendes »Sch!« von den Stimmen der Erwachsenen übertönt.

Aber ich bin noch zu jung, um mit jemandem zu schlafen, dachte Mikayla. Ich kann mich noch erinnern, wie es war, als meine älteren Schwestern ins heiratsfähige Alter kamen, und ich bin noch nicht so reif – was ziemlich merkwürdig ist; sie waren ungefähr so alt wie ich jetzt, als es bei ihnen soweit war. Ob Haramis etwas unternimmt, daß ich Kind bleibe? Nein, das kann sie nicht tun, und wenn, dann wüßte sie ja, daß die Anschuldigungen, die sie gegen mich und Fiolon vorbringt, Unsinn sind. Vielleicht ist es eine Nebenwirkung, wenn man sich mit Magie beschäftigt …

»Und wenn sie nicht körperlich intim waren«, fauchte Haramis, »wie erklärt Ihr Euch dann die Tatsache, daß sie so eng miteinander verbunden sind?«

»Was meint Ihr mit ›verbunden‹?« fragte die Königin.

»Unzertrennlich, vereinigt, ständig in Kontakt miteinander«, sagte Haramis ungeduldig. »Warum glaubt Ihr wohl, daß auf dem Zitadellenberg überall Schnee liegt?«

»Oh nein!« flüsterte Mikayla.

»Was hat denn der Schnee damit zu tun?« Der König wirkte völlig konfus.

»Fragt den Jungen«, sagte Haramis herablassend.

»Es war ein Mißgeschick«, sagte Fiolon ruhig. »Ich wollte es hier nicht schneien lassen. Ich habe Mikayla dabei beobachtet, wie sie es auf den Turm der Erzzauberin schneien ließ, und wir sind beide eingeschlafen, und irgendwie hat sich der Wetterzauber hier verdoppelt.«

»Was soll das heißen ›Mikayla hat es schneien lassen‹?« fragte Haramis scharf. »Sie weiß nicht, wie man es schneien läßt!«

»Ehrwürdige«, sagte Fiolon höflich, »wenn man sich den Tisch anschaut, wird ziemlich schnell klar, wie man Schnee macht. Sie hat es getan, weil der Hof bei Einbruch der Dunkelheit noch naß war durch den Regen, den sie vorher hatte fallen lassen, und die Nässe überfror. Sie wollte vermeiden, daß die Diener stürzen und sich verletzen, wenn sie am Morgen ihre Arbeit antreten.«

»Wäre es nicht einfacher gewesen, das Eis zu schmelzen?« fragte der König. »Wozu soll eine Schneeschicht auf dem Eis gut sein?«

»Zum Schmelzen von Eis bei Nacht in den Bergen wäre eine Menge Energie erforderlich«, erklärte Fiolon. »Es ist kalt und dunkel obendrein, so daß man die Sonne nicht zu Hilfe nehmen kann – und die Monde sind nicht stark genug. Selbst wenn man genug Energie produzierte, um Eis in einem kalten, mit Steinen gepflasterten Hof in der Nähe eines Berggipfels abzutauen, würde so viel Schnee in der Umgebung schmelzen, daß mindestens eine Lawine ausgelöst würde, wenn nicht sogar eine Überschwemmung, was wiederum die Gegend unterhalb des Berges gefährdet hätte. Und was die Schneeschicht auf dem Eis betrifft: Auf Schnee rutscht man nicht so leicht aus – fällt man trotzdem, dann landet man wenigstens weicher als auf Eis.«

»Hm«, sagte Haramis nachdenklich. »Und das hat sich Mikayla alles allein ausgedacht? Oder hast du ihr geholfen?«

»Wir haben darüber gesprochen, was am besten zu tun sei«, sagte Fiolon. »Wir sind gewohnt, zusammenzuarbeiten. Aber am meisten hat Mikayla beigetragen. Für gewöhnlich ist sie es, die auf originelle Ideen kommt. Mein Anteil besteht meistens darin, dafür zu sorgen, daß sie nicht kopfüber in etwas hineinrennt, ohne darüber nachzudenken. Wir wußten, wie Schnee auf Eis wirkt, da wir vor drei Jahren in den Bergen ein Lager aufgeschlagen hatten.«

»Ich hätte nicht gedacht, daß du schon einmal Schnee gesehen hast«, bemerkte Haramis von obenherab. Sie klang jetzt wesentlich ruhiger.

Fiolon indessen war plötzlich alles andere als gelassen. »Soll das heißen, Herrin«, brachte er zähneknirschend hervor, »daß Ihr mir zwei Fronler und einen Sack voller Vorräte in die Hand gedrückt und mich hierher zurückgeschickt habt, auf eine Reise, die mindestens vier Tage durch verschneites Gebirge führt, obwohl Ihr davon ausgegangen seid, daß ich noch nie im Leben Schnee gesehen hatte?«

»Ich habe darüber nicht weiter nachgedacht«, sagte Haramis. »Warum?«

»Bei allen Herrschern der Lüfte!« rief Fiolon wütend. »Ihr nehmt keinerlei Rücksicht auf das Leben eines Menschen – oder auf etwas anderes, das nicht Eurem eigenen Vorteil dient! Wenn ich nicht gewußt hätte, wie man ein Lager im Schnee errichtet, wäre ich erfroren – ist Euch das je in den Sinn gekommen? Oder habt Ihr das sogar beabsichtigt – um sicherzustellen, daß Mikayla und ich getrennt werden! Ich warne Euch, Ehrwürdige: Wenn Ihr mich umbringt, werde ich als Spukgestalt wiederkommen, und ich werde an Mikaylas Seite sein, solange sie lebt – und länger!«

Als Haramis sich an den König und die Königin wandte, klang ihre Stimme leidend. »Ich sehe, daß alle Welt diese beiden Kinder als überflüssig betrachtet hat, aber es wäre doch sehr zu begrüßen, hätte wenigstens einer ein wenig Zeit darauf verwandt, die beiden zu zivilisierten Menschen zu erziehen. Noch nie habe ich derart schlechte Manieren erlebt.«

»*Ihnen* dürft Ihr nichts vorwerfen«, fuhr Fiolon sie an. »Sie haben uns Manieren beigebracht. Aber wenn man uns wie Sachen und nicht wie Menschen behandelt, werden nicht gerade unsere netten Seiten angesprochen! Und für Euch, Ehrwürdige, sind Menschen in der Tat nur Gegenstände. Seht nur, was Ihr Uzun angetan habt!«

»Uzun gehört hier nicht zur Sache; es geht um dich und Mikayla.«

Mikayla hörte Haramis' Schritte und dachte sich, daß sie ans Fenster trat. Sie versuchte mit der Kraft ihrer Gedanken zusätzlich zu der Verbindung mit Fiolon ein Bild aufzubauen. Vor ihrem geistigen Auge tauchte Fiolon auf. Er beobachtete Haramis, die den

Schnee draußen mit wütenden Blicken betrachtete. Der Schein, stellte Mikayla fest, war wieder vorhanden: Haramis sah so aus wie immer. Nur wußte Mikayla inzwischen, daß die äußere Erscheinung der Erzzauberin eine Täuschung war.

Nachdem sie ein paar Minuten aus dem Fenster gestarrt hatte, wandte Haramis ihre Aufmerksamkeit erneut Fiolon zu. »Ich habe mich um deinen kleinen Schneesturm gekümmert«, teilte sie ihm mit. »Der Schnee wird in den nächsten paar Stunden schmelzen. Und was deine Verbindung zu Mikayla betrifft«, suchend schaute sie sich im Raum um, trat auf ein paar Schwerter zu, die aufgereiht an der Wand hingen, und nahm eins in die Hand, »ich werde sie trennen. Und ich rate dir, mitzuarbeiten!«

»Was ist, wenn wir uns nicht trennen lassen?« fragte Fiolon. Mikayla spürte die feste Entschlossenheit, die Verbindung nicht abreißen zu lassen. Sie war nicht sicher, wieviel dabei von ihrer Seite kam und wieviel von seiner, aber seine Stimme klang unerbittlich.

Wütend preßte Haramis die Lippen zusammen. »Ich werde die Verbindung so oder so trennen, und das werde ich wieder und wieder tun, wenn ihr versucht, sie wieder aufzubauen, und ich werde dafür sorgen, daß du zurück nach Var gehst, in die königliche Marine eintrittst und möglichst weit übers Meer geschickt wirst. Niemand kann eine Verbindung über eine so weite Entfernung hinweg aufrechterhalten, vor allem nicht über bewegte Gewässer hinweg.« In hohem Bogen schwang sie das Schwert mit der Klinge nach unten durch die Luft und hieb es haarscharf vor Fiolon in den Boden. Fiolon und Mikayla schrien gleichzeitig vor Schmerz auf, und die Verbindung brach ab.

10

Das nächste, was Mikayla bewußt wurde, war, daß sie sich vor Schmerzen auf ihrem Bett krümmte und sich den Bauch hielt. Es war, als hätte jemand ihr Gewand vorn in Brand gesetzt. Auch der Kopf brannte – ausgehend von der Stirnmitte über die ganze

Schädeldecke. Plötzlich merkte sie, daß sie vor sich hin wimmerte. Sie biß sich auf die Lippe und zwang sich, still zu sein, aber das Brennen hielt an. Als sie versuchte, sich auszustrecken, wurden die Schmerzen stärker, also blieb sie zusammengerollt auf der Seite liegen und wartete, daß es vorüberging. Der Schmerz hielt noch an, als sie schließlich erneut das Bewußtsein verlor.

Lautes Klopfen an der Tür weckte sie wieder. *Geh fort*, dachte sie. *Ich will nicht wach sein*. Sie versuchte, den Lärm zu überhören und wieder einzuschlafen.

»Prinzessin Mikayla.« Enyas Stimme klang sehr besorgt. »Ist alles in Ordnung?«

»Mir geht's prima«, rief Mikayla mit krächzender Stimme.

»Zeit zum Mittagessen. Wollt Ihr nichts essen?«

Allein der Gedanke an Essen war ihr im Augenblick zuwider – Mikayla hatte das Gefühl, nie im Leben wieder etwas zu sich nehmen zu können. »Danke, Enya, aber ich habe wirklich keinen Hunger. Sage der Erzzauberin, daß ich beschäftigt bin und meine Übungen nicht für das Essen unterbrechen will.«

»Sie ist noch nicht zurück«, erwiderte Enya. »Wißt Ihr, wo sie ist?«

»Wahrscheinlich noch in der Zitadelle«, erwiderte Mikayla und versuchte sich vorzustellen, wieviel Zeit verstrichen sein mochte. Es war Vormittag gewesen, als sie Haramis beobachtet hatte, und nun sagte Enya, es sei Mittagszeit …

Demnach war ich nur ein paar Stunden bewußtlos – mit Unterbrechungen. Laut sagte sie: »Sollte sie zum Abendessen noch nicht zurück sein, brauchst du nichts zu kochen – ich werde die Küche plündern, wenn ich eine Pause mache.« Sie hoffte, daß ihre Stimme so klang, als wäre sie mit ihren Studien beschäftigt und nicht mit der Bewältigung starker Schmerzen.

Offensichtlich fiel Enya nichts Ungewöhnliches auf, denn sie sagte nur: »Wie Ihr wollt, Prinzessin. Oh, und Meister Uzun würde Euch gerne sehen, wenn es Euch recht ist.«

»Danke, Enya. Ich werde gleich zu ihm gehen.« *Wenn es mir gelingt, mich aufzurichten und mich in Bewegung zu setzen*. Sie hörte, wie die Hausdame sich entfernte, und schlief erneut ein.

Als sie dann wieder aufwachte, war es draußen dunkel, und nur die glühenden Kohlen aus dem Kamin, die fast heruntergebrannt waren, verbreiteten ein wenig Licht in ihrem Zimmer. Trotz der warmen Luft aus dem Gitter neben dem Bett war der Raum ausgekühlt. Mikayla fror, sie hatte nicht einmal mehr die Kraft gehabt, unter die Decke zu kriechen.

Vorsichtig streckte sie die Glieder. Sie waren steif vom langen Liegen in der verkrampften Haltung, aber die Schmerzen hatten nachgelassen. Jetzt hatte sie nur noch Bauchkneifen und ein leeres Gefühl im Magen. »Ich werde aufstehen«, sagte sie zu sich, als würde allein die Tatsache, daß sie es laut aussprach, das Vorhaben in Gang bringen, »und ich werde in die Bibliothek gehen und die Beschreibung des Zaubers suchen, den Haramis gegen uns angewandt hat. Und ich werde herausfinden, wie man ihn rückgängig machen kann.« Langsam schob sie die Beine über die Bettkante, glitt aus dem Bett und stellte die Füße auf den Boden, hielt sich aber noch am Bett fest. Nach einer Weile, als sie einigermaßen sicher war, daß ihre Beine sie nicht im Stich ließen, holte sie die Kerze vom Tisch, zündete sie mit einem Befehl an und ging behutsam zur Tür.

Sie fühlte sich noch immer schwach und benommen, daher dauerte es eine Zeitlang, bis sie die Riegel zurückgeschoben hatte, aber schließlich gelang es ihr. Dann machte sie sich auf den Weg zur Bibliothek.

Als sie am Arbeitszimmer vorbeikam, hörte sie die Harfe im Befehlston klimpern: »Mikayla!«

Ach ja, stimmt, Uzun wollte mich sprechen. Sie steckte ihren Kopf zur Tür hinein. Im Arbeitszimmer war es bis auf den Lichtschein vom Feuer ebenfalls dunkel. In diesem Raum brannte immer ein Feuer, damit die Temperatur für Uzun gleich blieb. Harfen, ob Lebewesen oder nicht, reagierten empfindlich auf Temperaturschwankungen. Uzun hatte Mikayla diesen Umstand des langen und breiten in allen technischen Einzelheiten während einer ihrer nächtlichen Unterredungen erklärt.

»Kommt herein und setzt Euch, mein Kind – oder legt Euch flach, was Euch leichter fällt«, sagte Uzun mitfühlend. »Aber erzählt mir, im Namen der Herrscher der Lüfte, was hier vor sich geht! Haramis ist noch nicht zurück, Ihr seid ein Wrack – was ist passiert?«

Mikayla stellte die Kerze vorsichtig auf dem Tisch ab und ließ sich entschieden weniger vorsichtig auf einen Stuhl fallen, den sie allerdings verfehlte, so daß sie unsanft auf dem Boden davor landete. Sie lehnte sich zurück an den Stuhlsitz und schloß die Augen. Es kostete sie zuviel Mühe, sich noch weiter zu bewegen.

»Ich weiß selbst nicht genau, was geschehen ist, Uzun«, sagte sie, »aber, herrjeh, wie mir alles weh tut!«

»Ich weiß, daß es gestern geregnet hat«, half Uzun ihr auf die Sprünge. »Habt Ihr es letzte Nacht auch schneien lassen?«

»Ja«, sagte Mikayla niedergeschlagen. »Ich wollte nicht, daß die Diener auf dem Eis ausrutschen und sich verletzen. Oder ist etwas passiert?«

»Nicht, daß ich wüßte«, sagte Uzun. »Fahrt fort.«

»Als ich es schneien ließ, war ich mit Fiolon verbunden.« Mikayla begann zu weinen. »Er hat den Sandtisch abgezeichnet, weil er besser als alle Landkarten ist, die wir haben. Selbst wenn ich hier festsitze, sollte er doch wenigstens die Möglichkeit haben, weiter zu forschen, meint Ihr nicht?«

»Warum nicht«, erwiderte Uzun. »Solange er nicht allein in die Irrsümpfe geht oder etwas ähnlich Gefährliches unternimmt.«

»Er tut nichts, was gefährlich ist«, sagte Mikayla und zog die Nase hoch. »Ich bin die Unvorsichtige, ich mache Dummheiten – er zieht den Karren aus dem Dreck, wenn ich ihn hineingefahren habe.«

»Eine wertvolle Eigenschaft für einen Freund«, sagte Uzun und meinte es ernst.

»Ja.« Mikayla fing erneut an zu weinen, diesmal vor allem aus Wut. »Aber Haramis sieht es ganz anders. Könnt Ihr Euch vorstellen, daß sie doch tatsächlich zu meinen Eltern gegangen ist und Fiolon und mich beschuldigt hat, wir hätten uns unzüchtig benommen?«

»Wie kam sie darauf?«

»Nur weil es bei der Zitadelle auch geschneit hat, als ich es hier

107

schneien ließ. Sie sagte, daß Fiolon und ich verbunden seien und sie diese Verbindung lösen werde, und dann nahm sie ein Schwert von der Wand und …« Mikayla hielt inne. »Ich weiß nicht genau, was sie dann machte, aber es tat weh, und ich bin ohnmächtig geworden. Außerdem weiß ich nicht, was sie Fiolon angetan hat, und ich mache mir Sorgen um ihn.«

»Der Zauber, den Ihr beschreibt, ist relativ einfach«, sagte Uzun. »Man schwingt ein Schwert durch den Raum zwischen zwei Menschen, wodurch die Verbindung vorübergehend abgeschnitten wird, dann stellt man sich eine Flamme vor, die das Band oder die Bänder, die das Paar zusammengehalten haben, verbrennt.«

»Das wäre jedenfalls eine Erklärung für den Schmerz, den ich empfinde«, sagte Mikayla. »Mir tut von der Schädeldecke bis zum Bauch alles weh.«

»Aber unterhalb der Hüfte habt Ihr keine Schmerzen?« fragte Uzun.

»Nein. Warum sollte ich?« fragte Mikayla, deutlich verwirrt. »Die Schmerzen, die ich habe, reichen mir schon.«

»Die Bänder haften an verschiedenen Punkten an Eurem Körper. Das hängt davon ab, um welche Art von Verbindung es sich handelt«, erklärte Uzun. »Wenn Ihr mit Fiolon verheiratet wärt, würde der Schmerz zum Beispiel bis hinunter in die Beine reichen. Da er aber oberhalb der Hüfte aufhört, irrt sich Haramis offenbar.«

»Fiolon hat es ihr gesagt, ehe sie mit dem Schwert herumfuchtelte«, sagte Mikayla. »Meint Ihr, sie hat auf ihn gehört? Natürlich nicht. Sie hört *nie* zu!«

»Es ist nicht gerade ihre starke Seite«, gab Uzun ihr recht. »Aber ich mache mir Sogen um sie.«

»Weil sie noch nicht zurück ist?«

»Zum Teil deswegen«, gab Uzun zu, »aber sie legt mir nicht immer über ihr Kommen und Gehen Rechenschaft ab. Nein, ich spüre, daß mit ihr etwas nicht stimmt. Sie hatte gestern morgen vor Eurem Unterricht eine Art Anfall, und dann flog sie zur Zitadelle, obwohl sie eigentlich ein paar Tage Ruhe gebraucht hätte.«

»Und dabei hätte sie nicht einmal wegen des Schneefalls bei der Zitadelle etwas unternehmen müssen«, stellte Mikayla fest. »Selbst mitten im Winter wäre er spätestens im Laufe des Nachmittags vollständig geschmolzen, und jetzt haben wir fast Sommer.«

»Sie hat schon ihre Launen«, gab Uzun zu, »und sie ist es gewohnt, nach eigenem Gutdünken zu handeln.« Er seufzte. »Prinzessin, fühlt Ihr Euch kräftig genug, um mit Eurem hellsehenden Auge nach ihr zu suchen und nachzuprüfen, ob alles in Ordnung ist?«

»Ich weiß nicht«, sagte Mikayla zögernd. »Ich kann es ja versuchen. Aber ich fühle mich wirklich krank – als wäre ich in meinem Innern vollkommen leer und ausgebrannt.«

»Versucht es, bitte«, flehte Uzun sie an, »mir zuliebe, wenn schon nicht ihr zuliebe. Wenn ich noch hellsehen könnte, würde ich es tun.«

»Euch zuliebe will ich es versuchen, Uzun.« Mikayla zog die kleine Kugel aus dem Ausschnitt der Bluse. *Ich habe nicht die Kraft, mich auf die Suche nach einer richtigen Wasserschale zu machen, und wenn ich überhaupt hellsehen kann, dann gelingt es mir auch damit.* »Ich bin immer noch der Meinung, daß es gemein von ihr war, Euch die Sehkraft zu nehmen.«

Zum ersten Mal widersprach Uzun ihr nicht, um automatisch die Partei der Erzzauberin zu ergreifen. Er saß nur ruhig da, während Mikayla in die Kugel starrte und sich auf einen Punkt hinter dem Spiegelbild des Feuers zu konzentrieren versuchte.

Die Gestalt stand im Spielzimmer im alten Turm der Zitadelle und schaute unverwandt aus dem Fenster in Richtung Mount Brom. Es war dunkel. Nur eine Kerze brannte im Hintergrund auf dem Boden, und das Rauschen des Regens, der vor dem Fenster niederprasselte, erklärte, warum draußen nicht viel zu sehen war. Es konnte nur jemand sein, der sich im Spielzimmer aufhielt.

»Fiolon?« flüsterte sie.

»Mikayla?« flüsterte Fiolon zurück. »Wie geht es dir?«

Plötzlich ging es ihr wieder gut. Die Schmerzen in Kopf und Bauch waren wie weggeblasen, und das leere Gefühl in ihrem Innern war vergangen – bis auf die Tatsache, daß sie jetzt Hunger verspürte, da sie seit dem Frühstück nichts mehr gegessen hatte.

»Ja, jetzt geht es mir wieder gut«, sagte sie. »Und dir?«

»Gerade haben die Schmerzen nachgelassen«, erwiderte er. »Heißt das, wir haben unsere Verbindung wiederhergestellt?«

»Ich glaube schon«, sagte sie und wandte sich an die Harfe. »Uzun, auf einmal haben Fiolon und ich keine Schmerzen mehr. Heißt das, unsere Verbindung besteht wieder?«

»Ja«, antwortete Uzun.

»He, ich kann ihn hören!« rief Fiolon aufgeregt.

»Schön«, sagte Uzun. »Dann hört mir gut zu. Ihr habt die Verbindung vor allem deshalb aufgebaut, weil Ihr viel Zeit miteinander verbracht habt, stimmt's?«

»In den letzten sieben Jahren fast jede freie Minute, wenn wir wach waren«, bestätigte Fiolon.

»Auch als Haramis versuchte, Euch zu trennen, habt Ihr versucht, zusammenzubleiben: Ihr wart oft mit den Gedanken bei dem anderen, und Ihr habt versucht, Euch gedanklich miteinander in Verbindung zu setzen – und das ist Euch gelungen, nicht wahr?«

»Stimmt«, pflichtete Mikayla ihm bei.

»Deshalb bedarf es einer enormen Anstrengung, eine solche Verbindung zu lösen. Selbst wenn es keine starke Verbindung wäre, wenn Ihr nicht beide über magische Kräfte verfügtet …«

»Haben wir die?« fragte Mikayla verblüfft. »Ich meine, ich weiß, daß Fiolon in der Richtung begabt ist, aber ich?«

»Ja, Ihr beide. Aber selbst wenn das nicht der Fall wäre, könnte man die Verbindung nur unter Schwierigkeiten abbrechen, weil sie schon so viele Jahre besteht. Wenn Ihr beide sie lösen wolltet und daran arbeiten würdet, dann könntet Ihr einen Großteil wahrscheinlich innerhalb von ein, zwei Monaten lösen, obwohl sie sich in Notfällen immer wieder aufbauen würde. Wollte nur einer von Euch die Verbindung lösen, bedürfte es mindestens eines ganzen Jahres harter Arbeit – und noch länger, wenn sich der andere gegen die Versuche zur Wehr setzt.«

»Heißt das, Haramis kann sie nicht zerstören?« fragte Mikayla hoffnungsvoll.

»Gegen euren Willen?« sagte Uzun nüchtern. »Das bezweifle ich stark.«

»Im Augenblick kann sie auf keinen Fall etwas dagegen unternehmen«, sagte Fiolon. »Ich wette, sie hat nicht einmal gemerkt, daß sie wieder besteht.«

»Was ist mit ihr?« fragte Uzun besorgt. »Ich wußte doch, daß irgend etwas Schlimmes passiert ist!«

»Tut mir leid, Uzun«, sagte Fiolon. »Ich weiß ja, daß Ihr sie mögt – und die Heilerinnen glauben auch, daß sie sich mit der Zeit erholen wird«, fügte er hastig hinzu. »Aber sie hat heute morgen eine Art Gehirnschlag erlitten. Ich habe einen Teil nicht mitbekommen, da ich mich gerade vor Schmerzen auf dem Boden wand, aber sie ist zusammengebrochen und kann jetzt die linke Körperseite nicht mehr bewegen. Sie kann die Lämmergeier nicht rufen – sie wollte Euch eine Botschaft schicken, Uzun –, und man kann sie nur schwer verstehen, weil sie beim Sprechen nur die eine Mundhälfte zu bewegen vermag.« Er hielt inne und fügte dann hinzu: »Ich kann die Lämmergeier rufen, aber ich hatte Angst, daß sie das noch mehr aufregen würde, und sie ist ohnehin schon sehr wütend auf mich.«

»Wer kümmert sich um sie?« fragte Uzun besorgt.

»Meistens Ayah und ein paar Heilerinnen aus den Grünsümpfen. Sie geben ihr das Gift von Sumpfwürmern, um ihr Blut zu verdünnen, damit es nicht noch mehr Teile ihres Gehirns verstopft. Offenbar sind sie der Meinung, daß man den größten Teil des Schadens wieder beheben kann und daß sie wieder in der Lage sein wird, die linke Körperhälfte zu bewegen, und daß sie wieder laufen kann.«

»Was ist mit ihren magischen Fähigkeiten?« fragte Mikayla.

Fiolon zuckte die Schultern. »Im Augenblick scheinen sie ihr abhanden gekommen zu sein. Niemand weiß, ob sie zurückkommen. Uzun, heißt das, Mikayla ist jetzt schon Erzzauberin?«

»Oh nein!« rief Mikayla. »Ich bin nicht annähernd so weit, Erzzauberin zu sein!«

Uzun dachte über die Frage nach. »Wahrscheinlich nicht«, sagte er schließlich. »Wenn die Macht an Prinzessin Mikayla übergegangen wäre, hätte sie es gemerkt. Wir müssen einfach abwarten, was geschieht.«

»Was soll das heißen ›Wenn die Macht an Mikayla übergegangen wäre‹?« fragte Fiolon. »Wird Mikayla automatisch Erzzauberin, wenn Haramis stirbt?«

»Ja«, antwortete Uzun, »vorausgesetzt natürlich, daß Haramis recht hat mit ihrer Annahme, daß Mikayla ihre rechtmäßige Nachfolgerin ist. Wenn sie sich irrt, geht die Macht an die Person über, die dazu ausersehen war.«

»Soll das heißen, es kann jemand Erzzauberin werden, ohne daß wir es wissen?« fragte Mikayla.

»Theoretisch ist das möglich, aber es ist sehr unwahrscheinlich«, sagte Uzun mit Nachdruck. »Ich bin mir ziemlich sicher, daß Ihr die Nachfolge der Erzzauberin antreten sollt, Prinzessin.«

»Uzun? Was wird aus Euch, wenn Haramis stirbt?« fragte Mikayla. »Ich meine, wenn sie Euch durch einen Zauber in eine Harfe verwandelt und Euer Leben durch ihren Willen und ihr Handeln über das normale Maß hinaus verlängert hat, sterbt Ihr dann auch, wenn sie stirbt?« Mikayla, die sich plötzlich sehr unsicher fühlte, kroch zu Uzun und legte einen Arm um seine Säule. »Wißt Ihr etwas über den Zauber, mit dem sie Euch belegt hat?«

»Er steht in einem Buch in der Bibliothek«, sagte Uzun. »Ihr könnt morgen nachschauen. Im Augenblick, junge Dame, könnt Ihr etwas essen und Euch schlafen legen. In Eurem Zustand nutzt Ihr weder Euch noch anderen. Und was Euch betrifft, Lord Fiolon«, fügte er hinzu, »habt Ihr heute schon etwas gegessen?«

»Seit dem Frühstück nicht«, sagte Fiolon. »Zuerst hatte ich zu starke Schmerzen, und dann hat sich alle Welt um die Erzzauberin gekümmert, und ich wollte einfach allein sein, deshalb bin ich hierher gekommen …«

»Wo ist das, ›hier‹?«

»Hier?« wiederholte Fiolon. »Ach, stimmt ja, Ihr könnt nicht sehen. Tut mir leid. Ich bin hier in den alten Quartieren der Wachsoldaten oben im Turm. Ihr seid damals mit Prinzessin Haramis hier durchgekommen, als Ihr vor den Eindringlingen geflohen seid. Ich bin in dem Raum zwei Stockwerke unter der Plattform, von der Ihr mit den Lämmergeiern entkommen seid.«

»Ja, ich erinnere mich an die Räume«, sagte Uzun. »Werden sie nicht mehr von Wachen benutzt?«

»Nein, sie stehen leer, bis auf ein paar alte Möbel. Mikayla und ich haben sie jahrelang als Spielzimmer benutzt.«

»Ach so«, sagte Uzun. »Ich wette, niemand wird sich ein Bein ausreißen, um nach Euch zu suchen, wenn man Euch vermißt.«

»Nein, da man siebzehn Treppen hochsteigen muß, ist es nicht gerade ein beliebtes Ziel für die Dienerschaft. Und für gewöhnlich vermißt uns niemand, solange wir rechtzeitig zu den Mahlzeiten erscheinen.«

»Sehr gut«, sagte Uzun. »Ich möchte nun, daß Ihr folgendes macht. Eßt ein wenig und geht schlafen. Ihr braucht Eure Kraft ebenso wie Mikayla. Morgen früh geht Ihr dann zu Haramis und sagt ihr, daß Ihr von mir geträumt habt. In diesem Traum hätte ich Euch gesagt, ich wisse von ihrer Krankheit und würde mich um Mikayla und ihre Ausbildung kümmern, bis sie wieder zurückkehrt.«

»Gut«, sagte Fiolon. »Das dürfte gehen. Sie wird davon überzeugt sein, daß es eine Botschaft von Euch war, und wenn sie glaubt, Ihr hättet Eure Kräfte benutzt, wird sie wahrscheinlich nicht danach fragen, ob Mikayla und ich die Verbindung wiederhergestellt haben.«

»Aber – wenn sie überhaupt darüber nachdenkt«, wandte Mikayla ein, »wird sie darauf kommen, daß wir wieder verbunden sein müssen. Uzun, Ihr habt selbst gesagt, daß sie die Verbindung nicht ohne unser Zutun lösen kann.«

Uzun seufzte, ein schwaches Klimpern auf den Saiten. »Sie ist durchaus imstande anzunehmen, daß Ihr mitarbeitet, schon allein weil sie es Euch gesagt hat. Und wenn sie unter den Folgen eines Gehirnschlags leidet, denkt sie vielleicht nicht darüber nach. Vielleicht denkt sie überhaupt nicht.«

11

Haramis wachte auf. Sonnenlicht durchflutete den Raum und schien auf das Bett, in dem sie lag. Das war merkwürdig, denn es gab eigentlich kein Fenster. Aber jetzt sah sie es. *Ja, richtig, so schien die Sonne immer ins Fenster, denn ich weiß noch, wie ich als kleines Kind mit den Staubteilchen spielte.* Ihr Körper fühlte sich eigenartig an, als hätte sie sich verlegen: Der linke Arm und das linke Bein waren eingeschlafen und wollten nicht wieder aufwachen. Anscheinend konnte sie sich auf dieser Seite gar nicht mehr bewegen. Es kostete sie einige Mühe, den Kopf von der Sonne abzuwenden, denn verschiedene Muskeln schienen ihr den Dienst zu versagen. Rechts von ihrem Bett sah sie einen Jungen sitzen. *Er kommt mir bekannt vor*, dachte sie, aber im Augenblick wußte sie nicht, wo sie ihn einordnen sollte.

»Wo ist meine Mutter?« fragte sie. »Wo ist Immu? Wo sind meine Schwestern?« Sie merkte kaum, daß sie sehr undeutlich sprach.

Der Junge schien keine Schwierigkeiten zu haben, sie zu verstehen, aber er wurde blaß und schluckte. »Wißt Ihr, wo Ihr seid, Ehrwürdige?«

»›Prinzessin‹ heißt es, nicht ›Ehrwürdige‹ – weißt du nicht, wen du vor dir hast?«

»Ehr …« Der Junge zögerte einen Augenblick, ehe es aus ihm herausplatzte: »Wer glaubt Ihr denn, wer Ihr seid?«

»Ich *weiß*, daß ich Prinzessin Haramis von Ruwenda bin, die Thronerbin«, fuhr sie ihn an. »Wer bist du, und was tust du hier, wenn du das nicht einmal weißt?« Sie warf einen Blick durch den Raum. Warum war sie allein mit diesem dummen Jungen? »Wer hat die Vorhänge in meinem Zimmer gewechselt? Und wo sind die anderen alle? Wo ist Uzun?«

»Uzun ist im Turm«, sagte der Junge hastig. »Er hat mich vergangene Nacht im Traum aufgesucht und mir gesagt, daß er von Eurer Krankheit weiß und daß ich Euch sagen soll, er werde sich um Prinzessin Mikayla und ihre Ausbildung kümmern, bis es Euch wieder so gut geht, daß ihr es selbst übernehmen könnt.«

»Wer ist Mikayla, und wer bist du?«

»Mikayla ist – nun, Mikayla ist eine entfernte Verwandte von Euch. Ihr habt sie Magie gelehrt, bevor Ihr krank wurdet. Ich bin Lord Fiolon von Var.«

»Bist du etwa mit meinem Verlobten verwandt?« fragte Haramis. »Bist du mit ihm hergekommen?«

»Mit Prinz Fiomak?« Der Junge machte noch immer ein betroffenes Gesicht. »Ich bin ein entfernter Verwandter, aber er ist jetzt nicht hier.«

»Wann kommt er denn? Unsere Verlobung soll bald gefeiert werden.«

»Ich weiß nicht«, sagte Fiolon. »Aber ich will nicht länger hier bleiben und Euch ermüden; ich sollte Euch nur die Nachricht von Meister Uzun überbringen. Versucht noch ein wenig zu ruhen, Ehrwürdige – ich meine, Prinzessin. Ich werde der Hausdame sagen, daß Ihr wach seid.«

Haramis verzog das Gesicht und hatte dabei ein seltsam taubes Gefühl. »Immu wird wahrscheinlich darauf bestehen, mir eine abscheuliche Arznei zu verabreichen. Wie lange bin ich denn schon krank? Was habe ich denn überhaupt?«

Der Junge stand auf, ohne zu antworten. Er verließ den Raum so schnell, daß es wie eine Flucht wirkte.

Haramis seufzte. Etwas höchst Merkwürdiges ging hier vor. Aber sie war sehr, sehr müde – viel zu müde, um sich darüber Gedanken zu machen. Sie schlief wieder ein, was sie überrascht hätte, wenn sie noch in der Lage gewesen wäre, überrascht zu sein.

Mikayla ließ sich Zeit mit dem Frühstück, das sie im Arbeitszimmer einnahm, um Uzun Gesellschaft zu leisten. Sie war noch immer ziemlich lustlos, aber sie war sich bewußt, daß sie nach den Ereignissen des Vortags und der vergangenen Nacht ein Recht darauf hatte, müde zu sein. Obwohl die gräßlichen Schmerzen, die sich mit der Trennung von Fiolon eingestellt hatten, durch die Wiederherstellung der Verbindung verschwunden waren, wirkten sie im Körper nach.

Die Kugel an ihrer Brust wurde warm, und gleichzeitig fragte Uzun: »Was ist das für ein Geräusch?«

Mikayla fischte die Kugel aus dem Ausschnitt ihrer Bluse. Sie schwang heftig hin und her und gab einen Mißton von sich, der für einen so kleinen Gegenstand erstaunlich war. »Fiolon versucht wahrscheinlich, mich zu erreichen«, erklärte sie. »Wir haben diese kleinen Kugeln in Ruinen in den Schwarzsümpfen entdeckt – sie sind ungefähr so groß wie mein Daumennagel«, fügte sie erklärend hinzu. »Haramis hätte Euch wenigstens Augen geben sollen«, klagte sie. In seinem Namen war sie böse auf die Erzzauberin. Die Harfe schwieg.

Mikayla fuhr in ihrer Beschreibung fort. »Die beiden Kugeln, die Fiolon und ich an uns genommen haben, passen zueinander. Sie scheinen eine Vorrichtung zu sein, mit der das Versunkene Volk sich über weite Entfernungen hinweg untereinander in Verbindung setzen konnte, obwohl ich glaube, daß Fiolon und ich sie über eine weitere Entfernung benutzen, als ursprünglich vorgesehen.«

Die Kugel schwang noch heftiger aus, als Mikayla sie jetzt an dem Band in die Höhe hielt, ohne sie zu bewegen. »Ich will lieber sehen, was Fiolon will. Er scheint aufgeregt zu sein.« Sie schaute in die Kugel, und Fiolon blickte sie an.

»Da bist du ja, Mika«, sagte er. »Das dauert aber lange, bis du dich meldest!«

»Ich habe gefrühstückt«, sagte Mikayla besänftigend. »Was ist denn los?«

»Ist Uzun bei dir?«

»Ich stehe direkt neben ihr«, erwiderte Uzun. »Stimmt etwas nicht mit Haramis? Hat sich ihr Zustand verschlechtert?«

»Nun ja, sie scheint sich weder an mich noch an Mika zu erinnern, was man vielleicht als Besserung betrachten könnte«, erwiderte Fiolon. »Aber als ich ihr erzählte, ich stamme aus Var, fragte sie mich, ob ich in Begleitung ihres Verlobten gekommen sei. Und wo er stecke. Und wo ihre Mutter, ihre Schwestern und Immu seien – Immu war doch die Hausdame, als Haramis noch ein junges Mädchen war, nicht wahr? Die Immu, die Prinzessin Anigel auf ihrer Suche begleitete?«

»Ja«, sagte Uzun. »Soll das heißen, Haramis glaubt, sie sei noch ein junges Mädchen?«

»Es sieht ganz danach aus«, sagte Fiolon nervös. »Sie fragte, wer die Vorhänge in ihrem Zimmer gewechselt habe. Ich nehme daher an, daß man sie in ihr früheres Mädchenzimmer gelegt hat. Vermutlich hat das zu ihrer Vorstellung beigetragen. Und als ich sie mit ›Ehrwürdige‹ anredete, hat sie mir gesagt, die richtige Anrede laute ›Prinzessin‹. Sie sei die Thronerbin von Ruwenda.« Er seufzte. »Ich habe ihr Eure Nachricht übermittelt, Uzun, und dann habe ich mich schleunigst aus dem Staub gemacht, bevor ich ihr hätte erklären müssen, daß die meisten Menschen, nach denen sie sich erkundigt hat, seit fast zweihundert Jahren tot sind.«

»Oh je«, sagte Mikayla, »das ist ungewöhnlich. Sie weiß nicht, daß sie die Erzzauberin ist?« Sie dachte kurz nach. *Vielleicht ist das eine Chance, von hier fortzukommen. Vielleicht muß ich nicht ...* »Wenn sie sich nicht mehr an mich erinnert, muß ich dann noch immer lernen, Erzzauberin zu werden?«

»Ja«, sagten Uzun und Fiolon wie aus einem Mund.

»Aber wenn sie mich vergessen hat, nimmt sie vielleicht eine andere«, sagte Mikayla voller Hoffnung.

»Rechne nicht damit«, sagte Fiolon. »Zur Zeit kennt sie kaum ihren eigenen Namen.«

»Und gerade heute wolltet Ihr nach dem Zauber suchen, mit dem sie mich in eine Harfe verwandelt hat«, erinnerte Uzun sie.

»Ja, stimmt«, sagte Mikayla. *Selbst wenn Haramis mich vergessen hat, lasse ich Uzun nicht allein. Das hat er nicht verdient.* »Ja, jetzt fällt es mir ein. Wir haben gestern abend darüber gesprochen.« Sie teleportierte das schmutzige Geschirr in die Küche. »Fiolon, kann ich irgend etwas für dich tun?«

»Wenn du schon in die Bibliothek gehst, könntest du nachsehen, ob du etwas über Hirnschläge und Gedächtnisschwund findest«, sagte Fiolon.

»Ich will sehen«, versprach Mikayla, »aber Medizin scheint nicht gerade zu den Interessengebieten der Erzzauberin zu gehören. Doch ich kann ihre Abwesenheit nutzen und im Turm ein wenig herumschnüffeln. Mal sehen, was ich finde – ich bin sicher, hier gibt es eine ganze Menge Zeug, das sie mir noch nicht gezeigt hat.«

»Ich werde nachprüfen, was von der Bibliothek hier in der Zitadelle übriggeblieben ist«, sagte Fiolon. »Damit dürften wir den heutigen Tag beschäftigt sein.«

»Fio«, sagte Mikayla nachdenklich, »sie ist ernsthaft krank, nicht wahr?«

»Ja, aber mach dir keine Sorgen, Mika. Die Heilerinnen sagen, daß sie sich mit der Zeit wieder erholt.«

»Wie lange wird das dauern?«

»Ich rechne mit ein paar Monaten mindestens«, sagte Fiolon. »Die Heilerinnen legen sich nicht fest, aber das ist so mein Gefühl.«

»Ein paar Monate«, wiederholte Mikayla und bemühte sich um eine ernste Miene. Innerlich war ihr eher nach Singen zumute. Monate! Zeit, in der Haramis sich nicht ständig in ihrer Nähe aufhalten würde, um sie auszuspionieren, ihr giftige Blicke über den Tisch zuzuwerfen, weil sie aus ihr etwas machen wollte, womit Mikayla selbst nicht einverstanden war …

»Nun, wenn sie den Punkt erreicht, an dem sie sich wieder an mich erinnert, grüße sie von mir.«

»Und von mir auch alles Gute«, sagte Uzun rasch.

»Das mache ich«, versprach Fiolon. »Zumindest erinnert sie sich an Euch, Meister Uzun. Das ist doch ein gutes Zeichen, oder? Ich gehe jetzt, um in der Bibliothek Staub aufzuwirbeln. Wenn du es in deiner Kugel husten hörst, Mika, achte nicht darauf.«

Mikayla kicherte. »Gut. Viel Glück bei deiner Suche. Ich melde mich bei dir, wenn ich etwas gefunden habe.«

»Tu das«, erwiderte Fiolon. »Auch dir viel Glück.« Sein Gesicht zog sich zurück, als er die Kugel fortnahm. Dann steckte er seine Kugel ein, und Mikaylas Kugel spiegelte nur noch ihre direkte Umgebung wider.

Mikayla stand auf. »Ich gehe jetzt in die Bibliothek, Uzun, aber ich bin zum Mittagessen wieder da. Enya soll mir alle Mahlzeiten hier auftragen, solange nur wir beide hier sind – es sei denn, Ihr wollt lieber allein sein?«

»Ganz sicher nicht!« sagte Uzun mit Nachdruck. »Ich habe so viel Zeit allein verbracht, daß es für ein ganzes Leben reicht.«

»Dessen bin ich mir sicher«, sagte Mikayla. *Ich verstehe noch immer nicht, wieso Haramis das jemandem antun konnte, den sie angeblich liebt. Die soll mir noch mal was über selbstsüchtiges Verhalten erzählen.* »Zuallererst will ich den Zauber suchen, den sie bei Euch angewandt hat.«

Es dauerte ein paar Tage, aber schließlich hatte sie ein Buch gefunden, von dem sie annahm, daß es das richtige sein könne. Sie brachte es mit zu Tisch, wartete aber, bis Enya den Raum verlassen hatte, ehe sie es aufschlug. Das Mittagessen war ungewöhnlich karg, nur Brot mit Käse und aufgeschnittenen Ladu-Früchten als Nachspeise: ein sicheres Zeichen dafür, daß die Nachricht über die Erkrankung der Erzzauberin den Dienern einen Schock versetzt hatte. Mikayla hatte Uzun gebeten, Enya zu benachrichtigen, denn sie konnte sich vorstellen, daß es aus seinem Munde besser klang als aus ihrem, doch Uzun hatte einen seiner gelegentlichen Anfälle von Pessimismus gehabt und die Lage in den dunkelsten Tönen geschildert.

Wenn das Essen in ein paar Tagen nicht besser wird, dachte Mikayla, *gehe ich in die Küche und spreche mit der Köchin. Vorerst wird mir Schmalkost aus Brot und Käse nicht schaden.*

»Uzun«, sagte sie und schritt um die Harfe herum, um sie genau zu prüfen, »stammt der Knochen oben an der Säule aus Eurer Schädeldecke?«

»Mag sein, Prinzessin«, erwiderte die Harfe. »Aber als das geschah, war ich nicht bei Bewußtsein.«

»Würde es Euch etwas ausmachen, wenn ich Euch ein wenig zu mir her kippe, damit ich es mir besser ansehen kann?« fragte Mikayla. »Ihr seid ungefähr so groß wie ich, deshalb kann ich nichts sehen, wenn ich Euch nicht kippe oder mich auf einen Stuhl stelle und mich über Euch beuge – und auf den Stühlen hier kann man nicht gut stehen: Sie sind so weich.«

»Ihr könnt mich getrost kippen«, sagte Uzun, »aber seid vorsichtig. Laßt mich nur nicht fallen!«

»Ich werde vorsichtig sein«, versprach Mikayla. Sie packte die Harfe fest mit einer Hand an der Säule und mit der anderen an der Rückseite des Rahmens, dessen oberen Rand sie gegen ihre Brust lehnte. *So landet er wenigstens auf mir, wenn er fällt.* Sorgfältig untersuchte sie das Knochenstück und drehte den Kopf, um es mit der Zeichnung im Buch auf dem Tisch zu vergleichen. Dann schob sie Uzun vorsichtig wieder in seine aufrechte Position zurück und hielt ihn so lange fest, bis sie sicher sein konnte, daß er fest stand. »Es sieht wirklich aus wie eine Schädeldecke; die Linien auf dem Knochen stimmen mit den Linien auf der Zeichnung im Buch überein. Demnach war auch das Blut eines Menschen notwendig – wahrscheinlich das der Erzzauberin –, mit dem ein schmaler Schacht in der Mitte der Säule gefüllt werden mußte.«

»Das hört sich richtig an«, sagte Uzun. »An den Teil kann ich mich noch erinnern. Ich lag im Sterben, Haramis stand neben dem Handwerker, der die Harfe baute, und drängte ihn zur Eile. Und als er fertig war, hatte das Instrument noch immer ein Loch oben in der Säule. Ich weiß noch, daß Haramis sich in den Arm schnitt und ihn so hielt, daß ihr Blut in das Loch tropfte … das ist aber auch das letzte, woran ich mich erinnern kann. Die Harfe hatte damals noch keine Saiten.«

»Wahrscheinlich hat sie die aufgezogen, während sie darauf wartete, daß die Käfer das Fleisch von deinen Knochen fraßen«, sagte Mikayla und biß herzhaft in eine Ladu-Frucht.

»Käfer?« fragte Uzun entsetzt.

»Ja, offenbar erledigen sie die Sache viel schneller und sauberer als ein Mensch oder ein Seltling, die man damit beauftragen würde, das Fleisch von den Knochen zu lösen, ohne diese zu beschädigen. Man vergräbt einfach den Körper in einem Zuber voll Erde mit der richtigen Mischung von Käfern, und in ein paar Tagen hat man ein schönes, sauberes Skelett.«

»Haramis war tüchtig«, sagte Uzun schwach. »Und wenn Ihr weiter eßt, während wir über das Thema reden, nehme ich an, daß es Euch an Zimperlichkeit auf diesem Gebiet ebenso mangelt wie Haramis.«

»Nun, Ihr wart ja zu der Zeit nicht bei Bewußtsein«, stellte Mikayla fest. »Ihr wart nicht einmal am Leben.«

»Den Herrschern der Lüfte sei Dank!« sagte Uzun inbrünstig.

Mikayla schaute stirnrunzelnd in das Buch. »Gut, jetzt weiß ich, wie sie dich in eine Harfe verwandelt hat. Übrigens, wie lange ist das her? Soweit ich mich erinnere, hat sie gesagt, es sei ihre erste große Zaubertat gewesen.«

Uzun dachte eine Zeitlang darüber nach. »Sie war damals bereits seit zwei Jahrzehnten Erzzauberin, deshalb würde ich nicht sagen, daß es ihr erster größerer Zauber war. Aber ich glaube, sie hat zum ersten Mal ihre Zauberkraft zum eigenen Nutzen angewandt«, sagte er langsam. »Prinzessin, wenn Ihr mir einen neuen Körper anfertigen könnt, seid Ihr dann imstande, mich von diesem zu erlösen, wenn Haramis stirbt?«

»Klar«, sagte Mikayla. »Um Euch zu befreien, damit Ihr ins nächste Stadium der Existenz übergehen könnt, was immer es sein mag, muß ich nur das Knochenstück aus der Harfe nehmen, es zu Pulver zermahlen und in den Wind streuen. Außerdem«, fügte sie grimmig hinzu, »bin ich nicht Haramis. Ich werde Euch jederzeit erlösen, wenn Ihr mich darum bittet, auch wenn ich Euch sehr vermissen werde!«

Zu ihrer Überraschung brach sie in Tränen aus, und sie konnte nicht wieder aufhören. »Tut mir leid, Uzun«, schluchzte sie. »Ich weiß auch nicht, was mit mir los ist.«

»Ich nehme an, Ihr macht Euch um die Ehrwürdige Haramis mehr Sorgen, als Ihr Euch eingestehen wollt«, sagte Uzun freundlich.

»Aber ich kann sie nicht einmal leiden«, schluchzte Mikayla, »und sie verabscheut mich! Ständig mäkelt sie an mir herum. Nichts, aber auch gar nichts mache ich richtig – und wenn ich wider Erwarten etwas gut mache, dann ist sie wütend. Sie hat mich von meinem Zuhause und meiner Familie getrennt, hält mich hier jetzt seit über zwei Jahren fest – ich kann nicht einmal nach draußen, weil ich nichts anzuziehen habe außer leichter Kleidung für innen und ein paar Nachtgewändern! Sie hat meinen besten Freund fortgeschickt, sie hat versucht, die Verbindung zwischen uns zu zerstören, und sie hat uns beiden wehgetan – und wißt Ihr, was das Schlimmste ist? Sie erwartet Dankbarkeit von mir! Ich kann das überhaupt nicht verstehen! Wieso soll ich dankbar sein für das, was sie mir angetan hat?«

Uzun seufzte. »Sie gibt Euch alles, was sie ihrer Meinung nach in Eurem Alter gern gehabt hätte – darum erwartet sie Dankbarkeit von Euch.«

Mikayla saß eine Zeitlang schweigend da und dachte über seine Worte nach. »Wißt Ihr, Meister Uzun, das stimmt. Wenn ich es recht bedenke, hat sie es sogar mehr oder weniger deutlich zum Ausdruck gebracht: Sie hätte Himmel und Hölle in Bewegung gesetzt, um die Chancen zu bekommen, die sie mir gab – und das hätte sie wahrscheinlich auch getan. Sie ist der kaltherzigste Mensch, den ich je gesehen habe.« Sie nahm das letzte Stück Ladu-Frucht und steckte es sich in den Mund. »Sie glaubt wohl auch, Ihr müßtet dankbar sein, daß sie Euch in eine Harfe verwandelt hat?«

»Ich glaube, sie hat inzwischen ein paar Gewissensbisse deswegen, vor allem seit Ihr und Fiolon hierhergekommen seid und offen Eure Meinung dazu ausgesprochen habt. Ich glaube, sie bedauert inzwischen, daß sie mir keine Sehkraft verliehen hat.«

Mikayla schnaubte verächtlich. »Ich wette, sie bedauert noch mehr, daß Ihr Euch nicht von der Stelle bewegen könnt. Natürlich erinnert sie sich an Euch, aber nach Fiolons Beschreibung hört es sich so an, als hätte sie vergessen, daß Ihr eine Harfe seid. Ich schätze, es wird nicht allzu lange dauern, bis sie Eure Anwesenheit im Krankenzimmer verlangt!«

Uzun seufzte. »Wenn sie nicht mehr weiß, daß ich eine Harfe bin, dann kann ich mir vorstellen, daß sie nach mir fragt, wenn sie das nächste Mal aufwacht.«

»Und wenn ihr einfällt, daß Ihr eine Harfe seid«, fügte Mikayla hinzu, »versucht sie wahrscheinlich einen Plan aufzustellen, wie man Euch verpackt und in die Zitadelle schickt.«

Uzun schauderte – soweit dies einer Harfe möglich war. »Der Ritt auf einem Lämmergeier war schrecklich genug, als ich noch Hände hatte, mich festzuhalten. Außerdem glaube ich nicht, daß mein Rahmen die Temperaturschwankungen und die Feuchtigkeit überleben würde.«

»Niemand schickt Euch irgendwo hin, solange ich etwas zu sagen habe«, versprach ihm Mikayla. *Aber habe ich überhaupt etwas zu sagen?*

»Uzun, wer vertritt eigentlich Haramis, solange sie krank und abwesend ist?«

»Das weiß ich nicht«, sagte Uzun. »Die Frage hat sich noch nie gestellt.«

»Es wäre vielleicht für uns von Vorteil, wenn wir die Dienerschaft überzeugen könnten, daß ich Haramis jetzt vertrete«, sagte Mikayla. »Natürlich mit Euch als Berater zur Seite, da Ihr meine magische Ausbildung fortsetzt.« *Und vielleicht kann ich mir ein paar warme Sachen bringen lassen, damit ich hin und wieder hinausgehen kann.*

»Das hört sich vernünftig an«, sagte Uzun. »Schließlich hat Haramis Euch ja tatsächlich zu ihrer Nachfolgerin bestimmt.«

»Gut«, sagte Mikayla entschlossen. »Ich werde einfach so tun, als hätte ich die Verantwortung übernommen, Ihr stärkt mir den Rücken, und wenn wir Glück haben, stellt niemand diese Regelung in Frage. Wenn sich erst alle daran gewöhnt haben, mir zu gehorchen, bedarf es eines direkten Befehls von Haramis persönlich, ehe man mit Euch etwas anstellt, was Ihr nicht wollt. Und was Eure Umwandlung betrifft«, fuhr sie fort, als sei ihr plötzlich etwas eingefallen. »Ihr habt gesagt, Haramis war bereits seit zwei Jahrzehnten Erzzauberin, als sie Euch in eine Harfe verwandelte.«

»Ja«, sagte Uzun. »Ist das wichtig?«

»War Haramis schon immer eine eifrige Leserin?«

»Ja, von dem Tag, an dem sie lesen lernte, hat sie immer die Nase in Bücher gesteckt. Mit vierzehn hatte sie jedes Buch in der Zitadelle mindestens einmal gelesen.«

Und ich habe nur ein Viertel gelesen, dachte Mikayla. *Kein Wunder, daß Haramis annimmt, ich sei faul und dumm. Aber ich habe andere Interessen, mehr als sie anscheinend.*

»Und hat sie hier in diesem Turm gewohnt, seit sie Erzzauberin ist?«

»Sie zog hier ein, kurz nachdem Anigel zur Königin gekrönt worden war. Damals war Haramis seit etwa einem Monat Erzzauberin, glaube ich. Aber auf der Suche nach ihrem Talisman hat sie eine kurze Zeit mit Orogastus hier verbracht.«

»Also hatte sie wahrscheinlich zu dem Zeitpunkt, als sie Euch in eine Harfe verwandelte, bereits jedes Buch in der Bibliothek hier im Turm gelesen, nicht wahr?« fragte Mikayla abschließend.

Nach wenigen Sekunden verblüfften Schweigens klimperten Uzuns Saiten so verzweifelt, daß Mikayla ein Schauer den Rücken herunterlief.

»Jaaah«, flüsterte die Harfe. »Sie hatte sie alle gelesen. Also gibt es keinen anderen Zauber.«

»Das ist nicht gesagt«, versicherte Mikayla ihm so gut sie konnte. »Aber er befindet sich wahrscheinlich nicht in der Bibliothek. Ich werde heute nachmittag anfangen, den Rest des Turms zu erforschen. Es gibt vieles, wofür Haramis sich nicht interessiert, und genau da liegen wahrscheinlich die Antworten, die wir suchen.«

Uzun seufzte. »Das stimmt allerdings. Alles, was nicht nach einem Buch oder einem Musikinstrument aussieht, hat Haramis wahrscheinlich nicht weiter beachtet. Aber, Mikayla, seid sehr vorsichtig beim Herumstöbern. Orogastus hat viele Dinge gesammelt, die zum Teil tödlich sind.«

12

Mikayla beschloß, mit der Erforschung des Turms oben zu beginnen und sich nach unten vorzuarbeiten, denn sie ging davon aus, daß die interessantesten Dinge sehr wahrscheinlich in den unteren Stockwerken lagerten. Um jedoch sicherzugehen, daß sie nichts übersah, schloß sie die oberen Stockwerke in ihren Erkundungsgang ein. In der ganzen Zeit, die sie nun hier im Turm lebte, hatte sie es noch nicht erlebt, daß Haramis sich weit von der mittleren Ebene des Turms entfernt hätte.

Die oberen Stockwerke des Turms waren mit allem möglichen Gerümpel vollgestopft, verstaubten Kleiderkisten (einen ganzen Nachmittag verbrachte Mikayla damit, sich zu verkleiden, obwohl ihr die Sachen viel zu groß waren und sie sich sagte, daß sie damit nur Zeit verschwendete und eigentlich schon viel zu alt für solche Spielchen war) und Kästen mit altem Geschirr. In einer Truhe lagen eigenartige Kleider aus Silber mit dazu passenden Handschuhen und zwei seltsamen silbernen Masken. Offensichtlich gehörten sie zusammen: Die eine Robe war für einen Mann, die andere für eine Frau vorgesehen. Beim Berühren des sonderbaren Gewebes lief Mikayla ein Schauer über den Rücken. Sorgfältig packte sie die Sachen wieder ein. Nicht im entferntesten wäre ihr eingefallen, sie anzuprobieren. *Ob die wohl Orogastus gehört haben?* fragte sie sich. *Bestimmt, aber wer war die Frau, für die das zweite Kostüm gedacht war? Ob Haramis es jemals getragen hat?*

Nachdem sie den Hauptturm einige Wochen lang genau unter die Lupe genommen hatte, konnte Mikayla nun das unterste Stockwerk in Angriff nehmen. Das Schlafgemach der Erzzauberin hatte sie ausgelassen, denn sie wußte, daß Haramis sehr verärgert gewesen wäre, wenn sie dort ohne Erlaubnis herumgeschnüffelt hätte. Auf der unteren Ebene hoffte sie nun endlich etwas Brauchbares zu entdecken. Bisher hatte sie noch keine Geräte des Versunkenen Volkes gefunden, aber Uzun hatte ihr versichert, daß Orogastus sie gesammelt und hierher gebracht habe. Da sie bisher noch nicht auf diese Sammlung gestoßen war, mußte sie sich irgendwo im unteren Bereich befinden – oder vielleicht noch darunter. Sie wußte nicht, was da unten war, aber sie würde es herausfinden.

Mikayla ging die steinerne Wendeltreppe hinunter, die vom Wohnbereich, vorbei an der Küche, nach unten führte. Überrascht stellte sie fest, daß die Treppe noch unter die Ebene der Stallungen führte, von denen sie angenommen hatte, sie befänden sich ganz unten im Turm. Aber hier teilte sich die Treppe. Ein Teil ging direkt auf den Vorplatz hinaus, der andere unter die Rampe, die aus den Ställen auf den Hof führte.

Unter den Stallungen befand sich ein riesiger Lagerraum, der die gesamte Grundfläche des Turms einnahm. Mikayla sprach die

Zauberformel, die in den anderen Stockwerken des Turms für Licht sorgte, und eine einzige Lampe, die an der Decke hing, flammte blakend auf. Sie flackerte entsetzlich – offenbar mußte ihr Docht gekürzt werden.

Trotz der spärlichen Beleuchtung, die die alte Lampe hergab, konnte Mikayla den Raum überblicken. Überall standen Kisten und Fässer herum. Dazwischen aber war Platz genug, daß man hindurchgehen konnte. Alle Teile waren mit großen Buchstaben beschriftet, die sogar bei der dürftigen Beleuchtung noch zu erkennen waren. Allerdings handelte es sich um Sprachen, die Mikayla nicht lesen konnte.

Das sieht nicht gerade nach einem Vorratslager für den Haushalt aus, dachte Mikayla und schaute sich um. *Wahrscheinlich muß ich jeden einzelnen Behälter öffnen, um zu sehen, was er enthält.*

Der Boden bestand aus einem merkwürdigen, silbrig-schwarzen Material. Irgendwo hatte Mikayla es schon einmal gesehen, und ihr war, als müsse sie etwas darüber wissen, etwas Wichtiges, aber sie konnte sich im Augenblick nicht daran erinnern. *Es wird mir schon wieder einfallen*, dachte sie.

Sie setzte ihren Weg in den hinteren Teil des Raumes fort. *Am besten fange ich ganz hinten an und arbeite mich nach vorn vor – Herrscher der Lüfte, was ist das?*

»Das« war ein Tunnel am anderen Ende des Raumes. Der Richtung, in der er sich befand, und der Tatsache, daß er aus dem Fels gehauen war, ließ sich entnehmen, daß er geradewegs in den Berg hinein führte. In regelmäßigen Abständen waren Haken in den Fels getrieben, an denen Lampen hingen, die jedoch nicht brannten.

Mikayla flüsterte das Wort, mit dem die Lampen angezündet wurden. Erfreut stellte sie fest, daß es auch hier funktionierte. Der Reihe nach gingen die Lampen an, beginnend mit der ersten neben ihr, als würde das Feuer von einer zur anderen weitergereicht. Uzuns Warnungen waren vergessen, als Mikayla nun in den Tunnel hinein lief, ohne auf den kalten Fels unter ihren dünnen Schuhen zu achten. In der kalten, feuchten Luft glich ihr Atem weißem Nebel.

Der Tunnel endete vor einer großen Tür, die etwa doppelt so hoch wie Mikayla und mit Reif überzogen war. Mikayla war zu erregt, um auf so gewöhnliche Gefahren wie zum Beispiel Erfrierungen Rücksicht zu nehmen, packte den großen Ring, der als Türgriff diente, und versuchte, die Tür aufzuziehen. Allmählich gab diese nach und quietschte in den Angeln, als würde das Mädchen ihr bitteres Unrecht zufügen. Aber Mikayla achtete kaum darauf. Sie schlüpfte durch die Tür, sobald der Spalt breit genug war, daß sie hindurchpaßte.

Dahinter befand sich ein großes Felsgewölbe, an dessen Wänden in unregelmäßigen Abständen schwarze Eisflächen zu sehen waren. Der Boden war mit glatten, schwarzen Steinfliesen ausgelegt. Mit diesen Fliesen waren auch eine Art Wandschränke und Türen verkleidet worden, die offenbar in andere Räume führten. Mikayla versuchte, eine dieser Türen aufzudrücken – vergebens. Es war, als lehnte sie sich gegen eine Wand. Es gab auch keinen Griff, an dem sie hätte ziehen können, nur eine kleine Rille an einer Seite. Plötzlich wurde ihr klar, daß es eine Schiebetür war, die man weder drücken noch ziehen konnte. Sie hakte ihre Fingerspitzen in die Rille, und mit überraschender Leichtigkeit ging die Tür zur Seite auf.

Der Raum dahinter war nur etwa sechs Schritte tief, und er war sehr kalt. *Ich brauche auf jeden Fall wärmere Sachen*, dachte Mikayla, steckte die Hände in die Ärmel und stampfte mit den Füßen auf. Viel länger konnte sie hier nicht verweilen, ohne ernsthafte Schäden für sich zu riskieren, aber das hier war das Interessanteste, was sie je gesehen hatte. *Ob Haramis davon weiß?* fragte sie sich.

Die dem Eingang gegenüberliegende Wand war zum größten Teil mit Rauhreif überzogen, aber in der Mitte befand sich eine dunkelgraue Fläche, die ziemlich blank erschien. Undeutlich nahm Mikayla ihr Spiegelbild auf der dunkel schimmernden Oberfläche wahr.

»Was ist das?« hauchte sie beinahe ehrfürchtig.

Während sie so dastand, wurde der Spiegel allmählich heller, und eine Stimme ertönte, jedoch so leise, daß Mikayla dachte, sie würde es sich einbilden.

»Eine Frage, bitte.«

Ich träume, dachte Mikayla. *Oder ich war zu lange mit einer sprechenden Harfe zusammen. Es gibt keine sprechenden Spiegel.*

Natürlich, aber sprechende Harfen auch nicht. Vielleicht ist das eine Art Vorrichtung zum Hellsehen. Wenn doch nur Uzun hier wäre! Wenn er hier wäre, würde er ... würde er bestimmt Haramis sehen wollen.

»Ich möchte Haramis sehen«, sagte sie laut.

»Prinzessin Haramis von Ruwenda?« flüsterte die Stimme.

Mikayla schauderte. Die Stimme war auf keinen Fall die eines Menschen. »Ja«, sagte sie, um einen festen Tonfall bemüht.

»Suche.« Ein Bild tauchte in dem Spiegel auf, als wäre Haramis direkt auf der anderen Seite der Scheibe. Die Farben waren schwach, aber die Einzelheiten klar zu erkennen. Mikayla erblickte das Gästezimmer der Zitadelle, in dem Haramis lag und schlief. Ayah saß an ihrem Bett und bewachte die alte Frau. Mikayla fiel auf, daß der Schein, den Haramis stets im Beisein anderer anlegte, verschwunden war, ihr Atem aber ging kräftig und regelmäßig.

Plötzlich verschwand das Bild, und kaum vernehmbar hörte sie ein Flüstern: »Reserveenergie erschöpft. Wiederaufladen der Solarzellen für den weiteren Betrieb erforderlich.«

Nicht nur du brauchst die Sonne, fiel Mikayla plötzlich ein. *Ich erfriere hier drinnen!*

Sie zwang sich, die Tür zum Spiegelraum wieder in die Ausgangsposition zu schieben, und eilte dann zurück durch die Höhle. Draußen lehnte sie sich mit der Schulter gegen die Tür, um sie zu schließen, denn sie wollte sie nicht mit der bloßen Haut berühren, war aber zugleich besorgt, daß die Geräte Schaden nehmen könnten, wenn sie die Tür offen stehen ließ.

Die Lichter im Tunnel waren heruntergebrannt. *Es ist ein Wunder, daß sie überhaupt funktionieren*, dachte Mikayla, als sie so schnell wie möglich hindurcheilte. *Die Diener kommen bestimmt nie hier herunter. Ich muß Uzun nach diesem Ort fragen, vielleicht weiß er etwas. Aber zuerst brauche ich ein heißes Bad, und bevor ich das nächste Mal herkomme, brauche ich warme Sachen und Stiefel und Handschuhe!*

128

Als sie wieder leidlich aufgewärmt war – wozu sie die Wanne im Bad der Erzzauberin benutzte –, war die Zeit für das Abendessen längst vorbei. Sie zog zwei Jacken über, in denen sie nur leicht fror, und machte sich auf, um mit Uzun zu reden. Zuvor ging sie noch kurz in die Küche, um sich ein Tablett mit Essen und heißem Ladu-Saft zu holen, das sie mit ins Arbeitszimmer nahm.

»Uzun«, fragte sie, als sie etwas gegessen und den Saftkrug halb leer getrunken hatte und sich wieder menschlicher fühlte, »habt Ihr jemals etwas von einer Höhle im Berg gehört, unter diesem Turm?«

»Ja«, sagte Uzun nachdenklich. »Haramis hat mit erzählt, daß Orogastus den Dunklen Mächten in schwarzen Eishöhlen dort unten huldigte, und daß er einen Zauberspiegel hatte, mit dem er jeden im gesamten Königreich sehen konnte. Er brauchte nur den Namen zu nennen. Er hat ihr immer ihre Schwestern damit gezeigt.«

»Also stimmt das, was der Spiegel zeigt?« fragte Mikayla.

»Soweit ich weiß, ja«, sagte Uzun. »Gehe ich recht in der Annahme, daß Ihr ihn gefunden habt? Ich dachte, er würde schon lange nicht mehr funktionieren. Was habt Ihr gesehen?«

»Haramis, die in einem Zimmer in der Zitadelle schlief, und Ayah – sie ist eine der Dienerinnen – saß an ihrem Bett.«

»Ich kenne Ayah«, sagte Uzun. »Sie ist Enyas Schwester.«

»Wirklich?« fragte Mikayla verblüfft. *Vielleicht ist die Erzzauberin gar nicht so allwissend, wie sie immer tut, sondern hat nur überall im Königreich ihre Spione sitzen.*

»Wie hat Haramis ausgesehen?« fragte Uzun besorgt.

»Sie hatte keinen Schein«, sagte Mikayla, »deshalb sah sie alt und müde aus, aber sie atmete tief und regelmäßig, und sie schien friedlich zu schlafen. Allem Anschein nach kümmert man sich in der Zitadelle rührend um sie«, fügte sie zu seiner Beruhigung hinzu. »Hat sie übrigens gesagt, daß Orogastus' Spiegel ein Zauberspiegel *war* oder daß er ihn nur für einen *gehalten* hat?«

»Sie sagte, er habe ihn einen Zauberspiegel genannt.«

»Verstehe. Es ist nämlich ganz und gar kein Zauberspiegel,

129

Uzun, es ist ein altes Gerät des Versunkenen Volkes. Außerdem funktioniert er nicht sehr gut. Er hat mir das, wonach ich gefragt habe, nur kurz gezeigt und dann gesagt, er brauche mehr Energie.« Stirnrunzelnd versuchte sie sich an den genauen Wortlaut zu erinnern. »Er sagte etwas vom Wiederaufladen von Solarzellen.«

»Was ist eine Solarzelle?« fragte Uzun.

»›Solar‹ bedeutet, daß es etwas mit der Sonne zu tun hat ...« Mikayla verstummte, denn ihr wurde plötzlich klar, warum ihr der silbrig-schwarze Boden bekannt vorgekommen war. Hastig stand sie auf. »Bin gleich wieder da.« Sie lief in ihr Zimmer, um eine der Spieluhren zu holen, die sie dort versteckt hatte.

Kurz darauf kehrte sie zu Uzun zurück und stellte die Spieluhr auf den Tisch zwischen die Kerzen. Das Geschirr beförderte sie zurück in die Küche, damit sie mehr Platz hatte. Im Licht der Kerzen begann die Spieluhr leise zu spielen.

»Das ist die alte Spieluhr von Haramis«, sagte Uzun. »Es war ihr Lieblingsspielzeug als Kind. Ich wußte gar nicht, daß sie es behalten hat. Es muß inzwischen allerdings ziemlich alt sein, denn die Musik war damals lauter.«

»Sie hat sie nicht behalten«, sagte Mikayla. »Wenigstens glaube ich, daß die Spieluhr, die Fiolon und ich im Spielzimmer der Zitadelle gefunden haben, ihr gehörte. Sie ist auch noch da. Diese hier ist eine der Spieluhren, die wir in den Ruinen am Golobar gefunden haben – kurz bevor Haramis zu uns stieß.«

»Eine der Spieluhren?« fragte Uzun so aufgeregt, wie Mikayla ihn noch nie erlebt hatte. »Ihr habt noch mehr gefunden? Gab es darunter welche mit unterschiedlichen Melodien?«

Mikayla lachte. »Ihr seid genauso schlimm wie Fiolon. Wir haben sechs oder sieben Stück gefunden, glaube ich. Fio hat die meisten mit nach Hause genommen, als Haramis ihn fortschickte, aber ich habe noch zwei in meinem Zimmer. Möchtet Ihr sie hören?«

Dumme Frage, nehme ich an.

»Ja, sicher«, sagte Uzun, »aber das kann warten. Sie ist Euch aber nicht nur wegen ihrer Musik wichtig – Ihr habt von Solarzellen gesprochen, bevor Ihr plötzlich hinausgerannt seid, um sie zu holen.«

»Ja«, sagte Mikayla. »Ihr habt gerade bemerkt, wie leise die Musik ist. Hört gut zu.« Sie zündete vier weitere Kerzen neben der Spieluhr an, und die Musik wurde lauter.

»Sie ist jetzt lauter«, sagte Uzun, »aber noch nicht so laut wie früher.«

»Als Ihr sie damals gehört habt, schien die Sonne darauf?« fragte Mikayla.

»Ja«, sagte Uzun ohne Zögern. »Haramis hatte sie auf einem Tisch neben dem Fenster stehen und ließ sie spielen. Wenn sie die Uhr in die Dunkelheit stellte, hörte die Musik auf.«

»Genau!« sagte Mikayla zufrieden. »Sie holt sich ihre Energie aus Licht – vor allem Sonnenlicht, weil es am hellsten ist und wahrscheinlich die meiste Energie erzeugt.« Sie löschte die zusätzlichen Kerzen, und sogleich wurde die Musik wieder leiser. »Könnt Ihr Euch erinnern, wie die Spieluhr aussah, Uzun?«

»Nur undeutlich, fürchte ich«, erwiderte Uzun.

»Auf jeder Seite ist eine kleine Scheibe eingearbeitet«, sagte Mikayla, »und die ist aus silbrig-schwarzem Material. Hört einmal, was passiert, wenn ich sie mit der Hand bedecke.« Vorsichtig legte sie eine Fingerspitze über beide Scheiben, und die Musik verstummte allmählich. »Der Rest des Kastens bekommt immer noch Licht«, sagte sie Uzun; »ich habe nur die schwarzen Scheiben zugedeckt. Ich glaube, das sind kleine Solarzellen – eine Spieluhr braucht nicht so viel Energie. Aber der sogenannte Zauberspiegel braucht sicher eine Menge. Orogastus hat diesen Turm errichtet, nicht wahr?«

»Ja, so heißt es in den Geschichten«, sagte Uzun. »Zu meines Vaters Zeiten stand der Turm bestimmt noch nicht hier.«

»Der Boden des Raums unter den Stallungen ist anscheinend aus demselben Material hergestellt wie diese ›Solarzellen‹. Und er liegt auf derselben Ebene wie der Innenhof – wißt Ihr, wie der Hof aussieht, wenn er nicht mit Schnee bedeckt ist?«

»Nein«, sagte Uzun. »Ich habe ihn noch nie ohne Schnee gesehen.«

»Ich aber«, sagte Mikayla. »Am Abend des Tages, an dem ich es regnen ließ, kurz bevor ich wieder Schnee über das Eis fallen ließ.

131

Weil er mit einer dicken Eisschicht bedeckt war, bin ich mir nicht so sicher, aber ich glaube, der Hof könnte auch eine Solarzelle sein. Ich glaube sogar, daß der gesamte Turm auf einer Fläche errichtet wurde, die der Energieversorgung der Geräte in den Eishöhlen dienen sollte. Das würde Orogastus ähnlich sehen, denn er dachte ja, die Geräte wären magisch.« Sie ließ das Wort förmlich auf der Zunge zergehen, als sie daran dachte, was Haramis über Orogastus und wahre Magie gesagt hatte. »Es wäre ihm nie in den Sinn gekommen, nach einer physikalischen Energiequelle zu suchen, und ich wette, er hätte sie auch nicht erkannt, wenn er auf ihr herumgelaufen wäre.«

»Ihr habt sehr wahrscheinlich recht«, sagte Uzun. »Könnt Ihr es beweisen? Ist es Euch möglich, diesen Spiegel in Gang zu setzen, um ein Auge auf Haramis zu haben?«

Mikayla runzelte die Stirn. »Wir könnten im Lagerraum unter den Ställen Fackeln anbringen, aber der Boden ist zum größten Teil bedeckt, und Fackeln sind vielleicht nicht hell genug … Ich glaube, ich muß vielleicht wieder Wetterzauber einsetzen. Uzun, Ihr habt Fiolon gebeten, Haramis zu sagen, daß Ihr mich unterrichten wollt – ich nehme an, das bedeutet, Ihr *könnt* mich unterweisen?«

»Natürlich kann ich das, Prinzessin«, erwiderte Uzun leicht verschnupft.

»Könnt Ihr mir Wetterzauber beibringen? In Eurer jetzigen Gestalt?« fragte Mikayla. »Ich zweifle keinen Augenblick daran, daß Ihr zaubern könnt – oder konntet –, aber Ihr werdet mir alles sagen und Euch auf meine Augen und meine Fähigkeit verlassen müssen, Euch die Ergebnisse zu schildern. Das sind nicht gerade ideale Unterrichtsbedingungen.«

»Das schaffen wir schon«, sagte Uzun lebhaft. »Uns bleibt nichts anderes übrig. Was wollt Ihr als erstes lernen?«

»Nun«, sagte Mikayla und versuchte an alle notwendigen Schritte zu denken, »zuerst schaue ich einmal nach – das ist das erste, was ich morgen früh mache –, ob meine Theorie über den Hof als Solarzelle richtig ist. Ich werde ein wenig Schnee zur Seite fegen – am Rande der Schlucht, so daß wir den Schnee einfach hinunterwerfen können. Vielleicht gelingt es mir, ein paar Vispi zu Hilfe zu holen, meint Ihr nicht auch? Sie können die Kälte vertragen. Dabei fällt mir ein«, fuhr sie fort, »daß ich Haramis' Schrank durchsuchen muß; ich besitze nichts, was ich draußen anziehen könnte. Und ich muß die Dienerinnen veranlassen, mir warme Kleidung zu nähen. Ich werde Enya beim Frühstück bitten, aber ich brauche vielleicht Eure Unterstützung. Ich vermute, Haramis hat angeordnet, daß ich keine warmen Sachen haben soll, damit ich nicht von hier fort kann.«

»Bestimmt nicht!« Uzun war entsetzt. »Das würde Haramis nicht tun.«

»Dann muß es purer Zufall sein, daß ich nur leichte Jacken und Hausschuhe habe, die ausschließlich für den Hausgebrauch bestimmt sind – das Paar, das ich an dem Tag draußen trug, als Fiolon fortging, war hinüber. Und wenn ich nicht einen von ihren Umhängen übergezogen hätte, wäre ich nicht in der Lage gewesen, den Turm zu verlassen. Außerdem brauche ich warme Kleidung, auch wenn ich nicht hinausgehe – Ihr könnt Euch nicht vorstellen, welche Kälte in den Eishöhlen herrscht!«

»Dann werden wir Euch warme Sachen besorgen«, sagte Uzun. »Ich hatte ganz vergessen, wie kalt es hier ist – außerhalb dieses Zimmers und der anderen Räume auf der mittleren Ebene des Turms. Es ist schon so lange her, daß ich diesen Ort hier verlassen habe …«

Oh, Mist, dachte Mikayla, *jetzt habe ich ihn wieder verärgert.* Schnell wandte sie sich wieder dem Ausgangsthema zu. »Wenn der Hof eine Solarzelle ist, werde ich möglichst viel Schnee in die Schlucht schieben und es dann regnen lassen, um den Rest zu säubern. Der Hof neigt sich ein wenig zur Schlucht, das sollte also gehen. Wißt Ihr etwas über die Geographie der näheren Umgebung? Kann es jemandem schaden, wenn ich Regen und Schnee in die Schlucht fallen lasse?«

»Soweit ich mich entsinne, nein«, sagte Uzun. »Aber bedenkt, daß alles, was ich von diesem Gebiet weiß, von meinem Hellsehen und meinen Beobachtungen am Sandtisch stammt, wenn Haramis ihn benutzt hat. Für einen Nyssomu ist es draußen zu kalt – wenn

Haramis einen von uns mit einer Botschaft ins Tiefland schicken mußte, hat sie ihn in einen besonderen Schlafsack gepackt und auf einen Lämmergeier geschnallt. Der Lämmergeier flog daraufhin in ein Dorf im Tiefland neben dem Ende des Großen Damms. Die Dorfbewohner haben den Boten ausgepackt, und er ist von dort auf einem Fronler weitergereist.«

»Wie konnte er denn atmen?« fragte Mikayla neugierig. »Der Sack muß ja fast luftdicht verschlossen gewesen sein, damit ein Nyssomu seine normale Körpertemperatur halten konnte.«

»Es wird ziemlich stickig«, gab Uzun zu. »Aber da der Lämmergeier fliegt, ist der Ort schnell erreicht, deshalb besteht keine Gefahr zu ersticken.«

»Wäre es nicht einfacher, einen der Vispi zu schicken?« fragte Mikayla.

Darüber mußte Uzun tatsächlich lachen. »Die Vispi weigern sich, die Berge zu verlassen. In der Hinsicht sind sie unerbittlich.«

»Warum?« fragte Mikayla.

»Ich weiß nicht genau«, sagte Uzun. »Zum Teil vielleicht deshalb, weil sie ihren legendären Status als ›Augen im Wirbelwind‹ erhalten wollen, deren wahre Gestalt noch niemand gesehen hat.«

»Laßt es nur erst morgen werden«, sagte Mikayla entschlossen, »dann können sie Schnee vom Hof in die Schlucht wirbeln.« Sie ging die einzelnen Schritte in Gedanken noch einmal durch: herausfinden, ob es da draußen wirklich eine Solarzelle gab, wenn ja, sie freilegen, die Zelle von der Sonne aufladen lassen ... »Ich hab's, Uzun. Der nächste Wetterzauber, den ich lernen muß, ist, wie ich den Himmel klar halten kann. Könnt Ihr mir das beibringen?«

»Kein Problem«, versicherte Uzun.

»Danke«, sagte Mikayla. »Ich habe morgen viel zu tun, deshalb gehe ich jetzt zu Bett. Gute Nacht, Uzun.«

»Gute Nacht, Prinzessin Mikayla«, erwiderte die Harfe, deren Saiten gedankenverloren ein Schlaflied anstimmten. Mikayla ging durch den Korridor und lächelte, als sie die Musik hörte.

13

Mikayla kam am nächsten Morgen schon bei Sonnenaufgang ins Arbeitszimmer und brachte die Kugeln mit, die Haramis ihr gegeben hatte. »Gestern abend, als ich ins Bett ging, ist mir noch etwas eingefallen, Uzun«, sagte sie. »Kann sein, daß ich die Diener gar nicht brauche, um warme Sachen zu bekommen. Ich kann mir welche von Fiolon bringen lassen. Selbst wenn mir meine eigenen nicht mehr passen, gibt es immer noch die Sachen, die meine älteren Geschwister abgelegt haben – die Haushälterin hat mehrere Kisten damit gefüllt.«

»Das wird der Erzzauberin nicht gefallen«, warnte Uzun.

»Was?«

»Daß Fiolon herkommt.«

»Sie hätte eben hierbleiben und gesund bleiben sollen, dann könnte sie sich auch widersetzen«, sagte Mikayla schnippisch. »Sie kann mich nicht gut zur nächsten Erzzauberin ausbilden, wenn sie nicht einmal mehr weiß, daß es mich überhaupt gibt!«

»Vielleicht weiß sie es inzwischen wieder«, sagte Uzun voller Hoffnung.

»Deshalb habe ich die Kugeln mitgebracht«, sagte Mikayla. »Wir können Fiolon rufen und sehen, wie es ihr geht.«

»Sehr gut.« Uzun seufzte. »Ich könnte Euch ohnehin nicht von Eurem Vorhaben abbringen.«

»Das klingt ja gerade so, als wollte ich Schwarze Magie betreiben! Was hat Haramis eigentlich gegen Fiolon?« Diese Frage beschäftigte Mikayla, seitdem sie erkannt hatte, daß Haramis Fiolon nicht leiden konnte.

»Er ist männlich.«

»Na und?« *Das ist kein triftiger Grund, aber sie muß einen Grund haben, warum sie ihn nicht leiden kann, nur daß ich keinen weiß. Er hat sich stets besser benommen als ich, und er war ihr gegenüber höflich und respektvoll, was man von mir nicht unbedingt behaupten kann.*

»Ich glaube wirklich, daß es gar nicht mehr ist«, meinte die Harfe. »Der einzige männliche Zauberer unter den Menschen, den sie je kennengelernt oder von dem sie je gehört hatte, war Orogastus, der nicht gerade eine Empfehlung war.«

»Aber das war vor über zweihundert Jahren!« protestierte Mikayla. »Wie kann man nur aufgrund der Taten eines einzelnen vor so langer Zeit gleich einem ganzen Geschlecht mißtrauen?«

»Haramis ist eine Frau mit festen Überzeugungen«, sagte Uzun nachsichtig.

»Ja, festen, unbeugsamen Überzeugungen«, stimmte Mikayla verbittert zu. »Wenn Ihr nicht so höflich wärt, würdet Ihr sie unvernünftig und stur nennen. Wir wollen sehen, ob Fiolon uns sagen kann, wie es ihr geht.«

Es war schwieriger als sonst, die Verbindung zu Fiolon herzustellen, da Mikayla ihn wecken mußte. Schließlich aber tauchte sein verschlafenes Gesicht in der Kugel auf, und er brummte: »Was willst du?«

»Auch dir einen wunderschönen guten Morgen«, erwiderte Mikayla. »Zunächst einmal möchte Uzun gern wissen, wie es Haramis geht.«

»Die Heilerinnen scheinen guten Muts zu sein«, sagte Fiolon, »aber als ich gestern – ganz kurz nur – bei ihr war, hat sie mich für einen Spion aus Labornok gehalten. Anscheinend ist sie an dem Punkt ihres Leben angelangt, an dem die Invasion stattfand. Sie fragt immerzu nach Uzun und warum er nicht bei ihr ist, also weiß sie offenbar nicht, daß sie ihn in eine Harfe verwandelt hat.«

»Ach, könnte ich doch nur bei ihr sein!« wünschte sich Uzun inbrünstig. »Glaubt Ihr, daß es möglich ist, wenn man mich sehr sorgfältig einpackt ...«

»Nein, ich fürchte, das geht nicht«, sagte Mikayla. »Ihr paßt nicht in die Schlafsäcke, die Haramis für den Transport der Nyssomu benutzt, und Ihr seid in Eurer jetzigen Form zu sperrig für einen Lämmergeier. Außerdem würde sich Haramis furchtbar aufregen, wenn Euch bei dem Versuch etwas zustieße. Ganz abgesehen davon könnte es zum jetzigen Zeitpunkt ein ziemlicher Schock für sie sein, wenn sie merkt, daß sie Euch in eine Harfe verwandelt hat.«

»Vermutlich habt Ihr recht«, sagte Uzun.

»Also, Fiolon«, fuhr Mikayla hoffnungsvoll fort, »sie erinnert sich nicht an uns und wird es voraussichtlich auch in nächster Zeit nicht tun?«

»So sieht es aus.«

»Gut«, sagte Mikayla zufrieden. »Und wahrscheinlich wird dich niemand vermissen, wenn du sagst, du gehst auf eine Entdeckungsreise.«

»Was soll ich denn entdecken?« fragte Fiolon vorsichtig.

»Es wird dir sehr gefallen«, versprach Mikayla ihm. »Orogastus hat diesen Turm hier auf Eishöhlen errichtet, die mit Geräten des Versunkenen Volkes vollgestopft sind. Er hat alles gesammelt, was ihm in die Finger kam – und das befindet sich in Kisten und Kästen unter den Stallungen. Ein wahrer Schatz an Wissen!«

»Und manches davon kann äußerst gefährlich sein!« ermahnte Uzun sie.

»Wenn du vorhast, herumzuschnüffeln und deine Nase in Geräte zu stecken, die Orogastus gesammelt hat, komme ich am besten zu dir und passe auf dich auf«, sagte Fiolon mit einem Eifer, den Mikayla seit ihrer Trennung nicht mehr bei ihm erlebt hatte.

»Das ist wohl ratsam«, stimmte sie ihm umgehend zu. »Wer weiß, in welche Schwierigkeiten ich gerate, wenn du nicht hier bist, um meine Begeisterung für fremde, neuartige Dinge zu dämpfen?«

»Soll ich die Fronler zurückbringen, auf denen mich die Erzzauberin hergeschickt hat?« fragte Fiolon.

»Nein, die können dort bleiben«, sagte Mikayla. »Vielleicht braucht sie die Tiere, wenn es ihr wieder gut genug geht, daß sie nach Hause kommen kann. Ich habe mit den Lämmergeiern Kontakt aufgenommen. Keiner von ihnen kann sie erreichen, seit sie krank geworden ist.«

Uzun bekam hörbar einen Schreck, und Mikayla fügte hastig hinzu: »Das kann sich natürlich ändern, wenn es ihr wieder besser geht. Im Augenblick weiß sie wahrscheinlich nicht einmal, daß sie die Möglichkeit hat, mit ihnen Kontakt aufzunehmen. Das ist vielleicht das einzige Problem. Auf jeden Fall«, fuhr sie mit ihren Anweisungen an Fiolon fort, »pack alle warmen Sachen, die du auf-

treiben kannst, für uns zusammen. Geh ruhig in die Anklei-
deräume – ich glaube, ich bin seit unserem Aufbruch ein Stück
gewachsen. Aber was dir paßt, kann ich bestimmt auch anziehen.
Bring auf jeden Fall warme Handschuhe und Stiefel mit; in den
Eishöhlen ist es sehr kalt, und wir müssen uns dort wahrscheinlich
lange aufhalten. Dann denk dir einen plausiblen Grund für deine
Abwesenheit aus – sag den Dienern nicht, daß du herkommst, vor
allem nicht nach der dummen Szene, die Haramis aufgeführt hat,
bevor sie krank wurde – und geh nach Osten zum Großen
Damm, zu der Stelle, an der er über den Fluß führt. Dann folgst du
dem Westufer des Flusses eine halbe Meile nach Norden. Dort
wird dich ein Lämmergeier erwarten. Hast du alles verstanden?«
   »Ja«, sagte Fiolon, dessen Müdigkeit wie weggeblasen war. »Ich
dürfte so gegen Mittag oder kurz danach dort eintreffen.«
   »Wunderbar«, sagte Mikayla. »Ich werde Enya bitten, dir ein
Zimmer zu richten, aber ich werde nichts Genaues über die Dauer
deines Aufenthaltes verlauten lassen.«
   »Das ist wahrscheinlich besser«, stimmte Fiolon ihr zu. »Wir
wissen ja nicht, wie lange ich bleiben kann.«

Mikayla zog die wärmsten Kleider an, die sie im Zimmer der
Erzzauberin finden konnte. Als Enya dagegen protestierte, daß sie
sich ohne Erlaubnis der Herrin Sachen ausborgte, nutzte Mikayla
die Gelegenheit, um ihr mitzuteilen, sie erwarte Fiolon im Laufe
des Tages, der ihr eigene Sachen bringen wollte, und bat Enya, ihm
ein Zimmer zu richten. »Und was Haramis betrifft, kann ich dir
nur sagen, daß man sich in der Zitadelle um sie kümmert und weiterhin hofft, daß sie genesen wird, aber ich fürchte, daß sie mo-
mentan nicht in der Verfassung ist, überhaupt irgend etwas zu ge-
nehmigen. Solange sie krank ist, werde ich meinen Unterricht
unter Anleitung von Meister Uzun fortsetzen.«
   Enya war gewiß nicht gerade begeistert über diese Mitteilung,
aber sie konnte auch nicht viel dagegen tun. Auf Bitten Mikaylas
forderte sie einen Vispi auf, Mikayla beim Schneeschaufeln im
Hof zu helfen. Das gefiel Enya nicht, aber Mikayla nahm darauf
keine Rücksicht.

Mikayla genoß es, wieder an der frischen Luft zu sein. Seit ihrer Ankunft im Turm hatte sie sich nicht mehr so lebendig gefühlt. Unter der Aufsicht von Haramis hatte sie in verschlossenen Räumen ein Schattendasein geführt und war sich wie ein Geist vorgekommen, aber hier draußen im Sonnenlicht war das Leben wieder herrlich. Jetzt, da sie wieder mit dem Rest der Welt verbunden war, überkam sie ein geradezu überschwengliches Gefühl. Endlich war sie nicht mehr von aller Welt abgeschnitten. Außerdem würde Fiolon heute wieder bei ihr sein. Mikayla war so glücklich wie noch nie in ihrem Leben. Selbst das unwillige Brummen des Vispi, dem Enya aufgetragen hatte, ihr zu helfen, vermochte ihr die gute Laune nicht zu verderben.

Zu zweit brauchten sie den ganzen Vormittag, bis der Schnee von einer kleinen Stelle des Vorplatzes am Rande der Schlucht restlos entfernt war. Gegen Mittag aber konnte Mikayla hineingehen, sich in Haramis' Wanne aufwärmen und ein reichhaltiges Mittagessen bestellen, das man ihr im Arbeitszimmer reichen sollte, wo sie Uzun die gute Nachricht überbrachte.

»Es ist tatsächlich eine Solarzelle«, sagte sie, »Dank sei den Herrschern der Lüfte. Wäre der Vorplatz keine Solarzelle, dann hätten wir wahrscheinlich das Gebäude abreißen müssen, um die Zelle aufzuladen.« Sie schmunzelte. »*Das* hätte Haramis bestimmt nicht gefallen.«

»Was wollt Ihr also jetzt tun?« fragte Uzun.

»Ich habe den Vispi gebeten, möglichst viel Schnee vom Vorplatz in die Schlucht zu fegen. Das heißt, ich muß weniger abtauen, wenn ich es regnen lasse. Das will ich morgen tun. Heute nachmittag könnt Ihr mir erklären, wie man hohe Temperaturen beibehält, damit der Regen nicht zu Schnee wird, und wie ich den Himmel wolkenfrei bekomme, nachdem ich den Platz vom Schnee befreit habe. Wie gut, daß der Platz sich auf der Südseite des Turms befindet – da bekommt er zumindest die meiste Sonne ab. Aber es wird wahrscheinlich noch ein paar Tage dauern, bis ausreichend Energie aufgeladen ist. Wenn ich den Spiegel dann in Gang gebracht habe, kann ich mit seiner Hilfe nach Haramis schauen. Und es kann sein, daß er – oder etwas anderes aus dem

Lager dort unten – mir einen Anhaltspunkt gibt, wie ich Euch einen neuen Körper anfertigen kann.«

»Einen neuen Körper?« ertönte eine Stimme an der Tür. »Stimmt etwas mit der Harfe nicht?«

»Fiolon!« Mikayla sprang auf, lief zu ihrem Freund und umarmte ihn. Es war ein wunderbares Gefühl. Sie hatte fast nicht gemerkt, wie sehr es sie nach menschlichem Kontakt verlangt und wie sehr sie vor allem Fiolon vermißt hatte. Er war seit ihrer Trennung noch mehr gewachsen als sie. Beim letzten Mal, als sie ihn gesehen hatte, waren sie etwa gleich groß gewesen, aber jetzt war er einen halben Kopf größer als sie. Doch er fühlte sich noch genauso an wie früher, stark und tröstend, ihr bester Freund, ihre andere Hälfte. Die seelische Bindung war eine gute Sache, aber nichts im Vergleich zu körperlicher Nähe.

»Ich bin so froh, daß du hier bist!« Sie zog ihn zu einem Stuhl am Tisch, setzte sich ihm gegenüber und betrachtete ihn eingehend. Er trug das Haar länger als früher, und es war vom Wind zerzaust. Mikayla fand, daß er gut aussah, vor allem wenn er aufschaute und sie anlächelte. Ihr wurde ganz warm. »Hast du Hunger?« fragte sie. »Ich habe so viel Essen bestellt, daß wir beide satt werden können.«

»Gut«, sagte Fiolon und langte nach einem Teller. »Ich bin völlig ausgehungert. Aber ich habe alles mitgebracht, was du haben wolltest. Und ich habe auch alle Spieluhren mitgebracht – mir ist eingefallen, daß Meister Uzun vielleicht nicht alle Spieluhren gehört hat, die wir in den Ruinen gefunden haben.«

»Das habt Ihr gut überlegt, Lord Fiolon«, sagte Uzun. So begeistert hatte Mikayla ihn noch nie erlebt. »Ich freue mich schon auf die verschiedenen Melodien.«

Fiolon hielt kurz inne, um einen großen Bissen hinunterzuschlucken. Dann wandte er sich an Uzun. »Stimmt etwas nicht mit Eurer Harfe?« fragte er besorgt.

»Es ist alles in Ordnung«, sagte Uzun. »Nur, wenn Mikayla hier ist und Haramis woanders, empfinde ich das Dasein einer Harfe als sehr einengend.«

140

Fiolon nickte. »Es ist ein Unterschied, ob man Musik liebt oder Musik *ist*«, stimmte er ihm zu. »Und wenn man dazu verdammt ist, an einer Stelle zu stehen, kann man schwerlich verfolgen, was Mikayla vorhat. Ich tue, was ich kann, um zu helfen.«

»Ihr könnt damit anfangen, der Prinzessin beim Erlernen des Wetterzaubers beizustehen«, sagte Uzun bissig. »Willkürliche Schneegestöber können wir uns nicht mehr leisten.«

Die drei verbrachten den Rest des Nachmittags mit technischen Diskussionen über das Wetter und seine Beherrschung, und Uzun schickte sie gleich nach dem Abendessen zu Bett. »Ihr habt morgen einen anstrengenden Tag vor Euch, und Ihr braucht Eure Kraft.«

Weder Mikayla noch Fiolon waren dazu aufgelegt, dieser Feststellung zu widersprechen, sie gingen auf schnellstem Weg in ihre Zimmer. Sie hatten einen langen, arbeitsreichen Tag hinter sich.

Am nächsten Morgen frühstückten sie in aller Frühe und sprachen das Verfahren mit Uzun noch einmal durch, ehe sie in den Werkraum gingen. Zu zweit war es nicht schwierig, den Regenzauber in Gang zu setzen. Sie traten ans Fenster, um zu sehen, wie er funktionierte.

Es begann leicht zu nieseln, dichtem Nebel gleich, aber als Sturm aufkam, wurde der Regen heftiger. Im Werkraum, in dem es im Gegensatz zu den Wohnräumen keine Warmluftschächte gab, war es kalt und feucht.

»Das Wetter ist wirklich deprimierend«, stellte Fiolon fest.

»Aber der Regen spült den Vorplatz wie geplant ab«, sagte Mikayla.

»Woher willst du das wissen?«

Mikayla lächelte über Fiolons skeptischen Ton. Sie war immer schon die Optimistin gewesen. Außerdem hatte sie einen Anhaltspunkt. Inmitten von Regen und Wind und Schnee hoch oben in den Bergen hüllte eine große Wolke aus düsterem Nebel den Turm vollständig ein, so daß die Sichtweite eingeschränkt war. Zugegeben, Mikayla hatte den Nebel nicht erwartet, aber sie hütete sich, es laut auszusprechen. Er sah aus wie der Geist eines riesigen Vispi.

»Sei froh, daß Haramis nicht hier ist«, sagte sie. »Erinnerst du dich noch, wie sie mir zu Beginn meiner Ausbildung das schrecklichste, scheinbar unnütze Zeug vorstellte, und ich sollte ihr sagen, welchem Zweck es diente?«

Fiolon nickte. »Und wozu soll der Nebel gut sein?«

»Wenn du dir anschaust, in welche Richtung er treibt, kannst du sagen, woher der Wind kommt. Regen und Schnee sind zu fest und schwer; der Nebel ist leicht und gut zu sehen, so daß man die Richtung erkennen kann.«

»Hm.« Fiolon betrachtete die Sache eine Zeitlang. »Anscheinend kommt der Wind von Westen – vom Mount Gidris. Dort hat Haramis ihren Talisman gefunden, weißt du.«

»Wirklich?« fragte Mikayla. »Nein, das wußte ich nicht. Wie sieht es denn auf Mount Gidris aus?«

»Dort gibt es Eishöhlen, die nicht sehr stabil sind. Die Gegend wirst du nicht erforschen, Mikayla, oder?«

»Ich habe es nicht vor … Oh weh! Ich glaube, wir bekommen Schwierigkeiten.« Mikayla deutete auf den Niederschlag, der noch vom Himmel fiel.

Es war schon später Nachmittag, und der Regen begann sich in Hagel zu verwandeln. »Halt es an«, sagte Fiolon und lief zurück an den Tisch. »Mach schnell!«

Mikayla folgte ihm auf den Fersen, und gemeinsam schoben sie den Sturm den Abhang hinunter und außer Reichweite des Turms. Als die Wolken sich verzogen hatten, tauchte die untergehende Sonne schwach am westlichen Horizont auf.

»Der Vorplatz ist noch naß« – Mikayla seufzte – »und er wird wahrscheinlich über Nacht zufrieren. Ich hoffe doch, daß wir, sobald die Solarzelle aufgeladen ist, eine andere Möglichkeit finden, ihn frei von Schnee zu halten.«

»Ich auch«, sagte Fiolon. »Ich fände es scheußlich, das hier alle paar Tage veranstalten zu müssen.«

»Na ja, wenigstens haben wir für heute alles erledigt«, sagte Mikayla. »Morgen wollen wir versuchen, die Sache zu einem Ende zu bringen. Komm, wir gehen in die Küche; ich möchte etwas Warmes trinken und den Dienern sagen, sie sollen nicht auf den Vorplatz hinausgehen. Ich will nicht, daß sich jemand verletzt.«

Enya stellte ihnen zwei kleine Hocker hin, auf denen sie Platz nehmen konnten, und versorgte sie sofort mit heißen Getränken; sie hatte einen großen Topf Ladu-Saft auf der Feuerstelle. Daneben standen ein paar sehr unglücklich wirkende Vispi.

»Was habt Ihr mit dem Wetter gemacht?« fragte einer von ihnen. Ihm war so elend zumute, daß er sich nicht darum scherte, ob er seinen Vorgesetzten gegenüber einen rüden Ton anschlug. »Hier soll es nicht naß sein! Die Feuchtigkeit setzt meinen Lungen zu.« Er hustete erbärmlich. Die anderen Vispi scharten sich eng aneinander gedrängt um das Feuer und warfen den beiden Kindern vorwurfsvolle Blicke zu.

Sie hatten recht. Wenn es hier schneite, blieb die Luft trocken. Sogar der Schnee selbst war in dieser Gegend relativ trocken. Und die Luft in dieser Höhe war sehr dünn.

Mikayla erinnerte sich, wie Uzun gelacht hatte, als sie ihn fragte, warum Haramis die Vispi nicht als Boten ins Tiefland schickte. »Das ist der eigentliche Grund, warum ihr die Berge nicht verlaßt, nicht wahr?« fragte sie. »Ihr seid an dünne, trockene Luft gewöhnt. Es ist nicht die Hitze, die euch zu schaffen macht, sondern die Feuchtigkeit.«

»Mein Ahnherr hat einmal versucht, von den Bergen hinabzusteigen«, sagte einer der jüngeren Vispi. »Er ist nicht weit gegangen, und als er zurückkehrte, sagte er, es sei gerade so gewesen, als wollte man Adop-Suppe einatmen!«

»Damit hatte er recht«, stimmte Fiolon zu. »Wenn man eine Zeitlang hier oben gewesen ist, gewöhnt man sich an die Luft. Kommt man dann wieder ins Tiefland, fühlt sich die Luft, die man einatmet, zu dick und zu warm an.« Er zuckte die Achseln. »Ich habe mich natürlich nach einem oder zwei Tagen wieder umgestellt, aber ich bin nicht sicher, ob das einem Vispi gelingen würde. Davon habe ich noch nie gehört.«

»Ich werde auch niemanden von euch bitten, den Berg hinabzusteigen«, sagte Mikayla. »Was den Regen betrifft, der dürfte nach etwa einem Tag aufhören, vielleicht schon morgen, wenn wir Glück haben. Dabei fällt mir ein, keiner soll über den Vorplatz gehen – ich fürchte, er wird sich im Laufe der Nacht wieder in eine Eisfläche verwandeln.«

Die Vispi stöhnten, und sogar die Nyssomu, die nicht aus dem Haus gingen, wirkten niedergeschlagen. Enya seufzte. »Prinzessin, würde es Euch etwas ausmachen, wenn ich den Vispi hier auf dem Boden Schlafplätze einrichte, so daß sie am Feuer schlafen können?«

»Nein, wenn es dir nichts ausmacht«, erwiderte Mikayla. »Es ist deine Küche. Mir sind sie hier gewiß nicht im Weg – solange sie dich nicht stören, habe ich bestimmt nichts dagegen.« Sie stand auf. »Vielen Dank für das heiße Getränk, Enya. Fiolon und ich werden dich jetzt nicht länger stören. Reicht es, wenn wir in einer Stunde essen? Du mußt nichts Ausgefallenes kochen, irgend etwas Warmes – sogar Adop-Suppe reicht.«

Enya kicherte. »Das Essen ist in einer Stunde im Arbeitszimmer, Prinzessin. Und ich glaube, ich kann noch etwas Besseres für Euch kochen als Adop-Suppe.«

Das Trocknen des Vorplatzes war schwieriger, als Mikayla erwartet hatte. Selbst als die Sonne am nächsten Tag hoch stand, war es noch immer zu kalt, um das Eis abzutauen und die Solarzelle zu trocknen. Zudem zogen vom Mount Gidris her nach wie vor hohe Wolken über sie hinweg und verdeckten zeitweise die Sonne. Einmal begann es sogar kurz zu schneien, was Mikayla und Fiolon veranlaßte, auf schnellstem Wege in den Werkraum zu eilen und den Schneefall anzuhalten.

Schließlich wickelten sich Mikayla und Fiolon in warme Sachen, nahmen jeder zwei Fackeln mit und begannen, das Eis ohne Zauber abzutauen. Da der Vorplatz vom Turm aus eine leichte Neigung bergab hatte, begannen sie an der Tür zum Turm. Als das Eis zu schmelzen begann, sorgte das abfließende warme Wasser dafür, daß auch das Eis weiter unten zur Schlucht hin abtaute. Stück für Stück arbeiteten sie sich über den Vorplatz zur Schlucht vor. Bei Sonnenuntergang war ein Drittel eisfrei und trocken.

»Ich glaube, mehr können wir heute nicht tun«, sagte Mikayla und reckte ächzend ihre Glieder. Ihr Rücken schmerzte vom langen Bücken, da sie die Fackel immer knapp über dem Boden gehalten hatte. *Macht nichts*, dachte sie, *wenigstens habe ich warme Füße.* »Ich glaube, morgen können wir damit fertig werden.«

»Wenn wir Glück haben«, stöhnte Fiolon, »und wenn unsere Muskeln durchhalten.«

»Vielleicht haben wir einen Teil schon aufgeladen«, sagte Mikayla fröhlich. »Die Fackeln sind nicht nur warm, sie sind auch hell.« Sie schaute Fiolon an. »Willst du dir jetzt die Eishöhlen ansehen?«

Seine erste Reaktion war unwilliges Brummen. Dann fügte er hinzu: »Morgen, einverstanden? Ich möchte jetzt nur noch ein heißes Bad und eine warme Mahlzeit.«

»Ich auch«, sagte Mikayla. »Wir können uns die Höhlen morgen mittag ansehen – dann werden wir ohnehin eine Verschnaufpause benötigen.«

»Das bezweifle ich nicht im geringsten«, sagte Fiolon. »Mika, bist du sicher, daß es klappt?«

»Hundertprozentig natürlich nicht«, gab Mikayla zu. »Aber ich glaube, daß wir gute Chancen haben. Der Spiegel hat gesagt, die Solarzelle müsse aufgeladen werden, und dieser Platz sieht genau wie der Teil der Spieluhren aus, auf den Licht fallen muß, damit sie spielen, und wir setzen ihn dem Licht aus. Also sollte es funktionieren.«

»Hört sich ganz so an«, stimmte Fiolon zu. »Das hoffe ich auch. Der Gedanke, die ganze Arbeit umsonst getan zu haben, wäre mir von Herzen zuwider.«

14

Mikayla ging gleich nach dem Abendessen zu Bett und sank völlig erschöpft in tiefen Schlaf. Als sie am nächsten Tag aufwachte, erschrak sie, denn die Sonne stand bereits hoch am Himmel: Sie hatte den halben Vormittag verschlafen. Rasch kroch sie aus dem Bett und zog sich hastig an, ohne auf den Protest ihrer schmerzenden Muskeln zu achten.

Sie ging den Korridor entlang und steckte den Kopf in Fiolons Zimmer. Von ihm war nichts zu sehen, aber der Hügel unter der Bettdecke zeigte, daß auch er verschlafen hatte.

»Fiolon!« rief sie.

Kurz darauf rührte sich etwas unter der Bettdecke, und sie erhielt eine Antwort – wenn man »Hmm?« als Antwort gelten ließ.

»Ich gehe auf den Vorplatz hinunter und arbeite«, teilte Mikayla ihm mit. »Wenn du fertig bist, kannst du mir Gesellschaft leisten.«

Sie schaute kurz im Arbeitszimmer vorbei, wünschte Uzun einen guten Morgen und sagte ihm, wohin sie ging. Die Harfe erwiderte ihren Gruß, blieb aber ansonsten schweigsam. Mikayla setzte ihren Weg fort und ging in die Küche, wo sie sich ein Stück Brot und zwei Fackeln holte. Eine davon zündete sie am Feuer im Kamin an, wobei sie flüchtig registrierte, daß die Vispi, die sich am Abend zuvor noch unglücklich hier zusammengedrängt hatten, nicht mehr da waren. Dann eilte sie die restlichen Treppen hinunter und trat ins Freie.

Vor der Tür blieb sie stehen und traute ihren Augen kaum. Der Himmel war strahlend blau, und kein Wölkchen war zu sehen. Die Sonne schien auf den gesamten Vorplatz, und die Luft hatte sich erwärmt! Beim Einatmen und auf dem Gesicht fühlte es sich zwar noch immer kalt an, aber die Temperaturen lagen deutlich über dem Gefrierpunkt, denn auf dem Vorplatz war fast das gesamte Eis geschmolzen. Die Fläche, die sie tags zuvor mit Fiolon bearbeitet hatte, war trocken, und es war noch ein ganzes Stück hinzugekommen. Über etwa einem Fünftel des Platzes, der dem Abgrund am nächsten lag, floß Wasser ab und tropfte in die Schlucht.

Mikayla aß ihr Brot, während sie den Platz in Augenschein nahm, zündete dann die zweite Fackel an der ersten an und fuhr fort, den Platz an den Stellen trockenzulegen, die noch naß waren. Zu ihrer großen Freude ging die Arbeit rasch von der Hand, und sie war schon ein gutes Stück weitergekommen, als Fiolon sich ihr anschloß. Mit seiner Hilfe waren sie bald fertig. Gegen Mittag überblickten sie einen sauberen, trockenen Platz – eine Solarzelle, die das Sonnenlicht in sich aufnahm. Als Mikayla aus Neugier ihre Handschuhe auszog, um den Boden zu berühren, verbrannte sie sich an diesem beinahe die Hand. Sie war jedoch so aufgeregt, daß es ihr nichts ausmachte.

»Es klappt, Fiolon«, sagte sie. »Der Spiegel dürfte jetzt funktionieren. Komm, wir wollen nachsehen!«

»Hast du schon gefrühstückt?« erkundigte sich Fiolon.

Mikayla starrte ihn ungläubig an. »Wie kannst du ausgerechnet jetzt an Essen denken?«

Fiolon lachte in sich hinein. »Gerade jetzt, und weil ich dich kenne, Mika. Bist du einmal in der Höhle, kriegt dich so schnell nichts wieder hinaus. Laß uns also erst zu Mittag essen, ja?«

»Mittagessen.« Mikayla warf ihm einen verächtlichen Blick zu. »Die Wunder des Versunkenen Volkes warten auf uns, und du willst essen gehen.«

»Die Wunder des Versunkenen Volkes laufen uns nicht weg«, stellte Fiolon fest. »Sie sind immerhin schon ein paar hundert Jahre hier und können ruhig noch ein wenig auf uns warten. Außerdem«, fügte er grinsend hinzu, »knurrt dein Magen.«

Da hatte er leider recht. Offensichtlich konnte Mikaylas Magen ihren Forschungsdrang nicht so recht teilen. »Na schön«, sagte sie mit ergebenem Seufzer, »wenn's denn sein muß.«

»Es muß sein«, erwiderte Fiolon, packte ihren Arm und zog sie in die Küche.

Nach dem Essen nahmen sie eine Laterne mit. Fiolon lehnte Fackeln mit der Begründung ab, daß ein Teil des gelagerten Materials vielleicht brennbar, explosiv, hitzeempfindlich oder alles zusammen sei. Dann gingen sie in die Lagerräume hinunter. Mit großem Interesse studierte Fiolon die Schrift auf den Kisten. »Ich wünschte, ich könnte diese Sprache entziffern«, sagte er.

»Oder wenigstens das Alphabet herausbekommen«, fügte Mikayla hinzu. »Vielleicht finden wir eine Möglichkeit, es zu lernen.«

»Das wäre wirklich interessant«, gab Fiolon zu und folgte ihr in den Tunnel.

Da sie eine Laterne bei sich hatten, mußte Mikayla sich nicht damit aufhalten, die Fackeln an den Tunnelwänden anzuzünden. Sie lief einfach weiter, bis sie die Tür zur Höhle erreicht hatten. Gemeinsam schoben sie die Tür so weit zur Seite, daß sie eintreten konnten. Mikayla ging voran in den Raum mit dem »Zauberspiegel«.

»Oh!« hauchte Fiolon, offensichtlich beeindruckt.

»Eine Frage, bitte«, sagte die Stimme. Sie war wesentlich kräftiger als ein paar Tage zuvor, und Mikayla stellte fest, daß auf den Wänden ringsum viel weniger Rauhreif lag, so daß auch der Spiegel eine größere Oberfläche hatte.

»Zeige Prinzessin Haramis von Ruwenda«, sagte sie, ohne zu zögern.

»Suche.« Im Spiegel baute sich ein Bild auf, wie Mikayla es bereits kannte. Aber die Farben waren nun nicht mehr blaß, und die Einzelheiten waren so klar, daß man beinahe den Eindruck hatte, man könnte die Hand ausstrecken und Haramis berühren, die schlafend im Bett lag. Ayah saß daneben und hielt Wache. Haramis sah noch immer wie eine kranke alte Frau aus, aber der Atem ging tief und regelmäßig – was im Spiegel deutlich zu erkennen war. Mikayla konnte sogar das leise Knacken des Stuhls hören, als Ayah sich bewegte.

»Oh, heilige Blume!« flüsterte Fiolon. »Bin gespannt, was er noch alles kann?«

»Ich auch«, murmelte Mikayla.

»Eine Frage, bitte«, wiederholte die Stimme, während das Bild sich nicht veränderte.

»Zeige Quasi«, sagte Mikayla, die wissen wollte, wie es ihrem alten Freund ging.

»Das Gesuchte ist nicht im Speicher«, erwiderte der Spiegel.

Er weiß nicht, wer Quasi ist, schloß Mikayla daraus, *aber vielleicht gibt es eine andere Möglichkeit, zum selben Ergebnis zu kommen.* »Zeige den Burgfelsen«, sagte sie. Der Spiegel zeigte das gewünschte Bild der Zitadelle und den Berg, auf dem sie stand, aus der Luft betrachtet.

Mikayla biß sich auf die Lippe und überlegte, wie sie ihren nächsten Wunsch in Worte kleiden könnte. »Zeige das Land westlich des Burgfelsens«, sagte sie und hoffte, der Spiegel würde ihre Worte richtig auslegen.

»Statische Einstellung oder Suchfunktion?« fragte der Spiegel.

Da Mikayla nicht wußte, was die beiden Auswahlmöglichkeiten zu bedeuten hatten, ging sie nach dem Zufallsprinzip vor. »Suche.«

Das Bild im Spiegel begann sich zu bewegen, als würden sie von der Zitadelle aus nach Westen fliegen. Mikayla merkte sich, daß der Spiegel dies als »Suchfunktion« betrachtete, und hielt sorgsam nach Quasis Dorf Ausschau. »Stop«, sagte sie, sobald es in Sicht kam. Stirnrunzelnd betrachtete sie das Bild im Spiegel. Irgend etwas stimmte nicht. Die Farben paßten nicht zur Jahreszeit.

»Ich wünschte, wir könnten uns das näher ansehen«, murmelte Fiolon neben ihr.

»Nahsicht auf die Strukturen?« fragte der Spiegel.

Mikayla und Fiolon sahen einander an und hoben gleichzeitig die Schultern. »Ja«, erwiderte Mikayla.

Das Dorf auf dem Bild wurde immer größer, als würden sie von oben herabfallen. Nun sah Mikayla, warum die Farben nicht stimmten. Die Pflanzenwelt rund um das Dorf starb ab. Als das Bild im Spiegel sich dem Boden näherte, konnte sie einige Nyssomu auf einer Bank vor ihren Hütten sitzen sehen. Einer von ihnen war Quasi.

»Da ist Quasi!« sagte Fiolon aufgeregt. »Ich habe ihn Ewigkeiten nicht gesehen – seit Haramis uns hierher gebracht hat.« Er runzelte die Stirn. »Findest du nicht auch, daß er viel älter aussieht, Mika? Ist es denn wirklich schon so lange her?«

Mikayla rechnete an den Fingern nach, als der Spiegel sagte: »Identifiziere Quasi.«

»Er sitzt in der Mitte«, informierte sie den Spiegel geistesabwesend, während sie zu Fiolon sagte: »Nein, es ist erst zwei Jahre her – vielleicht drei. Ich verliere hier jegliches Zeitgefühl, aber so lange war es nicht.«

Auf dem Bild wurde Quasis Gestalt plötzlich hellrot umrahmt. »Quasi?« fragte die Stimme.

»Ja«, erwiderte Mikayla, »das ist Quasi.«

149

»Quasi für weitere Bezugnahme aufgenommen.«

Was immer das heißen mag, dachte Mikayla. Dann schaltete der Spiegel den Ton zum Bild hinzu.

»Der Regen ist ungewöhnlich für die Jahreszeit«, sagte einer der Seltlinge.

»Und die Erde bebt«, fügte ein anderer hinzu, der sich der Gruppe auf der Bank näherte. »Das sind böse Vorzeichen.«

»Warum bringt die Erzzauberin das Land nicht in Ordnung?« lautete die nächste Frage. »Quasi, du warst doch bei ihr. Ist sie denn keine mächtige Zauberin? Warum läßt sie das alles zu?«

Quasi machte einen unglücklichen Eindruck. »Sie ist krank«, sagte er. »Eine meiner Schwestern ist Heilerin …«

»Das wissen wir«, unterbrach ihn der erste Seltling.

»…und man hat sie vor einigen Wochen in die Zitadelle gerufen, um die Erzzauberin zu behandeln«, fuhr Quasi fort. »Mit dem Gift von Sumpfwürmern«, schloß er vielsagend.

Nahm man das einhellige Entsetzen, das sich auf ihren Gesichtern abzeichnete, war allen Anwesenden klar, was das zu bedeuten hatte. »Ob sie wieder gesund wird?« fragte einer.

»Meine Schwester meint, ja«, erwiderte Quasi. Er warf einen Blick auf die sterbenden Pflanzen ringsum. »Wir wollen zu den Herrschern der Lüfte beten, daß sie bald wieder gesund wird. Das Land wird krank, wenn die Erzzauberin alt und krank wird.«

Mikayla runzelte die Stirn und sah, daß auch Fiolon erschrocken war. Nun, da Quasi es erwähnt hatte, spürte sie auch, worüber er sprach. Ein vages Gefühl sagte ihr, daß mit Ruwenda etwas nicht stimmte, als wäre das Land erkrankt. Sie selbst fühlte sich ein wenig elend. Das Land war außer Kontrolle geraten; irgend etwas stimmte nicht, und sie hatte das Gefühl, sie sollte imstande sein, es wieder in Ordnung zu bringen, aber sie wußte nicht wie. Ganz offensichtlich war ihre Ausbildung in Magie nun noch dringlicher geworden als zu jener Zeit, da Haramis noch gesund gewesen war und alles unter Kontrolle gehabt hatte. Das bedeutete, daß sie auf der Stelle einen Körper für Uzun finden mußte, damit er sie richtig ausbilden konnte. Ob der Spiegel ihr weiterhelfen konnte?

Mikayla dachte angestrengt nach, wie sie ihre Anfrage formulieren sollte. »Suche Zauberer«, sagte sie auf gut Glück.

»Präzisieren: alle oder nach Rasse.«

Mikayla dachte kurz darüber nach. »Menschlich«, sagte sie schließlich.

Der Spiegel zeigte in kurzen Abständen eine Reihe von Bildern, auf denen Menschen abgebildet waren, die sich mit Magie beschäftigten. Mikayla erkannte einen von ihnen als einen Zauberkünstler, der von Zeit zu Zeit in der Zitadelle war – er hatte ein paar wirklich hervorragende Sinnestäuschungen auf einer der Geburtstagsfeiern von Prinz Egon vollbracht. Plötzlich holte sie tief Luft und sagte: »Halt!«

»Bild speichern und für weitere Bezugnahme markieren?«

»Ja«, sagte Mikayla und starrte fasziniert auf den Bildschirm. Eine kleine Gruppe von Menschen stand an einem Tisch, auf dem die Holzstatue einer Frau lag. Einer von ihnen rieb den Körper mit einer Art Salbe ein, während ein anderer am Kopfende stand und ein Rauchfaß schwenkte, aus dem eine dicke Weihrauchwolke drang. Ein dritter hielt der Statue etwas vor den Mund. Die aufgemalten Augen waren offen und sahen verblüffend echt aus.

An einer Seite stand ein Mann und las laut etwas vor. »Öffnen des Mundes«, sagte er, womit er offenbar eine Reihe von Anweisungen einleitete. Die folgenden Sätze ergaben keinen Sinn für Mikayla, aber sie schaute weiter zu, während die Zeremonie fortgesetzt wurde, in deren Verlauf die Statue frisch eingekleidet und aufgerichtet wurde. Ein Stapel Kleider, den man ihr anscheinend zuvor ausgezogen hatte, lag neben dem Tisch auf dem Boden.

Mikayla schaute sich die Umgebung an und versuchte herauszufinden, wo es war. Der Raum war klein und hatte eine niedrige Decke. Er war mit den wenigen Menschen, die sich darin aufhielten, ziemlich überfüllt. Offensichtlich war er aus dem blanken Fels gehauen, aber die Wände waren nicht mit Eis überzogen. Mikayla vermutete, daß es wahrscheinlich irgendwo in den Bergen war – aber wo? »Wo sind sie?« fragte sie sich laut.

»Meret-Tempel lokalisieren?« fragte die Stimme.

»Ist das der Meret-Tempel?« fragte Mikayla.

»Ja.«

»Lokalisiere den Meret-Tempel«, wiederholte Mikayla.

Das Bild veränderte sich, und eine Landkarte der Halbinsel tauchte auf. Ihr eigener Standort war durch einen schwarzen Punkt gekennzeichnet, und auf der Nordseite von Mount Gidris war ein roter Punkt eingezeichnet, in der Nähe des Gipfels, aber deutlich auf der Seite, die in Labornok lag. Neben den beiden Punkten stand etwas geschrieben, jedoch in denselben unbekannten Buchstaben, die sich auch auf den Kisten draußen fanden.

»Könnte ich das doch nur lesen!« sagte Fiolon enttäuscht. Mikayla machte ihm keinen Vorwurf. Er hatte sich ruhig verhalten und nichts gesagt, während sie den Zauber beobachtet hatte – wahrscheinlich hatte er ebenso wie sie selbst erkannt, daß der Spiegel alles Gesagte als neue Anfrage auslegen würde.

So war es auch. Der Spiegel nahm Fiolons Ausruf zum Anlaß, zu fragen: »Lesehilfe anfordern?«

Mikayla und Fiolon schauten sich mit weit aufgerissenen Augen überrascht an. *Was ist das?* wunderte sich Mikayla. *Ich hoffe, wir können ihn eines Tages dazu bewegen, es uns zu sagen. Vorerst ...* Sie nickte Fiolon zu, um ihm zu signalisieren, daß er dem Spiegel antworten sollte.

»Ja«, sagte Fiolon, dessen Stimme sich vor Aufregung und Nervosität beinahe überschlug.

»Name des Schülers?«

Fiolon schluckte. »Fiolon von Var«, erwiderte er.

»Name des zweiten Schülers?«

Mikayla tauschte rasch einen kurzen Blick mit Fiolon, zuckte die Achseln und sagte nur: »Mikayla.«

Das Bild im Spiegel verschwand. Statt dessen tauchten Schriftzeichen neben dem Bild eines kleinen Hauses auf. »Alef«, sagte der Spiegel.

»Alef«, wiederholte Fiolon.

Der Spiegel wiederholte den Prozeß mit vier weiteren Schriftzeichen. Anschließend zeigte er nur eine Reihe von fünf Wörtern ohne die begleitenden Bilder. Ein Wort leuchtete auf.

Fiolon schwieg, und Mikayla fragte sich, was der Spiegel von ihm wollte. Aber sie wagte nicht zu fragen oder etwas zu sagen. Nach einer halben Minute sagte der Spiegel: »Alef.«

»Aha, ich verstehe«, sagte Fiolon. »Er prüft, ob ich die Buchstaben wiedererkenne.«

»Alef«, wiederholte der Spiegel.

»Alef«, erwiderte Fiolon.

Die Schriftzeichen leuchteten erneut auf, und Fiolon sagte »Alef« ohne Aufforderung. Offenbar war der Spiegel einverstanden, denn er ging zum nächsten Wort über. Fiolon ratterte sie ohne Zögern herunter. Dann wiederholte der Spiegel die Übung. Fiolon konnte es fehlerlos, und der Spiegel ging wieder dazu über, einzelne Wörter zu zeigen, diesmal neue.

Fiolon und der Spiegel wiederholten diesen Prozeß viermal, wobei das letzte Bild fünfundzwanzig Buchstaben in fünf Reihen mit fünf Begriffen zeigte. Offenbar war es das gesamte Alphabet, denn nachdem Fiolon sie alle richtig benannt hatte, sagte der Spiegel: »Lektion eins für Schüler Fiolon von Var beendet.«

Noch einmal zeigte er das Alphabet und sagte: »Schülerin Mikayla.« Mikayla begriff die Reihenfolge beim ersten Mal nicht richtig, denn sie hatte nicht ganz so gut aufgepaßt wie Fiolon, aber sie schaffte es beim zweiten Versuch, und der Spiegel sagte: »Lektion eins für Schülerin Mikayla beendet.« Dann fügte er hinzu: »Energiestand niedrig. Pause zum Aufladen.« Der Spiegel wurde dunkel. Mikayla und Fiolon verließen schweigend den Raum und schlossen die Tür hinter sich.

Als sie durch den Tunnel zurückgingen, stellte Mikayla überrascht fest, daß ihre Füße schmerzten. »Wie lange haben wir da eigentlich gestanden?« fragte sie.

»Ich weiß nicht«, erwiderte Fiolon und schaute sich seine Laterne an. »Auf jeden Fall ziemlich lange, denn wir haben viel Lampenöl verbraucht.«

Sie gingen in die Küche, um die Laterne wieder abzugeben, und Enya sagte, offenbar erleichtert: »Da seid Ihr ja wieder! Wo wart Ihr denn so lange? Ihr kommt drei Stunden zu spät zum Abendessen, und Meister Uzun ist vor Sorge schier außer sich.«

»Heißt das, es gibt nichts mehr zu essen?« fragte Fiolon besorgt. »Wir sind nicht mit Absicht zu spät gekommen: Wir haben geforscht und dabei die Zeit vergessen.«

Enya schüttelte den Kopf. »Buben!« Sie seufzte. »Sie sind in allen Rassen gleich. Ja, natürlich bekommt Ihr noch etwas zu essen. Ihr geht jetzt ins Arbeitszimmer hinauf und versichert Meister Uzun, daß Ihr noch lebt und wohlauf seid, und ich werde Euch das Abendessen bringen.«

»Danke, Enya«, sagte Mikayla. »Wir werden uns bemühen, nicht wieder zu spät zum Essen zu kommen.«

Uzun wollte schon anfangen zu nörgeln, daß sie so lange fort gewesen waren.

»Tut mir leid, Uzun«, sagte Mikayla. »Aber ich habe gute Nachrichten für Euch. Ich glaube, wir haben Menschen ausfindig gemacht, die uns dabei helfen können, Euch einen neuen Körper zu machen.«

»Wirklich?« fragte Uzun überrascht. »So schnell? Wo? Und wer ist es?«

»Auf Mount Gidris gibt es einen Ort, der Meret-Tempel heißt«, sagte Mikayla.

»Richtig«, sagte Fiolon und runzelte die Stirn. »Es war in der Tat auf Mount Gidris, aber ich weiß nicht, Mika, ob du dort hingehen solltest.«

»Ich weiß, du hast gesagt, daß der Fels auf dieser Seite nicht stabil ist«, begann Mikayla.

»Er ist sogar sehr brüchig«, schaltete Uzun sich ein.

»Aber der Tempel liegt auf der andren Seite, und dort sieht er nicht im geringsten brüchig aus. Es ist auch keine Eishöhle, sondern eine regelrechte Felshöhle. Und wenn sie nicht stabil wäre, hätten sie dort nicht gearbeitet.«

»Stimmt«, sagte Uzun langsam, »Prinzessin Haramis war auf dieser Seite des Mount Gidris in einer Eishöhle. Aber die Höhle brach zusammen, als sie den Talisman daraus entfernte, und wenn ihr treuer Lämmergeier Hiluru nicht gewesen wäre, hätte sie ihr Werk nicht vollenden können und wäre dort oben umgekommen.«

»Da auch ich nur auf einem Lämmergeier zum Meret-Tempel gelangen kann«, sagte Mikayla, »habe ich die Möglichkeit, beim ersten Anzeichen dafür, daß auch die Nordseite des Berges nicht stabil ist, wieder fortzufliegen.«

»Das ist richtig«, sagte Fiolon, »aber ich habe trotzdem ein ungutes Gefühl bei der Sache.«

Mikayla nestelte an ihrem grünen Halsband. »Ich werde dich jeden Abend rufen«, sagte sie. »Das verspreche ich dir. Dann weißt du, was ich mache, und kannst es Meister Uzun sagen.«

Fiolon schaute sie überrascht an. »Ich soll ohne dich hierbleiben?« fragte er. »Und was ist, wenn Haramis zurückkehrt?«

»Wenn sie kommt, kannst du gehen«, sagte Mikayla.

»Da sie mich zweifelsohne sowieso hinauswerfen wird«, bemerkte Fiolon, »werde ich es wohl müssen.«

»Aber es sieht nicht danach aus, als würde sie in nächster Zeit zurückkehren«, sagte Mikayla und fügte hinzu: »Du kannst es außerdem jeden Tag im Eisspiegel nachprüfen. So wirst du gewarnt, wenn sie zurückkehrt, und du kannst es mir mitteilen, damit ich wieder hierher kommen kann, bevor sie eintrifft. Warum ich aber vor allen Dingen möchte, daß du hier bleibst, ist mein Wunsch, daß Meister Uzun nicht allein ist«, fuhr sie fort. »Er kann nicht hinuntergehen zum Eisspiegel und nachsehen, wie es Haramis geht: Wenn du nicht hier bist, kann er nur hier im Arbeitszimmer allein vor sich hinbrüten. Und das können wir ihm nicht ar.tun!«

Fiolon nickte. »Du hast recht, Mika. Daran hätte ich denken sollen.«

Uzun sagte förmlich: »Ich freue mich, Euch als meinen Gast hier begrüßen zu dürfen, Lord Fiolon. Ich würde Euch gern meine Musik vorspielen – und wenn ich mich recht erinnere, erwähntet Ihr Spieluhren aus den Ruinen des Versunkenen Volkes?«

Fiolons Miene hellte sich auf. »Ich wäre sehr froh, alles zu lernen, was Ihr mir über Musik beibringen könnt, Meister Uzun. Außerdem würde es mir große Freude bereiten, die Spieluhren mit Euch gemeinsam anzuhören.«

»Gut«, sagte Mikayla. »Das wäre also geklärt.« An Fiolon gewandt fügte sie hinzu: »Und wenn du dich beim Spiegel nach Haramis erkundigst, kannst du deine Leselektionen fortsetzen.«

»Leselektionen?« fragte Uzun. »Könnt Ihr denn noch nicht lesen?«

»Die Sprache des Versunkenen Volkes noch nicht«, sagte Fiolon. »Der Spiegel verfügt anscheinend über eine Art Lernprogramm, neben seiner Fähigkeit, bestimmte Personen oder Personengruppen ausfindig zu machen und zu zeigen. Dabei fällt mir ein, Mika, wahrscheinlich kann ich dich auch im Spiegel sehen. Er dürfte von der Sprachlektion her wissen, wer du bist.«

»Und selbst wenn nicht«, bemerkte Mikayla, »so weiß er doch, wo der Meret-Tempel ist.« Sie versuchte sich zu erklären, auf welche Weise der Spiegel in der Lage war, Menschen aufzuspüren. Wenn er nur Menschen zeigen konnte, die er kannte … »Woher wußte der Spiegel, wen ich meinte, als ich ihn zum ersten Mal nach Haramis fragte?« dachte sie laut.

Darauf hatte Uzun eine Antwort. »Man hat ihn schon einmal gebeten, sie zu suchen«, erklärte er. »Orogastus hat den Spiegel benutzt, um sie und ihre Schwestern zu verfolgen. Das hat sie mir erzählt.«

»Fragt sich nur, wie er sie zum ersten Mal für ihn ausfindig machte«, überlegte Mikayla.

Hier schwieg die Harfe.

Am nächsten Morgen ging Mikayla mit Fiolon zum Spiegel hinunter. Haramis war wach, lebte aber offensichtlich noch immer in der Vergangenheit. Ständig fragte sie nach Immu und Uzun, wollte wissen, was eigentlich vor sich gehe und ob die Armee aus Labornok schon in der Nähe sei, und warum ihr niemand etwas sage.

»Sie klingt wirklich verärgert«, sagte Mikayla. »Auch wenn ihre Aussprache noch recht undeutlich ist, hört man es heraus. Ich weiß, es ist selbstsüchtig von mir, aber ich bin froh, daß sie nicht hier ist. Wenigstens gibt es in der Zitadelle genug Leute, die sich abwechselnd um sie kümmern können.«

»Stimmt«, sagte Fiolon, nachdem er darüber nachgedacht hatte. »Hier gibt es nicht so viele Diener, und sie haben schon alle Hände voll damit zu tun, den Betrieb hier aufrechtzuerhalten. Schrecklich, wenn sie hier so krank liegen würde.«

»Ja«, stimmte Mikayla ihm zu. »Ich wette, alle Welt würde von mir erwarten, daß ich mich um sie kümmere – und ich bin keine gute Krankenschwester. Im übrigen kann mich Haramis nicht einmal leiden!«

Fiolon schaute wieder auf den Bildschirm. »Im Augenblick würde ich sagen, erinnert sie sich nicht an dich. Vielleicht hast du die Möglichkeit, einen neuen Anfang mit ihr zu machen, wenn sie wieder gesund ist.«

»Vielleicht«, sagte Mikayla düster. »Aber ich glaube nicht, daß es hilft. Ich glaube nicht, daß ich jemals so werden kann, wie sie es gern hätte.«

Fiolon klopfte ihr schweigend auf die Schulter und veranlaßte dann den Spiegel, die zweite Lektion des Leseprogramms zu starten.

Beim Mittagessen verabschiedete sich Mikayla von Uzun. Sie war selbst überrascht, wie ungern sie ihn verließ. *Ich vermute, es liegt daran, daß er der einzige hier ist, der bereit war, mich so zu nehmen, wie ich bin, und mich nicht zu drängen, eine zweite Haramis zu werden.* »Ihr und Fiolon paßt aufeinander auf«, sagte sie und versuchte, das Zittern aus ihrer Stimme zu vertreiben. »Ich bin so schnell wie möglich wieder hier, mit Eurem neuen Körper.«

»Lebt wohl, Prinzessin«, sagte Uzun, »und seid vorsichtig.«

»Ja«, sagte Mikayla, »aber ich glaube eigentlich nicht, daß die andere Seite des Berges aus brüchigem Gestein besteht.«

»Der Berg vielleicht nicht«, murmelte Fiolon, »aber die Herrscher der Lüfte allein wissen etwas über die Menschen dort.«

15

Der Lämmergeier ließ Mikayla außer Sichtweite des Tempels auf einem Pfad absteigen. Das letzte Stück zum Haupteingang des Tempels legte sie zu Fuß zurück. Das Land auf dieser Seite des Berges fühlte sich anders an, beinahe wild, als hätte es hier nie so etwas wie eine Erzzauberin gegeben. *Aber Haramis ist doch Erzzauberin von Labornok ebenso wie von Ruwenda*, dachte Mikayla.

Der Tempel war leicht zu finden, denn er strahlte eine gewisse Energie aus, die Mikayla jedoch noch nie gespürt hatte. Diese Energie bezog ihre Kraft weder aus dem Land noch aus der Luft, und das, was Mikayla fühlte, schien sich nicht auf das Land auszuwirken. Es schwebte in der Luft wie der Nebel, der den Turm eingehüllt hatte, als sie den Wetterzauber ausprobierte. Ja, genau daran erinnerte sie dies hier: Es schien eine Art Überschuß zu sein, etwas Unbeachtetes, etwas, das sich von der ursprünglichen Magie gelöst hatte.

Mikayla warf sich einen Schein über, um sich unsichtbar zu machen, wie sie es von Uzun gelernt hatte, und betrat den Tempel auf leisen Sohlen, dem Geräusch von Stimmen folgend. Der äußere Tempelbereich war ein riesiger Raum. Die Decke war so hoch, daß Mikayla sie kaum sehen konnte. Sie war von vielen Säulen in mannigfaltigen Formen abgestützt, die jedoch immer noch so weit voneinander entfernt standen, daß ein ausgewachsener Lämmergeier mit weit ausgebreiteten Flügeln zwischen ihnen hätte hindurchfliegen können.

Auf ihrem Weg durch die Halle untersuchte Mikayla die Säulen, an denen sie vorbeikam. Diejenigen, die dem Eingang am nächsten standen, hatten eine kalte, blauweiße Farbe und waren wie Stalagtiten und Stalagmiten geformt, die sich in der Mitte trafen. Das einzige Licht in dieser Halle war das Tageslicht, das von außen hereinfiel. Je weiter sie in die Höhle vordrang, um so dunkler wurde es. Aber es war noch hell genug, um zu erkennen, daß sich die Form der Säulen um so mehr veränderte, je weiter man sich vom Eingang entfernte. Die Säulen im Innern schillerten in allen Farben und hatten die Formen unterschiedlicher Pflanzen –

meist von Bäumen, aber Mikayla entdeckte auch Blumen darunter. Und ein Großteil der Säulen stellte Dinge dar, die ihr unbekannt waren. Sie wünschte, sie könnte den Spiegel nach ihnen befragen.

Der nächste Raum lag etwas höher und hatte eine niedrigere Decke. Er wurde von zwei Öllampen erleuchtet, die an der Stirnseite des Raumes herabhingen. Unter den Lampen befand sich ein Podium, das auf der einen Seite hinter einem Vorhang verschwand, links und rechts von einem Mittelgang standen über den Raum verteilt Holzbänke mit kunstvoll geschnitzten Verzierungen. Die Bänke waren fast alle besetzt, aber Mikayla fand noch einen Platz in der hinteren Reihe. Niemand schien sie zu bemerken, man unterhielt sich mit dem Nachbarn und wartete offenbar auf etwas.

Dann betraten zwei Gestalten in langen schwarzen Roben den Raum und nahmen auf dem Podium Platz. Vor dem Gesicht trugen sie Goldmasken. Einer von ihnen sagte kurz etwas, das Mikayla nicht verstand, und sofort wurde es still im Raum.

Dann begannen die beiden Männer zu singen, und alle stimmten ein. Bald stellte Mikayla fest, daß sie mit den anderen sang – obwohl sie weder Text noch Melodie kannte. Es war auch keine Andacht, die sie schon einmal erlebt hätte. Es war, als füllte der Gesang den Raum, und jeder, der sich im Raum befand – selbst wenn er einen dunklen Umhang trug und sich in einer unbeleuchteten Ecke versteckte und von niemandem bemerkt wurde –, war Teil des Gesangs. Oder der Gesang war Teil aller Anwesenden.

»Meret, Herrin des Südlichen Gipfels, sei uns gnädig.«

»Meret, Schöpferin des Noku, des Quells allen Lebens, der von der Unterwelt aufsteigt und dem Land Leben schenkt, sei uns gnädig.«

»Meret, die du uns errettet hast vom Gift des Wurmes, sei uns gnädig.«

»Meret, die du …«

Der Gesang war einfach und wiederholte sich; jeder – und wäre er auch noch so einfältig, unmusikalisch oder unvertraut mit der gesamten Ausdrucksweise gewesen – hätte es in wenigen Minuten begriffen. Mikayla fragte sich beiläufig, ob der Gesang mit Absicht so schlicht gehalten war.

Jedenfalls überkam Mikayla ein sehr sonderbares Gefühl – als würde sie einschlafen, was jedoch nicht sein konnte, da sie ja noch immer sang. Trotz ihrer krampfhaften Bemühungen, die Augen offen zu halten, fielen sie ihr zu, der Kopf sank nach vorn, bis das Kinn die Brust berührte. *Das ist Magie*, schoß es ihr plötzlich durch den Kopf. *Es ist nicht die Art, die ich kenne, aber es ist mit Sicherheit Magie*. Sie konzentrierte sich so lange, bis sie einen festen persönlichen Schild um sich und ihre Gedanken aufgebaut hatte. Dann, als sie sich fürs erste sicher genug fühlte, entspannte sie sich und stimmte wieder in den Gesang ein.

Nach ungefähr einer halben Stunde brach der Gesang ab, und einer der beiden Männer auf dem Podium begann zu reden. Einiges von dem, was er sagte, kam Mikayla bekannt vor. Sie erinnerte sich, etwas darüber in Büchern gelesen zu haben, die sie in der Bibliothek der Erzzauberin gefunden hatte. Doch je länger der Mann redete, um so deutlicher wurde ihr, daß seine Erzählung von denen, die sie gelesen hatte, in wesentlichen Punkten abwich. An einer Stelle öffnete sie plötzlich den Mund und sagte: »Das stimmt nicht!« Zum Glück sagte sie es nicht wirklich laut, und ihre Stimme ging im zustimmenden Raunen der anderen unter. Jetzt war Mikayla wenigstens hellwach, frei von dem Zauber, den der einförmige Gesang bewirkt hatte.

Der Mann war ein überzeugender Redner, das mußte sie zugeben. Er sprach augenscheinlich mit hohem Ernst, und sicher war er von seinen Worten auch überzeugt. Aber die Lehren, die er verbreitete – wie zum Beispiel die Notwendigkeit von Opfern samt der Wirkung von Blut (wobei er offen ließ, *wessen* Blut), um die Sorgen der Menschen hinwegzuspülen – waren schon seit vielen hundert Jahren überholt. Das einzige, was Mikayla mit Bestimmtheit sagen konnte, war, daß die Bücher, in denen sie etwas über diese Religion gelesen hatte, alt waren. Uralt. Außerdem hatte Haramis ihr gesagt, daß Blutopfer in Ruwenda lange vor der Geburt der Erzzauberin Binah abgeschafft worden waren. Warum wurden sie jetzt noch propagiert?

Nun ja, das hier ist Labornok, nicht Ruwenda, dachte Mikayla. *Aber Labornok und Ruwenda wurden vor fast zweihundert Jahren vereint, als Prinz Antar Prinzessin Anigel heiratete. Und Prinz Antar war der einzige Überlebende der königlichen Familie von Labornok, soviel ich weiß.*

Zugegeben, als jüngste Prinzessin habe ich mich nie richtig mit Geschichte oder Regierungsfragen beschäftigt, aber ich weiß, daß Labornok von der Zitadelle aus regiert wird. Wie konnte diese Religion hier überleben?

Trotzdem, wenn es das einzige ist, womit wir Uzun einen neuen Körper beschaffen können, dann sollte ich froh sein, daß sie überlebt hat, wie auch immer. Und wenn Haramis ihr eigenes Blut verwendet hat, um Uzun in eine Harfe zu verwandeln, dann kann mit Blut verbundene Magie nicht völlig verboten oder falsch sein.

Im übrigen war Magie im Raum. Mikayla konnte die sich aufbauende Energie spüren, und hier und jetzt wurde kein Blut vergossen. Magische Energie war ihr nicht fremd: Als Kind schon hatte sie diese zuweilen für einfache Dinge wie eine gedankliche Verbindung mit Fiolon eingesetzt, obwohl ihr nie bewußt gewesen war, daß sie Magie ausübte, bis Haramis begonnen hatte, sie auszubilden.

Aber die magische Energie, mit der sie vertraut war, wurde von einer Einzelperson aufgebaut, selbst wenn diese Person etwas außerhalb ihrer selbst bewirkte und zum Beispiel die Energie verstärkte, indem sie sich ins direkte Sonnenlicht setzte und die Sonnenwärme ausnutzte. Doch da Haramis bei ihr mit dem Intensivkurs »Erzzauberin in vielen schwierigen Lektionen« begonnen hatte, wußte Mikayla inzwischen viel mehr darüber, wie man andere Energiequellen für die Ausübung von Magie verwenden konnte.

Was sie jedoch von Haramis gelernt hatte, war im Grunde die Magie einer Einzelperson, die mit dem Land verbunden war, nicht mit anderen Menschen. Hier war eine Gruppe von Menschen zu einer einzigen Kraftquelle verschmolzen – Mikayla fühlte trotz ihrer Ausbildung und ihrer Schilde, wie sie hineingezogen wurde. Wer beherrschte diese Kraft, und was sollte damit geschehen?

Als der Mann verstummte, setzte der Gesang von neuem ein. Diesmal sang er gemeinsam mit der Versammlung dieselben Worte wie zuvor, der zweite Mann auf dem Podium hingegen – und einige Frauen, den Stimmen nach zu urteilen – sangen etwas in einer anderen Sprache und mit anderer Stimme. Mikayla sah keine Frauen, aber vielleicht waren die Sängerinnen hinter dem Vorhang versteckt. Auf Mikayla wirkte die Veranstaltung fremd und rätselhaft. *Vielleicht*, dachte sie, *sogar gespenstisch.*

Obgleich sie sich unwohl fühlte, wurde Mikayla erneut von dem Gesang erfaßt. Bald hatte sie das Gefühl, als wäre er schon immer in ihr gewesen und würde nie aufhören. Sie konnte sich kaum an ein Leben außerhalb dieses Raums erinnern, ein Leben, das sie nicht singend mit den anderen verbracht hatte. Mikayla merkte nicht, daß sie einschlief.

»Ja, was haben wir denn da? Ein Geschenk der Göttin?«

Mikayla richtete sich auf, blinzelte und konzentrierte sich dann auf den jungen Mann, der sich über sie beugte. Es dauerte eine Weile, ehe sie zu sich kam und ihr einfiel, daß sie sich im Meret-Tempel befand. Sie war auf der Bank, auf der sie gesessen hatte, eingeschlafen. Der Mann, der offenbar nur drei oder vier Jahre älter war als sie selbst, hielt lässig einen Besen in der Hand. *Wahrscheinlich hat er den Raum ausgefegt*, dachte Mikayla. *Mein Schein hat wahrscheinlich nachgelassen, während ich schlief, und deshalb hat er mich entdeckt, als er hier in die Ecke kam.*

»Suchst wohl einen warmen Platz zum Schlafen?« fragte der junge Mann und musterte sie mit lüsternem Blick. Mikayla wurde unbehaglich zumute. »Du kannst bei mir schlafen, Kleine – ich wette, wir werden gute Freunde.« Er ließ den Besen gegen die Bank fallen, beugte sich über Mikayla, preßte sie gegen die Wand und küßte sie. Vor Schreck konnte sie sich zunächst nicht rühren, aber als er versuchte, ihr die Zunge zwischen die Lippen zu schieben, bekam sie einen Wutanfall. Sie ballte eine Hand zur Faust und schlug ihm so fest sie konnte in die Magengrube. Er ließ sie los, knickte ein und versuchte, wieder zu Atem zu kommen.

»Wie kannst du es wagen?« schrie sie ihn an, machte sich von ihm frei und zog sich in die Mitte des Raumes zurück, so daß er sie nicht noch einmal in der Ecke festhalten konnte. »Bist du verrückt geworden? Das lasse ich mir nicht gefallen!«

»Beim Wurm, was ist los mit dir, Kleine?« knurrte er. Nachdem er sich wieder gefangen hatte, trat er von neuem auf sie zu, wenn auch wachsamer als zuvor. »Du stellst dich ja an, als wärst du eine königliche Jungfer!«

»Das bin ich auch!« knurrte Mikayla zurück.

»Klar«, sagte er sarkastisch, »und ich bin der Angetraute der Göttin Meret!«

»So?« schaltete sich eine ironische Stimme von der Stirnseite des Raumes ein. »Merkwürdig: Ich dachte, das Amt würde ich ausüben.« Der Stimme nach zu urteilen, war dies der Mann, der den Gesang angeführt hatte. Er trug ein langes schwarzes Gewand, aber keine Goldmaske mehr vor dem Gesicht.

Mikayla war dieses Gesicht sympathisch. Der Mann hatte graues Haar und ebenmäßige Gesichtszüge, und die Linien auf seinem Gesicht deuteten auf einen Sinn für Humor hin. »Wo liegt denn das Problem, Timon?«

»Die hier« – Timon deutete vorwurfsvoll auf Mikayla – »behauptet, sie sei eine königliche Jungfer.«

Der Angetraute der Göttin betrachtete sie nachdenklich. Dann gestikulierte er plötzlich mit den Händen, jedoch so schnell, daß Mikayla nicht folgen konnte. Urplötzlich war sie in blaues Licht getaucht und rang nach Luft.

»Du mußt keine Angst haben, mein Kind«, sagte der Angetraute, »solange du die Wahrheit sprichst. Bist du Jungfrau?«

»Ja«, erwiderte Mikayla. Der blaue Schein veränderte sich nicht.

»Wie du siehst, Timon«, sagte der Angetraute, »ist sie tatsächlich Jungfrau. Und Jungfrauen sind hier so knapp, daß wir sie nicht verlieren wollen.« Er schaute den jungen Mann streng an. »Also vergiß, was du über sie gedacht hast. Und laß sie in Zukunft in Ruhe.« Timon warf ihm einen finsteren Blick zu, verbeugte sich aber zum Zeichen, daß er sich fügte.

163

Der Angetraute wandte sich an Mikayla. »Folge mir, mein Kind.«

Mikayla überlegte kurz, ob sie nicht hinauslaufen und einen Lämmergeier rufen sollte, der sie von hier fort brachte, doch dann fiel ihr ein, daß sie ja hier war, um einen neuen Körper für Uzun zu beschaffen. *Es besteht kein Grund, jetzt schon davonzulaufen,* sagte sie sich. *Ich glaube nicht, daß der Angetraute der Göttin Meret etwas Böses mit mir im Schilde führt. Er scheint sogar ganz nett zu sein. Vielleicht ist er ja bereit, mir zu helfen.*

Der Priester führte sie durch den Eingang an der Stirnseite des Raumes, durch den er hereingekommen war, bog nach links in einen Korridor, der zu einem Raum führte, bei dem es sich offenbar um die Bibliothek des Tempels handelte. Mikayla war noch immer von blauem Licht umgeben – es bewegte sich mit ihr –, aber sie achtete nicht weiter darauf, als sie sich umschaute und die Pergamentrollen betrachtete. *Ihre Bibliothek ist größer als die in der Zitadelle und die der Erzzauberin zusammengenommen,* dachte sie voller Staunen. *Bestimmt haben sie die Antworten, die ich brauche, um Uzun helfen zu können.*

Der Angetraute klatschte zweimal laut in die Hände, und ein Junge in einer kurzen schwarzen Tunika mit einer Kordel um die Hüfte trat eilends in den Raum.

»Ja, Vater?« sagte er, in Erwartung eines Befehls.

»Meine Empfehlung an die Älteste Tochter der Göttin Meret, ich würde es sehr begrüßen, wenn sie so schnell wie möglich hierher käme.«

Der Junge gab keine Antwort, er verbeugte sich nur und lief aus dem Raum. Kurz darauf hörte man die Tritte leicht bekleideter Füße auf dem Steinfußboden im Korridor, und eine große Frau in schwarzer Robe trat ein.

»Was wünscht Ihr, mein Vater?« fragte sie ehrerbietig. Dann fiel ihr Blick auf Mikayla. »Wer ist denn das?«

Der Angetraute hatte auf einem kunstvoll geschnitzten Stuhl Platz genommen und deutete auf eine Bank hinter Mikayla. Die Frau setzte sich auf einen schlichten Stuhl neben einem Lesepult, und Mikayla legte seine Geste so aus, daß sie sich auf die Bank setzen sollte. Der Angetraute lächelte ihr aufmunternd zu. »Ich möchte dir gern ein paar Fragen stellen. Du behauptest, du seist Jungfrau, nicht wahr?«

»Ja«, sagte Mikayla und versuchte, nicht gelangweilt zu klingen. Sie war der Frage inzwischen überdrüssig. *Was ist denn so Besonderes an einer Jungfrau?* fragte sie sich. *Jedes Mädchen ist von Geburt an Jungfrau.*

»Und du stammst aus einem königlichen Geschlecht?« Die Augen der Frau weiteten sich, aber sie schwieg.

»Ja«, wiederholte Mikayla.

»Wer sind deine Eltern?«

Mikayla wußte nicht warum, aber sie spürte plötzlich eine gewisse Scheu, den Namen ihrer Eltern preiszugeben. Vielleicht, weil ihr etwas eingefallen war, was Uzun ihr im Unterricht einmal gesagt hatte. »Namen haben Macht«, hatte er ihr gesagt. »Wenn man den Namen eines Menschen kennt, besitzt man Macht über ihn.«

»Mein Vater ist der König von Ruwenda und Labornok«, sagte sie einfach, »und meine Mutter ist die Königin.«

»Ist sie von königlichem Geblüt?« fragte der Priester.

»Prinzessin von Var«, erwiderte Mikayla kurz angebunden.

»Verzeiht, Vater«, sagte die Frau leise, »aber darf ich?« Er neigte das Haupt, und sie wandte sich an Mikayla. »Heißt das, du stammst in direkter Linie von Prinz Antar von Labornok ab?«

»Ist das der, der Prinzessin Anigel geheiratet hat?« Seitdem Mikayla bei der Erzzauberin lebte, hatte sie mehr über die königlichen Drillinge und ihre Suche erfahren, als sie je zu wissen gewünscht hatte, obwohl sie im allgemeinen nicht gerade aufmerksam zugehört hatte, wenn das Thema zur Sprache kam. Aber Fiolon und Uzun trugen am laufenden Band Balladen über das Thema vor, so daß Mikayla die Geschichte wohl oder übel wenigstens in groben Zügen mitbekommen hatte.

»Ja«, erwiderte die Frau.

»Dann ist es so, wie Ihr sagt«, antwortete Mikayla. »Er und Anigel waren meine – ich weiß nicht wievielten – Urgroßeltern.«

165

»Eine Prinzessin aus der königlichen Familie von Labornok«, sagte die Frau leise. »Kaum zu fassen. Meret meint es wirklich gut mit uns.«

»Das stimmt in der Tat«, murmelte der Mann. »Wissen deine Eltern, daß du hier bist?« fügte er hinzu und wandte sich damit praktischeren Themen zu.

»Nein«, sagte Mikayla. »Wenn sie überhaupt einen Gedanken an mich verschwenden, dann glauben sie wahrscheinlich, ich sei im Turm der Erzzauberin eingeschlossen.« Zwei Paar Augenbrauen fuhren in die Höhe, und zwei Augenpaare betrachteten sie nachdenklich.

»Eingeschlossen?« fragte der Mann. »Warum?«

»Die Erzzauberin hat die verrückte Idee, daß ich ihre Nachfolgerin werden soll«, erklärte Mikayla. »Sie hat mich zu sich geholt, als ich zwölf war, und ich habe seither weder meine Familie gesehen noch den Turm verlassen.«

»Das hört sich aber nicht gut an«, bemerkte die Frau voller Mitgefühl. »Was glaubt die Erzzauberin denn, wo du jetzt bist? Und warum hat sie dich gehen lassen?«

Mikayla zuckte die Achseln. »Sie hat mich nicht gehen lassen, und sie weiß auch nicht, wo ich bin. Das letzte, was ich gehört habe, war, daß sie sich nicht einmal an meine Existenz erinnert.« Sie sah ihre fragenden Blicke und fuhr fort: »Bei einem Besuch in der Zitadelle wurde sie krank, eine Art Hirnschlag. An viele Dinge erinnert sie sich nicht mehr, vor allem an Ereignisse aus der jüngsten Vergangenheit, und ich war nur ungefähr zwei Jahre bei ihr.«

Der Angetraute und die Älteste Tochter tauschten vielsagende Blicke.

»Zwei Jahre«, sagte er wie zu sich selbst. Offenbar hatte es eine Bedeutung für ihn.

»Sie hat dich zu ihrer Nachfolgerin ausgebildet«, sagte die Tochter. Es war keine Frage, aber Mikayla nickte trotzdem.

»Das erklärt eine Menge«, bemerkte die Tochter.

Ob ihnen die merkwürdigen Veränderungen im Land aufgefallen sind? fragte sich Mikayla. *Haramis dürfte ebensogut die Erzzauberin von La-*

bornok wie von Ruwenda sein. Hat ihre Krankheit auch hier das Gleich-
gewicht gestört? Es kam mir nicht so vor, aber ich kenne Labornok nicht so
gut wie Ruwenda.

»Ja«, stimmte der Angetraute ihr zu und wandte sich erneut an Mikayla. »Was hat dich denn hierher geführt?«

Mikayla beschloß, den »Zauberspiegel« erst gar nicht zu erwähnen. Sie hatte bemerkt, wie wütend Haramis wurde, wenn sie Geräte des Versunkenen Volkes erwähnte, und sie wollte diese Leute hier nicht verärgern. »Ich habe einen Freund«, erklärte sie, »und er braucht einen neuen Körper. In einer Vision erschien mir dieser Tempel, und ich sah, daß Menschen an einer Statue arbeiteten.« Sie runzelte die Stirn und versuchte sich genau an alles zu erinnern, was sie gesehen hatte, und herauszufinden, wie sie es am besten beschreiben konnte. »Sie haben eine Art Ritual abgehalten, um den Mund zu öffnen. Und ich dachte, vielleicht können die Menschen hier mir helfen, einen neuen Körper für meinen Freund herzustellen.«

»Was stimmt denn nicht mit seinem jetzigen Körper?« fragte der Angetraute.

»Es ist eine Harfe.«

»Eine Harfe?« fragte der Angetraute ungläubig. »Bist du sicher?«

»Natürlich«, sagte Mikayla. »Ich lebe seit Jahren mit ihm in einem Turm. Er ist eine Harfe, und er ist blind, und er kann sich nicht von der Stelle rühren. Und deshalb ist er sehr unglücklich, seitdem die Erzzauberin krank ist, weil er nicht den Blick nach innen richten und sie so sehen kann wie ich. Und sie fragt immer wieder nach ihm – wahrscheinlich hat sie vergessen, daß sie ihn vor etwa einhundertachtzig Jahren in eine Harfe verwandelt hat –, und er will zu ihr. Aber er kann nicht.«

»Er ist seit ungefähr zweihundert Jahren eine Harfe?« fragte der Angetraute.

Mikayla nickte.

»Wie wurde das gemacht?«

»Die Harfe wurde gebaut«, erklärte Mikayla, »und die Erzzauberin hat ihr Blut in einen kleinen Schacht in der Mitte der Säule gefüllt. Ein Stück Schädeldecke meines Freundes ist oben in die

167

Säule eingearbeitet. Er kann sich nicht mehr genau daran erinnern, wie es gemacht wurde, denn er war bei einem Teil der Prozedur tot.«

»Du hast also Zugang zu einem Stück seines ursprünglichen Körpers – einem Stück Schädeldecke«, sagte der Priester nachdenklich. »Und seine Seele steckt in dieser Harfe. Ja, ich glaube, daß wir unter diesen Umständen einen neuen Körper für ihn herstellen können.« Er schaute sie an. »Wie heißt du?«

Noch immer war sie von dem blauen Licht umgeben, und Mikayla war sich ziemlich sicher, daß es eine Art Wahrheitszauber war. Und wenn sie die Hilfe dieser Menschen in Anspruch nehmen wollte, war es wohl keine gute Idee, auf diese Frage nicht zu antworten. »Mikayla.«

»Prinzessin Mikayla.« Der Angetraute verneigte sich leicht vor ihr. »Ich glaube, daß wir dir geben können, wonach du verlangst. Bist du bereit, uns auch etwas dafür zu geben?«

»Wenn es in meiner Macht liegt«, antwortete Mikayla vorsichtig. *Was könnten sie von mir haben wollen?*

»Wir wollen in den kommenden sieben Jahren jeweils einen Monat deiner Zeit«, sagte der Angetraute. »In jedem Frühjahr, wenn das Wasser in den Flüssen steigt und die drei Monde zusammenkommen, sollst du einen Monat bei uns verbringen, als Tochter der Göttin. Du sollst mit den anderen Töchtern hier leben und an den Ritualen teilnehmen. Willst du das tun?«

»Jemand muß mir die Rituale beibringen«, sagte Mikayla. *Ich kann mir nicht vorstellen, was es ausmacht, ob eine Tochter mehr oder weniger an den Ritualen teilnimmt, aber wenn das alles ist, dürfte ich es wohl schaffen. Wenigstens ist es etwas anderes als die Strafpredigten der Erzzauberin und die Klagen Uzuns über die Krankheit seiner Herrin.*

»Wir werden dir alles beibringen, was du wissen mußt«, sagte die Älteste Tochter. »Aber es ist dir klar, daß du für die nächsten sieben Jahre Jungfrau bleiben mußt?«

»Das ist kein Problem«, sagte Mikayla. »Haramis will, daß ich für den Rest meines Lebens Jungfrau bleibe.«

»Haramis ist die Erzzauberin?« fragte der Angetraute.

Mist! dachte Mikayla. *Ich wollte ihnen keinen Namen preisgeben. Andererseits steht der Name der Erzzauberin in so vielen Balladen, daß es wohl kaum ein Geheimnis sein dürfte.* Sie nickte.

»Hast du ihr irgendwelche Gelübde abgelegt?« fragte der Angetraute. »Oder einem anderen?«

»Nein«, sagte Mikayla, und in ihrer Stimme schwang Unmut gegenüber Haramis mit. »Sie war viel zu sehr damit beschäftigt, mir etwas beizubringen, und hat mich nie gebeten, ihr etwas zu versprechen.«

Die beiden lächelten sie an. »Wir fragen dich nun«, sagte der Angetraute. »Bist du bereit, uns den neuen Körper für deinen Freund damit zu entgelten, daß du in den kommenden sieben Jahren jeweils einen Monat bei uns verbringst?«

»Ja«, sagte Mikayla, »das will ich tun.«

»Sehr gut«, sagte der Angetraute. »Ich werde mit dem Lebenspender über den Körper für deinen Freund sprechen. Er braucht siebzig Tage, um den neuen Körper herzustellen. Kannst du so lange bei uns bleiben?«

Mikayla dachte daran, wie Haramis zuletzt ausgesehen hatte. *Es sah nicht so aus, als würde sie sich in siebzig Tagen so weit erholen, daß sie mich vermissen könnte*, dachte sie. *Siebzig Tage sind nicht lang. Und wenn sie früher zurückkehrt, lohnt es sich trotzdem. Es macht mir nichts aus, wenn sie mir böse ist, weil ich den Turm verlassen habe. Uzun ist ein Freund, er war gut zu mir, und ich will ihm helfen.* Laut sagte sie: »Ja, ich kann so lange hierbleiben.«

»Ausgezeichnet«, sagte der Angetraute. Er wandte sich an die Tochter. »Ich übergebe sie deiner Verantwortung, Älteste Tochter.«

Die Frau stand auf, und Mikayla folgte hastig ihrem Beispiel. »Ja, mein Vater«, sagte die Frau und verneigte sich. Sie wandte sich an Mikayla. »Komm mit mir, kleine Schwester.«

Mikayla verneigte sich tief vor dem Priester. »Ich danke Euch, mein Vater«, sagte sie. Er lächelte und nickte ihr zu, womit er sie entließ.

Die Älteste Tochter nahm Mikayla an der Hand und zog sie rasch hinter sich her durch den Korridor. »Du wirst bei den Töchtern der Göttin untergebracht«, erklärte sie. »Wir verwenden hier keine persönlichen Namen. Mir scheint, dir ist bekannt, daß die richtigen Namen Macht besitzen: Mir ist aufgefallen, daß du die Namen deiner Eltern nicht genannt hast. Als eine der Töchter der Göttin wirst du ihren Angetrauten mit ›Vater‹ anreden. Ich werde ›Älteste Schwester‹ genannt, und die anderen Töchter heißen ›Schwester‹. Ist das klar?«

»Ja, Älteste Schwester«, antwortete Mikayla und gab acht, was man ihr beibrachte. Sie hatte den untrüglichen Eindruck, daß man von ihr erwartete, die Lektionen schnell und richtig zu lernen. Und zum ersten Mal seit über einem Jahr war es ihr nicht gleichgültig, was man ihr beibrachte.

Sie war freiwillig hier und hatte ihre Gründe dafür. Sie hatte ihr Wort gegeben und hatte ein Versprechen bekommen – ganz andere Voraussetzungen also als bei Haramis im Turm. Sie wußte nicht genau, was man hier eigentlich von ihr wollte oder was sie lernen sollte, aber Uzun zuliebe und für ihr Ziel, ihm einen neuen Körper zu verschaffen, wollte sie ihr Bestes geben, und tatsächlich das sein, was man von ihr erwartete. *Außerdem*, dachte sie, *haben sie mich schließlich gefragt, ob ich bereit sei. Sie haben es mir nicht einfach befohlen und von mir erwartet, daß ich ihnen wie eine geistlose Marionette gehorche.*

Sie kamen in ein Vorzimmer und traten an der gegenüberliegenden Seite des Raumes durch einen Vorhang. Dahinter befand sich ein großer, aus dem Fels gehauener Raum, der von Fackeln, die in kurzen Abständen an den Wänden angebracht waren, hell erleuchtet wurde. An diesen Raum grenzten weitere, mit bunten Vorhängen abgeteilte Räume. »In diesen Gemächern leben die Töchter«, erklärte ihr die Älteste Schwester. »Den Vorhang, durch den wir gerade hereingekommen sind, darfst du nicht ohne Erlaubnis durchschreiten, und wenn, dann nur in Begleitung einer anderen Tochter. Ist das klar?«

»Ja, Älteste Schwester.«

»Gut.« Die Priesterin klatschte laut in die Hände; das Echo hallte durch die Räume. Vier junge Frauen traten aus verschiedenen Seitengemächern und versammelten sich in dem zentralen Raum. Sie waren zwischen vier und sechs Jahre älter als Mikayla.

Neugierig, aber nicht unfreundlich, musterten sie Mikayla. Sie trugen weiße, hoch geschlossene Gewänder aus schwerem Stoff mit langen Ärmeln, die an der Hüfte mit einer Kordel versehen waren. »Wir haben eine neue Schwester«, verkündete die Älteste Tochter und wies auf Mikayla.

»Willkommen, Schwester«, murmelten die anderen im Chor. Mikayla merkte sich, daß alle gleichzeitig und in derselben Tonlage sprachen.

»Ich danke euch für die freundliche Aufnahme, Schwestern«, erwiderte sie in der Hoffnung, sich hier einfügen zu können. Zumindest lächelten ihr die anderen zu. Im Gegensatz zu Haramis schien keine von ihnen sie auf den ersten Blick zu verabscheuen. Vielleicht konnte sie sich sogar mit ihnen anfreunden.

»Dein Zimmer befindet sich hinter dem grünen Vorhang«, teilte ihr die Älteste Schwester mit. »Dort steht ein Schrank mit Kleidern, die dir passen dürften. Zieh sie bitte an und komm wieder zu uns. Du mußt viel lernen.«

»Ja, Älteste Schwester.« Mikayla beeilte sich, zu tun, was man ihr aufgetragen hatte.

16

Mikayla ließ rasch einen Blick durch den Raum wandern, der für sie bestimmt war. Er war klein und sehr niedrig; wenn sie den Arm hob, konnte sie die Hand flach unter die Zimmerdecke legen, ohne den Arm ganz ausstrecken zu müssen. An der Wand stand ein Bett. Eine Art Fell, das Mikayla noch nie gesehen hatte, diente als Decke. Am Kopfende des Bettes stand ein Gestell mit einem Wasserkrug, einer Waschschüssel und einem rauhen Handtuch. Der Kleiderschrank, den die Älteste Tochter erwähnt hatte, befand sich am Fußende.

Mikayla zog ein weißes Gewand an, wie es die anderen Töchter auch trugen. Neben einigen weißen enthielt der Schrank auch ein paar farbige Gewänder. Unter dem hohen Kragen des Gewandes konnte Mikayla das Halsband verbergen, an dem die Kugel hing. Der dicke Stoff würde verhindern, daß ihr Klang nach außen drang. Mikayla war froh darüber.

Im Gegensatz zum Turm der Erzzauberin gab es in diesen Räumen nicht viel, was als Heizung hätte dienen können. Aus diesem Grund war wahrscheinlich auch die Kleidung so dick. Die einzigen Schuhe im Schrank waren jedoch Sandalen. Mikayla zog sie an, denn sie hatte gesehen, daß sowohl der Angetraute der Göttin als auch die Älteste Tochter Sandalen getragen hatten. Vielleicht war das die hier übliche Fußbekleidung, vor allem, da sie den Tempel nicht verlassen sollten. Mikayla überlegte, wie es draußen vor dem Tempel ausgesehen hatte. Aus der Luft war er praktisch unsichtbar gewesen. Auch bei näherem Hinsehen wirkte er wie eine natürliche Höhle. Vielleicht verließen die Menschen, die hier lebten, den Tempel nicht, aber woher bekamen sie dann ihre Nahrungsmittel und andere notwendige Vorräte?

Hör auf, rief sich Mikayla zur Ordnung. *Du kannst nicht gleich alles über diese Gemeinschaft wissen. Zunächst hast du genug damit zu tun, alles in dich aufzunehmen, was du hier lernen sollst.*

Sie ging nachdenklich zurück in den Hauptraum. An der gegenüberliegenden Wand stand eine lange Bank vor einer Feuerstelle. Dort saßen die anderen Töchter und warteten auf Mikayla. Die Tochter, die an einem Bankende saß, klopfte freundlich einladend mit der Hand auf den Platz neben sich, und Mikayla setzte sich rasch dort hin.

Die Älteste Tochter stand vor ihnen und betrachtete sie. »Da sich unsere neue Schwester hier noch nicht auskennt, wollen wir mit dem Gesang der Morgendämmerung beginnen.« Sie richtete den Blick auf Mikayla. »Ich singe eine Zeile, und du wiederholst sie.« Mikayla nickte.

»Meret, wir grüßen dich …«

»Meret, wir grüßen dich«, wiederholte Mikayla folgsam. Erleichtert stellte sie fest, daß die anderen Töchter den Text mit ihr wiederholten. Dadurch waren ihre Versprecher nicht so deutlich hörbar. Sie hatte jedoch das ungute Gefühl, daß die Älteste Tochter ihre Fehler trotzdem hörte, aber sie fühlte sich wenigstens nicht allein und schutzlos, so, wie es ihr stets ergangen war, wenn Haramis sie unterrichtet hatte.

»Herrin der Ewigkeit, Königin der Götter …«

»Herrin der Ewigkeit, Königin der Götter …«

»Trägerin vieler Namen, Heilige der Form …«

»Trägerin vieler Namen, Heilige der Form …«

»Herrin der Geheimen Riten in Deinem Tempel …«

»Herrin der Geheimen Riten in Deinem Tempel …«

Als es Zeit für das Abendessen wurde, ein frugales Mahl aus Brot, Obst und Wasser, hatten sie den Gesang der Morgendämmerung durchgenommen, sowie den jeweiligen Gesang für die Erste Stunde nach Sonnenaufgang, die Dritte Stunde, die Stunde der Sonne im Zenit, die Neunte Stunde, für die Stunde, in der die Sonne den Heiligen Gipfel berührt, und für die Zweite Stunde der Dunkelheit. Mikayla hatte sich inzwischen daran gewöhnt, daß alle Töchter gemeinsam sprachen: Nur ein Abweichen davon wäre ihr noch ungewöhnlich erschienen.

Beim Essen las die Älteste Tochter eine ebenso lange, wie langweilige Geschichte über einen einfachen Bauern vor, den ein unehrlicher Verwalter um den Ertrag betrogen hatte. Als der Bauer seinen Fall vor den Magistrat brachte, war dieser von dem Vortrag des Bauern so beeindruckt, daß er den Fall über mehr als neun Gerichtsverhandlungen hinauszog, nur um dem Redefluß des Bauern lauschen zu können.

Am Ende fällte der Magistrat seine Entscheidung zugunsten des Bauern, so daß ihm schließlich und endlich doch Gerechtigkeit widerfuhr, aber Mikayla stellte fest, daß das Ende sehr weit vom Anfang entfernt war. *Mein Vater hätte diesen Fall schon bei der ersten Anhörung beigelegt,* dachte sie. *So wie es jeder einfühlsame Mensch getan hätte.*

»Sage mir, Jüngste Schwester, was lernen wir aus dieser Geschichte?«

Im ersten Moment erschrak Mikayla, denn sie dachte, die Älteste Tochter hätte sie gemeint. Doch dann antwortete eine der anderen Töchter, und Mikayla stellte fest, daß »Jüngste Schwester« eine Art Ehrentitel sein mußte, denn das Mädchen, das die Antwort erteilte, war gewiß nicht die jüngste unter den anderen Töchtern.

»Wir lernen den Wert des Schweigens und der einfachen Worte, wenn gesprochen werden muß«, erwiderte das Mädchen. »Wäre der Bauer nicht so redegewandt gewesen, hätte sein Fall schon bei der ersten Anhörung beigelegt werden können. Seine großen Worte kamen ihn teuer zu stehen.«

Mindestens ein Jahr seines Lebens, dachte Mikayla, *vielleicht sogar noch länger, je nachdem, wie oft der Magistrat zusammentrat.*

Aus der Richtung des Haupttempels ertönte ein Gong. Die Töchter standen flink von ihren Stühlen am Tisch auf; Mikayla erhob sich eine Idee später und ein wenig ungelenk von ihrem Stuhl, schaffte es aber, ihren Stuhl gleichzeitig mit den anderen Mädchen unter den Tisch zu schieben.

Die Älteste Tochter lächelte ihr freundlich zu. »Es ist Zeit für das Ritual der Zweiten Stunde der Dunkelheit, Jüngere Schwester«, sagte sie, »aber du mußt heute abend nicht daran teilnehmen. Wir lassen dir Zeit, dich mit den Ritualen vertraut zu machen, ehe du daran teilnimmst. Du kannst jetzt zu Bett gehen.«

»Vielen Dank, Älteste Schwester«, sagte Mikayla. Sie war tatsächlich dankbar. Die Töchter stellten sich in einer Reihe hinter der Ältesten Tochter auf und verschwanden hinter dem Vorhang. Auf ihrem Weg durch das Vorzimmer begannen sie leise zu singen.

Mikayla ging in ihr Zimmer und zog sich ein Nachtgewand über, das sie im Kleiderschrank fand. Es war fast so schwer wie die Kleidung für den Tag, aber angesichts der kalten Luft war Mikayla froh darüber. Sie stieg ins Bett und zog die Kugel hervor. Sogleich tauchte Fiolons Gesicht darin auf.

»Mika, ist alles in Ordnung?«

»Ja, mir geht's prima«, versicherte Mikayla. »Dir würde es hier gefallen; sie bringen mir das Singen bei. Bis jetzt haben wir sieben Liturgien gelernt, und das sind nur die alltäglichen. Wahrscheinlich haben sie noch eine Menge spezieller Andachten für Fest- und Feiertage.«

»Ich habe mitbekommen, wie dieser Timon versucht hat, dich

zu küssen«, sagte Fiolon finster. »Aber als der Priester dich mitnahm, konnte ich dich nicht mehr sehen.«

»Dann hast du die Bibliothek gar nicht gesehen?« fragte Mikayla. »Wie schade. Sie haben hier mehr Bücher und Pergamentrollen als in der Zitadelle und im Turm der Erzzauberin zusammen. Wegen Timon brauchst du dir keine Sorgen zu machen, er kommt nicht mehr in meine Nähe. Sie haben mich bei den Töchtern der Göttin untergebracht, und ich bin so gut bewacht, daß selbst Haramis sich nicht beklagen könnte. Wie geht es ihr übrigens?«

Fiolon zuckte die Achseln und machte eine hilflose Geste. »Immer noch dasselbe. Wann kommst du wieder?«

»In siebzig Tagen. Dann ist der neue Körper fertig.«

Fiolon schaute sie überrascht und hocherfreut an. »Sie können es, und sie sind bereit, es zu tun?«

»Ja«, sagte Mikayla lächelnd. »Endlich mache ich einmal etwas richtig. Es ist ein wunderbares Gefühl, vor allem nach zwei Jahren an der Seite von Haramis!«

Fiolon schaute sie besorgt an. »Was wollen sie für den Körper haben?«

»Nichts anderes als das, was ich jetzt mache«, versicherte Mikayla ihm schnell. »Sie wollen nur, daß ich eine Zeitlang Tochter der Göttin bin.«

»Das hört sich nicht allzu gefährlich an«, sagte Fiolon. »Aber sobald irgend etwas schiefläuft, rufe einen Lämmergeier und verschwinde, hast du verstanden?«

»Ja«, sagte Mikayla besänftigend. »Aber ich glaube nicht, daß etwas passieren wird. Die Menschen hier scheinen alle sehr nett zu sein – außer Timon, und ihm ist befohlen worden, mich in Ruhe zu lassen.«

»Meinst du, er hält sich an diesen Befehl?« fragte Fiolon besorgt.

»Mach dir darüber keine Gedanken«, sagte Mikayla. »Das wird er bestimmt. Der Angetraute der Göttin ist zwar ein freundlicher Mann, aber niemand käme auf die Idee, seine Anordnungen nicht zu befolgen.«

»Paß auf dich auf, Mika.«

»Das tue ich. Keine Bange.« Mikayla gähnte. »Ich werde jetzt schlafen. Es war ein langer Tag. Grüße Uzun von mir. Gute Nacht, Fio.«

»Gute Nacht, Mika, schlaf gut.«

Mikayla steckte die Kugel wieder unter ihr Nachtgewand. »Wahrscheinlich werde ich im Schlaf singen«, murmelte sie, während sie sich hinlegte und die Bettdecke über sich zog.

Das Läuten einer Glocke im Hauptraum weckte Mikayla kurz vor dem Morgengrauen. Hastig stand sie auf, wusch sich und zog ein schweres weißes Gewand an, wobei sie darauf achtete, die Kugel und das Halsband gut zu verstecken. Dann trat sie in den Hauptraum. Die anderen Töchter waren bereits versammelt, und Mikayla war froh, als sie sah, daß sie ebenfalls die weißen Gewänder trugen.

Ich glaube, ich habe mich richtig angezogen, dachte sie zufrieden. *Für den Anfang ganz gut.*

Die Älteste Tochter trat auf sie zu und flüsterte ihr ins Ohr: »Wir sprechen erst nach dem Ritual der Ersten Stunde miteinander. Folge uns in die Kapelle und setz dich zu uns, aber singe erst, wenn ich dir die Erlaubnis erteile.«

Mikayla nickte schweigend und ging als letzte in der Reihe der Töchter durch den Vorhang. Es stellte sich heraus, daß ihr Platz in der Kapelle eine Bank auf einer Seite des Podiums war, auf dem sie den Angetrauten der Göttin zum ersten Mal gesehen hatte. Ein Vorhang trennte diese Bank vom Rest des Raumes ab, so daß die Versammlung sie nicht sehen konnte. Wenn sie daran dachte, wie Timon sie am Tag zuvor angesehen hatte, konnte es Mikayla nur recht sein.

Der Angetraute der Göttin betrat den Raum von der anderen Seite. Er trug ein schwarzes Gewand und hatte wieder die Goldmaske aufgesetzt. Die Älteste Tochter holte ihre Maske aus einem Regal unter der Bank, legte sie an und trat neben ihn. Sie begannen zu singen, die Töchter und die Gemeinde stimmten ein. Mikayla preßte die Zähne aufeinander, damit sie nicht ebenfalls mitsang.

Wir grüßen dich, oh Meret,
Herrin der Ewigkeit, Königin der Götter,
Trägerin vieler Namen, Heilige der Form,
Herrin der Geheimen Rituale in Deinem Tempel.
Edle im Geist, du herrschest in Derorguila,
Du bist reich an Korn in Labornok.
Herrin der Erinnerung im Gerichtshof,
Verborgener Geist der Höhlen,
Heilige in den Eishöhlen,
Der Heilige Gipfel ist Dein Körper,
Der Noku Dein Blut …

Der Gesang dauerte etwa eine halbe Stunde, und Mikayla merkte schon bald, daß sie sich nicht einmal an die Hälfte der Wörter erinnern konnte. Und als der Gesang von vorn anfing und die Töchter in den Diskant in einer anderen Sprache übergingen, verlor Mikayla vollständig die Orientierung. Sie hatten ihr diesen Teil nicht einmal ansatzweise beigebracht.

Bei der Heiligen Blume, dachte sie, *ich muß eine Menge lernen, bevor ich als eine der Töchter auftreten kann. Hoffentlich schaffe ich das.* Aufgrund ihrer Unsicherheit fiel sie nicht wie am Tag zuvor in Trance. Sie wußte nicht, ob das gut oder schlecht war. Auf jeden Fall war es ein unangenehmes Gefühl, dazusitzen und zu versuchen, die Worte und die entsprechenden Tonlagen herauszuhören und sich zu merken. Im Trancezustand wäre alle Nervosität von ihr abgefallen, aber dann hätte sie sich vielleicht gehenlassen und mitgesungen, was man ihr sicher übelgenommen hätte. Das wollte sie auf jeden Fall vermeiden.

Schließlich gelangten sie an eine Stelle, die Mikayla als das Ende des Rituals der Morgendämmerung wiedererkannte. Sie machte sich auf ihrem Platz am Ende der Bank bereit, gemeinsam mit den anderen Töchtern aufzustehen. Doch die einzige, die sich rührte, war die Älteste Tochter, die wieder hinter den Vorhang trat und am anderen Ende der Bank Platz nahm. Aus den Augenwinkeln schaute Mikayla an der Reihe der anderen vorbei und sah, daß sie nicht einmal ihre Maske ablegte. Die Töchter saßen alle still, die

Augen niedergeschlagen, die Hände im Schoß gefaltet. Mikayla ahmte ihre Haltung nach und wartete ab, was als nächstes geschehen würde.

Nach einer Zeit des Schweigens, die Mikayla endlos vorkam, stand die Älteste Tochter wieder auf und stellte sich erneut neben den Angetrauten der Göttin auf das Podest. Der nächste Gesang wurde angestimmt. Es war das Ritual für die Erste Stunde nach Sonnenaufgang.

Aha, dachte sie. *Zwischen den beiden Ritualen ist so wenig Zeit, daß alle einfach hierbleiben.*

Sie versuchte sich zu erinnern, wie lange das Ritual zur Ersten Stunde dauerte. *Ich glaube, es ist ein wenig kürzer als das Ritual zur Morgendämmerung, aber das kann auch Wunschdenken von mir sein. Ich hoffe nur, daß wir Frühstück bekommen, wenn das hier vorbei ist. Ich habe einen Mordshunger.*

Schließlich war das Ritual zu Ende, und die Älteste Tochter kam zur Bank, legte die Maske ab und führte die Töchter zurück zu ihren Unterkünften. Erleichtert registrierte Mikayla, daß Frühstück auf dem Tisch stand. Es gab lediglich Brot, Obst und Wasser, aber es war reichlich, und die neuen Schwestern reichten ihr immer wieder nach, so daß sie genug zu essen bekam.

Nach dem Frühstück blieben alle am Tisch sitzen, um den Stundenplan für den Tag zu besprechen. »Der Lebensspender wünscht heute morgen mit unserer neuen Schwester zu sprechen«, verkündete die Älteste Schwester. »Ihr beide« – sie zeigte auf die beiden Mädchen, die neben Mikayla saßen – »begleitet sie nach der Dritten Stunde zu seinem Arbeitsraum.« Die beiden Mädchen nickten, und Mikayla folgte ihrem Beispiel.

Sie nahm an, daß die Priesterin mit der Angabe »nach der Dritten Stunde« das entsprechende Ritual meinte, und allmählich konnte sich Mikayla ihren Platz in der Ordnung der Dinge vorstellen.

Wenn ich nur den Mund halte und meinen Schwestern folge, dann dürfte ich keinen Ärger bekommen – wahrscheinlich zum ersten Mal in meinem Leben. Und ich glaube, das wird mir gelingen. Es ist ein sehr selt-

*sames Gefühl, wenn niemand mit mir schimpft oder mir Vorwürfe macht.
Daran könnte ich mich gewöhnen.*

»Bis zur Dritten Stunde werden wir wieder am Gesang der Morgendämmerung arbeiten«, verkündete die Älteste Schwester. Die Mädchen begaben sich geschlossen zur Bank an der Feuerstelle und begannen von neuem zu singen. Diesmal stimmten sie den Gesang gemeinsam an, Strophe für Strophe, und Mikayla fühlte, wie die Worte in ihr Gedächtnis drangen.

Ich werde schon noch alles lernen, dachte sie zufrieden. *Ich bin schließlich nicht hoffnungslos dumm.*

Der Arbeitsraum des Lebenspenders war einer der interessantesten Orte, die Mikayla je gesehen hatte. An einer Wand waren Kisten aufgereiht, in denen alle Arten von Holz lagen. Mikayla hätte nie gedacht, daß es so viele Sorten gab. An einem Wandbrett hingen alle möglichen Werkzeuge an Haken. Mikayla bedauerte fast, daß sie ihre Zeit bei den Töchtern verbringen mußte – Schülerin dieses Mannes zu sein, wäre bestimmt sehr aufregend gewesen.

Der Lebenspender war im Vergleich zum Angetrauten der Göttin ein verhältnismäßig junger Mann: Er war erst in mittleren Jahren. Als er einen Stuhl für sie neben seine Werkbank stellte, fiel Mikayla jedoch auf, daß seine Hände nach langer, schwerer Arbeit aussahen. Die anderen beiden Töchter setzten sich nebeneinander auf eine Bank neben der Tür, wo sie Mikayla im Auge behalten konnten, aber die Unterhaltung zwischen Mikayla und dem Lebenspender nicht mitbekamen, solange sie leise geführt wurde.

»Wenn ich recht verstanden habe, soll ich einen Körper für eine lebende Seele herstellen«, sagte der Mann. »Was soll der Körper können?«

Mikayla konzentrierte sich, denn sie wollte sichergehen, daß sie nichts vergaß – vor allen Dingen nichts Wichtiges. »Er soll sehen können, hören, sprechen und sich bewegen, einschließlich der Fähigkeit, Treppen zu steigen. Er muß extreme Kälte vertragen, wie zum Beispiel die Temperatur in einer Eishöhle oder auf dem

Rücken eines Lämmergeiers, der über die Berge fliegt. Und er soll in der Lage sein zu erkennen, wann ihm Gefahr für Leib und Leben droht.«

»Das klingt, als sollte er beinahe menschlich sein«, bemerkte der Mann und machte sich Notizen auf ein Stück Pergament. »Was ist mit der Fähigkeit zu essen und zu trinken?«

»Wenn er das zum Erhalt seines Körpers braucht, sollte er sie haben. Aber er hat jetzt seit fast zweihundert Jahren nichts gegessen und getrunken.« Mikayla lächelte flüchtig. »Und er hat sich nicht über Nahrungsmangel beklagt.«

»Wie ich hörte, ist er eine Harfe?« fragte der Mann, der das offenbar nicht glauben wollte.

»Ja, das stimmt«, erwiderte Mikayla ruhig.

»Unglaublich«, murmelte der Lebenspender. »Was ist mit dem Geschlecht?«

»Er ist ein Mann.«

»Nein, ich meine, soll er funktionsfähige Geschlechtsteile haben?«

Mikayla schaute ihn eine Weile entgeistert an und stellte sich dann vor, wie Haramis auf diese Frage wahrscheinlich reagiert hätte.

»Ich glaube nicht, daß das eine gute Idee ist«, brachte sie unter Lachen hervor. »Der Erzzauberin würde das nicht gefallen, und außerdem sind alle, die er gekannt hat, schon lange tot.«

»Nun gut.« Der Lebenspender notierte sich wieder etwas. »Und wie soll dieser Körper denn nun aussehen?«

»Ach, du meine Güte«, sagte Mikayla und biß sich auf die Unterlippe. »Ich weiß nicht, wie er ausgesehen hat. Er wurde schon lange vor meiner Geburt in eine Harfe verwandelt. Er war ein Nyssomu, wenn das hilft.«

»Für den Anfang reicht es«, sagte der Mann. »Ich kann mit dem, was du mir gegeben hast, beginnen.« Er reichte ihr ein Stück Pergament und einen Kohlestift. »Aber es wäre hilfreich, wenn du irgendwann in den nächsten Tagen eine Skizze anfertigen könntest, aus der zu ersehen ist, wie er aussehen soll, vor allem Kopfform und Gesicht. Gesichter sind wichtig.«

»Ich werde tun, was ich kann«, sagte Mikayla. *Vielleicht kann Fiolon eine Beschreibung von Uzun auftreiben.*

»Und noch etwas brauche ich«, sagte der Lebenspender und senkte die Stimme noch mehr. »Ich brauche seinen richtigen Namen.«

»Uzun«, flüsterte Mikayla.

Der Lebenspender stand auf, und Mikayla folgte seinem Beispiel.

»Danke, Tochter der Göttin«, sagte er förmlich. »Ich werde mich sofort an die Arbeit begeben.«

»Ich danke dir«, sagte Mikayla und lächelte ihm schüchtern zu, ehe sie sich umwandte und den anderen beiden Töchtern in ihre Unterkünfte folgte.

Für den Rest des Tages nahmen sie entweder an Ritualen teil oder lernten die entsprechenden Gesänge. Die Mittagsmahlzeit wurde nach dem Ritual der Stunde der Sonne im Zenit gereicht, und das Abendessen nahmen sie nach der Stunde ein, in der die Sonne den Gipfel berührt. Offenbar wurden die Räume in der Zeit, in der die Töchter an den Ritualen teilnahmen, gereinigt. Obwohl Mikayla keine Diener sah, verschwand das schmutzige Geschirr, die Böden waren gefegt, das Feuer im Hauptraum wurde in Gang gehalten, die Waschschüssel in ihrem Zimmer war geleert und der Krug erneut mit frischem Wasser gefüllt worden.

Nach dem Ritual der Neunten Stunde gab es eine Pause. Dann gingen die Töchter in einen Baderaum, der mit dicken Webteppichen ausgelegt war und in dessen Mitte sich eine heiße Quelle befand, in der sie badeten und sich die Haare wuschen. Mikayla verbarg ihre Kugel sorgfältig in dem sauberen Gewand, das sie mitgenommen hatte, und legte das Halsband beim Ankleiden unauffällig wieder an.

Aber es war ein langer Tag, und gegen Ende des Abendessens fiel es Mikayla schwer, aufrecht zu sitzen. Sie beneidete die anderen Töchter um ihre perfekte Haltung, die ihnen anscheinend keine Mühe bereitete.

Als die Älteste Tochter Mikayla von der Teilnahme am Ritual der Zweiten Stunde der Dunkelheit befreite, hätte sie vor Erleichterung beinahe geweint. Doch sie bedankte sich in angemessener Form und zog sich in ihren Raum zurück. Sie wollte nur noch ins Bett kriechen und schlafen, aber neben der Waschschüssel steckte noch das Pergament, das ihr der Lebensspender an diesem Tag gegeben hatte. Sie legte ihr Nachtgewand an, zog die Kugel hervor und rief Fiolon.

»Du siehst schlimm aus!« rief er.

»Mir geht's gut«, sagte Mikayla schwach, »ich bin nur sehr müde. Fio, ich muß wissen, wie Uzuns Körper aussehen soll. Der Mann, der ihn anfertigt, will eine Zeichnung, vor allem vom Gesicht. Kannst du eine Beschreibung von Uzun auftreiben?«

»Ich kann sogar noch etwas Besseres«, sagte Fiolon begeistert. »Ich habe heute etwas Interessantes im Spiegel entdeckt. Wußtest du, daß er Bilder behält, die er einmal gezeigt hat?«

»Nein, das wußte ich nicht«, sagte Mikayla. »Wie soll uns das weiterhelfen?«

Fiolon zog sich warme Sachen und Stiefel an. »Orogastus hat den Spiegel benutzt, um die Prinzessinnen zu verfolgen, erinnerst du dich? Und Uzun hat Haramis auf einem Teil der Reise begleitet.«

»Oh!« rief Mikayla. »Heißt das, der Spiegel hat ein Bild von Uzun?«

»Mehrere«, versicherte ihr Fiolon.

»Das hilft uns natürlich weiter«, sagte Mikayla und sah, wie die Wände vorbeizogen, während Fiolon die Treppen hinunterlief. »Trotzdem hätte ich dich gern hier bei mir, du kannst viel besser zeichnen als ich.«

Fiolon durchquerte den Lagerraum, lief durch die Eishöhlen und betrat den Raum mit dem Spiegel. Er hatte das Bild, das er sehen wollte, innerhalb kürzester Zeit aufgerufen.

Im Spiegel stand Uzun vor Haramis. Er war kleinwüchsig, sein Kinn befand sich auf Höhe ihrer Taille. Er hatte einen runden Kopf, und seine Augen waren von dunklem Gelb, fast bernsteinfarben. Er hatte einen breiten Mund mit kleinen, scharfen Zähnen und eine extrem kurze Nase, aber seine hochstehenden Ohren, deren Spitzen durch seine seidigen, hellen Haare schauten, waren so lang, daß sie die kurze Nase wieder ausglichen. Während Mikayla das Bild betrachtete, schwenkten die Ohren vor und zurück. Offenbar versuchten sie Geräusche zu orten, die nur Uzun wahrnahm.

Mikayla kicherte.

»Er war niedlich«, sagte sie und griff nach Pergament und Zeichenkohle. »Wenn es mir nur gelingt, das auf Pergament festzuhalten …«

»Verbinde dich mit mir«, sagte Fiolon, »und ich zeichne es für dich.«

»Kannst du das?« fragte Mikayla.

»Ich denke schon«, sagte Fiolon. »Einen Versuch lohnt es allemal. Lehne dich einfach an die Wand, halte den Stift und das Pergament fest, schließe die Augen und entspanne dich.«

Mikayla tat, wie ihr geheißen. Sie war so müde, daß es ihr nicht schwerfiel, sich zu entspannen: Sie schlief beinahe ein. Doch sie schreckte auf, als ihre Hand sich bewegte.

»Hör auf, dich gegen mich zu wehren«, sagte Fiolon. »Deine Hand wird sich bewegen, nur so kann man zeichnen. Entspanne dich einfach, und laß mich deine Hand für dich führen.«

»Tut mir leid«, entschuldigte sich Mikayla. »Ich habe mich nur erschrocken, das war alles. Versuch es noch einmal.« Erschöpft lehnte sie sich gegen die Wand, schloß die Augen und achtete nicht darauf, was ihr Körper machte. Sie war so gut wie eingeschlafen, als Fiolons Stimme sie weckte.

»Mika, wach auf!«

Sie blinzelte und schaute auf das Pergament in ihrem Schoß. Es enthielt eine Zeichnung von Uzun, die mit dem Bild, das sie im Spiegel gesehen hatte, fast identisch war.

»Wie sieht es aus?«

»Perfekt.« Mikayla unterdrückte ein Gähnen. »Danke, Fio. Ich hätte es nie so gut hingekriegt.«

»Bitte, Mika. Jetzt leg es gut weg und geh ins Bett. Gute Nacht.«

»Nacht«, sagte Mikayla verschlafen. Sie steckte die Kugel unter ihr Nachtgewand, legte das Pergament in ihren Kleiderschrank und kroch ins Bett. Kaum hatte sie sich hingelegt, war sie auch schon eingeschlafen.

17

Die siebzig Tage vergingen viel schneller, als Mikayla erwartet hatte. Sie war so sehr mit Lernen beschäftigt, daß sie nicht einmal ihren fünfzehnten Geburtstag mitbekam, und kannte schließlich alle täglichen Gesänge in beiden Sprachen und fast alle Gesänge für Feiertage. An den letzten dreißig Tagen durfte sie an allen täglichen Ritualen teilnehmen, einschließlich des Rituals zur Zweiten Stunde der Dämmerung. Das hieß aber, daß sie keinen Kontakt mit Fiolon aufnehmen konnte, denn nun war sie nie mehr allein, aber sie überlegte sich, daß er sie ja im Spiegel sehen konnte, wenn er wollte.

Schließlich war Uzuns Körper fertig, und der Angetraute der Göttin Meret rief sie zu sich in die Bibliothek. »Du hast hart gearbeitet und der Göttin treue Dienste geleistet«, sagte er. »Wir sind mit deinen Fortschritten zufrieden.« Die Älteste Tochter der Göttin Meret, die Mikayla begleitet hatte, nickte zustimmend.

»Danke, Vater«, erwiderte Mikayla respektvoll.

Er überreichte ihr eine Pergamentrolle. »Hier stehen die Anweisungen, wie man den Körper ins Leben ruft und ihm einen funktionierenden Geist eingibt. Der Körper ist verpackt worden.« Er zeigte auf ein Bündel auf der Bank gleich neben der Tür. »Hast du eine Möglichkeit, ihn zu transportieren?«

Mikayla ließ ihre Gedanken schweifen und hatte rasch Verbindung zu dem nächsten Lämmergeier aufgenommen. »Ja, Vater.«

»Bist du bereit, uns jetzt zu verlassen?«

»Ja, mein Vater. Ich danke Euch für alles, was Ihr für mich getan habt. Und dir auch vielen Dank, Älteste Schwester.«

»Denke daran, daß du im Frühjahr zurückkehren sollst«, erinnerte die Priesterin sie.

»Ich denke daran«, versicherte Mikayla ihnen. »Und ich halte, was ich versprochen habe.«

»Gut«, bemerkte der Priester. »Das erwarten wir von unseren Töchtern.«

Gemeinsam durchquerten sie nun den Haupttempel und gelangten in die Säulenhalle. Mikayla trug das Paket mit Uzuns Körper, das nicht einmal besonders schwer, sondern nur sperrig war.

»Heilige Meret!« rief die Tochter und rang nach Luft, als sie den Schatten sah, der sich vor den äußeren Säulen niederließ. »Wo kommt denn das her?«

»Der Lämmergeier?« fragte Mikayla. »Oh, den habe ich gerufen, Älteste Schwester. Er ist gekommen, um mich nach Hause zu bringen.«

»Geh mit unserem Segen«, sagte der Priester und legte flüchtig eine Hand auf Mikaylas Kopf. »Aber bedenke, daß auch hier dein Zuhause ist.«

»Das werde ich«, sagte Mikayla. »In ein paar Monaten bin ich ohnehin wieder hier.« Lächelnd schaute sie zu ihm auf. »Ihr werdet kaum Zeit haben, mich zu vermissen.« Sie verstaute Uzuns Körper sorgsam auf dem Rücken des Vogels und kletterte ebenfalls hinauf, setzte sich dahinter und hielt ihn mit ihrem Körper fest, die Pergamentrolle in der Hand. »Lebt wohl«, sagte sie.

»Lebe wohl«, erwiderten der Angetraute und die Tochter wie aus einem Mund, »und kehre zum vereinbarten Zeitpunkt zu uns zurück!«

Eine knappe Stunde später ließ der Lämmergeier Mikayla auf dem Balkon des Turms absteigen. Sie bedankte sich bei ihm und zog Uzuns Körper hinter sich her ins Innere des Turms, während der Vogel sich wieder in die Lüfte erhob.

»Fiolon?« rief sie. »Wo bist du?« Da sie keine Antwort erhielt, schleppte sie den Körper die Treppe hinunter ins Arbeitszimmer in der Hoffnung, daß der Lebensspender ihn gut verpackt hatte. Natürlich war sie ziemlich sicher, daß es so war: Er war ganz bestimmt ein Mann, der sein Werk mit Sorgfalt behandelte.

185

»Wer ist da?« fragte die Harfe scharf, während Mikayla das Paket ins Arbeitszimmer zog.

»Ich bin's, Mikayla«, erwiderte sie. »Ich habe Euch Euren neuen Körper mitgebracht.« Sie legte den Körper flach auf den Boden und die Pergamentrolle auf ein Regal – hinter einen Bücherstapel, damit sie nicht hinunterrollte.

»Dank sei den Herrschern der Lüfte, daß Ihr unversehrt seid!« rief Uzun.

»Warum sollte ich nicht unversehrt sein?« fragte Mikayla. »Ich habe die letzten siebzig Tage in der Abgeschiedenheit des Tempels verbracht, und das Singen mit den Jungfrauen ist das Anstrengendste, was ich dort gemacht habe.« Sie reckte sich und stellte fest, daß sie während des Fluges ganz steif geworden war. Außerdem hatte sie kalte Füße.

Sie schaute an sich hinab und sah, daß sie noch die Sandalen und das Gewand einer Tochter der Göttin Meret trug. »Entschuldigt mich bitte, Meister Uzun«, sagte sie. »Ich brauche jetzt unbedingt ein heißes Bad und warme Sachen. Ich hatte ganz vergessen, wie kalt es auf dem Rücken eines Lämmergeiers ist.«

»Natürlich, Prinzessin«, sagte Uzun. »Geht und wärmt Euch auf. Schön, daß Ihr wieder da seid.«

»Toll, daß du wieder da bist«, ertönte Fiolons Echo von der Tür, »aber am besten wärmst du dich schnell auf – und zieh etwas anderes an. Haramis ist auf dem Heimweg.«

Mikayla sah ihn entsetzt an. »Auf einem Lämmergeier?«

»Nein, auf einem Fronler, aber sie wird in einer Stunde hier sein.«

Fluchtartig verließ Mikayla den Raum. Im Hinausgehen hörte sie noch, wie Fiolon Uzun zu erläutern begann, warum es so lange gedauert hatte, bis er gemerkt hatte, daß Haramis im Anmarsch war. Für Mikayla war in diesem Augenblick jedoch nichts dringender, als die richtige Kleidung anzuziehen, ehe Haramis eintraf. Nichts sollte darauf hinweisen, daß sie den Turm verlassen gehabt hatte.

Mikayla nahm das kürzeste Bad ihres Lebens, versteckte die Kleidung aus dem Tempel unter ihrer Matratze und zog eine der leichten Tuniken an, die Haramis für sie hatte anfertigen lassen. Das Gewand war deutlich kürzer, als sie es in Erinnerung hatte; offenbar war sie in der Zeit, die sie im Tempel verbracht hatte, gewachsen. Sie hoffte, Haramis würde zu müde sein, um auf derartige Kleinigkeiten zu achten.

Als sie ins Arbeitszimmer zurückkehrte, sprachen Uzun und Fiolon noch immer über die bevorstehende Rückkehr der Erzzauberin.

»Ja«, stimmte Fiolon zu, »ich hätte sie genauer beobachten sollen. Aber sie hat sich gut erholt, und vor zwei Wochen habe ich das System entdeckt, welches das Versunkene Volk zur Notenschrift benutzte. Ihr wart darüber ebenso aufgeregt wie ich, Uzun«, bemerkte er. »Daher werdet Ihr sicher verstehen, warum ich nicht gleich gemerkt habe, daß sie sich auf den Heimweg gemacht hatte.«

Mikayla versuchte, ein Kichern zu unterdrücken, doch es gelang ihr nicht. »Ich kann es sehr gut verstehen«, sagte sie.

»Wir haben sie im Stich gelassen«, sagte Uzun traurig. »Wir hätten nie ihr Wohlergehen aus den Augen verlieren dürfen.«

»Stimmt etwas nicht mit ihr?« fragte Mikayla.

»Mika, sie hatte einen Schlaganfall!« sagte Fiolon.

»Das weiß ich«, antwortete Mikayla. »Sie hatte ihn, noch bevor ich fortgegangen bin, erinnerst du dich? Aber wenn meine Eltern sie reisen lassen, muß es ihr viel besser gehen, und ich bezweifle, daß sie die Erzzauberin ohne Begleitung haben ziehen lassen. Wenn ihr sie also nicht gerade vergraben unter einem Felsen oder in einer ähnlich katastrophalen Lage gesehen habt, dann verstehe ich nicht, wo das Problem ist.«

»Wir hätten wissen sollen, daß sie kommt«, wiederholte Uzun.

Mikayla beachtete ihn nicht. »Wie viele Leute begleiten sie, Fiolon?«

»Zwei«, erwiderte Fiolon. »Sie liegt auf einer Bahre, die zwischen zwei Fronlern hängt, und zwei Frauen begleiten sie – beide menschlich«, fügte er hinzu.

»Sie vertragen die Kälte besser«, sagte Mikayla. »Ich werde Enya sagen, daß sie die Zimmer herrichten läßt.« Sie zog an der Klingelschnur, um die Hausdame zu rufen.

»Es gibt da ein Problem«, sagte Fiolon. »Wie sollen sie über die Schlucht kommen?«

»Ach, du liebe Güte«, sagte Mikayla, »du hast recht. Sie ist auf einem Lämmergeier fortgeflogen, und die Silberflöte, die sie verwendet, um die Brücke auszufahren, liegt bestimmt irgendwo in ihrem Zimmer. Der Zeitpunkt ist nicht gerade günstig, ihr Zimmer zu durchwühlen und die Flöte zu suchen. Vielleicht gibt es noch eine andere Möglichkeit, die Brücke auszufahren. Enya könnte es wissen.«

Enya, die in diesem Augenblick hereinkam, wußte es wirklich. »Im Torhaus gibt es eine Vorrichtung. Einer der Vispi soll es Euch zeigen.« Sie zählte an ihren Fingern ab. »Die Herrin, Ihr, Lord Fiolon und zwei Frauen zusätzlich – das sind fünf Leute zum Essen.« Sie warf dem Paket mitten im Zimmer einen nicht gerade wohlwollenden Blick zu. »Ich weiß zwar nicht, was das ist, aber ich nehme an, daß Ihr es bis zum Abendessen hier entfernt habt. Und da wir gerade dabei sind, Prinzessin« – sie schaute Mikayla durchdringend an –, »wo wart Ihr in den letzten Monaten? Ich bin sicher, das wird die Herrin interessieren.«

»Ich war im Meret-Tempel, auf der anderen Seite des ...«

»Schweigt!« schnitt Enya ihr das Wort ab und machte dabei die Geste, die die Nyssomu verwenden, um Unheil abzuwehren. »Sprecht den Namen nie wieder aus: Es ist ein Ort der Finsternis.«

»Höhlen in einem Berg sind fast immer stockfinster«, sagte Mikayla ruhig. »Außerdem erwarte ich von dir auf keinen Fall, die Herrin anzulügen. Sag ihr alles, was deiner Meinung nach eine ältere Frau, die zu krank ist, um auf einem Fronler zu reiten, erfahren sollte.«

Enya legte die Stirn in Falten, und Mikayla wußte plötzlich, daß Haramis von keinem der Diener und keiner der Dienerinnen etwas über ihre Abwesenheit erfahren würde. »Ich bin sicher, du hast das Zimmer der Herrin für den Tag ihrer Rückkehr in Ordnung gehalten«, fuhr Mikayla fort. »Aber wir werden für die beiden Frauen, die sie begleiten, Zimmer benötigen.«

»Woher wißt Ihr, daß es nur zwei sind?« fragte Enya mißtrauisch.

»Durch Hellsehen«, antwortete Mikayla.

»Hmmpf.« Die Seltlingfrau verließ den Raum, um ihren Pflichten nachzugehen.

Mikayla sah Fiolon an und seufzte. »Ich wollte mir deine Arbeit nicht als eigenes Verdienst anrechnen, Fio …«

Fiolon schüttelte den Kopf. »Macht nichts. Je weniger über die Ereignisse der jüngsten Vergangenheit verlautet, um so besser. Wir wollen abwarten, in welcher Verfassung Haramis ist.«

»Das ist das Vernünftigste, was Ihr an diesem Abend gesagt habt«, warf Uzun ein. »Und wenn das Ding, das Ihr auf Enyas Verlangen vor dem Abendessen aus dem Weg schaffen sollt, mein Körper ist, dann würde ich vorschlagen, daß Ihr es auch tut. Die Erzzauberin ist wahrscheinlich schockiert genug, Fiolon hier anzutreffen, da muß man nicht noch mehr Überraschungen bieten.«

Mikayla schmunzelte. »Ich kann mir gut vorstellen, wie sie reagiert, wenn sie hereinkommt und sieht uns mitten im Ritual, dich in einen neuen Körper zu befördern. Übrigens, ich hatte noch keine Zeit, alle Anweisungen für das Ritual durchzulesen. Es ist wahrscheinlich sehr lang und kompliziert.«

»Was sollen wir damit tun?« Fiolon betrachtete das Paket voller Zweifel. »Es ist schrecklich groß.«

»Es ist aber nicht schwer«, versicherte Mikayla. »Das meiste ist Verpackungsmaterial, das den Körper vor Schäden bewahren soll. Der Lebensspender hat siebzig Tage für die Herstellung benötigt, deshalb kannst du sicher sein, daß er ihn sehr sorgfältig verpackt hat, ehe er ihn mir übergab, damit ich ihn auf dem Rücken eines Lämmergeiers hierher transportieren konnte. Wahrscheinlich könnten wir ihn vom Balkon werfen, ohne daß ihm etwas zustößt.«

»Versuchen wir das lieber nicht«, sagte Fiolon.

»Das denke ich auch«, stimmte Mikayla ihm zu. »Aber wenn du das eine Ende nimmst und ich das andere, können wir ihn auf unserem Weg nach unten mitnehmen, wenn wir die Brücke für Haramis und ihre Begleitung ausfahren wollen.« Sie bückte sich und nahm das eine Ende des Paketes. Fiolon hob das andere hoch. Gemeinsam trugen sie es durch den Korridor und begannen, die Treppe hinabzusteigen.

»Wo wollen wir damit hin?« fragte Fiolon.

»Am besten stecken wir es zu den Geräten des Versunkenen Volkes, und wenn wir es hinter ein paar anderen Kisten verbergen können, um so besser.« Mikayla runzelte die Stirn. »Ich weiß nicht, wie Haramis die Idee aufnehmen wird, Uzun einen neuen Körper zu geben. Es ist daher am besten, wenn sie ihn nicht findet.«

»Aber sie ist doch gewiß nicht so egoistisch und will ihn auf ewig in diese Harfe verbannt wissen!« protestierte Fiolon.

»Hast du Haramis je selbstlos erlebt?«

»In den alten Balladen …«

»Nein, nicht als Mädchen, sondern jetzt, nachdem du sie kennengelernt hast.«

Fiolon schwieg, bis sie die Treppe hinter sich hatten. Als sie die Lagerräume erreicht hatten, ging er in die dunkelste Ecke voran und stapelte so viele Kisten und Kästen vor dem Körper auf, daß man ihn nicht mehr sehen konnte.

»Sehr gut«, sagte Mikayla und betrachtete sein Werk wohlwollend. »Du hast sogar den Staub oben auf den Kisten liegen lassen.«

»Laß uns nach der Vorrichtung suchen, mit der die Brücke ausgefahren wird«, sagte Fiolon. »Die Erzzauberin kann jederzeit eintreffen.«

Schweigend folgte ihm Mikayla ins Torhaus. Offenbar wollte Fiolon nicht zugeben, daß Haramis, Kronprinzessin und Erzzauberin, Heldin so mancher seiner Lieblingsballaden, keineswegs vollkommen war.

Solange er nicht darauf besteht, so zu tun, als sei sie vollkommen, dachte sie, *werde ich ihn nicht zu dem Eingeständnis zwingen, daß sie es nicht ist.*

18

Die Steuervorrichtung war nicht schwer zu finden, wenn man die Augen offenhielt. Sie befand sich etwa in Schulterhöhe an der Wand. Mikayla drückte auf einen Knopf und ging dann mit Fiolon auf den Vorplatz hinaus, um nach Haramis Ausschau zu halten. Die Sonne näherte sich zusehends dem Horizont, und eine abendliche Brise kam auf, aber die Solarzelle, die den Vorplatz bedeckte, war noch warm unter den Füßen. Mikayla fiel auf, daß ihr nicht kalt war, obwohl sie nur leichte Kleidung und Hausschuhe trug. Fiolon, der sich auf dem Weg durch den Lagerraum einen kurzen Umhang geschnappt hatte, schaute sie überrascht an. »Frierst du denn gar nicht?« fragte er.

»Nein.« Mikayla schüttelte den Kopf. »Ich habe mich während meines Aufenthalts im Tempel offenbar an kältere Temperaturen gewöhnt. Als ich vom Lämmergeier stieg, war ich unterkühlt, aber wir sind auch in viel größerer Höhe geflogen. Hier ist es mir jetzt warm genug. Vielleicht reicht mir die Wärme der Solarzelle.«

Fiolon legte schützend eine Hand über die Augen und sah, daß sich an der Brücke etwas bewegte. »Sie sind da«, sagte er.

Mikayla beobachtete, wie die Fronler näherkamen und ohne die geringste Scheu die Brücke betraten. »Das sind ohne Zweifel die Fronler der Erzzauberin«, bemerkte sie. »Einem gewöhnlichen Fronler müßte man schon die Augen verbinden und ihm auf dem ganzen Weg gut zureden, um ihn über die Brücke zu bekommen.« Sie kicherte leise. »Die Frau auf dem ersten Fronler scheint mehr Angst zu haben als das Tier.«

»So«, sagte Fiolon zufrieden, »jetzt sind sie alle unbeschadet auf unserer Seite angekommen. Ich ziehe die Brücke wieder ein.«

Mikayla lächelte, konnte sie doch nur zu gut verstehen, daß er im Augenblick nicht den Wunsch verspürte, die Erzzauberin zu begrüßen. »Ich gehe hin und heiße sie zu Hause willkommen«, sagte sie und überquerte den Platz.

Die Wächterin auf dem ersten Fronler war bereits abgestiegen, die Frau auf dem hinteren Fronler ebenfalls. »Prinzessin Mikayla«, grüßte die Wächterin respektvoll.

Mikayla kramte rasch in ihrem Gedächtnis nach dem Namen der Frau. »Wächterin Nella«, sage sie, »herzlich willkommen im Turm der Erzzauberin. Die Diener kommen sofort, um sich der Fronler anzunehmen.« Sie nickte der anderen Frau zu. Es war eine Hofdame der Königin, die sich in Kräuterkunde auskannte. »Hofdame Bevis, seid willkommen. Wie geht es der Erzzauberin?« Sorgenvoll betrachtete sie Haramis, die offenbar schlief.

»Ganz gut«, versicherte Bevis. »Aber es war eine lange Reise. Sie sollte so schnell wie möglich zu Bett gebracht werden. Wo ist ihr Zimmer?«

Mikayla zeigte auf den hohen Turm hinter ihnen. »Leider hoch oben im Turm.« Nella und die Edle Bevis rissen entsetzt die Augen auf.

Haramis wachte auf und sah sich um. Sie zog die Stirn kraus, als sie versuchte herauszufinden, wo sie war. Es war ein langer, ermüdender und verwirrender Weg gewesen, und sie wollte nur noch zu Hause in ihrem eigenen Bett liegen. Sie blickte zum Turm auf und sagte: »Gut, wir sind zu Hause.« Bei einem kurzen Blick über den Vorplatz wurde sie stutzig. Irgend etwas stimmte nicht. »Was ist mit dem Platz geschehen? Warum ist er nicht mehr weiß?«

»Der Schnee ist geschmolzen, Ehrwürdige«, sagte Mikayla.

»Oh.« Haramis war verstört. Solange sie hier lebte, war der Schnee noch nie getaut. Wahrscheinlich hatte das Kind etwas damit angestellt. Sie warf Mikayla einen bösen Blick zu. »Willst du uns die ganze Nacht hier herumstehen lassen?« fuhr sie Mikayla an. Soweit sie sich an das verflixte Balg erinnern konnte, war das durchaus denkbar.

»Nein, Ehrwürdige«, sagte das Mädchen. »Wir haben uns nur gerade überlegt, wie wir Euch am besten in Euer Gemach bringen. Es geht über ziemlich viele Treppen nach oben«, fügte sie entschuldigend hinzu.

Sieht so aus, als hätte sie endlich doch ein paar Manieren gelernt, dachte Haramis zufrieden. *Ich muß daran denken, mich gelegentlich bei Uzun zu bedanken.*

»Dann ruf doch ein paar Diener!« zeterte sie.

Mikayla lächelte flüchtig. »Ja, Ehrwürdige«, murmelte sie und verbeugte sich leicht. Drei Lämmergeier schwebten auf den Platz. Einer von ihnen landete, während die beiden anderen in der Luft blieben. Mikayla hakte die Trage beim hinteren Fronler aus und reichte die Tragegurte einem der großen Vögel. Nella folgte zögernd ihrem Beispiel mit dem vorderen Ende der Trage und schaute voller Ehrfurcht zu dem Vogel auf. Offensichtlich war sie einem Lämmergeier noch nie so nahe gekommen.

Die Fronler standen da, als wäre dies ein alltägliches Geschehen. Haramis wunderte sich ein wenig darüber. Gewiß hatte sie viel Zeit und Mühe für das Training jeder einzelnen Fronler-Generation aufgewandt, aber sie hätte nie gedacht, daß sie die Tiere so gut erzogen hatte.

Die Vögel begannen gleichzeitig mit den Flügeln zu schlagen und trugen die Erzzauberin langsam in die Höhe. Kurz darauf zog der dritte Vogel, auf dessen Rücken Mikayla saß, an ihr vorbei, um das Mädchen auf dem Balkon abzusetzen. Als die Vögel die Trage sanft herabließen, war auch schon einer der Vispi-Diener zur Stelle, um das eine Ende in Empfang zu nehmen. Mikayla nahm das andere, und sie trugen die Bahre vorsichtig zwischen sich zu Haramis' Schlafraum, wo Enya sie erwartete und die Erzzauberin zu Bett brachte.

Haramis unterdrückte einen Seufzer der Erleichterung, als sie schließlich angekommen war. *Endlich bin ich wieder zu Hause. Ich muß nicht mehr fort, muß nicht mehr von zwei Fronlern über holprige Gebirgspfade getragen werden. Ich bin zu Hause.* »Wo ist Uzun?« fragte sie. »Warum ist er nicht heraufgekommen, um mich zu begrüßen?«

Mikayla, die Enya zur Hand gegangen war, druckste herum. »Er ist im Arbeitszimmer, Ehrwürdige«, sagte sie. Haramis merkte, daß das Mädchen besorgt war.

»Weiß er denn nicht, daß ich wieder da bin?«

»Doch Ehrwürdige«, versicherte Mikayla. »Ich weiß, er wird sich freuen, Euch wiederzusehen, wenn Ihr in der Lage seid, hinunterzugehen.«

»Warum bewegt er seine müden Knochen nicht nach oben?« fragte Haramis verdrießlich. *Weiß er denn nicht, wie krank ich war?*

Enya murmelte etwas über das Abendessen und verließ fluchtartig den Raum, nicht ohne zuvor noch einen ängstlichen Blick auf Haramis zu werfen.

Was ist los mit ihr? fragte sich Haramis. *Warum verhalten sich alle so merkwürdig?*

»Ehrwürdige«, sagte Mikayla zögernd, »habt Ihr vergessen, daß Ihr Meister Uzun in eine Harfe verwandelt habt? Er kann keine Treppen steigen, er kann sich nicht einmal von der Stelle bewegen.«

Bei der Heiligen Blume, dachte Haramis, *das hatte ich vergessen. Aber ich werde es nicht zugeben. Am Ende behandeln sie mich alle wie eine Idiotin.* »Wenn das so ist, dann sollen ihn die Diener eben hierher bringen!« fuhr sie Mikayla an.

»Jetzt sofort, Ehrwürdige?«

»Ja, auf der Stelle!«

»Wie Ihr wünscht.« Mikayla machte einen höflichen Knicks und ging hinaus.

Kann ich denn hier nichts veranlassen, ohne daß man mir widerspricht? fragte sich Haramis gereizt.

Ihre Frage wurde kurz darauf beantwortet, als sie Stimmen im Flur vernahm. Enya hatte ihr ein leichtes Abendessen zubereitet, und die Hofdame Bevis leistete ihr beim Essen Gesellschaft. Die Tür zum Schlafgemach stand offen, so daß sie die Gespräche auf dem Korridor deutlich hörte.

»Ich bin noch immer nicht davon überzeugt, daß es eine gute Idee ist.« Die Stimme war die eines jungen Mannes. Haramis erkannte sie nicht.

»Es geschieht auf ausdrücklichen Befehl der Erzzauberin«, sagte Mikayla in einem Ton, der keinen Zweifel daran ließ, daß sie dem ersten Sprecher zustimmte.

»Wir haben sie die Treppe heraufgeschafft, ohne irgendwo anzustoßen.« Das war die Wächterin, die der König der Erzzauberin mitgegeben hatte. Wie war doch noch ihr Name? Ach ja, Nella oder so ähnlich. »Wo liegt das Problem?«

»Harfen sind sehr empfindliche Instrumente«, sagte der junge Mann. »Meister Uzun ist seit vielen Jahren nicht von seinem Platz im Arbeitszimmer entfernt worden. Ich fürchte, daß er Schaden nimmt, wenn wir ihn dem Wechsel von Temperatur und Luftfeuchtigkeit aussetzen, der mit dem Transport ins Schlafgemach der Erzzauberin verbunden ist.«

194

»Mir macht es nichts aus.« *Das muß Uzuns Stimme sein*, dachte Haramis. Sie klang nach Harfensaiten. Dann ertönte ein plötzlicher Aufprall.

»Vorsicht!« riefen drei erregte Stimmen im Chor: zwei menschliche und eine Harfe.

Nella sagte: »Tut mir leid, niemand hat mir gesagt, daß sie spricht.«

»Und schon seid Ihr verstimmt, Uzun«, bemerkte der junge Mann. »Ich habe Euch doch gesagt, daß es auf den Korridoren zu kalt ist.«

»Ihr könnt mich wieder stimmen, wenn wir im Zimmer der Herrin sind«, sagte Uzun ruhig.

Inzwischen hörte selbst Haramis, daß er verstimmt war. *Die ungeschickte Wächterin hat ihn wahrscheinlich fallenlassen.*

»Mein Platz ist bei der Herrin«, fuhr Uzun fort, »was auch geschieht.« Vage erinnerte sich Haramis, an einen Aufenthalt mit Uzun in den Bergen, als er noch ein Nyssomu gewesen war – oder war es ein Traum gewesen? Damals wäre er beinahe erfroren.

Drei Menschen mit sorgenvollen Mienen zogen die Harfe ins Zimmer. »Hier ist er, Herrin«, sagte Mikayla. »Wo sollen wir ihn hinstellen?«

Haramis drehte den Kopf nach rechts. »Neben das Kopfende«, erwiderte sie.

»Aber das ist genau neben dem Heizungsgitter«, wandte der junge Mann ein. »Zu viel Hitze kann dazu führen, daß der Rahmen springt.«

»Er stand doch jahrelang an der Feuerstelle!« entgegnete Mikayla.

»Daneben heißt nicht direkt davor!«

»Genug jetzt!« zeterte Haramis. »Ich bin es leid, mir eure Streitereien anzuhören. Stellt ihn dort hin, stimmt ihn und laßt uns allein!«

»Ja, Ehrwürdige.« Mikayla seufzte. Vorsichtig stellte sie die Harfe auf.

Der junge Mann zog einen Stimmschlüssel aus dem Gürtel und begann, die Saiten sorgfältig zu stimmen. Haramis runzelte die Stirn und versuchte, ihn irgendwo unterzubringen. Er kam ihr be-

195

kannt vor, aber sie konnte sich nicht daran erinnern, daß er einer ihrer Diener gewesen wäre. Sie glaubte nicht einmal, daß sie überhaupt menschliche Diener hatte. Aber Mikayla sprang mit ihm um, als gehörte er zur Dienerschaft. Ob Mikayla in ihrer Abwesenheit neue Diener eingestellt hatte?

Wie lange war ich fort? Ich werde Uzun fragen, wenn wir allein sind.

Es schien eine Ewigkeit zu dauern, aber schließlich war Uzun wieder gestimmt. »Laßt uns nun allein, alle«, befahl Haramis.

Nella verbeugte sich und verließ den Raum auf schnellstem Wege; sie hatte die ganze Zeit schon an der Tür gestanden, und ihr war die ganze Zeit deutlich anzusehen gewesen, daß sie lieber woanders wäre. Die Hofdame Bevis nahm das leere Tablett, machte einen Hofknicks und zog sich anmutig zurück. Mikayla verweilte kurz bei der Harfe, tätschelte den Rahmen und folgte Bevis, blieb aber im Türrahmen stehen, offenbar um auf den jungen Mann zu warten. Er fuhr mit der Hand an Uzuns Säule entlang, runzelte besorgt die Stirn und flüsterte: »Tut mir leid, Meister Uzun.« Dann trat er rasch zur Tür und verließ gemeinsam mit Mikayla den Raum.

»Wer ist das?« fragte Haramis Uzun gereizt. »Hat das Mädchen neue Diener angeheuert, während ich nicht da war? Wie lange war ich eigentlich fort? Und ist sie mit ihren Lektionen überhaupt ein Stück weitergekommen?«

»Mein Herz erfreut sich an Eurer gesunden Heimkehr, Herrin«, erwiderte Meister Uzun. »Ich hatte schon Angst, ich würde Euch nie wiedersehen – wobei ich Euch in meiner jetzigen Form eigentlich gar nicht sehen kann –, aber ich hatte Angst, nie wieder Eure Stimme zu hören.«

»Ich bin auch froh, dich wiederzusehen, mein alter Freund«, sagte Haramis, vorübergehend entwaffnet. »Nun erzähl mir aber, was in meiner Abwesenheit geschehen ist.«

»Nicht viel«, antwortete Uzun. »Ich habe Prinzessin Mikayla in Magie unterwiesen, und sie hat beachtliche Fortschritte gemacht. Sie hat inzwischen alle Bücher in Eurer Bibliothek gelesen und ist ganz tüchtig im Hellsehen. Ich ließ sie alle paar Tage nachschauen, wie es Euch geht. Das war eine gute Übung für sie.«

»Deshalb hat sie also an der Brücke gestanden und sie ausgefahren«, überlegte Haramis. »Und die Lämmergeier kann sie auch rufen?«

»Ja, ich bin mir ziemlich sicher, daß sie es kann.«

»Sie scheint ihre schlechte Laune überwunden zu haben, die sie befiel, als Fiolon fortging …« Haramis verstummte, denn ihr war plötzlich klar geworden, wer der junge Mann war. »Das war Fiolon, nicht wahr?« fragte sie. »Was macht er hier?«

»Ihr erinnert Euch vielleicht«, sagte Uzun zögernd, »daß Lord Fiolon es kurz vor Eurer Krankheit aus Versehen bei der Zitadelle schneien ließ.«

»Und ob ich mich daran erinnere.« Nun fiel Haramis alles wieder ein. »Sie waren miteinander verbunden, und Mikayla hat mit Wetterzauber herumgespielt – und inzwischen, nehme ich an, sind sie wohl ständig verbunden! Wie konntest du das zulassen?« fragte sie zornig.

»Mikayla ist noch immer Jungfrau«, sagte Uzun mit Nachdruck. »Außerdem bin ich mir ziemlich sicher, daß auch Fiolon noch unberührt ist. Ihre Verbindung ist rein emotionaler, nicht körperlicher Art und bestand bereits seit mehr als fünf Jahren, ehe Ihr versucht habt, sie zu trennen.«

Haramis schnappte nach Luft. Seit nunmehr fast zweihundert Jahren hatte niemand mehr gewagt, in einem solchen Ton mit ihr zu reden.

»Die Verbindung war innerhalb von zehn Stunden wiederhergestellt«, fuhr Uzun fort, »aber nach der Art des Schmerzes, den mir die beiden Kinder beschrieben haben, waren die Körperteile unterhalb der Hüfte nicht betroffen. Schon damals habe ich daran gezweifelt, daß es Euch gelingen würde, ihre Verbindung ohne ihre Mitarbeit dauerhaft zu trennen, und heute halte ich es für aussichtslos. Ihr wart länger als anderthalb Jahre fort, und ich habe die beiden unterrichtet.«

»Du hast den Jungen ausgebildet?« rief Haramis entsetzt. »Hast du den Verstand verloren? Willst du, daß ein neuer Orogastus sein Unwesen treibt?«

»Lord Fiolon ist ganz und gar nicht wie Orogastus«, sagte Uzun bestimmt. »Außerdem war er damals noch ein Kind, und ein Kind,

197

das nur wenig von Wetterzauber versteht und ihn nicht beherrschen kann, ist sehr gefährlich. Zur Sicherheit aller, die mit ihm zu tun haben, und dem Land zuliebe brauchte er eine gewisse Unterweisung.«

»Also hast du eigenmächtig entschieden, ihn auszubilden – in meinem Haus, ohne meine Zustimmung.«

»Ist dies nicht auch mein Zuhause?« fragte Uzun ruhig. »Außerdem wart ihr nicht in der Verfassung, Eure Zustimmung zu geben. Zu Anfang habt Ihr Euch nicht einmal an die Existenz von Mikayla oder Fiolon erinnert. Ich habe das getan, was ich für das Beste hielt, für sie und für das Land. Und jetzt ist er ausgebildet, und man kann es nicht wieder rückgängig machen.«

»Vielleicht hast du ja recht«, räumte Haramis ein. »Aber er kann nicht hierbleiben. Das ist nicht richtig. Er hätte nicht die ganze Zeit hier ohne Aufsicht mit Prinzessin Mikayla zusammen wohnen dürfen.«

»Es ist ja nicht allgemein bekannt«, merkte Uzun an. »Ich wette, in der Zitadelle hat ihn niemand vermißt. Und nun, da Ihr wieder hier seid, sind sie ja nicht ohne Aufsicht.«

»Er lenkt sie von ihren Lektionen ab«, sagte Haramis energisch. »Morgen verschwindet er, und diesmal werde ich einen Lämmergeier rufen und ihn nach Var zurückschicken!«

»Könnt Ihr wieder Lämmergeier rufen?« fragte Uzun. »Das ist ja eine gute Neuigkeit. Zu Beginn Eurer Krankheit konnten sie Euch überhaupt nicht erreichen, und das hat uns große Sorgen bereitet.«

»Uns?« fragte Haramis. Sie war sich nicht sicher, ob sie einen Lämmergeier rufen konnte, wollte es aber nicht zugeben.

»Fiolon, Mikayla und ich«, erwiderte Uzun. »Wir hielten es nicht für notwendig, den Dienern mitzuteilen, wie krank Ihr wart.«

Da Haramis sich tatsächlich nicht genau erinnern konnte, wie krank sie gewesen war, vernahm sie mit Freuden, daß die Diener nicht über ihre Gesundheit geklatscht hatten. Plötzlich merkte sie, daß sie sehr müde war. »Ich will jetzt schlafen, Uzun. Gute Nacht.«

»Gute Nacht, Herrin«, hörte sie noch, während sie einschlief. »Träumt etwas Schönes.«

Am nächsten Morgen rief Haramis Mikayla und Fiolon zu sich, um ihnen mitzuteilen, daß sie die Absicht habe, Fiolon umgehend fortzuschicken.

»Aber Ehrwürdige«, protestierte Mikayla, »ich brauche ihn doch, damit er mir hilft, Meister Uzun in seinen neuen Körper zu befördern. Der Zauber ist für einen allein zu kompliziert, und es dauert ziemlich lange.«

»Ein neuer Körper?« fragte Haramis.

Mikayla warf Uzun einen Blick zu. »Habt Ihr es der Erzzauberin nicht gesagt?«

»Solange ich bei ihr bin, ist es unwichtig, in welchem Körper ich stecke«, sagte Uzun ruhig.

Fiolon fuhr mit beiden Händen über den Rahmen der Harfe. »Wenn Ihr hier in diesem Raum bleibt, ist Eure Form spätestens in einem halben Jahr dahin«, sagte er in fachkundigem Ton.

»Ich bin sicher, daß ich bald wieder auf den Beinen bin«, sagte Haramis, »und dann können wir ihn wieder ins Arbeitszimmer schaffen.«

»Damit handeln wir nur etwas mehr Zeit für ihn ein«, sagte Fiolon nachdrücklich.

»Und es ist sehr ärgerlich für ihn, blind und unbeweglich zu sein«, sagte Mikayla. »Er fand es ganz besonders anstrengend, als Ihr krank in der Zitadelle darnieder lagt und er nicht einmal sehen konnte, wie es Euch ging. Er mußte sich auf unsere Hilfe, unsere Beschreibungen verlassen. Er war wirklich unglücklich.«

»So schlimm war es nun auch wieder nicht«, sagte Uzun.

»Hört auf, ihre Gefühle zu schonen«, fuhr Mikayla ihn an. »Im letzten Jahr hat das anders geklungen.«

Uzun hat immer Rücksicht auf meine Gefühle genommen, fiel Haramis ein. *Er sagte immer, sein höchstes Lebensziel sei, in meinem Dienst zu sterben.*

»Woher habt ihr einen neuen Körper?« fragte sie. »Und wie sieht er aus?«

»Er hat die Form eines Nyssomu, hergestellt aus bemaltem Holz mit Gelenken«, antwortete Mikayla. »Der Lebenspender im

199

Meret-Tempel hat ihn angefertigt. Wir haben ihn so gut wie möglich Uzuns früherem Körper angeglichen.«

Haramis spürte einen Druck im Kopf. »Ich habe noch nie von einem Meret-Tempel gehört. Was ist das?«

»Er liegt auf der Nordseite des Mount Gidris, genau auf der anderen Seite von der Stelle, an der Ihr Euren Talisman gefunden habt«, erklärte Fiolon.

»Meret ist eine Art Erdgöttin von Labornok«, sagte Mikayla. »Mount Gidris soll ein Teil ihres Körpers sein, und der Fluß Noku ihr Blut, mit dem sie das Land nährt.«

»Sie wenden Blutzauber an?« fragte Haramis streng.

»Nur symbolisch«, versicherte Mikayla.

»Es gefällt mir trotzdem nicht«, sagte Haramis. »Ich erlaube dir nicht, etwas damit anzufangen, bevor ich den Körper untersucht habe. Und du brauchst Fiolon nicht. Wenn ich zu der Überzeugung gelange, daß es sich lohnt, halte ich das Ritual selbst ab.«

Die beiden jungen Leute rissen entgeistert die Augen auf.

»Aber Ihr kennt das Ritual nicht!« wandte Mikayla ein. »Ich habe sogar für die einfachen täglichen Rituale der Göttin Meret Monate gebraucht, bis ich sie gelernt hatte.«

»Ich mache mir wirklich Sorgen um die Unversehrtheit der Harfe«, fügte Fiolon hinzu.

»Es braucht dich nicht zu kümmern«, setzte Haramis ihn herablassend in Kenntnis. »Du wirst noch heute nach Var aufbrechen. Geh und packe so viel Sachen ein, wie du auf einem Lämmergeier transportieren kannst.«

Fiolon rührte sich nicht von der Stelle. Er und Mikayla starrten Haramis verwundert an. »Geh!« wiederholte Haramis.

Fiolon schaute Mikayla an, zuckte die Achseln und ging aus dem Zimmer.

»Ihr könnt ihn nicht nach Var schicken!« protestierte Mikayla. »Er war seit seiner frühesten Kindheit nicht mehr dort. Sein Zuhause ist hier in Ruwenda.«

»Wo er ständig um dich herumwuselt, als wärest du läufig!« fuhr Haramis sie an. »Ich habe die Absicht, ihn so weit wie möglich

200

fortzuschicken; ich lasse es nicht zu, daß er dich noch länger von deinem Lernpensum abhält.«

»Ich lerne besser, wenn ich mit ihm zusammen lerne«, beharrte Mikayla. »Außerdem sind wir nicht unzüchtig, und Eure Anschuldigungen sind einfach verrückt! Hat Uzun es Euch nicht erklärt – oder habt Ihr ihn nicht verstanden?« Das Mädchen war sehr zornig, aber Haramis konnte sich nicht erklären, warum.

»Er übt einen schlechten Einfluß auf dich aus«, sagte Haramis kühl. »Deine Manieren sind entsetzlich, sobald die Rede auf ihn kommt.«

»Zufällig bedeutet er mir sehr viel«, sagte Mikayla. »Wir sind seit unserer Kindheit die besten Freunde. Wir hatten vor zu heiraten. Und dann seid Ihr aufgetaucht und habt alles verdorben, aber Ihr könnt nicht von mir verlangen, daß ich meine Gefühle ihm gegenüber ändere, nur weil Ihr sagt, ich könne ihn nicht heiraten.«

»Ich gehe davon aus, daß sich deine Gefühle ihm gegenüber verändern, wenn er nur weit genug von dir entfernt ist«, setzte Haramis sie in Kenntnis. »Deshalb schicke ich ihn nach Var – ganz offensichtlich ist die Zitadelle nicht weit genug entfernt.«

»Wie wollt Ihr ihn nach Var bekommen?« fragte Mikayla.

»Sie kann einen Lämmergeier rufen«, sagte Uzun. »Sie hat es mir gestern abend gesagt.«

»Da hat sie sich geirrt, Uzun«, sagte Mikayla freundlich. »Sie können sie immer noch nicht erreichen. Ich habe sie heute morgen gefragt.«

»Dann wirst du eben einen für mich rufen«, sagte Haramis. »Wenn du mit ihnen reden kannst.«

»Das kann ich«, sagte Mikayla. »Was glaubt Ihr denn, wer sie gestern veranlaßt hat, Euch hier heraufzutragen? Aber wie kommt Ihr auf den Gedanken, ich würde Euch helfen, Fiolon loszuwerden?«

»Du scheinst zu vergessen, mein Kind, daß dies hier mein Zuhause ist«, stellte Haramis fest.

»Ist es nicht auch Uzuns Zuhause?« fragte Mikayla. »Er hat Fiolon eingeladen, hierzubleiben.«

»Ja, er hat mir gesagt, daß er Fiolon eine Zeitlang ausbilden wollte«, sagte Haramis, »aber ich glaube, daß die Ausbildung inzwischen beendet ist, nicht wahr, Uzun?«

»Er bringt sich und andere jetzt nicht mehr aus Versehen in Gefahr«, räumte Uzun, wenn auch zögernd, ein.

Fiolon kam zurück, mit einem kleinen Rucksack in der Hand. Er hatte sich warm angezogen. »Ich bin bereit, nach Var aufzubrechen«, verkündete er.

»Sie kann dich nicht fortschicken«, sagte Mikayla auftrumpfend. Haramis wünschte, sie hätte die Kraft, dem Mädchen eine Ohrfeige zu geben. »Sie kann nämlich noch immer nicht mit den Lämmergeiern reden.«

»Aber du«, sagte Fiolon.

»Warum sollte ich?«

»Weil ich dich darum bitte«, sagte er leise. »Mach dir nicht so viel Sorgen, Mika; es wird mir schon gutgehen. Ich bin immerhin der Neffe des Königs und wer weiß was noch.« Er zog sie zur Seite, hielt sie sanft mit beiden Händen an den Schultern fest und sprach leise auf sie ein. Haramis versuchte vergeblich, etwas mitzubekommen, und Mikaylas Reaktion konnte sie nicht sehen, weil das Mädchen mit dem Rücken zu ihr stand. Fiolons Gesicht gab bis zu den letzten Silben nichts preis. Offenbar war Mikayla damit einverstanden, einen Lämmergeier für ihn zu rufen, denn er lächelte sie an.

Haramis spürte einen Stich der Eifersucht. Sie konnte sich nicht daran erinnern, jemals so angeschaut worden zu sein. Seine Miene strahlte so viel Liebe und Anerkennung aus, daß Haramis sich nur wundern konnte. *Wie ist es nur möglich, daß ihm dieses launige, sture kleine Gör so sehr am Herzen liegt?*

Fiolon beugte sich vor und küßte Mikayla sanft auf die Stirn. »Du verlierst mich nicht, und das weißt du«, sagte er. »Du kannst mich jederzeit in deinem Spiegel sehen.«

Was kann er damit nur meinen? fragte sich Haramis.

Mikayla hängte sich an ihn, zitterte und verbarg ihr Gesicht an seiner Schulter. Fiolon schloß sie in beide Arme und hielt sie fest umschlungen, bis sie sich wieder beruhigt hatte. Dann ließ er sie los und verneigte sich vor Haramis. »Ich danke Euch für Eure Gastfreundschaft, Herrin«, sagte er höflich.

»Ich wünsche dir eine gute Reise«, antwortete Haramis mechanisch.

Mikayla wandte sich nicht um, als sie, ohne ein Wort zu sagen, mit Fiolon hinausging. Ein paar Minuten später vernahm Haramis das Flügelschlagen eines Lämmergeiers, der auf dem Balkon landete. Kurz darauf hob der große Vogel ab.

Mikayla kehrte nicht wieder ins Zimmer der Erzzauberin zurück. Als Haramis sich erkundigte, wo sie sei, teilte Enya ihr mit, Mikayla habe sich in ihrem Schlafgemach eingeschlossen und reagiere nicht, wenn man an ihre Tür klopfe.

Haramis seufzte. »Wahrscheinlich hat sie wieder ihre Launen. Laß sie einfach in Ruhe, bis sie wieder auftaucht. Und das wird sie ohne Zweifel, sobald sie Hunger hat.« *Ich schwöre bei der Heiligen Blume, daß jeder Fronler leichter zu erziehen ist.*

19

Mikayla schaute dem großen Vogel nach, der Fiolon nach Süden trug. Sie hatte Verständnis dafür, daß er jetzt, nachdem Haramis wieder da war, nicht mehr im Turm bleiben wollte. Angesichts des Gemütszustands, in dem Haramis war, wollte Mikayla aber auch nicht länger hier bleiben. Nur deshalb hatte sie zugestimmt, einen Lämmergeier zu rufen, der Fiolon nach Var brachte – ganz bestimmt nicht Haramis zuliebe.

Sie ging in ihr Zimmer und schloß sich ein, setzte sich auf das Bett und zog die Kugel unter ihrer Tunika hervor. Sie rief Fiolons Bild auf, versuchte aber nicht, ihn anzusprechen. Sie wollte ihn nicht ablenken, solange er flog.

Sie beobachtete den Flug des Vogels über die Dornenhölle, die Schwarzsümpfe und die Grünsümpfe, über den westlichen Teil des Tassalejo-Waldes und schließlich entlang des Mutar, der durch Var ins Südmeer floß. Fiolon lenkte den Vogel zum Westufer des Flusses und ließ sich etwa eine Meile südlich der Grenze zwischen Ruwenda und Var absetzen. *Eigentlich hätte ich den Lämmergeier gar nicht für ihn rufen müssen*, kam es Mikayla in den Sinn. *Er kann ihn ebensogut rufen wie ich.*

Das war vorläufig ihr letzter zusammenhängender Gedanke. In dem Augenblick, als Fiolon vom Rücken des Vogels glitt und seine Füße den Boden von Var berührten, geriet die Welt um ihn herum in Bewegung, und da sie miteinander verbunden waren, drehte sich auch um Mikayla alles. Einer Stoffpuppe gleich fiel sie rückwärts auf ihr Bett, und Fiolon sank zu Boden. Beide waren hilflos angesichts der Gefühle, die Fiolon und durch ihn auch Mikayla überkamen.

Es war, als hätte das gesamte Land Var die Arme ausgestreckt und Fiolon gepackt, als versuchte das Land, seinen Körper einzunehmen. Die Flüsse, allen voran der Große Mutar, ersetzten sein Blut, und die Winde, die vom Südmeer ins Land wehten, wurden sein Atem. Sie füllten seine Lungen und breiteten sich in seinem Körper aus. Der Tag, an dem ihr Boot bei der Mündung des Golobar in den Unteren Mutar gekentert war, war nichts im Vergleich zu dem, was hier geschah.

Obwohl der Winter bereits hereingebrochen war, wuchsen überall Pflanzen. Es war nicht der Wildwuchs der großen Sümpfe von Ruwenda, sondern ordentliches, kultiviertes Wintergetreide, das nicht nur entlang des Großen Mutar gedieh. Das Anbaugebiet zog sich über den größten Teil des Landes hin – angefangen vom Tassalejo-Wald, der die Grenze zu Ruwenda markierte, bis hin zur Küste.

Auf den Anblick des Meeres war Fiolon nicht vorbereitet. Gegen die gesamte Küste von Var brandete mehr Wasser, als er sich je vorzustellen vermocht hätte. Er hatte das Gefühl, am Strand zu liegen und von jeder anrollenden Welle überspült zu werden. Gleichzeitig war in ihm aber auch der Große Mutar, ebenso wie das Anbaugebiet.

Wieder ein anderer Teil seines Körpers enthielt die Städte, kleine, wie er sie von Ruwenda kannte, sowie die Hauptstadt und größte Hafenstadt Mutavari. Vage konnte er sich aus seiner frühen Kindheit daran erinnern, in Mutavari gelebt zu haben, aber er hatte die Stadt nicht so groß und so bevölkerungsreich in Erinnerung. Schiffe lagen an den Kais, die sich an beiden Ufern des Flusses hinzogen, und Menschen aus allen Teilen der bekannten Welt eilten hin und her, um die Frachtschiffe zu be- und entladen, Botengänge zu erledigen, Geschäfte zu tätigen … Zum Glück war er nicht mit allen Menschen verbunden; die Verbindung mit dem Land machte ihm gerade genug zu schaffen. Dennoch spürte er Gedanken, die sich ihm mitteilten, auch wenn sie nicht von den Menschen stammten, die er vor sich sah …

»Mika?« Sein Gedanke war schwach, aber Mika empfing ihn sofort. Was ihm auch zustoßen mochte, es war nicht stark genug, ihre Bindung zu lösen, obwohl sie beide das Gefühl hatten, im nächsten Augenblick würde ihnen der Schädel bersten und als wäre ihr Körper viel zu klein.

»Hier bin ich, Fio.«

»Hörst du sie?«

»Die Stimmen? Ja.« Wellenförmig drang ein Gewirr aus Stimmen und Gedanken zu Mikayla vor. »Sie sind nicht menschlich …«

Fiolon und Mikayla kamen gleichzeitig darauf: »… sie gehören dem Urvolk!«

Was normalerweise ein Gespräch zwischen ihnen gewesen wäre, war nun eine Gedankenkette, bei der keiner von beiden wußte, wer welchen Gedanken beisteuerte. Es spielte eigentlich keine Rolle, es hatte nie eine Rolle gespielt, wer was dachte.

»Keine Nyssomu … Vispi auch nicht … bestimmt keine Skritek … aber das eine ist ziemlich wild … eins? Ja, stimmt, es gibt zwei unterschiedliche Gruppen … in Var, das wären dann die Glismak – der wildere Teil … und die Wyvilo.«

»Aber warum können wir sie hören?« Der Gedanke stammte von Fiolon.

»Ich kann sie hören, weil du sie hörst«, lautete Mikaylas Antwort. »Und warum du sie hören kannst, Fio – hatte Var jemals eine Erzzauberin?«

»Nicht daß ich wüßte.« Fiolon schwirrte der Kopf. Fluß und Meer schienen noch immer in regelmäßigen Abständen durch ihn hindurchzuspülen, aber allmählich konnte er wieder einen klaren

205

Gedanken fassen. »Ich war zwar seit meiner Kindheit nicht mehr in Var und kenne seine Geschichte nicht so gut wie eure, aber mir ist nicht bekannt, daß Var eine Erzzauberin gehabt hätte.«

»Ich glaube, nun hat das Land einen Erzzauberer.«

»Wie bitte?«

»Dich, Fio, du bist der Erzzauberer. Überleg doch mal – oder versuch es wenigstens. Haramis und Uzun haben in den letzten drei Jahren versucht, mir beizubringen, was es heißt, eine Erzzauberin zu sein, und du hast alles gelernt, was ich auch gelernt habe, und noch mehr. Daher weißt du, wie es ist, wenn man Erzzauberer ist. Und wenn Var nur darauf gewartet hat, bis einer mit dem richtigen Wissen und den entsprechenden Fähigkeiten kommt …«

»Nur darauf gewartet, sich den erstbesten Kandidaten zu schnappen …« Fiolon konnte das Land in jeder Faser seines Körpers spüren. »Und ob es mich gepackt hat«, dachte er. »Aber wie soll ich es beherrschen? Ich liege hier wer weiß wie lange, und ich kann das Land fühlen, aber ich kann mich nicht bewegen, geschweige denn meinen Körper richtig spüren.«

»Versuch es mit Musik.« Mikaylas Gedanke zog mit leiser Ironie durch ihn hindurch. »Auf diese Weise hast du bisher am liebsten Ordnung ins Chaos gebracht.«

»Musik.« Fiolon atmete tief ein und ganz langsam wieder aus und versuchte, sich zu entspannen. Die Winde verwandelten sich in einen Chor aus Rohrflöten in verschiedenen Größen und Tonlagen, die jetzt harmonisch zusammen spielten. Die Wellen, die an den Strand schlugen, wurden zum alles beherrschenden Rhythmus, untermalt vom Strom des Flusses, der wie der Puls des Landes ruhig und sanft dahinfloß. Fiolon spürte sein Herz im gleichen Rhythmus schlagen, und das Blut floß leicht durch seine Adern wie der Fluß zum Meer. Die Geräusche der Glismak und Wyvilo wurden leiser und traten in den Hintergrund. Man konnte sich ihnen später noch eingehender widmen. Fiolon schlug die Augen auf und richtete sich langsam und vorsichtig auf. Sein Körper war steif und wund. Demnach hatte er eine geraume Zeit hier gelegen, aber der Lämmergeier stand noch bei ihm und bewachte ihn.

»Weißer Herr?« Die Gedanken des Vogels kamen so klar zu ihm wie die von Mikayla. »Wollt Ihr Eure Reise fortsetzen?«

Fiolon blinzelte und schaute zu dem Vogel auf. »Kannst du mich nach Mutavari bringen?«

»Natürlich, Weißer Herr.«

Der Vogel half Fiolon mit einem Flügel auf seinen Rücken. Dann flogen sie weiter nach Süden, dem Meer entgegen und an den Königshof von Var.

Mikayla schlug die Augen auf und versuchte sich aufzurichten. Als ihr das nicht gelang, rollte sie sich zur Seite, fiel über den Bettrand und landete mit Händen und Knien auf dem Boden. *Ich frage mich, ob Haramis das meinte, als sie vom »Gefühl für das Land« sprach. Ich muß sie danach fragen.*

Mikayla zog sich an der Bettkante in die Höhe und wankte durch das Zimmer, hielt sich an den Möbeln fest, bis Füße und Beine ihr wieder gehorchten. *Wie lange habe ich hier so gelegen?* fragte sie sich. *Vielleicht sollte ich etwas essen, ich habe entsetzlichen Hunger.*

Aber ihre Neugier, was Fiolon inzwischen zugestoßen sein mochte, war stärker als der Hunger. Sie warf einen prüfenden Blick in den Spiegel, denn sie wollte Haramis nicht unbedingt verärgern, noch ehe sie überhaupt den Mund aufmachte. Gegen die blasse Gesichtsfarbe, ihr müdes Aussehen und die Ringe unter den Augen konnte sie nichts tun, aber sie bürstete sich das Haar und strich die Tunika glatt, ehe sie sich zu Haramis begab.

Die Tür zu ihrem Schlafgemach stand halb offen, aber Haramis schlief, und die Hofdame Bevis döste in einem Stuhl neben dem Bett vor sich hin. Mikayla suchte nach Uzun, aber die Stelle am Kopfende, wo sie ihn zuletzt gesehen hatte, war leer. *Oh nein!* dachte sie entsetzt. *Fiolon hat ihr doch gesagt, daß es dort zu heiß für ihn war!*

Mikayla machte auf dem Absatz kehrt und lief so schnell wie möglich ins Arbeitszimmer. Uzun stand wieder an seinem Platz in der Ecke an der Feuerstelle, aber man hatte das Feuer ziemlich weit herunterbrennen lassen. »Uzun!« rief sie atemlos, hockte sich vor den Kamin und versuchte, die Flammen anzufachen. »Sagt doch etwas!« bat sie ihn flehentlich. »Was ist passiert?«

»Fiolon hatte recht.« Mikayla spürte, wie ihr die Tränen kamen. Die Saiten der Harfen waren arg verstimmt, und Uzuns Stimme war ein einziges Krächzen. Mit einem Befehl zündete Mikayla die Lampen im Zimmer an, was jedoch so anstrengend war, daß ihr die Beine versagten und sie gegen den Kamin sank. Selbst in dieser Lage konnte sie den Schaden an der Politur der Harfe erkennen, und was noch unheilvoller war, mehrere Risse im Holz des Rahmens. »Es war zu heiß bei Haramis«, fuhr Uzun fort, »und die Korridore waren zu kalt, und jetzt stimmt die Temperatur hier drinnen nicht …« Er verstummte.

Blinde Wut verlieh Mikayla die Kraft, sich zu erheben und mehrere Male an der Klingelschnur zu ziehen, um Enya herbeizurufen.

Es schien eine Ewigkeit zu dauern, ehe die Hausdame im Nachtgewand und laut gähnend auftauchte. »Na, habt Ihr ausgeschmollt?« fragte sie und betrachtete Mikayla mißmutig. »Die Herrin hat gesagt, Ihr könntet essen, sobald Ihr Euer Zimmer verlaßt, aber wißt Ihr eigentlich, wie spät es ist?«

»Es ist mir egal, wie spät es ist!« fuhr Mikayla sie wütend an und wies auf die Harfe. »Sieh dir nur das Feuer an! Willst du Meister Uzun absichtlich zerstören? Nach all den Jahren dürfte dir klar sein, wieviel Holz nachgelegt werden muß!«

»Bei der Heiligen Blume!« Enya schaute entsetzt zwischen dem Feuer und der Harfe hin und her, dann schloß sie kurz die Augen, um die anderen Diener herbeizuzitieren. »Das Holz wird sofort nachgelegt, Prinzessin«, sagte sie hastig. »Tut mir schrecklich leid, wir haben das Feuer ausgehen lassen, als die Erzzauberin Meister Uzun nach oben schaffen ließ, da niemand diesen Raum benutzte, und sie hat ihn erst heute abend wieder herunterbringen lassen, und wir …« Sie verstummte.

Ihr habt es vergessen, beendete Mikayla den angefangenen Satz in Gedanken. Es hatte keinen Zweck, noch länger mit Enya zu schimpfen, die Sache war geklärt. Aber Mikayla beschloß dennoch, Uzuns Verfassung in kurzen Abständen zu überprüfen. »Meister Uzun ist jetzt wieder hier, und ich werde diesen Raum ebenfalls weiter benutzen«, sagte sie ruhig. »Ich würde es daher sehr begrüßen, wenn die Temperatur auf dem üblichen Stand gehalten würde.«

»Ja, Prinzessin«, beeilte sich Enya zu versichern. »Ich werde dafür sorgen. Und ich werde Euch ein Tablett richten. Ihr müßt Hunger haben, Ihr habt tagelang nichts gegessen.«

»Danke, Enya.« Mikayla bemühte sich, die Hausdame anzulächeln, obwohl in ihr der Ärger darüber nagte, daß man Uzun so schlecht behandelt hatte. »Das ist sehr freundlich von dir. Ich fürchte, ich habe über meiner Arbeit die Zeit vergessen.«

Sobald Enya außer Hörweite war, fragte Uzun: »Arbeit? Eingeschlossen in Eurem Zimmer seit mehr als zwei Tagen? Was habt Ihr denn gemacht?«

»Mehr als zwei Tage?« fragte Mikayla. »Kein Wunder, daß ich so hungrig bin. Ich hoffe, sie geben Fiolon etwas zu essen, wenn er nach Mutavari kommt.«

»Ihr wart also wieder mit Fiolon verbunden.« Es war eine Feststellung, daher spielte es keine Rolle, daß Uzun nicht sehen konnte, wie Mikayla nickte. »Was ist mit ihm passiert?«

»Es war wirklich sonderbar, Uzun«, fing Mikayla an, hielt dann aber inne, da ein Vispi gerade mit einem Stoß Holz auf dem Arm eintrat und das Feuer wieder in Gang brachte. Er machte sich noch immer am Kamin zu schaffen, als Enya mit einem Tablett kam, auf dem eine große Schüssel Adop-Suppe und ein halber Laib Brot waren. Sie ermahnte Mikayla, langsam zu essen, sonst werde sie krank. Mikayla begann, an dem Brotlaib zu knabbern, und wartete darauf, daß die Diener den Raum verließen, so daß sie offen mit Uzun reden konnte.

Als sie wieder allein waren, erzählte sie ihm, was vorgefallen war. »Meint Ihr, Fiolon ist nun wirklich der Erzzauberer von Var?« fragte sie zuletzt.

»Es hört sich ganz danach an«, erwiderte die Harfe. »Aber ich würde Haramis nichts davon sagen.«

»Das hatte ich auch nicht vor«, versicherte Mikayla. »Aber ich glaube nicht, daß sie Verdacht schöpft, wenn ich sie frage, wie es war, als sie Erzzauberin wurde, oder?«

209

»Auf keinen Fall wird sich ihr Verdacht auf Fiolon richten«, sagte Uzun sarkastisch. Er seufzte zufrieden. »Jetzt geht es mir besser, da das Feuer wieder richtig brennt, Prinzessin. Ich danke Euch dafür.«

»Sie hätten es tun sollen, ohne daß ich es ihnen ausdrücklich auftragen mußte«, sagte Mikayla und preßte verärgert die Lippen zusammen. »Wenn sie tatsächlich vergessen haben, daß Ihr ein empfindsames Wesen seid, das der regelmäßigen Pflege bedarf, werde ich dafür sorgen, daß das nicht wieder vorkommt! Ich werde so oft wie möglich vorbeikommen und nachsehen, wie es Euch geht, Uzun.«

»Wenn Ihr nicht wieder tagelang außer Gefecht gesetzt seid«, bemerkte die Harfe.

»Ich glaube nicht«, sagte Mikayla fröhlich. »Ein so intensives Erlebnis gehört zu den Dingen, die man nur einmal im Leben hat.«

Am nächsten Morgen ging sie zu Haramis. Es war überhaupt nicht schwierig, die Erzzauberin dazu zu bringen, von ihrer Jugend zu erzählen, und die Beschreibungen, die Mikayla erhielt, verliehen ihr noch größere Gewißheit, daß ihre Annahme hinsichtlich Fiolons richtig war.

Aber als sie eine sehr allgemeine Frage über das Gefühl für das Land wagte, funkelte Haramis sie an. »Hast du ein Gespür für Ruwenda entwickelt?« fragte sie ernst.

»Nein, Ehrwürdige!« Mikayla holte tief Atem und schüttelte heftig den Kopf. *Bei der Heiligen Blume*, erkannte sie plötzlich entsetzt, *sie hat das Gefühl für das Land verloren! Aber ich habe es gewiß nicht, und Fiolon auch nicht – jedenfalls nicht für Ruwenda. Wer hat es also? Hat es überhaupt jemand?* Sie ließ ihre Gedanken ausschweifen und versuchte, das Land zu spüren. Vage Bilder tauchten vor ihrem inneren Auge auf; das Land war noch immer krank, und noch immer konnte Mikayla nichts dagegen unternehmen. »Ich habe mich nur gefragt, das ist alles. Ihr habt einmal etwas darüber erwähnt.«

Haramis blickte sie voller Verachtung an. »Darüber brauchst du dir noch keine Sorgen zu machen. Geh in die Bibliothek und setze dort deine Studien fort.«

»Ja, Ehrwürdige.« Mikayla machte einen Knicks und verließ den Raum. Sie hatte schon längst alle Bücher in der Bibliothek gelesen, aber sie wußte, daß die Diener Haramis Bericht erstatten würden, wenn sie nicht gehorchte. Daher ging sie in die Bibliothek, verbrachte den Rest des Nachmittags vor einem offenen Buch und dachte nach. Ihre Gedanken waren nicht glücklich.

20

»Bei den Herrschern der Lüfte, Uzun, hört auf, mir ständig in den Ohren zu liegen, ich solle die Herrin nicht aufregen!« Mikayla funkelte ihn wütend an. Sie war zu ihm gekommen, weil sie nach einer neuerlichen Auseinandersetzung mit Haramis Trost suchte, aber Uzun ging nicht darauf ein. Haramis war der Meinung, Mikaylas Ausbildung wieder aufgenommen zu haben, aber diese Ausbildung bestand vor allem darin, daß Mikayla stundenlang an ihrem Bett saß, während Haramis ihr immer und immer wieder dasselbe sagte. Mikayla mußte, so sehr sie sich auch zu beherrschen versuchte, vor Unzufriedenheit und Enttäuschung laut aufschreien.

»Mir will einfach nicht in den Kopf, wieso Ihr Euch nicht über sie aufregt«, knurrte sie. »Seht Euch doch nur an, was sie Euch angetan hat! Zuerst verwandelt sie Euch in eine Harfe, dann, als wir einen neuen Körper für Euch besorgt haben – wenn Ihr wüßtet, was ich versprechen mußte, um ihn zu bekommen! –, verbietet sie uns, Euch umzuwandeln. Und um dem Ganzen die Krone aufzusetzen, läßt sie Euch auch noch in ihr Zimmer schaffen, wo es so heiß ist, daß der Harfe bleibender Schaden zugefügt wird – und das, obwohl Fiolon sie davor gewarnt hatte! Ich an Eurer Stelle wäre furchtbar böse auf sie!«

Uzun seufzte. »Ich muß nicht auch noch wütend auf sie sein, Mikayla – Euer Zorn reicht für uns beide. Versucht daran zu denken, daß sie krank war. Sie hatte nicht die Absicht, mir Schaden zuzufügen, und sie will Euch nicht vorsätzlich verletzen.«

»Das Argument wäre um so überzeugender, wenn sie vor Beginn ihrer Krankheit ein wenig mehr Zartgefühl uns gegenüber an den Tag gelegt hätte«, stellte Mikayla fest.

»Ich bitte Euch nur, schreit sie nicht an.« Uzun seufzte erneut. »Es verletzt ihre Gefühle, und das ist nicht gut für ihre Genesung.«

»Was kümmern mich ihre Gefühle?« fragte Mikayla zornentbrannt. »Sie fragt schließlich auch nicht nach meinen!« Haramis hatte sich von ihrer Krankheit so weit erholt, daß sich ihre Gegenwart bereits wieder unangenehm bemerkbar machte, und Mikayla fand die Spannung unerträglich.

»Niemand kümmert sich um meine Gefühle, ich bin nur eine Marionette. Ich bin kein Mensch, ich bin eine Sache: auszubildende Erzzauberin. Suche halbwegs taugliches Mädchen – spielt keine Rolle, wenn es ein runder Klotz ist –, schneide die runden Teile ab und schiebe es durch ein viereckiges Loch! Frage nicht, was sie will, ob du sie verletzt, ob du ihr Schaden zufügst. Mach dir keine Gedanken, was sie gewesen wäre, wenn du dich nicht eingeschaltet hättest. Haramis fragt nicht danach. Niemand! Das einzige, worum sich alle Welt kümmert, ist Haramis und das, was sie will!« Mikayla hielt inne, um sich die Nase zu putzen.

»Und egal, was Haramis zustößt, alle machen mich dafür verantwortlich! Hat sie Kopfschmerzen, liegt es an mir. Wird ihr schwindlig oder vergißt sie, das Essen zu sich zu nehmen, ist es meine Schuld. Wenn sie die Treppe hinunterfiele und ich wäre am anderen Ende des Turms, würde irgend jemand mich zur Verantwortung ziehen! Ich bin keine Zauberin – ich bin der Sündenbock. Sie behauptet, sie würde mich ausbilden und versuchen, aus mir die bestmögliche Erzzauberin zu machen – aber glaubt mir, an dem Tag, an dem sie erkennt, daß ich auf allen Gebieten besser bin als sie, fährt sie durchs Turmdach! Sie will keine andere Erzzauberin – sie will eine Sklavin, die nur das lernen soll, was Haramis will, und nur bis zu dem Punkt, den sie bestimmt. Das einzige, was ich nie, niemals tun darf, ist, sie zu übertreffen. Wenn ich es täte, würde sie mich, glaube ich, umbringen. Daher ist es ganz praktisch, daß sie gleich nach Fiolons Abflug vergessen hat, daß ich mit den Lämmergeiern reden kann!«

»Ihr solltet Euch schämen, so über die Erzzauberin zu reden«, sagte Uzun streng.

»Warum sollte ich mich schämen? Ich habe nie darum gebeten, herkommen zu dürfen. Ich gebe mir die größte Mühe, aber alles, was ich mache, ist falsch, und alle verabscheuen mich, und alle schieben mir die Schuld in die Schuhe, sobald etwas schiefgeht. Ich wünschte, ich wäre tot!«

Sie brach in Tränen aus, fuhr aber unter Schluchzen fort: »Und jedesmal, wenn ich unglücklich bin, sagt alle Welt nur ›Ach, vergräme Haramis nicht‹. Na schön, wenn Haramis sich nicht aufregen will, hätte sie vielleicht eine andere als ihre Nachfolgerin wählen sollen! Ich weiß, daß sie zu meiner Familie gehört, gewissermaßen jedenfalls, und daß ich sie lieben sollte; ich weiß, daß sie meine Vorgesetzte ist und ich ihr ergeben dienen sollte« – inzwischen schluchzte Mikayla so heftig, daß die Worte in kurzen, schwer verständlichen Satzfetzen aus ihr herausbrachen – »… dabei kann ich sie nicht einmal leiden … ich mag mich selbst nicht … und ich mag mein Leben nicht. Mir gefällt es hier nicht – lieber würde ich bei einer Skritek-Bande leben.«

Sie stand mühsam auf und ging zur Tür. »Ich gehe spazieren.«

»Ist das nicht gefährlich?« wandte Uzun ein. »Wo geht Ihr hin, und wann kommt Ihr wieder? Es wird bald dunkel.«

»Ich gehe, wohin ich will, und ich komme wieder, wenn es mir verdammt nochmal besser geht – wahrscheinlich dann, wenn die drei Monde zusammen im Westen aufgehen!«

Wenn ich da mal nicht recht behalten werde, dachte Mikayla Stunden später mit einem unbehaglichen Gefühl.

Ihr war kalt, und sie hatte sich in der Dunkelheit vollkommen verlaufen. *Ich könnte hier draußen umkommen. Ohne Proviant und Laterne aus dem Turm zu laufen, mit Kleidern, die wirklich nicht für einen Aufenthalt im Freien nach Einbruch der Dunkelheit geeignet sind, war nicht gerade die klügste Entscheidung. Ich muß mein Temperament wohl besser zügeln. Wenn ich das hier überlebe, werde ich mir wohl wirklich mehr Mühe geben müssen …*

Mit schweren, gleichmäßigen Schritten ging sie weiter, ohne zu wissen, wohin. Aber sie würde sehr schnell erfrieren, wenn sie stehenblieb.

Jetzt, wo der Tod in greifbare Nähe rückt, dachte sie nüchtern, *bin ich mir nicht einmal so sicher, ob ich wirklich sterben will. Das heißt aber noch lange nicht, daß ich wieder in den Turm zurückgehen will, um das liebe kleine Mädchen von Haramis zu sein. Ich wünschte, ich könnte sonstwohin gehen. Im übrigen würde ich gern wissen, wohin ich überhaupt gehe – warum mußte ich auch unbedingt in einer bewölkten Nacht ausreißen.*

In diesem Augenblick wurde ihr die Tatsache, daß sie nicht sehen konnte, wohin sie ihre Füße setzte, zum Verhängnis. Sie erfuhr nie, worauf sie letztlich trat, denn es ging alles sehr schnell. Irgend etwas rutschte unter ihren Füßen weg, oder vielleicht glitt sie aus – jedenfalls stolperte sie, stürzte über einen Rand und fiel immer schneller hinab. Schließlich traf sie auf dem Grund auf, vielmehr im Wasser. In fließendem Wasser.

Komisch, ich wußte gar nicht, daß es hier in der Nähe Wasser gibt, das nicht gefroren ist. Wo ich nur bin? Eigentlich ist es sowieso einerlei; in wenigen Minuten werde ich das Bewußtsein verlieren und bald danach sterben. Dennoch schlug sie mit den Armen um sich und versuchte, den Kopf über Wasser zu halten, um Luft zu holen. Plötzlich wurde sie an ihrer Tunika aus dem Wasser gezogen (ihren Umhang hatte sie im Fall verloren) und durch die Lüfte getragen.

Die Schmerzen waren unerträglich. Mikayla war bis auf die Haut durchnäßt, und die Kreatur, die sie festhielt, flog schnell. Die eiskalte Luft stach im Gesicht und am ganzen Körper, der Wind schlug ihr das nasse Haar wie eine Peitsche ins Gesicht, und als ihr eine dicke Haarsträhne in den Mund geweht wurde, merkte sie, daß diese gefroren war. Klauen drangen durch ihre Tunika und kratzten ihr den Rücken auf. In der Finsternis konnte sie nichts erkennen, und sie fühlte sich so elend, daß ihr gleichgültig war, ob das Tier, das sie trug, etwas sehen konnte, ob es sie zu retten versuchte oder nur als Imbiß betrachtete.

Sie flogen noch höher hinauf, und es wurde noch kälter. Der Flug schien endlos. Dann überquerten sie offenbar einen Bergkamm und verloren gleich darauf wieder an Höhe. Plötzlich war

214

die Luft viel wärmer, und Mikayla erinnerte sich daran, daß die Vispi in Tälern lebten, die von heißen Quellen erwärmt wurden. Außerdem verkehrten sie mit den Lämmergeiern. Aber Lämmergeier waren Tagtiere; ein Lämmergeier war um diese Zeit nicht mehr wach, geschweige denn in der Lage, etwas zu sehen.

Was es auch sein mochte, es konnte offenbar sehen. Mikayla spürte die Veränderung in Luftdruck und Luftstrom, als die Flügel über ihr sich zusammenlegten. Sie gelangten in eine Art Tunnel oder niedrige Höhle.

Die Klauen ließen sie los, und sie fiel erneut in Wasser. Aber das Wasser hier war kochend heiß. Es will nicht nur einen Imbiß, es will ihn auch noch *gekocht*! dachte sie und schrie vor Schmerz laut auf. Sie klammerte sich an den Steinrand des Teiches, in dem sie sich befand, und versuchte sich herauszuziehen, aber die Muskeln gehorchten ihr nicht. Sie vermochte nur noch den Kopf über Wasser zu halten und unter großen Schmerzen nach Luft zu ringen. Tränen rannen ihr über das Gesicht. Noch nie hatte ihr etwas so weh getan.

Es dauerte eine Ewigkeit, ehe sie gewahrte, daß das Wasser nicht kochte: Es war gerade so warm, daß sie auftauen konnte, was offenbar notwendig war, ungeachtet der Schmerzen, die nur mit der Zeit nachließen. Erst allmählich konnte sie sich entspannen. Dann hörte sie eine Stimme in ihrem Kopf.

»... und von mir heißt es, ich sei ein Spatzenhirn!« vernahm sie. »Was hast du überhaupt so allein da draußen in der Nacht gemacht?«

»Ich bin weggelaufen«, sagte Mikayla schroff. »Und jetzt nehme ich an, daß du mich auf der Stelle zurückschleppen wirst.« Aus einem Tunnel links vom Teich drang ein schwacher Lichtschein, und sie konnte undeutlich den Umriß ihres Retters erkennen. »Du bist ein Lämmergeier, nicht wahr?«

»So eine Art«, sagte das Tier und beugte sich herein, um sie näher zu betrachten. Da sah Mikayla, daß das Weiß, das sie für die Reflexion des Schnees draußen gehalten hatte, tatsächlich die Farbe des Vogels war. Er war vollkommen weiß. Und seine Augen ... »Nenne mich Rotauge«, sagte er und räusperte sich. »Das tun alle.«

215

»Aber deine Farbe ist wirklich sonderbar«, sagte Mikayla höflich. »Und du kannst Mika zu mir sagen.« *Sage nie einem Fremden deinen Namen – und das hier ist gewiß ein Fremder.*

»Vielleicht bringe ich dich dorthin zurück, von wo du fortgelaufen bist, wo immer das sein mag, vielleicht aber auch nicht«, fuhr der Vogel fort. »Da ich vor meinen Schöpfern davongelaufen bin, sind mir Ausreißer gewissermaßen sympathisch.«

»Deine Schöpfer?« fragte Mikayla. »Soll das heißen, du bist nicht einfach geboren?«

»Hast du je ein Lebewesen gesehen, das ohne seine normale Farbe geboren wurde?«

»Ich habe etwas darüber gelesen«, sagte Mikayla. »Es geschieht zuweilen auf natürliche Art sowohl bei Tieren als auch bei Menschen. Man nennt sie Albinos.«

»Tja, in meinem Fall war es nicht natürlich«, antwortete Rotauge. »Sie haben mich so gemacht, wie ich bin, und sie haben versucht, mich zu beherrschen. Ich sollte mich ihren Anordnungen fügen, für sie spionieren, bei Nacht und Nebel etwas für sie holen und transportieren – deshalb sehe ich so aus: Sie wollten einen Lämmergeier für die Nacht.«

»Wer sind ›sie‹?« fragte Mikayla neugierig. Die natürliche Form eines Lebewesens noch vor seiner Geburt zu verändern, war eine Ebene der Magie, von der sie noch nie gehört hatte.

»Die Priester der Zeit der Finsternis«, erwiderte Rotauge. »Sie leben auf einem der anderen Berggipfel.«

»Auf welchem? Und wo sind wir hier? Ich habe mich ziemlich verlaufen, nachdem es dunkel wurde.«

Der Vogel hatte den Kopf schräg gehalten und auf ihre Aussprache geachtet. »Du kommst aus Ruwenda, nicht wahr?«

»Ja«, antwortete Mikayla. »Woher weißt du das?«

»Das erkenne ich an deiner Aussprache«, erwiderte der Vogel. »Ich habe dich auf dem Berg gefunden, den ihr Mount Brom nennt, und wir befinden uns hier auf dem Berg, der bei euch Mount Rotolo heißt. Und wo die Priester der Zeit der Finsternis leben, wirst du nie erfahren, wenn du Glück hast.« Sein Tonfall war so grimmig, daß Mikayla ihren Verdacht, die Priester könnten auf Mount Gidris leben, lieber nicht laut äußerte – immerhin war es der eine Berg, den der Vogel nicht namentlich genannt hatte, und es gab deren nur drei. Auch Enya hatte sich gefürchtet, als sie Mount Gidris erwähnt hatte.

Zögernd zog Mikayla sich aus dem Teich. Inzwischen war ihr die Wassertemperatur angenehm, aber die Haut an den Fingern schrumpelte bereits – ein deutliches Zeichen dafür, daß sie schon zu lange im Wasser war.

»Da hinten liegt ein Stapel Felle«, sagte Rotauge und deutete kurz mit einer Flügelspitze auf das Licht im Tunnel. »Hänge deine Sachen zum Trocknen auf, wickle dich in die Felle und schlafe ein wenig. Ich gehe hinaus auf die Jagd. Vor Sonnenaufgang werde ich wieder hier sein, aber denke daran, daß ich tagsüber schlafe. Morgen abend wollen wir uns darüber unterhalten, was mit dir geschehen soll.«

Mikayla hatte keine Schwierigkeiten, sich mit dem Plan abzufinden, sie war so müde wie noch nie in ihrem Leben. »Danke«, sagte sie, »und eine erfolgreiche Jagd.«

Das Leben mit Rotauge gestaltete sich angenehm. Mikayla spürte, daß der Vogel einsam war und sich über ihre Gesellschaft freute. In den ersten Tagen gab sie sich damit zufrieden, in der Höhle zu bleiben und zu essen, was der Vogel auf seinen nächtlichen Streifzügen erbeutete. Sie hatte den Verdacht, daß er sehr weite Strecken zurücklegte, um ihr Delikatessen wie zum Beispiel einen Togar zu bringen, einen Vogel, der in den Sümpfen lebte. Gurpse in allen Variationen gehörten offenbar zu seinen wichtigsten Nahrungsmitteln, und auch die kleinen Rodents fand sie eßbar, denn sie war in dieser Hinsicht nie wählerisch gewesen.

Nachdem Rotauge ihr erklärt hatte, daß ihre Kleider keinen Schutz gegen die Kälte boten, hatte er ihr beigebracht, ihre Körpertemperatur mit Hilfe von Magie zu steuern. Er wußte vieles über Magie, was Mikayla unbekannt war. Sie fragte sich, wo er es wohl gelernt haben mochte, aber sie dachte an die Bitterkeit, mit der er über seine Schöpfer gesprochen hatte, und nahm Abstand von weiteren Fragen.

Nachdem sie gelernt hatte, ihre Körpertemperatur zu steuern, nahm Rotauge sie des Nachts mit. Von ihm erfuhr sie, wie man den Wind fühlt, der durch die Berge saust und sich um die Gipfel legt, und sie lernte von oben oder von unten einzuschätzen, wie dick eine Wolkenschicht war, ohne durch sie hindurchzufliegen. Ihr Sehvermögen bei Nacht, das für einen Menschen schon immer recht gut gewesen war, verbesserte sich noch. *Natürlich hilft es sicher auch, daß ich kaum Tageslicht zu sehen bekomme*, dachte sie. Um sich Rotauge anzupassen, war sie zu einem Nachtmenschen geworden und schlief bei Tage.

Eines Abends wachte sie vom Klang der Kugel an ihrer Brust auf. Sie richtete sich auf und gähnte, zog die Kugel hervor und ließ sie dicht vor ihrem Gesicht baumeln. Sie konnte ein sehr klares Bild von Fiolon darin erkennen; die Kugel schien von innen heraus zu leuchten, aber sie wußte, daß es nur die Lampen im Raum waren, die Fiolon beleuchteten.

»Was ist los, Fio?« fragte sie verschlafen.

»Da fragst du noch?« donnerte Fiolon. »Du stürmst in der Dämmerung aus dem Turm und kehrst nicht zurück. Du sorgst dafür, daß die Wächterin Nella und zwei Vispi-Suchtrupps eine ganze Woche nach deiner Leiche Ausschau halten, du nimmst nicht einmal Kontakt mit mir auf, und wenn ich dich rufe, gähnst du nur und fragst, was los ist!«

»Tut mir leid, Fio«, entschuldigte sie sich. »Ich wache gerade erst auf. Und ich habe einfach vergessen, daß du ja nicht mehr den Spiegel nach mir befragen kannst.«

»Ach, das hat Uzun zunächst versucht«, fuhr Fiolon sie an.

»So?« fragte Mikayla. »Wie denn das? Hat Haramis sich wegen des neuen Körpers erweichen lassen?«

»Nein, ihr Zustand ist noch unverändert.«

»Dann macht sie sich also keine Sorgen um mich?« Mikayla schmunzelte. »Habe ich mir doch gedacht.«

Fiolon sagte unwillig: »Lassen wir das Thema Haramis, ja?«

»Nichts lieber als das«, stimmte Mikayla zu. »Tut mir leid, wenn Uzun sich Sorgen macht; ich wollte ihm keinen Kummer bereiten – ich konnte es dort einfach nicht mehr aushalten! Geht es ihm gut? Durch das Hin und Her hat er Schaden gelitten – genau wie du gesagt hast.«

»Ich kann verstehen, daß du fortlaufen wolltest«, sagte Fiolon. »Aber er hat sich schreckliche Sorgen um dich gemacht. Er fürchtete schon, du seist tot. Was seine Verfassung betrifft, so hat sich der Schaden nicht vergrößert. Im übrigen schicke ich einen Harfenbauer mit der Wächterin Nella zurück, der prüfen soll, inwieweit der Schaden behoben werden kann.«

»Nella ist bei dir?« fragte Mikayla. »Wo bist du?«

»Ich bin in Let.«

»In Let?« fragte Mikayla überrascht. »Das letzte, was ich erfahren habe, ist, daß du auf dem Weg nach Mutavari warst.«

»Da war ich auch«, erwiderte Fiolon. »Und als mein Onkel, der König, herausfand, daß ich mit den Wyvilo Kontakt aufnehmen konnte, hat er mich nach Let geschickt, um mit ihnen Handel zu treiben. Das Holz, das ich hier bekomme, ist eine ungeheure Hilfe für seinen Schiffsbau, deshalb ist er von mir sehr angetan. Er spricht sogar davon, mir ein Herzogtum zu schenken.«

»Klingt um einiges besser als mitten in der Wildnis in einem Turm eingeschlossen zu sein«, warf Mikayla ein.

»Teilweise ist die Aufgabe ganz schön heikel«, stellte Fiolon fest. »Ohne das Gefühl für das Land könnte ich sie nicht richtig ausführen. Die Bäume, die geschlagen werden, müssen einzeln ausgesucht werden – man kann nicht ein ganzes Gebiet einfach abholzen, sonst setzt Erosion ein, die sowohl das Land als auch das Wasser zerstört. Es macht mir aber wirklich viel Spaß«, gab er zu. »Ich lasse durchblicken, daß ich über magische Fähigkeiten verfüge, sage aber niemandem, wieviel ich wirklich kann. Ich will nicht überall laut hinausposaunen, daß ich Erzzauberer bin, sonst begegnet mir alle Welt mit Mißtrauen und Ehrfurcht. Die Sinne und Fähigkeiten, die ich besitze, sollen zum Nutzen des Landes und seiner Bewohner angewandt werden, aber anscheinend muß ich mich nicht von jeglichem menschlichen Kontakt fernhalten, um sie einzusetzen.«

Warum macht es Haramis dann so – und erwartet von mir, daß ich ihrem Beispiel folge? fragte sich Mikayla. *Wenn man als Erzzauberin ein Gefühl für das Land haben soll, um es zum Nutzen dieses Landes und seiner Bewohner einzusetzen, ist das ja nicht schlecht ...*

»Jedenfalls« – Fiolon sprach noch immer – »hat Uzun Nella zu Stillschweigen verpflichtet und ihr gesagt, wie man den Spiegel benutzt. Sie hat den Spiegel gebeten, dich ausfindig zu machen, aber außer Dunkelheit war nichts zu erkennen – mehr sehe ich im übrigen auch jetzt in der Kugel nicht. Ich kann dich gut hören, aber ich kann dich nicht sehen.«

»Hier drinnen ist es dunkel, Fiolon«, sagte Mikayla ruhig. »Du könntest mich nicht einmal sehen, wenn du neben mir säßest.«

»Dann wird es daran gelegen haben«, sagte Fiolon, »denn als Uzun ihr auftrug, mich über den Spiegel ausfindig zu machen, hat er gut funktioniert. Deshalb hat er Nella zu mir geschickt, damit ich dich suche.«

»Der arme Uzun«, sagte Mikayla. »Wenn er den neuen Körper hätte, könnte er bestimmt allein in die Ferne sehen, und er könnte den Spiegel benutzen.«

»Würde der neue Körper denn die Kälte dort unten aushalten?« fragte Fiolon. »Ein Nyssomu wäre dazu nicht in der Lage.«

»Wir haben seinen Körper doch dort unten versteckt, Fio, weißt du nicht mehr?« erinnerte Mikayla ihn. »Und ich habe in Auftrag gegeben, daß er extreme Kälte aushalten können müsse, als ich sagte, wie der Körper beschaffen sein soll.«

»Das wußte ich nicht«, sagte Fiolon. »Ich dachte, wir hätten ihn nur deshalb da unten lagern können, weil er so gut verpackt ist.«

»Nein.« Mikayla schüttelte den Kopf. »Auch unverpackt dürfte es ihm da unten nicht schlecht gehen. Im übrigen hoffe ich, daß dein Harfenbauer gut reparieren kann – du hast den Schaden nicht gesehen, oder?«

»Nella hat es mir anschaulich geschildert.«

»Hat sie dir auch gesagt, daß die Politur fast überall Haarrisse aufweist, und daß der Rahmen an drei Stellen gesprungen ist?«

»Sie sprach von zwei Stellen, und sie sagte, die Politur sehe komisch aus.«

»Nun ja, das ist wohl eine zutreffende Beschreibung, vor allem für eine Wächterin. Für sie bedeutet ›haarrissig‹ so viel wie ›hirnrissig‹ und nicht, daß der Lack beschädigt ist. Auf jeden Fall entschuldige dich in meinem Namen bei ihr und sage ihr vielen Dank für ihre Mühe, die sie mir zuliebe auf sich genommen hat – oder Uzun zuliebe.«

»Du hast mir noch immer nicht gesagt, wo du bist, Mika.«

»In einer Höhle irgendwo auf dem Mount Rotolo.«

»Das sagt mir nicht viel«, entgegnete Fiolon.

»Sag Uzun einfach, daß es mir gut geht«, sagte Mikayla. »Glaube mir, Fiolon, Haramis will mich eigentlich nicht bei sich haben. Die Frau verabscheut mich, das schwöre ich dir. Sie hat mich von Anfang an nicht leiden können, und jetzt ist sie alt und gebrechlich und nicht mehr fähig, zu zaubern, und ich bin jung und gesund und kann mit Magie umgehen – obwohl sie das immer wieder vergißt. Sie erinnert sich nicht einmal daran, daß ich die Lämmergeier rufen kann. Sie stellt sich vor, meine ›Ausbildung‹ erschöpfe sich darin, daß ich neben ihr am Bett sitze und mir wie ein kleines Kind Geschichten anhöre.«

»Das hört sich gar nicht so schlecht an«, sagte Fiolon. »Nutzlos vielleicht, aber nicht unerträglich.«

»Sie erzählt aber jeden Tag dieselben Geschichten, Fio. Jeden und jeden und jeden Tag ...«

»Das ist, zugegeben, ziemlich unerträglich.«

»Ich wußte, du würdest mich verstehen.« Mikayla seufzte. »Ich habe mich dort in ein Ungeheuer verwandelt, ich mußte einfach fort. Nicht nur sie habe ich nicht leiden können, ich konnte mich selbst nicht mehr ausstehen. Nun bin ich an einem Ort, an dem ich nicht hasse, und ich werde eine Zeitlang hier bleiben – vielleicht sogar so lange, bis ich den Tempel wieder aufsuchen muß.«

»Den Tempel?«

»Du erinnerst dich doch an den Tempel, Fio. Ich muß Jungfrau bleiben, und ich muß in den nächsten sieben Jahren immer im Frühling dort hingehen. Das war der Preis, den ich für Uzuns Körper zahlen mußte.«

»Aber Uzun hat seinen Körper nicht«, wandte Fiolon ein.

»Das ist nicht deren Schuld«, bemerkte Mikayla. »Sie haben ihr Wort gehalten, und ich werde mein Versprechen einlösen. Was

221

Haramis macht, entzieht sich unserer Kontrolle«, fügte sie bitter hinzu.

»Stimmt«, sagte Fiolon. »Ich werde Nella und den Harfenbauer morgen mit einem Lämmergeier zurückschicken. Sie sollen Uzun ausrichten, daß es dir gut geht. Was er Haramis sagt, überlassen wir ihm.«

»Danke, Fio. Grüße Uzun von mir und sage ihm, es tut mir leid, daß mein Verhalten ihm Anlaß zur Sorge bereitet hat.«

»Das mache ich. Paß auf dich auf, Mika, und melde dich von Zeit zu Zeit bei mir.«

»Mach ich. Mach dir um mich keine Sorgen.«

Fiolon murmelte etwas, was sie nicht verstand, denn die Kugel wurde dunkel.

»Was war das?« flüsterten die Gedanken Rotauges in ihrem Kopf.

»Mein Vetter«, erklärte Mikayla. »Er hat sich Sorgen um mich gemacht. Er ist in Ordnung, ich hätte ihm Bescheid geben sollen.«

»Du nimmst mit Hilfe einer Kugel Kontakt auf?« Der Vogel neigte den Kopf zur Seite und betrachtete die Kugel, die Mikayla noch immer in Augenhöhe hielt.

»Ja«, antwortete Mikayla und steckte sie wieder unter die Tunika. »Wir haben sie vor ein paar Jahren in Ruinen am Golobar gefunden – mein Vetter hat das Gegenstück. Ich nehme an, daß wir uns auch ohne die Kugeln in Verbindung setzen könnten, aber sie dienen der Konzentration.«

»Er kann die Lämmergeier rufen?« fragte Rotauge. »Oder habe ich mich da verhört? Wie macht er das?«

Mikayla zuckte die Achseln. »Er macht es einfach. Es ist gar nicht so schwer. Ich kann dich hören, und ich wette, das können auch die meisten Vispi, wenn du sie rufen kannst. In seinem Fall hängt es sicherlich damit zusammen, daß er der Erzzauberer von Var ist.«

»Var hat also einen Erzzauberer«, sagte Rotauge. »Das ist ja interessant. Nur schade, daß Labornok keinen hat.«

»Nicht?« fragte Mikayla. »Ich dachte, die Erzzauberin von Ruwenda sei auch die Erzzauberin von Labornok. Immerhin sind die beiden Königreiche vereint, seit sie Erzzauberin wurde.«

Der Vogel kniff die Augen zusammen, was einem Stirnrunzeln gleichkam, und neigte den Kopf, so daß er Mikayla direkt in die Augen schauen konnte. Sie wußte inzwischen, daß der Vogel auf diese Weise sein Mißfallen ausdrückte.

»Die Erzzauberin hat sich keinen Deut um Labornok geschert«, sagte er. »Seit kurzem vernachlässigt sie auch Ruwenda. Das ist nicht gut, weder für die Länder noch für die Bewohner.«

»Sie ist krank gewesen«, sagte Mikayla. »Es ist nicht allein ihre Schuld – ich meine, das mit Ruwenda. Was Labornok betrifft, so hat sie ihnen wahrscheinlich nie verziehen, daß Leute von dort ihre Eltern umgebracht haben.«

»Das Wohlergehen des Landes ist wichtiger als die persönlichen Gefühle der Erzzauberin«, sagte Rotauge unnachgiebig.

Mikayla hielt den Zeitpunkt für ungeeignet, ihm zu sagen, daß sie die nächste Erzzauberin sein sollte. *Im übrigen irrt sich Haramis vielleicht in mir*, dachte sie. *Wenn mir das Gefühl für das Land nicht zuteil wurde, als sie es verlor, dann hat es vielleicht jemand anders. Das Land hat sich vielleicht schon eine neue Erzzauberin gesucht.*

21

Die Zeit bei Rotauge verging wie im Flug. Eine ruhige Nacht reihte sich an die andere, von gelegentlichen Gesprächen mit Fiolon unterbrochen. Kurz nach der Wintersonnenwende, als die Holzarbeiten wegen des starken Regens nicht fortgesetzt werden konnten, kehrte Fiolon an den Königshof in Mutavari zurück. Mikayla blieb an einem Morgen sogar lange genug wach, um mit Fiolons Augen ein wenig von der Stadt zu sehen. Er wanderte durch die Straßen, um sie ihr zu zeigen.

Eines Abends im Frühling wachte sie früher auf als Rotauge, der in der Nacht zuvor weiter geflogen war als sonst. Die Nächte wurden kürzer, und außerhalb der Höhle war es noch hell. Um sich die Zeit zu vertreiben, zog Mikayla die Kugel hervor und suchte Mutavari. Sie stellte fest, daß es dort bereits dunkel war.

Natürlich, dachte sie, es liegt weiter im Osten, dort wird es früher dunkel als hier.

Sie konzentrierte sich auf den Palast, um Fiolon zu erreichen. Er war in seinem Zimmer. Zunächst ließ sie einen prüfenden Blick durch den Raum wandern, um sich zu vergewissern, daß er allein war. Seitdem sie mit Hilfe ihrer Kugel in die Ferne sah, stellte sie nie unmittelbar eine Verbindung zu ihm her, sondern betrachtete ihn zunächst in seiner Umgebung. Er war nicht allein. In seinem Bett lag eine Frau, eine junge Frau, die nur ein paar Jahre älter war als Mikayla und viel besser aussah. Sie hatte weibliche Formen, die Mikayla noch nicht besaß, lange, schwarze Haare und saphirblaue Augen. Mikayla haßte sie auf den ersten Blick. Die Tatsache, daß ihr Kleid achtlos auf der Kleidertruhe am Fuße des Bettes lag, nahm Mikayla auch nicht für die Situation ein.

Ganz vorsichtig verband Mikayla sich mit Fiolon – so zart, daß er sich ihrer zunächst nicht bewußt wurde. Natürlich galt seine Aufmerksamkeit vor allem der Frau in seinem Bett. Aber offenbar war er gerade erst hereingekommen und hatte sie dort entdeckt; er war noch angezogen, und Mikayla spürte, daß er beinahe ebenso überrascht war wie sie selbst. »Was macht Ihr hier?« fragte er die Frau.

»Ich bin gekommen, Euch zu gratulieren, mein Herzog«, erwiderte die Frau mit verführerischer Stimme.

»Das hättet Ihr ebensogut im Audienzsaal tun können, als der König es offiziell verkündete«, stellte Fiolon fest und bemühte sich, die Ruhe zu bewahren. Mikayla spürte seine Gefühle, die ihr an ihm neu waren: Es war eine Mischung aus Nervosität und Erregung. Fiolon war immer der ruhigere von ihnen beiden gewesen.

»Im Audienzsaal?« Die Frau, wer auch immer sie sein mochte, lachte. »Euer Rangaufstieg sollte begangen werden, und dort hätten wir ihn bestimmt nicht richtig feiern können.« Behende huschte sie aus dem Bett und durchquerte den Raum – wie ein Sumpfwurm, dachte Mikayla boshaft –, schlang die Arme um Fiolons Hals und küßte ihn auf den Mund. Mikayla durchzuckte es. Die Verbindung mit Fiolon eröffnete ihr alles, was er fühlte. Und das war äußerst merkwürdig. Es war ganz anders als das, was Mikayla gespürt hatte, als Timon sie zu küssen versucht hatte; in diesem Fall, da sie mit Fiolons Körper auf der Ebene der Energie verbunden war, wurde sie von Wärme durchflutet, und eine Art Schwindel erfaßte sie. Es war wie Magie und erinnerte Mikayla daran, wie sie sich an jenem ersten Tag im Meret-Tempel vom Gesang hatte betören lassen. Fiolon hörte auf zu denken, ähnlich wie sie damals; er war vollkommen schutzlos, und die Frau entzog ihm Energie wie ein Skritek, wenn er seine Beute ertränkte.

»Fiolon!« rief Mikayla ihn dringend an. »Wach auf! Setze dich zur Wehr!«

»Mika?« Fiolon hob den Kopf und schaute sich verwirrt im Raum um.

»Fiolon, komm zu dir! Was machst du da?«

»Mika?« fragte die Frau forschend, drängte sich einer Schlange gleich an Fiolon heran und versuchte, ihn noch näher an sich zu ziehen – Mikayla hätte schwören können, daß dies unmöglich war. Über ihre Verbindung spürte Mikayla, daß es Fiolon heiß wurde, sie selbst hatte ein eigenartiges Gefühl. Als Fiolon die Frau heftig von sich stieß, empfand Mikayla in sich den Schmerz, den es ihm verursachte.

»Das ist meine Verlobte«, fuhr Fiolon die Frau an und nahm einen Umhang vom Haken neben der Tür. »Ich gehe jetzt, und ich schlage vor, Ihr zieht Euch an und verschwindet. Wenn ich Euch hier noch einmal antreffe, werdet Ihr es bereuen.« Er sprach so grimmig, daß die Frau Angst bekam.

»Ich wußte nicht, daß Ihr verlobt seid«, sagte sie mit einem nervösen Lächeln. »Warum sprecht Ihr nie von ihr?«

»Weil unnützes Geschwätz noch nie zu meinen Lieblingsbeschäftigungen gehört hat«, sagte Fiolon vernichtend, drehte sich brüsk auf dem Absatz um und ging steifbeinig aus dem Raum.

Er lief ins Freie und strebte einem verlassenen Strandstück zu. Die Fischer, deren Boote auf dem Sand lagen, waren bestimmt zum Abendessen nach Hause gegangen, dachte Mikayla.

Fiolon zog seine Kugel hervor. Seine Miene war angespannt und besorgt. »Mika?« fragte er. »Ist alles in Ordnung?«

»Ich denke schon«, antwortete Mikayla unsicher. »Was war das? Wer war diese Frau?«

»Nichts Wichtiges«, erwiderte Fiolon. »Nur eine der Hofdamen, die noch weniger Verstand als Moral haben.«

»Es hat sich angefühlt, als würde sie dich verzaubern«, sagte Mikayla schaudernd.

Fiolon schüttelte den Kopf. »Nein. Das war keine Magie. Das war sexuelle Anziehungskraft – für die meisten Frauen am Hof der einzige Lebensinhalt.«

»Hast du ihr deshalb gesagt, wir seien verlobt? Damit sie dich in Ruhe läßt?«

Fiolon gab einen Laut des Unwillens von sich. »Vielleicht hilft es ja – ich bin sicher, daß sie darüber klatschen wird; das tun sie alle. Wobei die Tatsache, daß ich verlobt bin, keine von ihnen abhalten wird. Manche würde es nicht einmal abschrecken, wenn ich verheiratet wäre.«

»Und was ist, wenn sie herausfinden, daß du gar nicht wirklich verlobt bist?«

»Ich werde mit dem König reden und dafür sorgen, daß er es nicht dementiert«, sagte Fiolon. »Zwischen Mutavari und der Zitadelle gibt es nicht so viel Austausch, so daß niemand deine Eltern danach befragen kann. Außerdem wissen sie ohnehin nicht, was du zur Zeit so treibst.«

»Aber sie wissen, daß ich Erzzauberin werden soll …« Plötzlich fiel Mikayla etwas ein. »Du bist ein Erzzauberer, und niemand scheint von dir zu erwarten, daß du enthaltsam bleibst. Gilt das dann auch für mich?« Für einen kurzen Augenblick keimte Hoffnung in ihr auf: Vielleicht konnte sie Fiolon trotz allem noch heiraten … »Ach, stimmt – sie wissen ja gar nicht, daß du Erzzauberer bist, oder?«

»Nein«, sagte Fiolon, »aber ich glaube nicht, daß es viel ausmacht. Sie glauben, daß ich ein mächtiger Magier bin. Und ich habe mir andere Magier bei Hof angesehen – manche sehen nicht den geringsten Grund, enthaltsam zu leben.« Er runzelte die Stirn. »Ich werde mich auf dem Gebiet kundig machen müssen«, sagte er.

»Wenn du schon dabei bist«, sagte Mikayla, »dann versuche doch bitte herauszufinden, warum ich körperlich noch nicht reif bin. Meine Schwestern waren alle schon so weit, als sie in meinem Alter waren. Ich hatte ganz vergessen, daß ich auch längst reif sein müßte, aber nach dem, was gerade geschehen ist, fiel es mir wieder ein.«

»Ich werde versuchen, etwas herauszufinden«, versprach ihr Fiolon. »Auch ich werde anscheinend langsamer älter als andere. Das mag daran liegen, daß wir uns mit Magie beschäftigen.«

»Wenn du auch noch nicht reif bist, warum hat sie dann versucht, dich zu verführen?« fragte Mikayla.

»Oh, das ist einfach«, erklärte Fiolon. »Mein Onkel, der König, hat mich gerade zum Herzog von Let ernannt. Er hat es heute bei Hofe verkündet.«

»Ach so.« Mikayla verstand vollkommen. Sie hatte als Kind zwar der Politik bei Hofe nicht viel Beachtung geschenkt, aber sie hätte schon blind und taub sein müssen, um nicht spätestens im Alter von neun oder zehn Jahren mitzubekommen, wie die Dinge bei Hof liefen. Fiolon war jetzt das, was man eine gute Partie nannte, er war zum Ziel einer jeden ehrgeizigen Jungfrau im Königreich geworden. Kein Wunder also, wenn er vortäuschen wollte, bereits verlobt zu sein!

Nun, ihr sollte das recht sein. Wäre nicht ihr Versprechen im Meret-Tempel gewesen – und die Tatsache, daß Haramis zweifellos einen Tobsuchtsanfall bekommen und ihnen etwas Schreckliches angetan hätte –, dann wäre Mikayla bereit gewesen, noch an diesem Abend nach Var zu fliegen und Fiolon zu heiraten.

Neben ihr raschelte Gefieder. Rotauge wachte auf. »Ich muß jetzt gehen, Fiolon«, sagte sie. »Es wird Zeit für die Jagd. Geht es dir jetzt wieder gut?«

Fiolon verzog das Gesicht. »Ich muß wieder zurück in den Palast und mich für das offizielle Bankett umziehen, mit dem mein neuer Stand gefeiert wird. Ich hoffe nur, daß ich mein Zimmer von unerwünschten Besuchen freihalten kann.«

»Wie wär's mit einem Trugbild?« schlug Mikayla vor. »Riesige Weberlinge spinnen ein Netz um dein Bett – oder Fledermäuse flattern durch den Raum und bleiben mit ihren Flügeln in den Haaren aller hängen, die dich stören?«

»Keine schlechte Idee«, sagte Fiolon und lächelte.

»Oh, mein Herzog«, fügte Mikayla neckend hinzu, »mißversteht mich bitte nicht – aber herzlichen Glückwunsch!«

Fiolon warf den Kopf zurück und lachte laut, wobei er einige Seevögel aufschreckte. »Danke, Prinzessin«, sagte er mit einer höfischen Verbeugung. »Viel Erfolg bei der Jagd.«

»Und dir viel Glück, den Häscherinnen nicht in die Hände zu fallen«, erwiderte Mikayla. »Mach's gut, Fio.«

»Du auch, Mika.«

Mikayla flog weiterhin mit Rotauge aus, und Fiolon ging nach Let zurück, so oft es ihm möglich war. Der Zwischenfall hatte Mikayla jedoch an ihr Versprechen erinnert, zum vereinbarten Zeitpunkt in den Meret-Tempel zurückzukehren. Also beobachtete sie den Lauf der Monde und wartete auf den richtigen Zeitpunkt.

»Rotauge«, sagte sie an einem herrlichen Frühlingsabend, als sie sich bereitmachten, auszufliegen, »mir hat die Zeit mit dir sehr gefallen, mehr als ich dir sagen kann, aber morgen muß ich woanders sein. Kannst du mich beim Morgengrauen zum Mount Gidris bringen?«

»Zum Mount Gidris?«

Komisch, dachte sie, *er klingt erregt, beinahe ängstlich. Ach ja, leben seine Schöpfer nicht dort?*

»Du mußt nicht lange dort bleiben«, versicherte sie ihm. »Du mußt nur kurz landen und mich in der Nähe des Meret-Tempels absetzen. Er liegt auf der Nordseite …«

»Ich weiß, wo er ist«, sagte der Vogel düster. »Was hast du dort zu suchen?«

»Ich muß ein Versprechen einhalten«, erwiderte sie.

»Und worin besteht dieses Versprechen?«

»Ich soll Jungfrau bleiben und sieben Jahre lang jedes Jahr im Frühling einen Monat dort verbringen – als eine Tochter der Göttin Meret.«

Rotauge senkte den Kopf und schaute sie wütend an. »Und was bekommst du dafür?«

»Sie haben einen Körper für einen Freund angefertigt, dessen Seele in einer Harfe gefangen ist. Sie haben ihr Wort gehalten, und ich muß mein Versprechen auch einhalten.«

»Weiß dein Vetter darüber Bescheid?« fragte Rotauge. Er hatte Wert darauf gelegt, geweckt zu werden, wenn sie mit Fiolon sprach, denn er wollte ihnen zuhören. Der Gedanke an einen Erzzauberer schien ihn zu faszinieren. »Ist er damit einverstanden?«

»Ich bin nicht sein Eigentum«, stellte Mikayla fest. »Aber er weiß es, ja.«

Der Vogel gab ein verächtliches Geräusch von sich. »Weiß er denn überhaupt etwas über diesen Tempel?«

»Nicht viel«, sagte Mikayla. »Beim ersten Mal, als ich dort ausgebildet wurde, habe ich jeden Abend mit ihm gesprochen, wenn die anderen Töchter beim Ritual der Zweiten Stunde der Dunkelheit waren. Aber nachdem ich so viel gelernt hatte, daß ich an allen Ritualen teilnehmen konnte, hatte ich kaum noch Gelegenheit, ihn zu rufen.«

»Weil du dich laut mit ihm unterhalten hast«, sagte Rotauge.

»Es ist auf jeden Fall leichter. Im übrigen kann man sich im Tempel kaum zurückziehen«, gab Mikayla zu. »Ich mußte achtgeben, daß sie die Kugel nicht entdeckten.«

Rotauge schaute sie an. »Wenn du in deinem jetzigen Aufzug den Tempel betrittst, sehen sie die Kugel auf den ersten Blick.«

Entsetzt schaute Mikayla an sich herab. Seitdem sie wußte, wie man die Körpertemperatur steuerte, schenkte sie ihrer Kleidung nur noch wenig Beachtung. Sie hatte es sich nicht nehmen lassen, hin und wieder ihre Tunika zu waschen, die jedoch inzwischen ziemlich abgetragen war. Außerdem stimmte die Länge nicht mehr – entweder war das Kleidungsstück eingelaufen oder sie war wieder ein Stück gewachsen. Der Ausschnitt vermochte das Halsband nicht annähernd zu verbergen, das trotz allem, was es durchgemacht hatte, noch immer so leuchtend grün wie am ersten Tag war, an dem sie es gefunden hatte. »Du hast recht«, sagte sie. Sie

229

schaute in die rötlichen Augen, die auf sie herabblickten. »Würdest du sie bitte für mich aufheben?« fragte sie. »Nur einen Monat.«

Rotauge senkte erneut den Kopf.

Er ist wirklich aufgeregt, dachte Mikayla. *Warum nur?*

»Ich werde deine Kugel verwahren«, sagte er. »Ich werde dich vor Sonnenaufgang zum Tempel bringen und in einem Monat dort wieder abholen. Aber dafür mußt du mir etwas versprechen.«

»Was denn?« fragte Mikayla. »Was kann ich für dich tun, das du nicht ebenso gut für dich selbst tun könntest?«

»Du mußt mich jeden Abend, wenn du nach dem Ritual der Zweiten Stunde der Dunkelheit zu Bett gehst, rufen. Ganz gleich, was geschieht oder wie müde du bist. Jeden Abend. Das kannst du, ohne laut zu sprechen. Niemand dort wird erfahren, was du machst. Versprichst du mir das?«

»Ja.«

»Jeden Abend?«

»Ja, jeden Abend.«

»Gut. Wenn dein Vetter, der die Lämmergeier versteht, sich über die Kugel mit dir in Verbindung setzen will, werde ich ihm sagen, wo du bist und wie es dir geht.«

Mikayla streckte die Hände aus und umarmte den großen Vogel so gut es ging. »Danke, Rotauge, du bist ein Prinz unter den Lämmergeiern.«

»Dann komm«, sagte Rotauge und streckte einen Flügel aus, »laß uns fliegen.«

Kurz bevor der Morgen graute, stand Mikayla zum zweiten Mal auf dem Pfad in der Nähe des Tempels auf Mount Gidris und sah Rotauge nach, wie er davonflog. Die Kugel hatte er sorgfältig an ein Bein gebunden. »Leb wohl, Rotauge«, flüsterte sie. Dann folgte sie dem Pfad zum Tempel und umhüllte sich mit einem Schein, so daß sie ungesehen in ihren Raum gelangte. Dort wusch sie sich und schlüpfte in die Kleidung für das Ritual zur Morgendämmerung.

Die Älteste Tochter warf ihr einen wohlwollenden Blick zu, als sie sich der Prozession der Schwestern auf ihrem Weg zur Kapelle anschloß. Wie üblich sprach jedoch vor Beendigung des Frühstücks niemand. Mikayla tauchte wieder in den Rhythmus der Rituale ein und bekam das Gefühl, nie fort gewesen zu sein.

»Du hast dich an dein Versprechen erinnert, Schwester«, sagte die Älteste Tochter. »Die Göttin ist erfreut.«

»Danke, Älteste Schwester«, sagte Mikayla. *Schön, wieder hier zu sein*, dachte sie. *Es tut gut, anerkannt zu werden, und menschliche Gesellschaft kann gelegentlich angenehm sein — es kommt natürlich auf die Art der Menschen an.*

Wie versprochen, setzte sie sich jeden Abend mit Rotauge in Verbindung, obwohl sie ihm nichts zu sagen hatte. Im Tempel war ein Tag wie der andere. Unterbrochen wurde die Routine nur durch das Frühlingsfest, mit dem das alljährliche Ansteigen des Noku während der Schneeschmelze begangen wurde.

Die Jüngste Tochter der Göttin stellte in der Prozession die Göttin selbst dar und wurde den ganzen Tag von den jungen Männern des Tempels auf einem üppig geschnitzten Holzthron mit einer hohen Lehne herumgetragen, während die anderen Töchter, in grüne Gewänder gehüllt, den Thron auf beiden Seiten begleiteten und mit großen Fächern fast vollständig vor neugierigen Blicken abschirmten, so daß die versammelten Tempelangehörigen nicht hätten sagen können, ob er überhaupt besetzt war. Für das Fest hatte Mikayla noch mehr Gesänge lernen müssen, aber inzwischen bereiteten ihr die Tempelgesänge keine Schwierigkeiten mehr.

Pflichtgemäß erstattete sie Rotauge Bericht und ließ auch nicht unerwähnt, daß sie das Ritual eigentlich langweilig fand. Das belustigte den Lämmergeier.

Eines Nachmittags kam der Angetraute der Göttin Meret in die Gemächer der Töchter. Mikayla war verblüfft, ihn dort anzutreffen, aber die anderen zeigten sich nicht überrascht.

»Warum ist er hier?« flüsterte Mikayla dem Mädchen zu, das neben ihr stand.

Das Mädchen schaute sie verwundert an. »Es geht um die Wahl«, flüsterte sie zurück. »Er wählt die Jüngste Tochter für das nächste Jahr aus.«

»Ach so.« Mikayla schwieg und folgte damit dem Beispiel der anderen. Sie dachte an ihre erste Nacht, die sie im vergangenen Herbst hier verbracht hatte. Damals war ihr klar geworden, daß eine der Töchter »Jüngste Tochter« genannt wurde, obwohl sie nicht die Jüngste von allen war. Sie hatte jedoch keine Ahnung gehabt, wie diese »Jüngste« auserwählt worden war. *Wahrscheinlich werde ich es jetzt erfahren.*

Der Priester war wie üblich in Schwarz gekleidet und trug die goldene Gesichtsmaske. Die Älteste Tochter legte ebenfalls ihre Maske an, die sie offenbar eigens zu diesem Zweck aus der Kapelle mitgebracht hatte. Aus ihrem Gemach holte sie eine kleine Truhe und stellte sie auf den Altar an der Seite des Raumes. Mikayla hatte den Altar bereits gesehen, als sie zum ersten Mal in den Tempel gekommen war, aber sie hatte noch nie erlebt, daß er benutzt wurde.

Die Älteste Tochter entnahm der Truhe einen goldenen Kopfschmuck. Mikayla schaute ihn ehrfürchtig an. So etwas Schönes hatte sie noch nie gesehen. Der Kopfschmuck bestand offenbar aus massivem Gold, denn es kostete die Älteste Tochter große Mühe, ihn aus der Truhe zu heben. Er hatte die Form eines Lämmergeiers. Der zierlich gebogene Hals des Vogels lag über der Stirn der Trägerin, und der Vogelkopf ragte nach vorn. Der Körper des Vogels lag auf dem Haupt der Trägerin, die Schwanzfedern standen nach hinten ab. Die Flügel waren handwerklich so vollkommen gestaltet, daß jede einzelne Feder in das Gold eingraviert war. Es sah aus, als könnten sich die Flügel bewegen und als lägen sie, weil sie nach unten schwangen, zu beiden Seiten des Gesichts an. *Er muß schwer sein*, dachte Mikayla, während die Älteste Tochter und der Angetraute der Göttin ihn zwischen sich hielten. Sie waren vor den Altar getreten.

Die Töchter nahmen ihre Plätze auf der langen Bank vor der Feuerstelle ein, und Mikayla schloß sich ihnen rasch an. Mikaylas bewundernde Blicke waren offenbar niemandem aufgefallen, zumindest hatte es sich niemand anmerken lassen, aber sie fühlte sich zum ersten Mal, seit sie die Gesänge gelernt hatte, linkisch und unsicher.

232

Der Priester stimmte einen neuen Gesang an, den Mikayla noch nie zuvor gehört hatte. »Gepriesen sei der Gipfel im Süden«, begann er in singendem Tonfall.

»Küsse den Boden vor ihrem *hemsut*«, erwiderte die Älteste Tochter.

»Ehre sei Meret, der Mächtigen.«

»Ehre sei Meret, der Verborgenen.«

»Ehre sei Meret, der Erhabenen.«

»Ehre sei Meret, der Mutter des Landes.«

»Ehre sei Meret, der Quelle des Flusses.«

»Ehre sei Meret, der Quelle des Meeres.«

»Gepriesen sei Meret in ihrer Grenzenlosigkeit.«

»Gepriesen sei Meret in ihrer Verborgenheit.«

»Gepriesen sei Meret in ihrer Finsternis.«

»Gepriesen sei Meret in ihrer Wahl.«

Gemeinsam schritten der Angetraute und die Älteste Tochter an den Jungfrauen entlang, die regungslos und schweigend auf der Bank saßen. Sie hielten den Kopfschmuck der Reihe nach über jedes Mädchen. Mikayla beobachtete den Vorgang aus den Augenwinkeln und fragte sich, wozu das gut sein sollte, denn es tat sich nichts. Dann blieben sie vor ihr stehen, und als sie ihr den Kopfschmuck über den Kopf hielten, schien er ihnen aus den Händen zu gleiten.

Obwohl er nur wenige Zentimeter über ihrem Kopf gewesen war, hatte Mikayla das Gefühl, als würde er aus größerer Höhe herabfallen. Unter dem Gewicht versteifte sie die Nackenmuskulatur und preßte die Hände im Schoß fest zusammen. Für den Bruchteil einer Sekunde hatte sie das merkwürdige Gefühl, als bewege sich der Kopfschmuck, als wollte der Vogel es sich auf ihrem Kopf bequem machen. Sie bezweifelte, daß sie ihn je bequem finden würde.

»Gepriesen sei Meret für ihre Wahl.« Die anderen Töchter schlossen sich der Ältesten Tochter und dem Angetrauten der Göttin an und wiederholten den Gesang, während sie Mikayla auf die Beine halfen und sie vor den Altar führten. Dort blieb Mikayla ruhig stehen und fragte sich, was man nun wohl von ihr erwartete.

Offenbar nichts, denn niemand ließ erkennen, daß sie etwas falsch machte.

Die Töchter stellten sich in der Reihenfolge auf, in der sie sonst immer in die Kapelle gingen, und Mikayla merkte, daß es an der Zeit war für das Ritual der Stunde, in der die Sonne den Heiligen Gipfel berührt. Ehe sie sich jedoch an ihren gewohnten Platz am Ende der Reihe begeben konnte, nahmen der Angetraute und die Älteste Tochter sie zwischen sich.

Als sie in die Kapelle traten, setzten sich die Töchter auf die Bank, wobei jedes Mädchen einen Platz weiterrückte als sonst, so daß neben dem Platz der Ältesten Tochter ein weiterer frei blieb. Die Älteste Tochter und der Angetraute der Göttin traten mit Mikayla in ihrer Mitte vor die versammelte Gemeinde auf das Podium. Mikayla hatte seit ihrem zehnten Lebensjahr, als ihr bei einem Staatsbankett ein Messer zu Boden gefallen war, nicht mehr erlebt, daß so viele Augenpaare auf ihr ruhten, und sie erstarrte in Befangenheit. *Mach dir keine Sorgen,* versuchte sie sich zu beschwichtigen, *der Angetraute und die Älteste Tochter wollen nicht, daß du einen Fehler machst, und sie werden dafür sorgen, daß nichts passiert.*

Zum Glück schien niemand von ihr zu erwarten, daß sie etwas sagte, und das war gut so, denn Mikayla war nicht sicher, ob sie mit dem Gewicht auf dem Kopf überhaupt reden konnte. Der Angetraute und die Älteste Tochter der Göttin sprachen – oder sangen –, während sie Mikayla der Gemeinde als die Auserwählte präsentierten, die Geliebte Jüngste Tochter der Göttin. Dann führte die Älteste Tochter Mikayla hinter den Vorhang und bedeutete ihr, sich an ihre Seite zu setzen. Das Mädchen neben ihr, das im vergangenen Jahr die Jüngste Tochter gewesen war, hielt die Truhe für den Kopfschmuck auf dem Schoß. Die Älteste Tochter nahm Mikayla den Kopfschmuck ab und legte ihn wieder in die Truhe, die sie anschließend unter die Bank schob. Mikayla unterdrückte einen Seufzer der Erleichterung, als das Gewicht von ihrem Kopf genommen wurde.

Die Älteste Tochter trat wieder auf das Podium, und das Ritual wurde wie gewohnt fortgesetzt.

Nach dem Ritual kehrten die Töchter zum Abendessen in ihre Gemächer zurück. Die anderen Töchter gratulierten Mikayla, daß sie die Gunst der Göttin erlangt habe. Als sie sich zum Essen an den Tisch setzten, wies man Mikayla den Platz zwischen der Ältesten Tochter und der Jüngsten Tochter vom Vorjahr zu. Auf diese Weise fand ein ständiger Wechsel in der Rangordnung statt – *zumindest bis zum nächsten Jahr, wenn sie eine neue auswählen*, dachte sie.

Das Ritual der Zweiten Stunde der Dunkelheit war bis auf die Tatsache, daß Mikayla einen neuen Platz in der Reihe eingenommen hatte, dasselbe wie immer. Trotzdem war sie ungewöhnlich müde, als sie zu Bett ging – so müde, daß sie beinahe eingeschlafen wäre, ohne Rotauge zu rufen.

Sie kämpfte gegen den Schlaf an, während sie versuchte, ihre Gedanken auf Mount Rotolo zu lenken. »Rotauge.«

»Mika.« Die Antwort des Vogels kam wie immer sofort. Mikayla vermutete, daß er ihren Zeitplan ebenso gut kannte wie sie selbst. »Wieder ein ruhiger Tag, nehme ich an.«

»Nicht ganz«, dachte Mikayla. »Ich bin die Auserwählte.«

»Die Jüngste Tochter für das kommende Jahr?« Ein Hauch von Angst mischte sich in die Gedanken des Vogels.

»Ja«, erwiderte Mikayla in Gedanken. »Und dieser Kopfschmuck ist fast so schwer wie du, und ich bin so müde ...«

»Mika!« Der Gedanke war scharf. »Hat irgendwer etwas über ein Jubiläum verlauten lassen?«

»Nein«, dachte Mikayla schläfrig. »Was ist denn ein Jubiläum?«

»Bist du ganz sicher?« Rotauge ließ nicht locker.

»Ja, ganz sicher. Ich habe das Wort noch nie im Leben gehört.« Das brachte sie trotz ihrer Müdigkeit auf einen Gedanken. »Während des Rituals gab es ein Wort, das ich noch nie gehört habe.«

»Wie lautete es?« fragte der Vogel.

»Laß mich überlegen.« Mikayla ließ den Tag noch einmal an sich vorüberziehen. »Küsse den Boden vor ihrem *hemsut*‹ sagte die Älteste Tochter. Was ist ein *hemsut*?«

»Ach, das.« Rotauge schien erleichtert. »Darüber mußt du dir keine Sorgen machen, es ist nur ein besonderes Wort für einen weiblichen Geist. Es ging um die Göttin, nicht wahr?«

»Ja«, dachte Mikayla schläfrig. »Es war Bestandteil eines langen Lobgesangs auf die Göttin.«

»Das ist in Ordnung, schlaf gut, Mika.«

Diesem Vorschlag folgte Mikayla mühelos.

Am nächsten Morgen, nach dem Ritual der Ersten Stunde, setzte die Älteste Tochter Mikayla den Kopfschmuck wieder auf und zog sie hinter sich her in den hinteren Teil des Tempels. Auf ihrem Weg wurde der Boden höher und die Decke immer niedriger.

»Wo gehen wir hin?« flüsterte Mikayla fast unhörbar, denn sie hatte Angst, die Vorschrift zu verletzen, daß vor Beendigung des Frühstücks nicht geredet werden durfte.

»Du sollst der Göttin vorgestellt werden«, flüsterte die Älteste Tochter zurück. »Aber schweig.«

Mikayla unterdrückte einen Ausruf der Überraschung, als sie ihr Ziel erreichten. Sie erkannte, daß sie sich im Allerheiligsten befanden, dem Heiligtum, in dem die Göttin lebte und das nur die höchsten Priester betreten durften. Da sie den Turm des Orogastus mit Fiolon untersucht hatte, erkannte sie aber auch, daß dies der Raum war, den sie im Spiegel gesehen hatte.

Der Angetraute der Göttin war zugegen und mit ihm ein anderer Mann, beide ganz in Schwarz und verschleiert. Mikayla war sich ziemlich sicher, daß sie den zweiten Mann noch nie gesehen hatte. Die beiden Männer öffneten einen Schrein, einen kleinen Schrank, der an der Felswand stand, und holten ehrerbietig die Holzstatue der Göttin hervor.

Mikayla ließ die Älteste Tochter nicht aus den Augen und versuchte herauszubekommen, was sie tun sollte. Gemeinsam entkleideten sie die Statue und legten sie auf den Tisch. Der Mann mit dem schwarzen Schleier rieb die Statue mit einer Art Öl ein, dessen Duft Mikayla fremd war – sie konnte sich nicht erinnern, so etwas schon einmal gerochen zu haben. Während der Salbung stand der Angetraute am Kopf der Göttin und schwenkte ein Rauchfaß, dem eine dicke Weihrauchwolke entströmte.

Nach der Salbung zogen die Frauen der Statue frische Kleider an, die sie einem Kleiderschrank an einer Seite des Raums entnahmen, während die Männer aus einem anderen Schrank Essensgaben und Wein holten und auf einen kleinen Tisch neben dem Schrein stellten. Dann richteten die Männer die Statue vor dem Schrein auf, und die Älteste Tochter schubste Mikayla leicht an, damit sie vor der Göttin niederkniete.

Mikayla kniete nieder und schaute zur Göttin auf. Obwohl sie wußte, daß es nur bemaltes Holz war, hätte sie schwören können, daß die Augen sie wirklich ansahen, sie abschätzten und beurteilten, während der Angetraute und die Älteste Tochter die Göttin baten, ihre Auserwählte Jüngste Tochter zu segnen. Mikayla war froh, als das Ritual vorüber war und die Älteste Tochter sie zurück in die Kapelle führte. Dort legten sie den Kopfschmuck in die Truhe, die sie wieder mit in die Gemächer der Töchter nahmen, wo sie sich ihren Schwestern zum Frühstück anschlossen.

Den Rest ihres Tempelmonats über war Mikayla damit beschäftigt, bei den täglichen Ritualen zu singen und die Rolle der Jüngsten Tochter beim Frühlingsfest im kommenden Jahr zu lernen. Es war ein angenehmes, ruhiges Leben, und es tat ihr beinahe leid, als der Monat vorüber war und sie wieder in die Außenwelt zurückkehren mußte, noch dazu, weil sie dazu verpflichtet war, in den Turm zurückzukehren und nach Haramis und Uzun zu schauen.

Aber es war Zeit zu gehen. Rotauge holte sie kurz nach Einbruch der Dunkelheit ab, nach dem Ritual der Stunde, in der die Sonne den Heiligen Gipfel berührt, und brachte sie geradewegs zum Turm der Erzzauberin. »Hat Fiolon dir aufgetragen, mich hierher zu bringen?« fragte Mikayla den Vogel.

»Ja«, antwortete er. »Er sagte, du wirst hier gebraucht.«

»Oh je.« Mit einem tiefen Seufzer rutschte Mikayla vom Rücken des Vogels auf einen Balkon. Rotauge hielt ihr eine Kralle hin, so daß sie die Kugel wieder an sich nehmen konnte. Sie legte sie sich um den Hals und umarmte den großen Vogel. »Einen guten Flug und viel Erfolg bei der Jagd, Rotauge.«

»Leb wohl, Mika«, sagte der Vogel und verschwand in der Nacht.

237

Auf leisen Sohlen schlich Mikayla hinein und gelangte ungesehen in den Schutz ihres Zimmers. Sie hatte im Tempel nicht mehr zu Abend gegessen, aber sie spürte wenig Neigung, sich auf die Suche nach etwas Eßbarem zu begeben. Lieber würde sie hungern, als an diesem Abend im Turm jemandem zu begegnen.

22

Plötzlich fuhr Mikayla aus dem Schlaf hoch. Trotz der Heizung im Turm hatte sich die Kälte einer herbstlichen Frostnacht in ihrem Zimmer ausgebreitet. Es war zwei Stunden vor Sonnenaufgang. Irgend etwas stimmte nicht. Sie spürte es. Sie versuchte, es einzugrenzen, versuchte, das unbestimmte, an Entsetzen grenzende Unwohlsein abzulegen und sich auf seine Ursache zu konzentrieren.

Mit einemmal wurde ihr Bett heftig geschüttelt. Das Zimmer lag nach wie vor im Dunkeln. »Wer ist da?« rief sie, doch sie erhielt keine Antwort. *Wie dumm von mir*, dachte sie, *wenn jemand im Zimmer gewesen wäre, hätte ich es gewußt.*

Mikayla war, als hielten die Erschütterungen mehrere Minuten an. Wahrscheinlich aber dauerte das Ganze nicht einmal eine Minute. Dann war alles still. Mikayla richtete sich im Bett auf, zündete mit einem Gedanken ein Licht an und nahm ihre Umgebung in Augenschein. Das Kissen, das sie im Schlaf zur Seite geschoben hatte, war zu Boden gefallen, aber ansonsten schien das Zimmer unversehrt. *Das war ein Erdbeben*, dachte Mikayla. Sie war von dem Gefühl wach geworden, daß ein größeres Erdbeben bevorstand.

Aber in dieser Gegend konnte es kein Erdbeben geben, nicht hier oben. Die Erschütterungen mußten einen anderen Grund haben. War es Magie, die Haramis ausübte? Hatte sich Haramis so weit erholt, daß sie wieder mit Magie umgehen konnte?

Mikayla war ein halbes Jahr davor aus dem Meret-Tempel hierher in den Turm zurückgekehrt. Die Wächterin Nella und die Edelfrau Bevis waren einen Monat nach Mikaylas Ankunft wieder zur Zitadelle aufgebrochen, da sie der Meinung waren, die Herrin habe sich so weit erholt, daß sie ihrer nicht länger bedurfte. Aber Mikayla hatte bis dahin noch kein Anzeichen dafür entdeckt, daß die Erzzauberin ihre magischen Fähigkeiten wiedererlangt hätte.

Inzwischen konnte Haramis sich allein anziehen und allein essen, was jedoch noch ein wenig nachlässig geschah, und sie konnte wieder in ihr Arbeitszimmer gehen und stundenlang bei Uzun sitzen und mit ihm reden. Uzun war noch immer eine Harfe, aber Fiolon hatte sein Versprechen gehalten und die Harfe reparieren lassen, während Haramis noch ans Bett gefesselt war.

Mikayla wünschte, sie könnte sich einfach wieder hinlegen und einschlafen, aber sie hatte das Gefühl, daß sie bald schon gebraucht würde. Sie stand also auf, zog sich ihr Gewand über, schlüpfte in ihre Hausschuhe und machte sich auf, um herauszufinden, was geschehen war.

Haramis war weder im Werkraum noch in ihrem Arbeitszimmer. Uzun war umgefallen und gegen die Wand gekippt. Mikayla eilte hinzu, um ihn wieder in die gewohnte aufrechte Stellung zu bringen. »Was ist passiert, Uzun?«

»Das war ein Erdbeben, Prinzessin, und wie ich fürchte, ein schlechtes Vorzeichen obendrein.« Die Harfe klang unheilverkündend in Moll. »Ich bin froh, daß Ihr hier seid.«

»Ein Erdbeben?« fragte Mikayla. »Wir sitzen hoch oben auf festem Felsgestein! Wieso kann hier die Erde beben?«

»Eigentlich geht es nicht«, erwiderte Uzun. »Wo ist die Herrin?«

»Ich weiß nicht«, sagte Mikayla. »Ich war gerade auf der Suche nach ihr, als ich hier vorbeikam. Ich dachte, sie hätte gezaubert, aber sie ist nicht im Werkraum. Und verschlafen hat sie es bestimmt nicht – dabei konnte niemand weiterschlafen!«

Wie zur Bestätigung ihrer Worte eilte Enya herein. »Hier seid Ihr, Prinzessin«, sagte sie. »Geht es Euch gut? Und Meister Uzun auch?«

Mikayla nickte. »Bis auf die Tatsache, daß ich nicht gern zwei Stunden vor Sonnenaufgang geweckt werde, geht es mir gut. Hast du die Herrin gesehen?«

Enya runzelte die Stirn. »Nein, dabei ist sie sonst immer die erste, die sich rührt, wenn etwas Merkwürdiges passiert.«

»Vielleicht sollten wir nach ihr sehen«, sagte Mikayla zögernd. »Ich weiß nicht, ich möchte sie nicht gern stören, wenn sie noch schläft, aber ...«

Enya schüttelte heftig den Kopf. »So etwas hätte sie nicht verschlafen. Am besten schauen wir nach, wie es ihr geht.«

Leise öffnete Enya die Tür zu Haramis' Schlafgemach und blieb mit einem Ausruf des Entsetzens stehen. Mikayla schaute ihr über die Schulter. Haramis lag neben dem Bett auf dem Boden, deutlich zu sehen im Lichtschein, der vom Korridor hereindrang. Die beiden Frauen liefen zur Erzzauberin hin. Sie hatte die Augen aufgeschlagen und schien sie zu erkennen, aber als sie zu reden versuchte, lallte sie nur unverständliche Silben.

Enya atmete tief ein und machte rasch ein Zeichen gegen das Böse.

Mikayla unterdrückte ihre aufsteigende Panik. *Wieder ein Schlaganfall*, dachte sie. *Das muß es sein – warum sollte die Erde sonst beben? Was soll ich tun? Ich weiß nicht, was ich mit ihr anfangen soll, wenn sie so ist wie jetzt! Aber ich wette, hier ist niemand, der sich um sie kümmern kann. Und wenn sie nun stirbt? Ist es meine Schuld? Seit Monaten habe ich nichts getan, was sie hätte aufregen können! Und obwohl ich manchmal wünschte, sie wäre tot, habe ich es nicht wirklich gemeint!*

Mikayla schaute abwechselnd von Enya zu Haramis und beschloß, praktisch zu denken. Enya vermittelte nicht gerade den Eindruck, als wäre sie in diesem Augenblick eine große Hilfe; sie schien das Ganze noch immer für einen bösen Zauber zuhalten.

»Komm, wir legen sie wieder ins Bett«, schlug Mikayla vor. »Hier auf dem Boden liegt sie nicht gut.«

Zum Glück war Haramis eher zierlich gebaut, denn sie lag wie tot in ihren Armen, als sie sie hochhoben und ins Bett legten. Offensichtlich hatte sie keine Kontrolle über den linken Arm und das linke Bein und war nicht in der Lage, sie zu bewegen. Damit stand für Mikayla fest, daß es sich um einen ebensolchen Anfall handelte, wie ihn Haramis zuvor bereits in der Zitadelle erlitten hatte.

Ach, wäre sie doch jetzt nur dort, dachte sie. *In der Zitadelle weiß man wenigstens, wie man mit ihr umzugehen hat.*

Nachdem Haramis sicher unter der Bettdecke lag, schienen Enyas Lebensgeister wiederzukehren. »Wir haben hier eine alte Heilerin, die sich um die Diener kümmert«, sagte sie. »Die sollten wir vielleicht rufen. Die Herrin hat kalte Hände und Füße; ich mache ihr heißen Tee und lege ihr warme Ziegelsteine an die Füße. Wenigstens kann es nicht schaden.«

Als der Tee kam, war Haramis nicht imstande, sich zum Trinken aufzurichten. Enya stützte ihre Herrin und flößte ihr den heißen Trank ein. Mikayla, die nichts mit der Pflege eines Menschen zu tun haben wollte, der zu krank war, um sich aus eigener Kraft bewegen zu können, nahm dankbar Enyas Vorschlag an, sie solle, während Enya die Herrin fütterte, schnell zu den Quartieren der Diener eilen und die Seltlingfrau holen, die sich um die kranken Diener kümmerte.

»Sie heißt Kimbri«, sagte Enya. »Die Erzzauberin war immer kerngesund und brauchte nie eine Heilerin – zumindest nicht, solange sie hier lebte. Hier gibt es keine menschlichen Heiler.«

Mikayla lief hinunter in die Küche. Sie war froh, den Raum verlassen zu können. Eine der Frauen, die in der Küche mit Brotbacken beschäftigt waren, teilte ihr mit, Kimbri sei hinunter ins Haus der Gärtnersfrau gegangen, die in ein paar Tagen niederkommen solle. Alle übrigen Diener hatten sich offenbar in der Küche versammelt und tauschten sich darüber aus, wie das Erdbeben sie geweckt hatte. Mikayla schickte den Vispi-Mann, der in den Ställen arbeitete, auf die Suche nach der Heilerin. Der Blick, den er ihr zuwarf, erinnerte sie daran, daß sie nicht angezogen war. Hastig lief sie wieder in ihr Zimmer und zog das Erstbeste über, was ihr in die Finger kam, ehe sie wieder in die Halle eilte, um auf die Heilerin zu warten.

Es dauerte nicht lange, bis die Seltlingfrau auftauchte. Sie war eine eher zerbrechlich wirkende Vispi mit grauem Haar, das zu einer Rolle über ihrer Stirn zusammengelegt war. Mikayla berichtete, was geschehen war und versuchte, sich ihre Erregung nicht anmerken zu lassen.

Die Seltlingfrau sagte friedlich: »Tja, sie ist nicht mehr jung. Es überrascht mich keineswegs, daß sie an den Krankheiten zu leiden beginnt, die das Alter mit sich bringt. Meine Großmutter erlitt einen ähnlichen Anfall, als sie neunzig war. Habt keine Angst, kleine Dame. Es ist unwahrscheinlich, daß die Herrin stirbt, wenn sie jetzt noch lebt. In der Regel stirbt man nach einem solchen Anfall sofort. Wenn nicht, kann man noch lange leben. Es kann gut sein, daß die Herrin noch einige Jahre vor sich hat.«

»Das will ich hoffen«, sagte Mikayla. »Wenn ihr etwas zustößt, soll ich Erzzauberin werden. Und dazu bin ich noch lange nicht bereit.« Sie folgte Kimbri die Treppe hinauf in das Zimmer der Erzzauberin. Kimbri beugte sich über den schlaffen Körper und fühlte der alten Frau den Puls.

»Wir können nichts tun«, sagte sie Mikayla. »Entweder bleibt sie am Leben und kommt wieder zu Kräften oder nicht – wir können nur warten.«

»Was hat den Anfall verursacht?«

»Das kann man nicht sagen. Vielleicht wüßten es die Alten, aber wir haben nur wenig von ihrer Weisheit bewahrt.«

»Aber – können wir denn gar nichts tun?« fragte Mikayla. »Beim ersten Anfall dieser Art in der Zitadelle hat man sie mit dem Gift von Sumpfwürmern behandelt.«

»Wißt Ihr, wieviel man benutzt hat, wie es verabreicht wurde und woher es kam?« fragte Kimbri freundlich.

Mikayla schüttelte den Kopf.

»Dann bleibt uns nicht anderes übrig, als uns in Geduld zu üben«, sagte Kimbri und fügte verständnisvoll hinzu: »Obwohl das zuweilen der schwierigste Teil ist. Und versucht sie so gut wie möglich bei Laune zu halten.«

Für Mikayla war dies das Schwierigste überhaupt. Sie hatte das sichere Gefühl, daß eine kranke Haramis keine angenehme Gesellschaft sein würde – vor allem, wenn sie sich wieder so weit erholt hatte, daß sie sich über ihren Zustand beklagen konnte.

Und daß Haramis sich wieder erholen würde, stand für Mikayla fest. Es kam ihr nicht in den Sinn, sich zu überlegen, daß sie frei wäre, wenn Haramis starb; sie wußte inzwischen, daß sie nie mehr frei sein würde. Allmählich fand sie sich mit dem Gedanken ab, Erzzauberin zu werden. *Aber jetzt bitte noch nicht*, dachte sie. *Noch lange nicht.*

Seufzend ging sie die Treppe hinunter, um sich ihrer nächsten Aufgabe zu widmen und Uzun die Neuigkeiten zu überbringen.

Die Harfe schluchzte, was bei ihr jedoch wie heiseres Krächzen klang.

»Ich hänge so an ihr«, brachte Uzun schließlich hervor. »Wenn sie und ihre Magie nicht wären, hätte ich mich längst zu meinen Vorfahren in eine wie auch immer geartete Nachwelt begeben. Ihr zuliebe war ich bereit, zu bleiben. Wenn die Herrin nicht mehr ist, wird mein langes Leben nur noch eine einzige Qual.«

Mikayla versuchte trotz der Angst, die sie selbst spürte, den alten Musikanten zu trösten.

»Macht Euch keine Sorgen, Uzun, sie wird sich bald wieder erholen.«

»Meint Ihr? Sie ist viel älter als ich, und meine gesamte Familie und meine Freunde sind schon viele Jahre tot. Wenn ihr etwas zustößt, bin ich ganz allein auf der Welt.«

Am liebsten hätte Mikayla ihm geantwortet: »Nein, das seid Ihr nicht, Uzun; ich bin ja auch noch da, und wenn ihr etwas zustößt, brauche ich Euren Rat – mehr als sie ihn je benötigt hat.« Aber sie wußte, daß ihre Beziehung zu Uzun ganz anders war als die, die er zu Haramis hatte, und hielt ihre Bemerkung zurück.

Und als hätte sie nicht schon Sorgen genug, fiel Mikayla zu allem Unglück auch noch ein, daß Haramis ihr einmal erzählt hatte, der Turm ihrer Vorgängerin sei in deren Todesstunde in sich zusammengefallen – ein Grund, warum Haramis in den Turm von Orogastus eingezogen war. Mikayla hoffte, diesen Turm würde nicht das gleiche Schicksal ereilen.

Sie fühlte sich unreif wie noch nie. Am liebsten hätte sie sich hingesetzt und wie ein kleines Kind zu weinen begonnen; aber wie konnte sie angesichts der Sorgen Uzuns von ihm erwarten, daß er sich um ihre Probleme kümmerte? Sie tätschelte die Säule der Harfe und war froh, daß Fiolon sein Versprechen erfüllt hatte, sie reparieren zu lassen. Verlegen sagte sie: »Weint nicht, Uzun. Kimbri hat gesagt, manche Menschen erholen sich wieder. Und Haramis hat sich schon einmal erholt. Es würde ihr bestimmt nicht gefallen, wenn sie Euch so unglücklich sähe. Ihr müßt stark sein für den Fall, daß sie Euch braucht. Manchmal«, fügte sie geschickt hinzu, denn ihr war noch etwas eingefallen, was die Heilerin gesagt hatte, »hängt es von einem fröhlichen Beistand ab, ob jemand lebt oder stirbt. Ihr müßt stark sein, und Ihr dürft nicht weinen, wenn sie Euch braucht. Ihr Geist braucht Ruhe, und Weinen würde sie noch unglücklicher machen.«

Uzun schniefte, was die Saiten in sanfte Schwingungen versetzte. »Ihr habt recht, ich will versuchen, für sie fröhlich zu sein.«

»Gut«, sagte Mikayla. Sie fragte sich, was wohl mit Uzun geschehen würde, wenn Haramis starb, solange er noch durch ihr Blut in eine Harfe verzaubert war. Würde er zu Staub zerfallen wie der Turm und alle Habseligkeiten der alten Erzzauberin? Sie hatte jedoch nicht den Eindruck, daß sie Uzun jetzt danach fragen konnte, geschweige denn Haramis.

In den nächsten Tagen schien es Haramis weder besser noch schlechter zu gehen. Die Seltlinge hatten die Krankenpflege übernommen, und Mikayla hatte nicht viel zu tun. Sie versuchte, Uzun aufzuheitern, der inzwischen nicht mehr weinte, aber offensichtlich keine allzu großen Hoffnungen hegte, was den Zustand seiner Herrin betraf. Mikayla im übrigen auch nicht, obwohl die Heilerin ihr versichert hatte, daß jeder Tag, an dem eine so schwer erkrankte Person nicht starb, die Chance einer vollständigen Genesung erhöhte.

Mikayla vermochte das Land jetzt fast ständig zu spüren, obwohl sie versuchte, das Gefühl zu verdrängen. Es war bestimmt nicht das Gefühl einer Erzzauberin. Sie wußte, wie es Fiolon mit Var ergangen war, und das, was sie spürte, war nicht annähernd so intensiv. Ihr war, als hörte sie laute Stimmen im Wind, deren Sinn sie nicht verstand, oder als wären in jeder Ecke Schatten, die jedoch verschwanden, sobald sie versuchte, sie näher zu betrachten. Das Land war nicht glücklich, und Mikayla war es auch nicht.

Es geschah nach etwa zehn Tagen. Mikayla hatte Kimbri am Bett der alten Frau abgelöst, denn an diesem Morgen hatte Kimbri das dringende Bedürfnis, sich um die eigene vernachlässigte Familie und um die anderen Patienten zu kümmern.

Mikayla war nervös und fühlte sich sehr einsam. Vor Langeweile war sie auf ihrem Stuhl beinahe eingeschlafen, als sie bemerkte, daß Haramis die Augen aufgeschlagen hatte und sie beobachtete.

Mikayla erschrak ein wenig und sagte leise: »Ehrwürdige Haramis, seid Ihr wach?«

Die alte Frau sprach sehr undeutlich – aber der Tonfall war unzweifelhaft schroff. »Natürlich bin ich wach. Was ist los mit dir? Und wo steckt Enya? Was machst du hier?«

Mikayla wünschte sich sehnlichst, Kimbri oder Enya – irgend jemand, nur nicht sie – wäre hier. Aber Haramis' Ton war so streng, daß Mikayla nichts anderes übrig blieb, als ihr so gut wie möglich zu antworten.

Da sie nicht einmal sagen konnte, ob Haramis sich an sie erinnerte oder überhaupt wußte, wer sie war – schließlich hatte sie es beim letzten Mal nicht gewußt – versuchte sie, Einzelheiten auszulassen. »Ihr wart sehr krank, Ehrwürdige. Soll ich Enya für Euch rufen?«

»Nein, noch nicht«, sagte Haramis. »Wie lange war ich krank? Warum ist Uzun nicht bei mir?«

Mikayla hatte keine Ahnung, ob sie Haramis mitteilen sollte, wie lange sie tatsächlich bewußtlos gewesen war. Aber Haramis schaute sie erwartungsvoll an, also sagte sie: »Ungefähr zehn Tage, glaube ich. Wir haben uns alle große Sorgen um Euch gemacht.«

»Und wo steckt Uzun? Warum sitzt er nicht an meiner Seite? Wenn er sich Sorgen um mich macht, warum hievt er seine alten

Knochen nicht die Treppe herauf, um nach mir zu sehen? Oder kann der Alte nicht mehr so weit laufen?«

Mikayla schwieg, denn sie wußte nicht recht, was sie sagen sollte; doch nach anfänglicher, kurzer Verwirrung schien der Geist der alten Erzzauberin wieder verhältnismäßig klar.

»Ach ja«, sagte sie, »es war mir im Moment entfallen, Uzun kann jetzt natürlich nicht gehen. Wenn ich nicht imstande bin, die Treppen hinunterzugehen, kann ihn später vielleicht jemand heraufholen, damit er mich besuchen kann – aber nicht über die Wendeltreppe. Diese Treppe bereitete ihm bereits Schwierigkeiten, als er noch laufen konnte. Ich kann mir nicht vorstellen, warum Orogastus das Ding je bauen ließ. Allerdings hat er stets Stilfragen praktischen Überlegungen vorgezogen.«

Sie schloß die Augen und schien kurz einzuschlafen. Dann sagte sie: »Und du kannst Uzun natürlich nicht tragen. Nun ja, wahrscheinlich muß ich warten, bis ich seines Rates dringender bedarf als der Erholung.« Sie versuchte sich aufzurichten, und nachdem sie sich schwer atmend bemüht hatte, sagte sie: »Hilf mir, mich hinzusetzen.« Sie klang sehr überrascht. »Ich stelle fest, ich kann nicht ohne Hilfe aufrecht sitzen.«

Mikayla legte die Arme um die alte Frau und half ihr in eine sitzende Position. »Soll ich die Treppe hinuntergehen und Uzun sagen, daß Ihr nach ihm gefragt habt? Er wird sich mächtig freuen, wenn er hört, daß Ihr wach seid. Er hat sich natürlich schreckliche Sorgen um Euch gemacht, wie wir alle.«

»Und wozu soll das gut sein, wenn er nicht einmal heraufkommen und mir Gesellschaft leisten kann?« fragte Haramis gereizt. »Warum sollen wir den Guten ohne Grund aufregen? Ist Kimbri da?«

»Sie ist gerade bei der Gärtnersfrau, um nachzusehen, ob sie schon niederkommt. Sobald sie wieder da ist, werde ich sie zu Euch schicken.«

»Die Mühe kannst du dir sparen«, sagte Haramis. »Nicht umsonst bin ich schließlich Erzzauberin geworden.« Dann sagte sie, ohne die Stimme zu heben, als spräche sie zu jemandem im selben Raum: »Kimbri, komm zu mir, ich brauche dich.«

Kurz darauf kam Kimbri die Treppe heraufgeeilt. Mikayla öffnete ihr die Tür und fragte leise: »Hast du die Herrin nach dir rufen hören?«

»Nein«, flüsterte Kimbri zurück. »Ich war bei der Gärtnersfrau, und da es ihr gutgeht, habe ich beschlossen, nach der Herrin zu sehen. Hat sie mich gerufen?«

Mikayla nickte. Kimbri sagte leise: »Sehr wahrscheinlich kehren ihre natürlichen Fähigkeiten eher zurück als die magischen. Macht Euch keine Gedanken darüber.« Sie trat ins Zimmer. Als sie sah, daß die Erzzauberin im Bett saß, sagte sie: »Schön, daß Ihr wieder so gut ausseht, Herrin.« Als sie begann, Haramis zu untersuchen, ergriff Mikayla die Gelegenheit und schlüpfte aus dem Zimmer, um Uzun die gute Nachricht zu überbringen.

Sie lief die Treppe hinunter ins Arbeitszimmer und stellte fest, daß die Harfe eingenickt war. Sie hatten nie herausgefunden, ob Uzun wirklich schlief oder nicht, aber seit Haramis krank geworden war, hatte Uzun mehrmals den Anschein erweckt, als schlafe er, wenn Mikayla ihn ansprach.

»Uzun, wacht auf«, rief sie. »Die Erzzauberin ist wach und hat sofort nach Euch gefragt.«

Wenn es einer Harfe überhaupt möglich war, selbstzufrieden auszusehen, dann hätte sie schwören können, daß Uzun es in diesem Augenblick tat. »Ihr sagt, sie hat nach mir gefragt? Ich hätte es mir denken können, daß sie als erstes danach fragen würde«, sagte er. »Könnt Ihr mich zu ihr bringen?«

»Nein. Haramis glaubt nicht, daß wir Euch die vielen Treppen hinauftragen können. Und selbst wenn sie nicht mehr weiß, was mit Euch passiert ist, als wir Euch das letzte Mal in ihr Zimmer schafften: Ich weiß es noch! Aber ich kann für Euch Nachrichten hin und her befördern.«

»Damit werden wir uns wohl begnügen müssen.« Uzun seufzte.

»Allerdings, falls du nicht unbedingt ein Haufen Kleinholz werden willst«, sagte Mikayla.

247

23

Mikayla war nicht sonderlich überrascht, als Haramis plötzlich ihren Widerstand gegen einen neuen Körper für Uzun aufgab.

Ein erster Hinweis auf diesen Sinneswandel kam in der nun folgenden Woche, als Kimbri die Erzzauberin noch einmal untersuchen wollte. »Wie geht es Euch heute, Herrin?« fragte sie behutsam.

»Nicht gut«, sagte Haramis. Sie klang müde und sehr alt. »Bestimmt nicht gut genug, um Mikayla all die Dinge beizubringen, die sie lernen muß, ehe sie Erzzauberin wird. Zumindest im Augenblick nicht, aber ich meine, sie sollte nicht länger warten, das alles zu lernen.« Sie lehnte sich zurück und schloß die Augen; Mikayla schien es fast so, als fielen sie einfach zu. Kurz darauf sagte Haramis, ohne die Augen zu öffnen: »Mikayla, ich meine, du solltest zuerst lernen, durch deine seherische Gabe mit der Gesamtheit des Reiches Verbindung aufzunehmen. Nimm dir dazu die Wasserschale zu Hilfe, in deren Gebrauch ich dich bereits eingewiesen habe. Geh und hol sie.«

Mikayla holte die Silberschale und füllte sie bis zum Rand mit klarem Wasser, wie man es ihr gezeigt hatte. Sie fand es unpassend, Haramis in diesem Augenblick daran zu erinnern, daß sie Mikayla bereits vor einigen Jahren beigebracht hatte, das gesamte Reich mit Hilfe der Hell- und Fernsicht zu betrachten. Sie hatte den dringenden Verdacht, daß Haramis nicht mehr wußte, wie lange Mikayla schon im Turm lebte. *Vermutlich ist es schon ein gutes Zeichen, daß sie sich überhaupt an mich erinnert*, dachte Mikayla, *und ich will sie ganz gewiß nicht aufregen. Immerhin hat Kimbri gesagt, daß wir für ihre Ruhe sorgen sollen – und das ist meistens ziemlich schwierig.*

Als Mikayla zurückkehrte, fragte Haramis sie: »Was möchtest du vom Königreich am liebsten sehen?«

Mikayla schwieg und überlegte eine Zeitlang. Es war das erste Mal, daß Haramis sie nach ihren Wünschen fragte. Was wollte sie denn sehen? Die Skritek? Bestimmt nicht. Die Ruinen, die sie mit Fiolon an jenem Tag gesucht hatte, an dem sie die Erzzauberin tra-

248

fen? Nach einer Weile sagte sie vorsichtig: »Ich würde gern sehen, wie es meinem Vetter Fiolon geht.«

Haramis hob die Hand zu einer schwachen Geste. »Dann schau ins Wasser.«

Mikayla warf einen Blick in die Schüssel und versuchte sich an die Anweisungen der Erzzauberin bei anderen Gelegenheiten zu erinnern. Sie wußte noch, wie man die Schale benutzte, obwohl sie stets die Kugel an ihrem Hals nahm, wenn sie allein in die Ferne sah. Kurz darauf begann das Spiegelbild der Fenster auf der Wasseroberfläche in der Schale zu rotieren und sich zu einem winzigen Bild von Fiolon zu verformen, der in Reitkleidung auf einem grauen Fronler saß. Hinter ihm her trottete ein kleinerer Fronler, der schwer mit Gepäck beladen war.

Mikayla erkannte seine Umgebung: Er war ganz in ihrer Nähe und kam auf den Turm zu. *Warum kommt er hierher?* fragte sie sich. *Haramis schickt ihn jedesmal fort, sobald sie ihn sieht.*

Haramis fragte: »Nun, was siehst du, mein Kind?«

Mikayla biß sich auf die Lippe. *Wenn sie mich anschaut und immer noch ein Kind in mir sieht, geht es ihr offenbar nicht gut,* dachte sie, *und wenn ich ihr sage, daß Fiolon hierher kommt, wird sie vielleicht wütend. Aber sie bekommt es unweigerlich mit, wenn er hier ist – die Diener würden sie nie anlügen, nicht in diesem Fall.* »Fiolon kommt her«, sagte sie, »mit zwei Fronlern. Er hat nur noch eine halbe Meile bis zur Schlucht am Ende des Vorplatzes vor sich.«

»Das müssen die Fronler und das Gepäck sein, die ich damals bei seinen Eltern ließ, als ich die Lämmergeier rief, um euch vor den Skritek zu retten«, sagte Haramis ohne Zögern. »Sicher ist Fiolon auf dem Weg hierher, um sie mir zurückzubringen.«

Mikayla starrte sie mit offenem Mund an und zwang sich, den Mund wieder zu schließen. Offenbar lebte Haramis wieder einmal nicht in der Gegenwart, aber jetzt zumindest ahnte Mikayla, in welcher Zeit Haramis zu leben glaubte. *Wenigstens ist sie nicht wütend, daß Fiolon herkommt. Und sie hat von »seinen Eltern« gesprochen – vielleicht denkt sie, er sei einer meiner Brüder.*

»Schau in die obere Schublade des Tisches neben meinem Bett, Mikayla«, wies Haramis sie an. »Dort liegt die kleine silberne

Pfeife, mit der ich die Brücke ausfahre. Bis du die untere Ebene des Turms erreicht hast, wird er dort angelangt sein, also mach dich am besten sofort auf den Weg.«

Mikayla glaubte nicht, daß er so bald schon eintreffen würde, aber sie folgte der Erzzauberin liebend gern – konnte sie auf diese Weise doch den Raum verlassen. Sie nahm die kleine Pfeife mit und eilte die langen Treppenfluchten hinunter zum Eingang, durch den sie auf der Südseite des Turms ins Freie trat. Zufrieden stellte sie fest, daß die Solarzelle sauber war, denn sie hatte das Gefühl, daß sie den »Zauberspiegel« des Orogastus sehr bald brauchen würde. *Fiolon kommt nicht her, wenn er nicht einen triftigen Grund hat.*

Während sie auf dem Platz auf Fiolons Ankunft wartete, hatte sie Zeit genug, sich über den Geisteszustand der Erzzauberin Gedanken zu machen. Von der Heilerin wußte sie, daß alte Menschen, die an dieser Krankheit litten, zuweilen einen Großteil ihrer Erinnerungen verloren oder nicht mehr imstande waren, zu reden oder den Verstand zu gebrauchen. Es würde Haramis wahrscheinlich sehr ärgern – wenn sie auch nur andeutungsweise erkennen würde, was vor sich ging.

Mikayla versetzte der Gedanke an den Zustand der Erzzauberin in Angst. Haramis hatte teilweise den Verstand verloren und schien es nicht einmal zu merken. Sie hielt Mikayla für ein Kind ohne Ausbildung; die Herrscher der Lüfte mochten wissen, was sie über Fiolon dachte …

Das ganze Land war ohne seine Mutter und Hüterin. Nun, in gewisser Weise …

Mikayla stand auf dem Platz und hing trüben Gedanken nach, bis Fiolon in Sicht kam. Sie blies auf der Pfeife, wie sie es bei Haramis gesehen hatte, als diese Fiolon zum ersten Mal fortschickte. Es war schon so lange her – Jahre, an die sich Haramis nicht mehr erinnerte.

Die Brücke spannte sich langsam über die breite Schlucht und erreichte die andere Seite genau in dem Augenblick, als Fiolon mit seinen Fronlern davor auftauchte. Mikayla konnte es kaum erwarten, bis Fiolon und seine Fronler die Brücke überquert hatten. Sobald er auf ihrer Seite angelangt war, rannte sie auf ihn zu, umarmte ihn und zog ihn dabei fast vom Fronler.

»Oh, Fiolon, ich freue mich so, dich zu sehen. Ich habe es fast nicht glauben können, als ich dich auf dem Weg hierher sah!«

»Du hast es gewußt?« fragte Fiolon, schloß sie ebenfalls in die Arme und hielt sie fest. »Deshalb stehst du also hier und erwartest mich! Ist es denn schon so weit, daß du Erzzauberin wirst? Ich ahne, daß mit Haramis irgend etwas nicht stimmt, oder?«

»Ja«, antwortete Mikayla. »Das ist richtig. Du wirst sehen, daß sie sich sehr verändert hat, und ich fürchte, nicht zum besten. Sie war sehr krank, und ein paar Tage lang dachten wir, sie würde sterben.«

Fiolon seufzte. »Wieder ein Schlaganfall?« fragte er. Mikayla nickte. »Und du bist nicht annähernd darauf vorbereitet, ihren Platz einzunehmen, vermute ich. Das würde das Durcheinander erklären.«

Obwohl Mikayla selbst diesen Gedanken seit geraumer Zeit hegte, schmeichelte es ihr nicht unbedingt, daß Fiolon nun als erstes darauf zu sprechen kam. Daher entgegnete sie ihm recht schnippisch: »Ich weiß selbst, daß ich noch nicht so weit bin; Haramis hat es mir in den letzten Tagen immer wieder gesagt, Uzun ebenfalls. Man könnte fast meinen, ich wäre erst sechs Jahre alt. Warum gehst du nicht zu ihr, dann könnt ihr gemeinsam das Klagelied anstimmen, was für ein hoffnungsloser Fall ich doch bin!«

Mit wütenden Schritten stapfte sie in den Stall, um den Knopf zu drücken, der die Brücke wieder einzog, und um dem Stallknecht zu sagen, er möge sich um die Fronler kümmern. Als sie sich umwandte, stellte sie fest, daß Fiolon ihr gefolgt war.

»Tut mir leid, Mika«, sagte er und legte ihr einen Arm um die Schultern. »Es muß furchtbar für dich sein, wenn sie so ist.«

»Warte ab, bis du sie siehst«, sagte Mikayla mit grimmiger Zufriedenheit.

»Ich wollte damit auch nicht sagen, daß du nicht in der Lage bist, Erzzauberin zu werden«, fuhr Fiolon fort. »Ich bin sogar der Ansicht, du solltest die Aufgabe jetzt übernehmen.«

Mikayla starrte ihn verblüfft an. »Aber das könnte ihren Tod bedeuten!«

»Vielleicht will sie lieber sterben, als diesen Zustand beizubehalten, unter dem das Land leidet«, sagte Fiolon sanft. »Der Schaden greift inzwischen nach Var über. Ich spüre es, deshalb bin ich hier.«

»Wußte ich doch, daß dich ein bestimmter Grund hierher führt«, sagte Mikayla. »Immerhin hat Haramis dich jedesmal fortgeschickt, wenn sie dich gesehen hat. Aber es kann sein, daß sie sich im Augenblick nicht so recht daran erinnert, wer du bist – sie scheint anzunehmen, du wärst einer meiner Brüder.«

»Diese Illusion werde ich ihr auch nicht nehmen«, sagte Fiolon, »und ich verspreche dir, ich werde ihr nicht sagen, daß ich der Erzzauberer von Var bin – wahrscheinlich bekäme sie dann noch einen Anfall. Ich vermute, du hast sie nicht darüber informiert.«

»Natürlich nicht«, sagte Mikayla. »Uzun weiß es, aber er würde es ihr auch nicht sagen.«

»Na gut«, sagte Fiolon, »dann wollen wir mal sehen, wie es um sie steht.« Er klopfte ihr sanft auf die Schulter und bedeutete ihr voranzugehen.

Mühsam erklommen die jungen Leute die Treppen und traten ins Zimmer der alten Frau. »Fiolon ist hier und bittet, vorgelassen zu werden, ehrwürdige Haramis«, sagte Mikayla förmlich.

»Komm herein, mein Kind«, sagte Haramis und streckte Fiolon mit einer schwachen Geste die rechte Hand entgegen.

Es ist genauso wie beim letzten Mal, erkannte Mikayla plötzlich. *Sie kann die rechte Seite benutzen, aber die linke nicht. Ich frage mich, warum.*

Fiolon beugte sich über die Hand der Erzzauberin und gab ihr in höfischer Manier einen Handkuß. »Ehrwürdige«, erwiderte er.

Er entwickelt feinere, höfische Manieren, dachte Mikayla verbittert. *Klar, er lebt bei Hofe. Ich bin es, die ihr ganzes Leben in den Bergen verbringen muß.*

Sie stand an der Tür und schmollte, während Fiolon belanglose Konversation mit der alten Dame trieb, von der nicht zu erwarten war, daß sie viel, wenn überhaupt etwas, von dem wußte, was in der Welt vor sich ging. *Wenn es nicht so traurig wäre, könnte man fast darüber lachen,* dachte Mikayla, als sie hörte, wie Fiolon der Erzzauberin versicherte, seine Eltern seien bei bester Gesundheit. Offenbar hatte Haramis nur eine Ahnung, wer er war, sonst wäre ihr eingefallen, daß seine Mutter bei der Geburt gestorben war und niemand seinen Vater kannte. *Nun ja, mag sein, daß sein Vater bei bester Gesundheit ist – es gibt bestimmt keinen Beweis für das Gegenteil.*

Haramis ermüdete rasch. Sie trug Mikayla auf, von der Hausdame ein Zimmer für ihren Bruder herrichten zu lassen, und entließ die beiden.

Mikayla, die Enya bereits gebeten hatte, ein Zimmer für Fiolon bereitzustellen, zog ihn hinter sich her in ihr Zimmer, um mit ihm unter vier Augen zu sprechen. Sie setzten sich an einen Tisch vor der Feuerstelle und schauten sich ratlos an. Mikayla stöhnte auf und legte den Kopf auf die Arme, die sie auf dem Tisch verschränkt hatte. »Sie ist nicht ganz bei sich.«

»Ich fürchte, du hast recht«, stimmte Fiolon ihr zu. »Seit wann bin ich dein Bruder?«

»Ohne Zweifel seit dem Zeitpunkt, als Haramis dich als einen solchen sehen wollte.« Mikayla richtete sich auf und runzelte die Stirn. »Es gibt Tage, an denen ich sie wirklich hasse. Sie beschließt, wie sie die Wirklichkeit gern hätte, und dann erwartet sie von allen, ihr beizupflichten. Und alle tun es! Wenn sie sagt, der Himmel ist grün, pflichten Uzun und alle Diener ihr bei und versichern ihr, er habe nie eine andere Farbe gehabt.

Immerzu erzählt sie dieselben Geschichten aus ihren Mädchenjahren. Die ersten drei oder vier Male waren sie ja noch interessant, aber nach dem zwanzigsten Mal nicht mehr!«

»Sie vergißt, was sie gesagt hat?« fragte Fiolon.

Mikayla nickte. »Sie ist wie unsere erste Spieluhr, damals in der Zitadelle, als wir noch klein waren, erinnerst du dich? Die spielte immer dieselbe Melodie, wenn man sie auf dieselbe Seite stellte. Bei Haramis hört man sich immer wieder dieselbe alte Leier an. Ich habe noch nicht herausgefunden, was bei ihr den verschiede-

253

nen Seiten der Spieluhr entspricht, aber es scheint ein ähnliches Phänomen zu sein. Sobald ich die ersten Worte vernehme, kann ich dir genau sagen, wie es weitergeht, Wort für Wort, Wendung für Wendung – und ich bin es so leid, daß ich schreien könnte!

Erinnerst du dich an den Turm in der Zitadelle, wo wir immer gespielt haben? Wir konnten uns stundenlang ungestört dort aufhalten. Wenn ich hier eine halbe Stunde nicht in ihrer Sichtweite bin, schickt sie Enya los, mich zu suchen. Sie will nicht, daß ich Zeit für mich habe, sie will immer genau wissen, wo ich mich aufhalte, sie will nicht einmal, daß ich allein nachdenken kann … das macht mir schwer zu schaffen.

Ich habe das Gefühl, sie will meine Persönlichkeit ausradieren und sie durch ihre eigene ersetzen – es ist fast so, als wollte sie mich in Besitz nehmen, als versuche sie, ihre Seele auf zwei Körper auszudehnen, auf ihren und meinen, ohne Rücksicht darauf, was mit meiner Seele geschieht.« Sie schauderte und warf Fiolon einen ängstlichen Blick zu. »Ich habe doch eine eigene Seele, Fio, oder?«

»Aber natürlich«, versicherte ihr Fiolon. »Du bist wahrscheinlich nur außer dir, weil sie krank ist. Hast du genug Schlaf bekommen? Und hast du gegessen, oder ist der Haushalt so durcheinander, daß du wieder keine ordentlichen Mahlzeiten bekommst?«

»Ich esse ein wenig Obst oder so, wenn ich Hunger habe«, sagte Mikayla. »Was den Schlaf betrifft, da wünschte ich fast, ich würde überhaupt nicht schlafen – ich habe Alpträume, und dann werde ich wach und sitze hier fest!«

»Eigentlich hält dich niemand hier fest«, sagte Fiolon. »Du hast nie versprochen, hier zu bleiben.«

Mikayla schaute ihn ungläubig an. »Natürlich sitze ich hier fest – seit Jahren schon. Ich habe es mir nicht ausgesucht, Erzzauberin zu werden – sie hat mich von zu Hause entführt und mich hierher verschleppt. Sie hat mich jahrelang ›unterrichtet‹, ohne auch nur einmal danach zu fragen, was ich eigentlich wollte.«

»Ja«, stimmte Fiolon ihr zu, »sie hat dich ohne dein Einverständnis hierher gebracht – aber das ist Jahre her. Du hättest jederzeit nach Hause zurückkehren können, seitdem du die Lämmergeier rufen kannst – und davor ebenfalls, wenn du bereit gewesen wärst, auf einem Fronler durch den Schnee zu reiten. Inzwischen bist du freiwillig hier, auch wenn es dir noch nicht bewußt ist. Denk darüber nach und entscheide dich. Was willst du tun?«

»Oh, ich habe mich entschieden«, sagte Mikayla sarkastisch. »Um aller Herrscher der Lüfte willen, Fio, fang nicht damit an. Du sollst mein Freund sein – ich brauche wirklich einen, und du stehst mir so nahe wie kein anderer. Nun schlage dich nicht auch noch auf ihre Seite, ich bitte dich. Das halte ich nicht aus; ich kann so einfach nicht leben. Das ist es nicht, was ich mir vorgestellt habe.«

»Was wolltest du denn?« fragte Fiolon ruhig.

»Ich weiß es nicht mehr«, schluchzte Mikayla. »Ich gerate hier völlig durcheinander. Aber das kann es einfach nicht sein, sonst wäre ich nicht so unglücklich.« Sie versuchte, einen klaren Gedanken zu fassen. »Ich wollte wahrscheinlich, was jedes Mädchen will: einen lieben Mann – in erster Linie dich –, Kinder, ein gemütliches Heim irgendwo, einen Garten, ein paar Freunde …«

»Du hast Uzun«, bemerkte Fiolon.

»Mir wären Freunde lieber, die ein wenig beweglicher sind. Uzun ist ja sehr nett, aber man muß schon ein ausgesprochener Musikliebhaber sein, um ihn so zu schätzen, wie er es verdient hat … Du warst immer mein bester Freund, und du weißt ebensogut wie ich, daß Haramis, als sie uns zum ersten Mal hierher brachte, nichts Eiligeres zu tun hatte, als dich fortzuschicken. Sie will, daß ich allein und vollkommen von ihr abhängig bin, und das ist einfach gemein!«

»Aber Mikayla, du kannst doch einen Lämmergeier rufen, oder nicht? Selbst mitten in der Nacht würde Rotauge beim ersten Zeichen von dir zwei Berggipfel überfliegen.«

»Stimmt.«

»Es ist also nicht so, als bliebe dir keine andere Wahl«, stellte Fio fest. »Du kannst einen Lämmergeier rufen, irgendwohin fliegen und nie wieder zurückkehren. Wenn du also nach all der Zeit trotzdem noch hier bist, würde ich sagen, daß du dich entschieden hast. Es tut mir wirklich leid, daß du unglücklich bist, aber du mußt einen Grund haben, daß du hier bleibst.«

Mikayla runzelte die Stirn. »Es hört sich wahrscheinlich verrückt an, aber ich glaube, das Land will mich.«

»Es hört sich überhaupt nicht verrückt an«, sagte Fiolon, ohne zu zögern. »Ich glaube es nämlich auch.«

Mikayla sah ein wenig kränklich aus. »Seitdem sie diesmal ihren Anfall hatte, kommt mir immer wieder in den Sinn, daß ich es weinen höre – das Land, oder die Winde oder ähnliches. Mir geht es wirklich schlecht dabei, aber ich kann offenbar überhaupt nichts tun. Ich habe kein Gefühl für das Land – nicht so wie du. Das Problem ist, daß ich glaube, Haramis hat es auch nicht mehr.«

Fio zuckte die Achseln. »Das weiß ich nicht. Man kann es bei einem anderen nur schwer feststellen.« Mit den Fingerspitzen berührte er die Stelle auf seiner Tunika, unter der sich die Kugel befand. »Wenn du das Gefühl hättest, könnte ich es sagen, aber bei ihr kann ich es nicht.«

Mikayla legte die Finger auf eine Erhebung auf ihrer Brust – die Kugel, das Gegenstück zu Fiolons Kugel, die sie stets sorgfältig unter mindestens zwei Kleiderschichten verbarg. Mikayla trug sie immer auf der Haut, sie war der einzige Gegenstand, der ihr aus der Zeit vor ihrem Leben bei Haramis noch geblieben war, die klingende Kugel, die sie von ihrem letzten gemeinsamen Ausflug mit Fiolon zurückbehalten hatte. »Sind wir denn so stark verbunden?« fragte sie. »Ich denke immer noch, daß ich deine Gegenwart spüre und deine Stimme beim Klang der Kugel höre, aber ich dachte, ich würde es mir einbilden.«

Fiolon lächelte sie an. »Mika, das einzige, was dir fehlt, ist Phantasie.« Er schüttelte seine Kugel sachte und ließ sie klingen. Mikayla spürte, wie ihre Kugel gleich seiner vibrierte. »Es heißt, in die Ferne sehen sei unzuverlässig, vor allem für Menschen, aber wenn wir beide uns über diese Kugeln in Verbindung setzen, können wir uns sehr deutlich sehen. Ich habe jahrelang an deinen Lektionen teilgenommen, selbst an einigen Gesängen im Meret-Tempel.«

Mikayla stöhnte, als sie sich an die vielen Lektionen erinnerte. »Und du hast auch viel mehr behalten als ich. Als du in Var angekommen bist und Gefühl für das Land entwickelt hast, konntest du damit umgehen. Ich lag zwei Tage krank im Bett, nur weil ich mit dir verbunden war.«

»Ich glaube, es würde dir viel besser gehen, wenn du dich entspannen und aufhören würdest, dich gegen die Situation zu wehren.«

»Das bezweifle ich nicht.«

»Ich überlege gerade, ob es in der Bibliothek nicht etwas über die zu erwartenden Auswirkungen gibt, wenn sowohl eine Erzzauberin als auch eine ausgebildete Nachfolgerin existieren.«

»Ausgebildet?« sagte Mikayla. »Ich? Alle sind sich einig, daß ich noch nicht ausgebildet bin!«

»Aber du hast mehr Ausbildung genossen als ich zu dem Zeitpunkt, als ich Erzzauberer von Var wurde«, stellte Fiolon fest.

»Stimmt«, sagte Mikayla. »Glaubst du, das könnte bedeuten, daß ich im Grunde gar nicht ausgebildet werden sollte? Könnte das der Grund sein, warum Haramis ständig Anfälle erleidet – weil es tatsächlich zwei von uns gibt?«

»Schau in der Bibliothek nach«, schlug Fiolon ihr vor.

»In der großen Bibliothek steht nichts darüber«, sagte Mikayla. »Ich habe dort jedes Buch mindestens einmal gelesen. Aber wenn wir die Eishöhlen noch ein wenig genauer untersuchen, finden wir vielleicht noch mehr Zeug von Orogastus, etwas, das wir bisher übersehen haben.«

»Keine schlechte Idee«, sagte Fiolon. »Den alten Geschichten zufolge war er viel stärker an den verschiedenen Arten der Machtausübung interessiert, als Haramis es je war.«

»Das glaube ich gern«, sagte Mikayla. »Und vielleicht gibt es sogar in der Bibliothek des Meret-Tempels etwas. Obwohl ich keine Ahnung habe, mit welcher Entschuldigung ich mir dort Eintritt verschaffen könnte!«

Sie schaute Fiolon nachdenklich an. »Aber wie sieht es bei dir aus? Hast du immer noch Schwierigkeiten mit den Frauen bei Hofe?«

Fiolon runzelte die Stirn. »Darauf achte ich eigentlich kaum. Kein Mädchen in Var ist ernsthaft an mir interessiert, trotz des Herzogtums, vor allem, da ich die meiste Zeit dort verbringe. Es

257

kursieren alle möglichen dummen Gerüchte, mein Vater sei ein Dämon gewesen oder ähnliches, und es besteht gewiß kein Zweifel daran, daß ich ein Bastard bin.«

»Soll das heißen, es gibt keine, die das aufregend und romantisch findet?« neckte Mikayla ihn.

Fiolon schaute bitter drein. »Ich leugne nicht, daß es bei Hofe das eine oder andere Mädchen gibt, das so dumm ist, Mika, aber du weißt selbst, daß ich Dummheit noch nie besonders reizvoll fand. Du hast wenigstens Verstand – selbst wenn es so aussieht, als würdest du ihn zur Zeit nicht oft gebrauchen.«

Diese Bemerkung erinnerte Mikayla unglücklicherweise an ihre ursprüngliche Klage. »Oh, ich habe keinen Verstand, Fio«, flötete sie bittersüß. »Haramis hat deren zwei: ihren und meinen. Wenn es nach ihr ginge, dann wäre ich eine Kreuzung aus ihrem Eigentum und einem Teil ihres Körpers.

Schau dir doch nur an, was sie mit Uzun macht. Er war einmal eine Person, er war ihr Freund und Lehrer … und was ist er jetzt? Ihre Harfe. Er kann sich nicht frei bewegen, und sie kann ihn nach Belieben hin und her schieben – natürlich mit der Einschränkung, daß es sehr schwierig ist, eine Harfe von der Größe zu bewegen.

Er ist ein Gegenstand, ich bin ein Gegenstand, ihre Diener sind Sachen, und du bist ein Ärgernis für sie, das heißt, wenn sie sich daran erinnert, wer du bist. Für mich bist du natürlich ein Mensch, vielleicht der einzige, den es hier weit und breit gibt. Denn ich bin mir nicht einmal mehr sicher, ob ich noch ein Mensch bin oder je wieder einer sein werde. Und du weißt, daß sie dich wieder fortschickt, sobald ihr einfällt, wer du bist und warum du hier bist.«

»Du weißt nicht, was in Var vor sich geht«, sagte Fiolon. »Diesmal werde ich nicht fortgehen, nur weil sie es mir befiehlt. Ich bin kein Kind mehr.«

24

»Es ist sicher richtig, daß sie im Augenblick nicht in der Lage ist, dich hinauszuwerfen«, pflichtete Mikayla ihm bei. »Aber was ist denn los in Var?«

»Irgend etwas kommt mit dem Mutar von den Bergen herunter und tötet die Fische«, sagte Fiolon. »Und das ist nur das, was einem sofort ins Auge springt. Ich war in Let, um die Holzverladung zu beaufsichtigen, als es anfing. Mit dem Wasser war etwas nicht in Ordnung. Ich schickte eine Botschaft an meinen Onkel, den König, in der ich ihm mitteilte, daß ich die Sache untersuchen wollte. Dann begab ich mich zur Zitadelle. Auf meinem Weg kam ich durch den Wun-See und stellte fest, daß alle Fische im See tot waren – und nicht nur die, sondern auch die Uferbewohner gingen zugrunde.«

»Wyvilo?« fragte Mikayla.

»Hauptsächlich Wyvilo, aber auch Menschen starben, und viele andere wurden schwer krank.«

Mikayla zog hörbar die Luft ein. »Wie konnte das passieren?«

Fiolon warf ihr einen traurigen Blick zu.

»Ich weiß es nicht. Ruwenda ist nicht mein Land, und ich kann daher zwar spüren, daß etwas ganz und gar nicht stimmt, aber ich kann nicht genau bestimmen, woran es liegt oder wie man es feststellen könnte.«

»Konntest du es in Var nicht spüren?«

Fiolon schüttelte den Kopf. »Das Problem liegt nicht in Var – das heißt, Var ist kein Teil des Problems. Das einzige, was ich in Var spürte, war, daß etwas Schreckliches aus Ruwenda kommt, und zwar mit dem Fluß. Und ich sage dir noch etwas«, fügte er hinzu, »es wäre noch viel schlimmer, wenn der Wind hauptsächlich von Ruwenda nach Var wehen würde und nicht umgekehrt. So aber blieb mir wenigstens das ungute Gefühl durch die Luft erspart, bis ich die Grenze überquerte. Von der Zitadelle aus ritt ich auf einem Fronler, so daß ich durch die Irrsümpfe kam und nachschauen konnte, wie die Dinge dort standen.« Er blickte ihr direkt in die Augen. »Mikayla, dein Land ist sehr krank.«

»Haramis' Land«, ermahnte Mikayla ihn. »Nicht mein Land.«

»Bei der Heiligen Blume, Mika, es ist deine Heimat!« Fiolon schaute sie vorwurfsvoll an. »Macht es dir denn gar nichts aus?«

»Was hätte ich schon davon, wenn es mir etwas ausmachte?« Mikayla zuckte die Achseln und versuchte, ihren Schmerz zu verbergen. »Du glaubst doch nicht im Ernst, Haramis würde zulassen, daß ich etwas unternehme? Weißt du, warum ich auf deine Ankunft gewartet habe?«

Sie ließ ihn gar nicht erst zu Wort kommen. »Der Grund, warum ich auf dem Vorplatz auf dich gewartet habe, ist der, daß Haramis jetzt, da sie krank ist, den Entschluß gefaßt hat, meine Ausbildung unbedingt zu beschleunigen. Sie bringt mir das Hellsehen mit der Wasserschale bei!«

»Was meinst du damit?« fragte Fiolon. »Das hat sie dir doch schon beim ersten Mal, als du hierher kamst, beigebracht – vor viereinhalb Jahren!«

»Ich weiß«, antwortete Mikayla, »und du weißt es auch. Aber sie nicht.«

»Oh nein.« Mehr wollte er dazu nicht sagen.

»Ich bin mir ziemlich sicher, daß sie kein Gefühl für das Land mehr hat«, fügte Mikayla hinzu. »Ich glaube sogar, daß sie es nach ihrem ersten Schlaganfall schon nicht mehr hatte. Als du das Gefühl für Var bekommen hast und ich sie ganz allgemein danach fragte, wie es ist, wenn man Gefühl für ein Land hat, fragte sie mich ziemlich heftig, ob ich es denn für Ruwenda hätte.«

»Aber wenn sie es nicht hat«, fragte Fiolon, »wer dann?«

»Ich weiß nicht« – Mikayla seufzte – »und Uzun auch nicht – ich habe ihn damals danach gefragt. Wir glauben, wenn es jemand anderes besäße, dann wüßten wir es inzwischen, also muß es irgendwie in der Schwebe sein. Ich weiß, daß ich es nicht habe.«

»Aber auch wenn du kein Gefühl für das Land hast, müssen wir etwas gegen dieses Durcheinander unternehmen!«

»Wir können es versuchen. Kannst du eine Liste erstellen von allem, was in Ordnung gebracht werden muß?«

Fiolon zog ein langes Gesicht und schüttelte den Kopf. »Ich kann Ruwenda nicht in allen Einzelheiten wahrnehmen.«

»Einzelheiten!« Mikayla schnippte mit den Fingern und sprang auf. »Komm mit«, sagte sie ungeduldig und hastete aus dem Zimmer.

»Wohin gehen wir?« fragte Fiolon.

»Zum Spiegel. Wenn du Einzelheiten willst, erhältst du sie da auf jeden Fall.«

»Du mußt dir noch etwas überziehen, ehe wir hinuntergehen«, meinte Fiolon.

»Nein«, sagte Mikayla fröhlich, »Rotauge hat mir im letzten Jahr beigebracht, meine Körpertemperatur zu steuern. Du kannst dir etwas Wärmeres holen, während ich Pergament und Tinte besorge. Wir treffen uns unten.«

Als Fiolon die Eishöhle betrat, in der sich der Spiegel befand, saß Mikayla bereits im Schneidersitz auf dem eiskalten Boden direkt vor dem Spiegel und kritzelte eifrig etwas auf Pergament. »Ich habe gefunden, was deine Fische tötet, Fiolon«, sagte sie. »Es ist eine Art winziger Pflanze, die ein hochwirksames Gift produziert, wenn die Voraussetzungen günstig sind – was zum Glück nicht oft vorkommt. Als Haramis ihren letzten Anfall hatte, gab es hier ein paar heftige Erdbeben ...«

Sie unterbrach sich und sprach mit dem Spiegel. »Spiegel, zeige die Erdstöße der letzten beiden Monate.«

»Suche«, erwiderte der Spiegel. Eine Landkarte von Ruwenda erschien, die mit blaßblauen Linien überzogen war. Sie blieb ein paar Sekunden unverändert, doch dann leuchtete es an mehreren Stellen hellblau auf. Von diesen Stellen liefen gezackte Linien in verschiedene Richtungen, die jedoch entlang der hellblauen Linien am stärksten hervortraten.

»Das hier«, sagte Mikayla, streckte den Arm aus und legte eine Fingerspitze auf einen Punkt im Nordwesten der Dornenhölle, »war das erste. Es ereignete sich vor Sonnenaufgang an dem Morgen, an dem wir Haramis in ihrem Zimmer auf dem Boden fanden. Dann haben sie sich über einen Großteil der nördlichen Bereiche der Goldsümpfe ausgebreitet.« Sie drehte sich mit dem Oberkörper herum und schaute Fiolon an. »Bist du durch diese Gebiete gekommen?«

Fiolon nickte schweigend, ohne den Blick vom Spiegel zu wenden.

»Hat es dort denn noch Erschütterungen gegeben?« fragte Mikayla.

Wieder nickte er.

»Wie oft und wie stark?«

Fiolon schaute wieder auf den Spiegel, und Mikayla wußte plötzlich, wo sein Problem lag. »Es ist schon in Ordnung, Fio, du kannst ruhig sprechen. Die Bilder werden sich nicht verändern. Er reagiert nur auf Anfragen, die mit seinem Namen beginnen.«

»Seinem Namen?« fragte Fiolon.

»Seinem Gebrauchsnamen; ich weiß nicht, ob er einen eigenen Namen hat«, erklärte Mikayla. »Spiegel, zeige die ungewöhnlichen Wasserstände in den Irrsümpfen.«

»Suche.« Das Bild verwandelte sich und zeigte eine Schwarzweißkarte von den Irrsümpfen. Die weißen Flächen waren zum größten Teil mit brauner und blauer Farbe in verschiedenen Schattierungen bedeckt.

»Das Blau zeigt die Stellen an, wo das Wasser höher steht als sonst«, sagte Mikayla. »Je dunkler das Blau, um so höher ist der Wasserspiegel. Braun kennzeichnet die Stellen, wo das Land höher aufragt, als es sollte. Je dunkler das Braun, um so höher hat sich das Land aufgeschoben.«

Fiolon schauderte. Auch er wirkte plötzlich krank. »Kein Wunder, daß ich den Eindruck hatte, mit dem Land stimme etwas nicht.«

»Ja«, sagte Mikayla. »Du hast wahrscheinlich Glück gehabt, daß du den Weg hierher gefunden hast, ohne dich zu verirren.«

»Ich habe mich verirrt«, gab Fiolon zu. »Des öfteren sogar. Ich habe einfach meine Kugel zu Hilfe genommen, um deine aufzuspüren, sobald ich nicht mehr erkennen konnte, wo ich war. So wußte ich wenigstens, daß ich zu dir finden würde, wo immer du auch sein mochtest. Es ist ja nicht so, als wärest du ständig hier«, betonte er. »Immerhin hast du ein halbes Jahr in der Höhle von Rotauge auf dem Mount Rotolo zugebracht, ganz zu schweigen von der Zeit, die du im Meret-Tempel verbracht hast.«

»Das ist nur ein Monat im Frühling und vorhersehbar«, erwiderte Mikayla. »Aber ich glaube, wir müssen hier verschwinden, damit wir möglichst viel in Ordnung bringen können. Allein der Wun-See wird eine Menge Arbeit kosten.«

»Laß uns aber zuerst etwas zu Abend essen, ja?« schlug Fiiolon vor.

Mikayla lachte in sich hinein. »Auf jeden Fall. Du mußt ja halb verhungert sein.« Sie stand auf, sammelte ihre Schreibutensilien ein und sprach mit dem Spiegel. »Spiegel, vielen Dank. Wiederaufladen.«

»Breche ab zum Aufladen«, erwiderte der Spiegel und wurde dunkel.

Mikayla führte Fiolon wieder in den Turm und regulierte die Lichtstärke der Lampen im Korridor mit leisen Befehlen.

»Sprichst du hier mit allem?« fragte Fiolon.

»Mit den meisten *Gegenständen*, ja«, antwortete Mikayla. »Mit den Lebewesen nicht so viel. Enya hat ziemlich viel zu tun, die anderen Diener beachten mich nicht, und was Haramis betrifft …« Sie ließ das Ende des Satzes unausgesprochen.

Als sie an der Küche vorbeigingen, steckte Enya den Kopf zur Tür heraus. »Da seid Ihr ja, Prinzessin«, sagte sie. »Ihr müßt auf der Stelle zur Herrin, sie fragt seit zwei Stunden nach Euch.«

Mikayla schaute Fiolon an, als wollte sie sagen »Was habe ich dir gesagt?« und versicherte Enya, sie werde sich sofort zur Erzzauberin begeben.

»Sie hat angeordnet, daß man ihr das Essen in ihrem Zimmer auftragen soll«, fügte Enya hinzu.

Mikayla nickte und ging weiter die Treppe hinauf. Sie wartete, bis sie aus Enyas Hörweite war, und murmelte sarkastisch: »Freude über Freude!«

»Mika, zeige ein bißchen mehr Achtung«, wies Fiolon sie zurecht. »So schlimm kann sie nun auch wieder nicht sein.«

»Wenn wir beide nicht dringend gebraucht würden, um den Schaden im Land zu beheben, könntest du meine Stelle hier einnehmen und dich selbst davon überzeugen«, sagte Mikayla. »Aber so, wie die Dinge liegen, ist es wohl am besten, wir geben Uzun seine neue Gestalt und lassen ihn an ihrer Seite sitzen, damit er sich ihre Geschichten anhören kann.«

»Ob sie es uns erlaubt?« fragte Fiolon. »Beim letzten Mal war sie dazu nicht bereit.«

»Diesmal«, erwiderte Mikayla energisch, »habe ich nicht vor, sie um Erlaubnis zu bitten. Wenn Uzun mit der Umwandlung einverstanden ist, werde ich es tun, selbst wenn ich es allein tun muß.« Fragend schaute sie Fiolon an.

»Wenn du es machst«, sagte er, »dann helfe ich dir. Die Rituale aus dem Meret-Tempel benötigen wahrscheinlich mehrere Teilnehmer.«

»Danke.« Mikayla lächelte ihm kurz zu, doch als sie das Zimmer der Erzzauberin betraten, setzte sie eine undurchdringliche Miene auf.

»Wo warst du, Kind?« fragte Haramis.

»Unten«, antwortete Mikayla ruhig.

»Ist dir denn nicht in den Sinn gekommen, daß ich nach dir verlangen könnte?«

»Tut mir leid, wenn Ihr mich gebraucht habt, als ich nicht hier war«, sagte Mikayla höflich und ging der Frage, die Haramis eigentlich gestellt hatte, aus dem Weg. Zum Glück kam Enya mit dem Abendessen herein, so daß der Rest der Ansprache Mikayla erspart blieb, zumindest vorläufig.

Haramis klagte während des gesamten Abendessens darüber, wie sehr sie Uzun vermisse und warum man sie nicht ins Arbeitszimmer hinunter trage, damit sie bei ihm sein könne, wenn es schon nicht möglich sei, daß er sie besuche. Mikayla stellte mit Erleichterung fest, daß Haramis offenbar eine Ahnung hatte, die sie davon abhielt, zu fordern, man solle Uzun wieder in ihr Zimmer bringen. *Selbst wenn sie sich nicht daran erinnert, warum*, dachte sie, *zieht Haramis nicht mehr in Erwägung, ihn hier heraufbringen zu lassen. Dank sei den Herrschern der Lüfte. Ich könnte es nicht ertragen, wenn er noch einmal zu Schaden käme.*

»Vielleicht können wir in ein paar Tagen dafür sorgen, daß Ihr ihn zu sehen bekommt«, sagte sie. »Inzwischen braucht Ihr Ruhe und müßt wieder zu Kräften kommen, so daß wir Euch nun eine gute Nacht wünschen.« Sie stand auf und schickte das schmutzige Geschirr mit einer unauffälligen Geste in die Küche hinunter. Fiolon verneigte sich vor Haramis und ging hinter Mikayla aus dem Zimmer.

»Ist dir jetzt danach, den Körper heraufzuholen«, flüsterte Mikayla ihm zu, sobald sie allein im Korridor waren. »Oder bist du zu müde?«

»Ich kann dir beim Tragen helfen«, erwiderte Fiolon, »aber wir sollten mit dem Ritual lieber bis morgen früh warten.«

»Einverstanden«, sagte Mikayla, »aber ich glaube, der Körper muß für die Umwandlung dieselbe Temperatur wie die Harfe haben. Wenn wir ihn also diese Nacht neben Uzun stellen, dürfte er morgen bereit sein.«

»Das klingt vernünftig«, stimmte Fiolon ihr zu. »Dann wollen wir ihn holen.«

»Zuerst müssen wir noch etwas anderes tun«, sagte Mikayla und zog Fiolon ins Arbeitszimmer, als sie gerade davor standen. »Uzun«, sagte sie, »ich bin's, Mikayla, mit Fiolon.«

»Lord Fiolon«, sagte die Harfe. »Das ist eine angenehme Überraschung! Was führt Euch her?«

»Probleme mit dem Land, fürchte ich«, erwiderte Fiolon.

»Das habe ich geahnt, als die Herrin krank wurde.« Uzun seufzte. »Ich wünschte, ich könnte zu ihr; ich bin sicher, sie vermißt mich.«

»Wenigstens erinnert sie sich diesmal daran, daß Ihr eine Harfe seid«, sagte Mikayla. »Sie ist also nicht so krank wie damals in der Zitadelle. Und es ist ihr offenbar klar, daß es Euch schadet, wenn wir Euch in ihr Zimmer befördern. Aber Ihr habt recht. Sie hat sich während des Abendessens ständig beklagt, wie sehr sie Euch vermißt.«

»Wenn ich doch nur etwas dagegen tun könnte.« Man merkte dem Klang der Saiten Uzuns Traurigkeit deutlich an.

»Vielleicht gibt es ja etwas«, sagte Mikayla. »Erinnert Ihr Euch an den Körper, den ich im Meret-Tempel für Euch bekommen habe?«

»Ich dachte, Haramis hätte ihn zerstört«, sagte Uzun.

Mikayla schaute Fiolon an. »Er ist noch da, wo wir ihn hinge-legt haben«, sagte er. »Ich habe auf meinem Weg zu den Eishöhlen nachgeschaut, und die Verpackung sieht noch unversehrt aus.«

Mikayla trat an das Bücherregal und kippte ein paar Bücher nach vorn. Die Schriftrolle aus dem Tempel lag noch dahinter, ge-nau an der Stelle, an die Mikayla sie gelegt hatte. »Wir werden den Körper hier heraufbringen und ihn auspacken, Uzun«, sagte sie, »um nachzusehen, ob er beschädigt ist. Wenn nicht, wäret Ihr bereit, das Risiko eines Umwandlungsversuchs auf Euch zu neh-men?«

»Wie geht die Umwandlung vonstatten?« fragte Uzun.

Mikayla entrollte den Anfang der Schriftrolle und überflog rasch, was dort geschrieben stand. »Ich habe die Anweisungen für das Ritual hier«, sagte sie. »Das Verfahren scheint ähnlich dem Ver-fahren zu sein, mit dem Haramis Euch in eine Harfe verwandelt hat.«

»Dann will ich es versuchen«, sagte Uzun. »Erinnert Euch nur an Euer Versprechen für den Fall, daß etwas schiefgehen sollte.«

»Wenn etwas absolut daneben geht, setze ich Eure Seele frei«, sagte Mikayla. »Das verspreche ich Euch.« Sie legte die Rolle zurück an ihr Versteck. »Komm, Fiolon, wir wollen den Körper holen.«

Sie brauchten fast eine Stunde, um den Körper die Treppen hin-aufzutragen und auszupacken. Zum Glück waren zu diesem Zeit-punkt alle Diener zu Bett gegangen, so daß sie nicht gestört wurden.

»Das ist ja ein wahres Kunstwerk«, sagte Fiolon, bewunderte den bemalten Holzkörper und bewegte jedes einzelne Glied, um nachzuprüfen, ob alles richtig funktionierte. »Er sieht genauso aus wie Ihr, Meister Uzun – zumindest so wie auf den Bildern, die der Spiegel mir von Euch und Haramis gezeigt hat.« Er warf Mikayla über den Körper hinweg einen Blick zu. »Die Form scheint mir in Ordnung.« Er gähnte und entschuldigte sich.

»Geh doch ruhig schon zu Bett, Fiolon«, schlug Mikayla vor. »Ich werde die Nacht hier verbringen, damit nichts passiert.

Außerdem möchte ich mir das Ritual durchlesen, bevor ich mich schlafen lege.«

»Das soll mir recht sein«, sagte Fiolon. »Gute Nacht.«

»Schlaf gut«, sagte Mikayla. »Ich werde die Tür hinter dir abschließen. Ruf mich also über die Kugel, ehe du morgen früh herunterkommst.«

»Ist gut.« Fiolon begab sich in sein Zimmer, und Mikayla schloß die Tür, legte noch ein Holzscheit im Kamin nach, holte die Schriftrolle wieder hervor und setzte sich, um zu lesen. Die Gesänge las sie leise, die Anweisungen hingegen laut, so daß Uzun wußte, was ihn erwartete.

»Wollt Ihr es immer noch?« fragte sie ihn in aller Form, als sie fertig war. »Ihr könnt ablehnen, das wißt Ihr.«

»Ich will es schon seit Jahren«, sagte Uzun. »Ich mache jetzt keinen Rückzieher mehr.«

»Euch ist klar, daß Ihr den größten Teil des Rituals nicht bewußt mitbekommt, nicht wahr?« sagte Mikayla. »Sobald wir den ersten Schritt unternommen und den Knochen aus der Harfe entfernt haben, werdet Ihr nichts mehr spüren, bis wir die Sache erfolgreich zu Ende geführt haben.«

»Wie spät ist es jetzt?« fragte Uzun.

Mikayla hatte es im Gefühl, trat aber trotzdem ans Fenster und prüfte den Stand der Sterne am Nachthimmel. »Ungefähr zwei Stunden vor Mitternacht«, sagte sie.

»Da der erste Schritt darin besteht, den Schädelknochen von Mitternacht bis zur Morgendämmerung in einer Schüssel voll Tränen einzuweichen, könnt Ihr ebensogut jetzt schon anfangen«, sagte Uzun. »Sonst müßt Ihr bis morgen abend warten und verliert einen ganzen Tag. Hinzu kommt, daß Ihr es Euch gar nicht leisten könnt, einen Tag zu verlieren. Ich weiß, daß Ihr mit Fiolon hinaus ins Land ziehen müßt, sobald ich frei bin und mich um Haramis kümmern kann.«

»Ihr seid wirklich weise, Uzun«, sagte Mikayla. »Dann werde ich jetzt mit den Vorbereitungen beginnen. Meint Ihr, die Wasserschale zum Hellsehen aus dem Werkraum reicht für die Tränen aus?«

»Ja, ich glaube, die ist sogar sehr gut geeignet«, antwortete Uzun.

Mikayla suchte die Schale in Gedanken im Werkraum auf und stellte sie sich anschließend in ihrer Hand vor. Die Schale landete mit sanftem Lufthauch in ihren ausgestreckten Händen. Mikayla schaute erneut auf die Schriftrolle, um noch einmal die erste Anweisung zu prüfen. »Das Knochenstück wird von Mitternacht bis zum Morgengrauen in einer Silberschale eingeweicht, wobei der Knochen vollkommen von den Tränen einer Jungfrau bedeckt sein soll, die den Tod des Betroffenen beklagt.«

Mikayla beugte sich über die Schale und dachte an Uzun, an seine Freundlichkeit ihr gegenüber, seine beständige Freundschaft und Treue, seinen Mut angesichts der Krankheit seiner Herrin und angesichts der entstandenen Schäden. Sie dachte daran, wie es ihr wohl ginge, wenn das Ritual mißlänge und er für immer aus ihrem Leben scheiden würde. Allmählich füllten ihre Tränen die Schale.

Sie wußte bald nicht mehr, wie lange sie schon geweint hatte. Ihr war, als ströme neben all dem Schmerz, den sie in ihrem Leben gespürt hatte, und dem Schmerz, den sie wegen Uzun empfand, der Schmerz des Landes durch sie hindurch. Sie weinte, bis sie völlig ausgetrocknet und keine Träne mehr in ihr war. Gesicht und Augen waren jetzt trocken – so trocken, daß sie ein paarmal blinzeln mußte, um die Augen auf etwas konzentrieren zu können.

Sie schaute auf die Schale in ihren Händen. Sie war fast bis zum Rand gefüllt. Sie stellte sie zur Seite und schaute nach, wie spät es war. Es war kurz vor Mitternacht.

»Die Schale mit den Tränen ist fertig, Uzun«, sagte sie. »Seid Ihr bereit?«

»Ja.« Die Saiten der Harfe zitterten ein wenig, was Mikayla Uzun nicht verübeln konnte. Wenn sie Saiten gehabt hätte, hätten diese bestimmt noch heftiger gezittert, das wußte sie.

Sie kletterte auf einen Stuhl, so daß sie gut an die Spitze der Säule herankam. Vorsichtig kratzte sie das Knochenstück mit den Fingernägeln frei. Es war der einzige Teil, der von Uzuns ursprünglichem Körper noch übriggeblieben war. Sie trug es zur

Schale und schaute in den nächtlichen Himmel hinaus. Genau um Mitternacht tauchte sie den Schädelknochen in ihre Tränen, und die Schale füllte sich bis zum Rand.

25

Mikayla sank auf dem Sofa vor dem Kamin in einen unruhigen, leichten Schlaf. Kurz vor Morgengrauen weckte sie Fiolon mit Hilfe der Kugel auf.

»Mika, es dämmert noch nicht einmal«, klagte er, »und ich bin wochenlang unterwegs gewesen. Können wir nicht noch ein wenig warten?«

»Tut mir leid, Fio«, sagte Mika verständnisvoll, »aber Uzun hat darauf bestanden, daß ich gestern abend schon anfangen sollte. Ich brauche dich in der nächsten Stunde. Und wenn du herunterkommst, sag doch bitte Enya Bescheid, daß wir den ganzen Tag im Arbeitszimmer mit Uzun arbeiten und von nichts und niemandem gestört werden wollen – auch nicht von Haramis.«

»Was ist mit den Mahlzeiten?« wandte Fiolon ein.

»Bring ein Tablett voll mit, das uns den Tag über reicht«, sagte Mikayla. »Wir wollen nicht mitten im Ritual unterbrochen werden, nur weil jemand wissen will, ob wir zum Mittagessen kommen.«

»Also gut.« Fiolon gab unwillig nach. »Ich komme gleich.«

Mikayla trat ans Fenster und wartete auf die ersten Anzeichen des Tageslichts. Sobald es dämmerte, hob sie den Schädelknochen aus der Schüssel und legte ihn neben dem Körper auf ein Tuch. Dann nahm sie eine kleine Schachtel zur Hand, die mit dem Körper zusammen verpackt worden war, und begann, den Inhalt vor sich auszubreiten: ein Tiegel Salbe, ein weißes Gewand mit eingestickten Symbolen, die Mikayla aus ihrer Zeit im Tempel teilweise bekannt vorkamen, ein Meißel aus schwarzem, sehr scharfkantigem Stein und ein langes, dünnes Messer aus demselben Material.

Inzwischen hatte Fiolon den Raum betreten. Mikayla bat ihn, das Tablett mit dem Essen auf den Tisch zu stellen. Sie war viel zu nervös, um etwas zu sich nehmen zu können. Merkwürdigerweise schien Fiolon, der sonst zu jeder Tages- und Nachtzeit essen konnte, diesmal ihre Gefühle zu teilen. Er ließ das Essen stehen und fragte: »Was machen wir jetzt?«

Mikayla reichte ihm die Schriftrolle. »Lies die erste Zauberformel, während ich den Körper salbe.«

»Und was ist mit dem Einweichen des Schädelknochens in den Tränen einer Jungfrau?« fragte Fiolon überrascht, als er begann, die Schriftrolle zu lesen.

»Das ist bereits erledigt«, sagte Mikayla. »Fang an der Stelle an, an der es heißt ›ich habe die Himmel gepflügt …‹«

Sie nahm die Salbe und begann, den Körper sorgfältig einzureiben, während Fiolon vorlas. Sie spürte ein Prickeln in den Händen, aber sie vermochte nicht zu sagen, ob es der Kraft zuzuschreiben war, die durch sie hindurchlief, oder der Wirkung der Salbe. Es fühlte sich sehr seltsam an.

Fiolon las die Zauberformel, aber seine Stimme klang nicht so wie sonst. Es war gerade so, als spräche eine fremde Macht durch ihn. »Ich habe die Himmel gepflügt, ich habe den Horizont abgeerntet, ich bin bis an die fernen Grenzen des Landes gereist, ich habe meine Seele in Besitz genommen, denn ich habe meine Magie beibehalten. Ich sehe mit eigenen Augen, höre mit eigenen Ohren, spreche mit eigenem Mund, strecke meine Arme aus, greife mit eigenen Händen zu, laufe auf eigenen Beinen.«

Nachdem Mikayla die Salbung des Körpers abgeschlossen hatte, kleidete sie ihn in das mitgelieferte Gewand und setzte ihn aufrecht auf einen Stuhl. Sie hatte bereits das Gefühl, ein lebendes Wesen vor sich zu haben und nicht nur eine Statue.

Sie nahm den Schädelknochen in die Hand und rieb ihn von beiden Seiten mit der Salbe ein. Dann nickte sie Fiolon zu, den nächsten Teil vorzulesen.

»Ich habe in meinem Körper alles, was ich in der Vergangenheit hatte; jetzt benutze ich es, um in aller Pracht zu erscheinen.«

Mikayla legte den Schädelknochen vorsichtig wieder auf das Tuch, nahm das scharfe Messer zur Hand, stieg auf den Stuhl und kratzte etwas aus dem Innern der Säule heraus. Sie rührte das Ma-

270

terial, eine Mischung aus Holz und getrocknetem Blut der Erzzauberin, in die Schale voll Tränen. Dann stach sie sich mit der Messerspitze in den Finger, hielt die Hand über die Schale und drückte sich genau sieben Blutstropfen aus. Anschließend stillte sie die Blutung und sorgte dafür, daß sich die Wunde wieder schloß. Uzun hatte Mikayla und Fiolon während einer der nächtlichen Sitzungen in ihrem ersten Jahr im Turm einfache Heilzauber beigebracht. Mikayla mußte in diesem Augenblick daran denken, wie gut es sich doch fügte, daß dieses Wissen nun dazu verwendet wurde, Uzun zu helfen. Sie reichte Fiolon das Messer, der ihrem Beispiel folgte und dann wieder die Schriftrolle in die Hand nahm.

Mikayla verrührte die Flüssigkeit, damit ihre Tränen und das Blut vollständig vermischt waren, hob die Schale und goß den Inhalt in die Öffnung, die im Kopf des neuen Körpers existierte. Das Gemisch rann durch Kopf und Hals an die Stelle, an der das Herz sitzen sollte. Es sah sonderbar aus – *wie flüssiges Feuer, wenn es das gäbe*, dachte Mikayla. Die Flüssigkeit schien Hitze auszustrahlen, und Mikayla erwartete fast, daß sie zu dampfen anfangen würde – wie kochendes Wasser über dem Feuer.

Während Fiolon die nächste Zauberformel vorlas, füllte sich die Höhlung vollständig. »Ehre sei Dir, die Du an der Macht bleibst, Herrin des Verborgenen. Siehe, alles Falsche ist von meinem Herzen gewaschen, und mein Herz ist neu geboren, geboren mit dem Blute derer, die mich lieben. Möge ich damit leben, so wie Du damit lebst; sei mir gnädig und gewähre mir Leben.«

Mikayla hob den Schädelknochen auf und gab acht, ihn nicht fallenzulassen, denn durch die Salbe war er glatt geworden, und ihre Hände zitterten. Sie vollzog nun den wichtigsten Teil des Rituals: die Verbindung des alten Körpers mit dem neuen. Für diesen Teil gab es nicht einmal Worte, sie mußte ihn im Herzen spüren.

Der Knochen war so heiß, daß er ihr die Hände zu verbrennen drohte, aber Mikayla zwang sich, den Schmerz zu ignorieren. Energie strömte durch ihren Körper, ihr war warm und kalt zugleich.

Sie setzte den Schädelknochen vorsichtig ein und betete im stillen, dieser Zauber möge gelingen und Uzun möge wieder zum Leben erwachen. Das Knochenstück schien sich unter ihren Händen ein wenig auszudehnen. Vielleicht aber schloß sich auch das Holz um ihn, als sich die beiden Teile miteinander verbanden. Mikayla hielt den Atem an und schaute auf das Gesicht. Uzuns Augen nahmen sie wahr, und Mikayla glaubte eine Art Verständnis zu entdecken. Mit einem Seufzer der Erleichterung atmete sie aus, drehte sich um und nahm den scharfen Steinmeißel zur Hand.

Sachte führte sie ihn zwischen die Lippen des hölzernen Körpers, während Fiolon die Zauberformel zum Öffnen des Mundes vorlas. »Ich bin auferstanden aus dem Ei, das im Verborgenen ruht, mein Mund wurde mir gegeben, daß ich in Gegenwart der Göttin reden möge. Er wird von Meret geöffnet, und was auf meinem Mund lag, wurde von ihrer Auserwählten gelöst. Mein Mund ist offen, mein Mund wurde durch die Fingerspitze des Landes aufgespalten. Ich bin eins mit den großen Winden des Himmels, und ich spreche mit meiner eigenen Stimme.«

Mikayla legte den Meißel mit zitternder Hand zur Seite. Fiolon rollte das Pergament auseinander und konzentrierte sich so stark auf die Schrift, als wagte er nicht, den Blick davon abzuwenden.

»War das alles?« fragte Uzun. »Seid Ihr schon fertig?«

Die beiden schauten ihn an und sanken vor Erleichterung und Schwäche auf den Boden. »Es hat geklappt«, flüsterte Fiolon teils ehrfürchtig, teils erschöpft.

Uzun erhob sich und schritt durch den Raum, um seinen neuen Körper zu testen. Zunächst waren seine Bewegungen noch unbeholfen, doch mit der Zeit wurden sie geschmeidiger, als streife er die nach einer langen Nachtruhe eingetretene Steifheit vom Körper ab.

Er schaute von Mikayla zu Fiolon, nahm das Tablett mit dem Essen in beide Hände und stellte es zwischen sie auf den Boden. »Nun eßt!« befahl er ihnen. »Ihr seht aus, als würdet Ihr demnächst umfallen, und da ist immer noch das Land, um das es sich zu kümmern gilt.«

Eine Stunde später waren Mikayla und Fiolon mit dem Essen fertig und fühlten sich wesentlich besser. »Und jetzt«, sagte Uzun entschlossen, »gehen wir zu Haramis und reden mit ihr. Der Zustand des Landes duldet keinen Aufschub.«

»Jetzt wird es interessant«, murmelte Mikayla kaum hörbar, während sie hinter Uzun die Treppen zum Zimmer der Erzzauberin emporstiegen.

Fiolon betrachtete den Körper und die Art seiner Bewegungen noch immer mit Staunen. »Das ist die unglaublichste Arbeit, die ich je gesehen habe«, sagte er bewundernd. »Und man hat ihn dir einfach so überlassen?«

»Als Gegenleistung mußte ich versprechen, sieben Jahre lang Jungfrau zu bleiben und in jedem Frühling einen Monat in ihrem zu Tempel verbringen«, rief Mikayla ihm ins Gedächtnis. »Im kommenden Frühjahr werde ich beim Frühjahrsfest die Göttin darstellen.«

»Wie bist du auserwählt worden?«

»Es gibt da ein Ritual, in dem die Göttin die Tochter erwählt, die es tun soll«, erklärte Mikayla in kurzen Worten, denn sie hatten das Zimmer der Erzzauberin erreicht und konnten ihre Unterhaltung nicht fortführen.

Haramis war verwirrt, sie zu sehen. *Kein Wunder*, dachte Mikayla. *Sie erinnert sich kaum an Fiolon, und als sie Uzun zum letzten Mal sah, war er eine Harfe.*

»Uzun?« fragte Haramis verstört. »Ich habe wohl geträumt – ich dachte, ich hätte dich in eine Harfe verwandelt …«

Uzun nahm ihre Hand in seine Hände. Mikayla empfand beinahe so etwas wie Mitleid mit der Erzzauberin. Es war bestimmt ein Schock für sie, als sie feststellte, daß seine Hände aus Holz waren. »Das habt Ihr auch, Herrin«, sagte er, »aber das ist lange her. Jetzt habe ich einen neuen Körper und kann wieder sehen und mich bewegen.« Er zog einen Stuhl heran und setzte sich ans Kopfende des Bettes. Ihre Hand hatte er dabei nicht losgelassen.

»Ich fürchte, ich bringe Euch schlechte Nachrichten, Herrin«, sagte er mit sanfter Stimme. »Das Land ist von einem großen Leiden befallen.«

273

Haramis runzelte die Stirn und versuchte sich aufzurichten, aber vergebens. »Ich habe Erdstöße gespürt«, sagte sie. »Was noch?«

»Land und Wasser in den Goldsümpfen haben ihre Form verändert«, sagte Mikayla, »und im Wun-See befindet sich eine Art Gift, das für Fische und Anwohner tödlich ist – selbst für Menschen.«

»Ach, weh mir«, sagte Haramis, »so weit bin ich gekommen. Ich habe nicht die Kraft, mein Land zu schützen oder zu heilen.«

»Dann müßt Ihr den beiden erlauben, es zu tun«, sagte Uzun mit Nachdruck.

Haramis sah ihn völlig entgeistert an. »Uzun, es sind noch Kinder!«

»Sie sind nicht ganz zwei Jahre jünger, als Ihr damals wart, als Ihr Erzzauberin wurdet«, stellte Uzun fest. »Sie sind sowohl von Euch als auch von mir unterrichtet worden. Vielleicht kann nicht einer von ihnen allein die Aufgabe bewältigen, aber ich glaube, daß sie zu zweit zumindest den schlimmsten Schaden beheben können. Mit Eurer Zustimmung, Herrin, werde ich sie anleiten.« Es hörte sich nicht so an, als bäte Uzun seine Herrin um Erlaubnis.

Haramis war zu müde und zu schwach, um zu protestieren. »Na schön, Uzun, mach was du willst. Das hast du immer schon getan«, fügte sie mürrisch hinzu.

»Ich danke Euch, Herrin.« Uzun beugte sich über ihre Hand. Dann zerrte er Mikayla und Fiolon hinter sich her aus dem Zimmer und eilte mit ihnen zurück ins Arbeitszimmer. Dort zog er an der Klingelschnur und trug Enya auf, Mikayla und Fiolon das Abendessen zu bringen.

Enya sah ihn staunend an und wandte sich an Mikayla. »Wer ist das, Prinzessin – noch so ein komischer Freund von Euch?«

Natürlich erkennt sie ihn nicht, fiel Mikayla ein. *Die gesamte Dienerschaft hat ihn nur als Harfe zu Gesicht bekommen!* »Es ist Meister Uzun, Enya«, sagte sie, »und es ist der ausdrückliche Wunsch der Erzzauberin, daß du seine Anordnungen befolgst.«

»Meister Uzun.« Enya hegte Zweifel, war aber offenbar bereit, sich mit der Situation abzufinden. »Und Ihr, Meister Uzun, braucht Ihr auch etwas zu essen?«

Uzun schaute Mikayla fragend an, die fast unmerklich den Kopf schüttelte. »Nein«, erwiderte er. »Mein Körper braucht kein Essen.«

Enya ging aus dem Zimmer, ungläubig den Kopf schüttelnd. »Dieser Haushalt wird von Tag zu Tag sonderbarer«, murmelte sie vor sich hin.

»Nun denn«, sagte Uzun voller Tatendrang. »Was muß mit dem Land geschehen?«

»Die Goldsümpfe haben sich stark verändert«, sagte Mikayla, »aber sie sind nur schwach besiedelt. Der Schaden, der dort angerichtet wurde, ist nicht mehr zu beheben. Wir können die Toten nicht mehr zum Leben erwecken, und die Lebenden passen sich bereits den neuen Gegebenheiten an.«

»Das sehe ich auch so«, sagte Fiolon. »Auf meinem Weg hierher habe ich das Gebiet durchquert, und ich glaube nicht, daß wir etwas unternehmen müssen. Das eigentliche Problem ist der Wun-See.«

»Der Spiegel sagt, wenn die Fische alle tot sind, ist der Fischtod auch abgestorben«, sagte Mikayla.

»Der Fischtod?« fragte Uzun.

»Es ist eine winzige Pflanzenart, die Gift produziert«, erklärte Fiolon.

»Also müssen wir dafür sorgen, daß wieder Fische in den Wun-See kommen«, sagte Mikayla. »Meister Uzun, habt Ihr eine Idee, woher wir Fische bekommen?«

»Wie sieht es mit den Schäden am Bonorar aus?« fragte Uzun.

»Dort ist nicht viel passiert«, sagte Mikayla und schüttelte den Kopf. »Das Dylex-Gebiet liegt so weit im Osten, daß ihm die meisten Unregelmäßigkeiten, die durch die Krankheit der Erzzauberin hervorgerufen wurden, erspart geblieben sind.«

»Auf jeden Fall fließt der Bonorar in den Wun-See«, sagte Fiolon. »Wenn es also flußaufwärts Fische gibt und wir sie flußabwärts in den See befördern, wäre ein Anfang für neue Fischbestände gemacht.«

Enya kam mit dem Essen herein, und Schweigen legte sich über den Raum, als Mikayla und Fiolon aßen. Selbst Uzun schien in Gedanken versunken.

»Wir könnten dorthin fliegen«, fuhr Fiolon fort, nachdem er sein Geschirr in die Küche geschickt hatte. »Wir prüfen nach, ob das Wasser im See wieder sauber ist, nehmen ein paar Fischernetze mit, fliegen stromaufwärts und bringen Fische in den See.«

»Das wäre allemal besser als der Versuch, lebende Geschöpfe mit Hilfe von Telepathie zu befördern«, pflichtete Mikayla ihm bei und schickte ihr Geschirr mit einer Handbewegung ebenfalls in die Küche.

»Dabei habt Ihr ein Problem übersehen«, sagte Uzun unglücklich. »Was sollen die Bewohner denken – vor allem die Skritek und die Glismak –, wenn sie sehen, daß Ihr auf Lämmergeiern durch die Lüfte fliegt und die Arbeit der Erzzauberin verrichtet? Was werden sie wohl von der Erzzauberin denken?«

»Wahrscheinlich die Wahrheit«, sagte Mikayla.

»Mit den Glismak werde ich fertig«, sagte Fiolon gleichzeitig.

»Wollen wir denn überhaupt, daß die Bewohner des Landes wissen, wie krank die Erzzauberin ist?« fragte Uzun leise.

»Wahrscheinlich wäre es besser, sie wüßten es nicht genau«, sagte Mikayla nach kurzem Nachdenken. »Der Glaube kann eine mächtige Kraft sein, ungeachtet der Realität, die dahinter steckt.«

»Besonders, wenn wir uns dadurch nicht mit einem Skritek-Aufstand befassen müssen«, fügte Fiolon hinzu.

Mikayla schauderte. »Da hast du recht«, pflichtete sie ihm bei. »Wir führen unser Vorhaben also am besten nachts aus und sorgen dafür, daß uns niemand sieht.«

»Aber die Lämmergeier können nachts nicht fliegen«, wandte Fiolon ein, »und auf Fronlern dürfte es Monate dauern, vor allem, wenn wir uns im Verborgenen aufhalten wollen.«

»Rotauge kann nachts fliegen«, sagte Mikayla.

»Stimmt«, sagte Fiolon. »Außerdem ist er groß genug, um uns beide zu tragen. Aber meinst du, er ist bereit dazu?«

»Ich muß ihn fragen«, sagte Mikayla. »Im übrigen haben wir nicht viel Zeit: Ich muß in knapp zwei Monaten wieder im Meret-Tempel sein.«

Rotauge war damit einverstanden, seiner Freundin Mikayla zu helfen. Es verschaffte ihm eine gewisse, mit Spottlust gemischte Befriedigung, etwas tun zu können, wozu ein normaler Lämmergeier nicht in der Lage war. Am nächsten Abend, kurz nach Einbruch der Dunkelheit, traf er ein und brachte sie in die Nähe der Ortschaft Tass am südlichen Ende des Wun-Sees. Vor Anbruch der Morgendämmerung setzte er sie dort ab.

Tagsüber zog er sich zum Schlafen in einen Baum zurück, der in einem dunklen Teil der Grünsümpfe stand, während Mikayla und Fiolon durch das Wasser am Ufer des Sees wateten, um die Beschaffenheit des Wassers und der Vegetation am Rande des Sees zu prüfen. Sie hatten wasserdichte Stiefel angezogen, die weiten Hosen in den Stiefelschaft gesteckt und trugen geölte Lederjacken mit Kapuze, die zum Wühlen im Sumpf geeignet waren. Sie stellten fest, daß die Aussagen des Spiegels richtig waren: Es gab keinen Fischtod mehr im See, und es wuchsen wieder genug kleine Pflanzen, die neue Fische ernähren konnten. In jener Nacht borgten sie sich im Hafen von Tass ein paar große Fischernetze, flogen den Bonorar flußaufwärts bis in die Dylex-Gebiete und brachten die Netze, prall gefüllt mit Fischen aller Art, zum See.

Rotauge verfügte über unglaubliche Flugkünste, stellte Mikayla fest. Es gelang ihm, die Netze mit den Fischen den ganzen Fluß entlang zu ziehen, ohne sie auch nur einmal aus dem Wasser zu heben, sich an Felsen oder Baumwurzeln zu verheddern oder etwas zu tun, was den Fischen hätte schaden können. Etwa eine Stunde vor Sonnenaufgang erreichten sie den Wun-See und setzten die Fische in der Mitte des Sees aus. Auf diese Weise wollten sie ihnen die Möglichkeit geben, sich zu vermehren, ehe die ansässigen Fischer sie entdeckten. Rotauge ließ Mikayla und Fiolon in Tass absteigen, damit sie die Netze zurückgeben konnten, und begab sich wieder an seinen vorübergehenden Schlafplatz in den Grünsümpfen.

Die nächsten Wochen verbrachten die drei damit, im Land umherzufliegen und nachzuprüfen, welche Schäden behoben werden mußten. Bald schon entdeckten sie, daß das Land sich selbst heilte.

»Ich frage mich, ob die Gesundheit des Landes tatsächlich von der Gesundheit der Erzzauberin abhängt«, sagte Mikayla eines Abends zu Fiolon, als sie auf Rotauge warteten, der sie abholen sollte.

Fiolon, der mit Hilfe seiner Kugel an jedem Morgen Kontakt mit Uzun aufgenommen hatte, nickte nachdenklich. »Das könnte gut sein«, sagte er. »Meister Uzun sagt, daß Haramis gute Fortschritte macht.«

»Ich bin froh darüber«, sagte Mikayla. »Wenn ich aus dem Tempel zurückkomme, ist sie vielleicht etwas nachsichtiger mit mir.«

»Mußt du denn wieder zum Tempel?« Mikayla schaute auf und sah, daß Rotauge leise hinter ihr gelandet war.

»Du weißt doch, daß ich es muß, Rotauge«, sagte sie. »Ich habe es versprochen. Und in diesem Jahr muß ich während des Frühlingsfestes die Göttin darstellen.«

»Denke nur daran, daß du mir versprochen hast, dich jeden Abend bei mir zu melden«, sagte Rotauge. »Wann mußt du fort?«

»Heute abend«, sagte Mikayla. »Ich muß vor der Morgendämmerung dort sein.«

»Ich werde am Turm absteigen und Meister Uzun Bericht erstatten, wenn es Rotauge nichts ausmacht, mich dorthin zu bringen«, sagte Fiolon. »Ich überlasse es Uzun, wieviel er der Erzzauberin erzählen will. Dann muß ich wieder nach Mutavari und dem König berichten. Sommer und Herbst werde ich wahrscheinlich wieder in Let verbringen.«

»Dann brechen wir am besten gleich auf«, sagte Rotauge und spreizte einen Flügel.

26

Nach den vielen Aufregungen und Krisen der zurückliegenden Monate empfand Mikayla ihren Aufenthalt im Meret-Tempel als erholsam. Wie versprochen, meldete sie sich jeden Abend bei Rotauge, auch wenn sie ihm nichts zu berichten hatte. Es war im Grunde genauso wie im Jahr davor.

Beim Frühlingsfest übernahm sie die Rolle der Jüngsten Tochter, die in der Prozession die Göttin darstellte, und wurde den ganzen Tag von den jungen Männern des Tempels auf einem reich verzierten Holzthron herumgetragen, während die anderen Töchter, ganz in grün gekleidet, zu beiden Seiten des Throns einherschritten und mit großen Fächern den meisten Anwesenden die Sicht auf den Thron versperrten. Sie mußte nicht einmal die Gesänge für das Fest mitsingen, die sie im Jahr davor gelernt hatte.

Pflichtgetreu berichtete sie Rotauge jede Kleinigkeit. Sie fand das Ritual in der Rolle der Jüngsten Tochter noch langweiliger als sonst. »Man könnte mich ebensogut durch einen Fächer ersetzen, ohne daß es bemerkt würde.«

»Es freut mich, das zu hören«, sagte Rotauge. »Vielleicht hält dich das davon ab, dich noch einmal freiwillig dafür zu melden.«

»Wir melden uns nicht freiwillig«, erinnerte ihn Mikayla. »Die Göttin sucht sich aus, wen sie will. Aber ich bin froh, daß es für mich erledigt ist.«

Als der Angetraute der Göttin Meret den Gemeinschaftsraum der Töchter betrat, um die Wahl der Jüngsten Tochter für das nächste Jahr zu vollziehen, war Mikayla froh, in der Rangfolge einen Platz weiterrücken zu können.

In der Zeit, die von dem Monat noch blieb, genoß sie den Frieden, die Ruhe und das durch die täglichen Rituale auferlegte regelmäßige Leben im Tempel. Am Ende des Monats holte Rotauge sie wieder ab und brachte sie zum Turm.

Die Tatsache, daß Uzun ihr Gesellschaft leistete, hatte die Laune der Erzzauberin beträchtlich verbessert. Die Harfe, die einmal sein Körper gewesen war, funktionierte als Musikinstrument noch immer ausgezeichnet, und Haramis ging es wieder so gut, daß sie jeden Morgen die Treppe hinunter in ihr Arbeitszimmer gehen konnte. Sie verbrachte ihre Tage auf dem Sofa und hörte Uzun zu, der ihr die alten Balladen vorspielte und vorsang. Anschließend ging sie wieder die Treppe hinauf und legte sich schlafen. Sie schien mit dieser Lebensführung rundum zufrieden und kümmerte sich um nichts anderes.

Sie hieß Mikayla willkommen, enthielt sich aller Fragen nach ihrem Verbleib und ließ nichts über die weitere Ausbildung verlauten. Jetzt, da sie Uzun wieder hatte, war es ihr offenbar gleichgültig, was Mikayla machte oder wo sie sich aufhielt.

Mikayla nutzte dieses Desinteresse und verbrachte die Nachmittage in den Eishöhlen, wo sie den Spiegel und ein paar andere Geräte, die dort lagerten, untersuchte. Da sie sich inzwischen mit dem Spiegel unterhalten konnte – und nachdem sie nun gut genug lesen konnte, um Warnschilder auf alten Behältern entziffern zu können –, war sie in der Lage, den Lagerraum zu durchstöbern, ohne Gefahr zu laufen, irgend etwas in Brand zu setzen oder den Turm in die Luft zu jagen. Abends setzte sie sich über die Kugel mit Fiolon in Verbindung. Rotauge hatte sie ihr zurückgegeben, als er sie aus dem Tempel abgeholt hatte. Während Mikayla Fiolon über interessante Funde in Kenntnis setzte, berichtete Fiolon ihr über das Leben am Hof von Var und über den Holztransport, den er noch immer leitete, wenn er nicht bei Hofe war. Er schien sich in Mutavari ziemlich zu langweilen, denn er war die meiste Zeit in Let, seinem Herzogtum.

»Es ist schon eigenartig«, sagte er einmal und lachte, »wenn man einen Teil des Landes zugesprochen bekommt und dafür verantwortlich gemacht wird. Der König weiß nicht, daß ich die Verantwortung für das gesamte Königreich trage.«

»Das ist wahrscheinlich auch gut so«, meinte Mikayla. »In einem Königreich, das keinen Erzzauberer kennt, würde er dich als Bedrohung für seinen Thron empfinden.«

»Ach Mika«, Fiolon lachte, »mach doch keine Witze. Wir sind erst siebzehn.«

»Ich scherze nicht«, sagte Mikayla. »Ich habe die Geschichte von Labornok gelesen, und sie haben *Kinder* wegen Hochverrats hingerichtet. Wir sind keine Kinder, auch wenn wir langsamer als andere erwachsen werden.«

»Zumindest wachsen wir«, sagte Fiolon. »Ich hatte bisher noch keine Gelegenheit, es dir zu sagen, aber ich habe herausgefunden, warum ein Zauberer so langsam wächst. Es ist einfach, weil wir so viel länger leben als normale Sterbliche, das ist alles – es heißt nicht, daß wir immer Kinder sein werden. Außerdem haben wir in jungen Jahren mit der Magie angefangen und dürften mit etwa dreißig Jahren körperliche Reife erlangt haben.«

»Da bin ich aber froh«, gab Mikayla zu. »Der Gedanke, für die nächsten zweihundert Jahre immer noch wie eine Zwölfjährige auszusehen, erschien mir nicht gerade reizvoll.«

Des Nachts schlüpfte Mikayla häufig hinaus, um mit Rotauge zu fliegen, bis sie den Eindruck hatte, das Land bei Nacht besser zu kennen als bei Tage. Aber sie war gern mit Rotauge zusammen, und auch Rotauge schien die gemeinsamen Ausflüge zu genießen.

Das Leben war schön in diesem Jahr. Dann wachte Mikayla eines Morgens zu Beginn des Frühjahrs plötzlich kurz vor Tagesanbruch auf. Gleich darauf begann die Erde zu beben.

»Oh nein, nicht schon wieder!« stöhnte sie, rollte aus dem Bett und lief ins Zimmer der Erzzauberin. Uzun folgte ihr auf dem Fuße, und kurz darauf kam auch Enya. Mikayla überließ es den beiden, Haramis wieder zu Bett zu bringen und nach Kimbri zu schicken – obwohl sie nicht glaubte, die Heilerin könne viel ausrichten –, während sie in die Eishöhlen ging und sich vom Spiegel zeigen ließ, welchen Schaden das Land genommen hatte.

Haramis hätte den Sandtisch für diese Aufgabe gewählt, aber Mikayla teilte das Vorurteil der Erzzauberin gegen technische Geräte nicht. Der Spiegel würde ihr zeigen, was im Land vor sich ging, so daß sie sich die Kraft, die dazu notwendig war, den Zustand des Landes über den Sandtisch zu fühlen, sparen konnte. Was sie brauchte, um die Schäden zu beheben – neben einer beträchtlichen Menge eigener Energie –, war eine klare Vorstellung davon, was sie zu tun hatte, und das war mit dem Spiegel viel leichter zu erreichen als auf die andere Art. Das bedeutete, daß Mikayla fast ihre gesamte Energie der Arbeit widmen konnte, die wirklich erledigt werden mußte. Den Rest des Tages verbrachte sie damit, Erdbeben und Nachbeben zu dämpfen, überflutete Flüsse umzuleiten, damit keine bewohnten Gebiete gefährdet wurden, stets in der Hoffnung, daß diesmal weder Fische noch Menschen sterben würden.

Einige Stunden nach Einbruch der Dunkelheit begann sie zu frieren. Sie war müde und fühlte sich außerstande, ihre körperliche Schwäche zu beherrschen. In diesem Augenblick kam Fiolon herein, eingemummt in warme Kleidung, und brachte ihr einen Becher mit heißem Ladu-Saft.

»Rotauge hat mich geholt«, erklärte er. »Trink den Saft, hol dir etwas zu essen und geh zu Bett. Ich übernehme die nächste Wache.«

»Danke«, sagte Mikayla und rieb sich die kalten Hände, bis sie wieder so viel Gefühl darin hatte, daß sie den Becher halten konnte. »Behalte die Stelle im Auge, wo der Nothar in den Oberen Mutar mündet – da droht seit vier Stunden eine Überschwemmung. Und wir haben immer noch Nachbeben, überall.«

»Ich kümmere mich darum«, versprach Fiolon. »Du ißt jetzt etwas und legst dich schlafen.«

Mikayla nickte nur und ging steifbeinig in ihr Zimmer.

Kurz nach Tagesanbruch löste sie Fiolon ab. In den nächsten Tagen wechselten sie sich ab, so daß einer von beiden immer Wache hielt und bereit war, neu auftretende Schäden zu beheben. Nach ein paar Tagen war das Schlimmste überstanden. Die Nachbeben hatten sich so weit gelegt, daß alle, die kein Gefühl für das Land besaßen, sie nicht mehr wahrnahmen. Uzun bot sich freiwillig an, den Spiegel zu überwachen, während Mikayla und Fiolon die dringend notwendige Ruhe nachholten.

»Ich bin froh, daß sie ihn so konstruiert haben, daß er diese Temperaturen aushält«, sagte Mikayla zu Fiolon, während sie durch den Tunnel zurück zum Turm gingen. »In seiner ursprünglichen Gestalt wäre er da unten jämmerlich erfroren.«

»Ja, er ist eine große Hilfe«, pflichtete Fiolon ihr bei. »Wie viele Jahre dauert es noch, bis du dafür mit deinen Aufenthalten im Tempel bezahlt hast?«

Mikayla zählte es an ihren Fingern ab. »Zwei habe ich hinter mir, bleiben also noch fünf. Ich bin einundzwanzig, wenn ich zum letzten Mal dort hingehe.«

»Wieviel Zeit bleibt dir noch, ehe du in diesem Jahr wieder fortgehen mußt?«

Mikayla stöhnte. »Zwei Wochen. Am besten ruhe ich mich wirklich ein wenig aus.«

»Ich werde hierbleiben, solange du fort bist«, bot Fiolon an. »Es kann sein, daß Uzun Hilfe braucht. Er ist ein durchaus fähiger Magier, aber die Magie, die ein ganzes Land braucht, ist etwas anderes.«

Mikayla begab sich also zum dritten Mal in den Meret-Tempel. Der Aufenthalt verlief friedlich und gestattete ihr eine Verschnaufpause von den Anstrengungen, die es gekostet hatte, Ruwenda intakt zu halten und der Erholung der Erzzauberin zusehen zu müssen, die noch langsamer voranschritt als zuvor. Als aber die Wahl der Jüngsten Tochter erfolgte, erschrak Mikayla, denn sie wurde erneut erwählt.

»Zweimal in drei Jahren«, klagte sie, als sie es Rotauge erzählte. »Man sollte meinen, die Göttin könnte es ein bißchen gerechter verteilen – immerhin sind wir zu fünft.«

»Haben sie etwas über ein Jubiläum gesagt?« fragte der Vogel besorgt.

»Ja«, gab Mikayla zu. »Es gab einen kurzen Hinweis darauf während der Vorstellung vor der Gemeinde. Du glaubst gar nicht, wie schwer dieser verflixte Kopfschmuck ist – ich habe furchtbare Kopfschmerzen davon bekommen. Was ist denn ein Jubiläum?«

»Ich werde es dir erklären, wenn ich dich Ende des Monats abhole«, sagte Rotauge.

»Na schön«, sagte Mikayla. »Wenigstens muß ich, wenn ich morgen früh der Göttin vorgestellt worden bin, den Kopfschmuck nicht mehr tragen, und das Ritual findet erst im nächsten Jahr statt.«

Rotauge holte sie am Ende des Monats ab. Er flog aber nicht mit ihr zum Turm, sondern brachte sie in seine Höhle auf dem Mount Rotolo. Als er dort versuchte, ihr zu erklären, was hinter dem Jubiläum der Göttin steckte, wollte sie ihm nicht glauben.

»Du spinnst, Rotauge«, sagte sie. »Sie werden mich nicht umbringen: Ich schulde ihnen nach dem nächsten Jahr noch drei weitere Jahre.«

»Aber darin besteht der Sinn des Jubiläums«, beharrte Rotauge. »Die Göttin braucht alle zweihundert Jahre ein neues Herz, um ihr Leben zu erneuern und für weitere zweihundert Jahre zu herrschen. Und es ist die Jüngste Tochter der Göttin, die geopfert wird.«

»Wenn sie es zweihundert Jahre nicht gemacht haben«, überlegte Mikayla, »kannst du unmöglich etwas darüber wissen.«

»Ich weiß es aber«, beharrte der Vogel. »Die Priester der Finsternis – diejenigen, die mich gemacht haben – führen das Opfer aus. Sie gehören der Priesterschaft der Göttin Meret an.«

»Wie kann es sein, daß ich drei Jahre in ihrem Tempel gewesen bin und sie nie gesehen habe?« fragte Mikayla skeptisch.

»Du warst drei Monate dort«, erwiderte der Vogel, »nicht drei Jahre, und du warst bei den Jungfrauen des Tempels eingesperrt. Dadurch hast du nicht viel von den anderen Vorgängen im Tempel mitbekommen. Die Priester der Finsternis sind Wesen der Nacht. Deine Rituale fanden zwischen Tagesanbruch und der Zweiten Stunde der Dunkelheit statt. Der Rest der Nacht gehört ihnen. Die einzige Gelegenheit, zu der sie tagsüber erscheinen, ist das Opfer.«

»Wie du meinst«, sagte Mikayla höflich und dachte im stillen, daß der Vogel von Wahnvorstellungen heimgesucht wurde, selbst wenn seine Erzeuger Tempelangehörige waren. »Am besten, du bringst mich wieder zum Turm, Rotauge. Nach dem, was ich zuletzt gehört habe, ging es Haramis überhaupt nicht gut. Sehr wahrscheinlich werde ich dort gebraucht.«

Der Gesundheitszustand der Erzzauberin ließ in der Tat sehr zu wünschen übrig. Sie konnte nicht einmal aufstehen. Uzun war ständig an ihrer Seite, und Fiolon machte sich kurz nach Mikaylas Rückkehr auf den Weg nach Var. Er müsse in Let nach dem rechten sehen, sagte er.

Im folgenden Jahr langweilte sich Mikayla die meiste Zeit. Sie fühlte sich überflüssig. Daher war sie bereit, zu gehen, als die Zeit für ihre Rückkehr in den Tempel nahte. Zu ihrer Verwunderung lehnte Rotauge es rundweg ab, sie hinzubringen.

»Ich habe dir doch gesagt, daß sie dich umbringen, wenn du gehst«, sagte er, und seine Stimme überschlug sich beinahe. »Du darfst nicht gehen!«

»Ich habe es aber versprochen«, sagte Mikayla. »Wenn du mich nicht bringst, dann warte ich eben bis morgen früh und lasse mich von einem anderen Lämmergeier fliegen.«

»Ich sage es deinem Vetter«, sagte Rotauge. »Der wird dich davon abhalten.«

»Er ist in Var«, stellte Mikayla fest. »Und er weiß, wie wichtig es mir ist, mein Versprechen zu halten. Er wird nicht versuchen, mich daran zu hindern.«

27

Haramis setzte sich kerzengerade in ihrem Bett auf und starrte Uzun erschrocken an. »*Was* macht Mikayla?«

»Sie soll Meret geopfert werden«, sagte Uzun ernst. »Diesen Handel hat sie als Gegenleistung für meinen neuen Körper abgeschlossen. Aber sie wußte nicht, worauf sie sich einließ«, fügte er zerknirscht hinzu. »Wir müssen sie davon abhalten!«

»Wann und wo soll das Ganze stattfinden?« fragte Haramis mit unguten Gefühlen. *Ich wußte, daß das Mädchen hier unglücklich war, ich wußte, daß sie mich nicht leiden konnte, aber ich konnte ja nicht ahnen ...*

»Übermorgen bei Tagesanbruch«, antwortete Uzun finster. »Im Meret-Tempel auf Mount Gidris.«

»Warum ausgerechnet Mikayla?« fragte Haramis. Uzun seufzte, und sie beeilte sich zu sagen: »Ja, ja, ich weiß, du hast gesagt, es sei die Gegenleistung für deinen Körper, aber warum wollen sie Mikayla und keine andere opfern? Was macht sie so begehrenswert für sie?«

»Sie ist eine Jungfrau von königlichem Geblüt«, sagte Uzun bitter. »Ich wette, sie waren hellauf begeistert, als sie ihnen in die

Hände fiel. Ach, hätte ich doch nie darüber geklagt, eine Harfe zu sein!«

»Sie ist wohl kaum die einzige Jungfrau aus einem Königshaus«, stellte Haramis fest. »Ihr jüngster Bruder ist bestimmt noch unschuldig – wie alt ist er jetzt – sechzehn? Und Fiolon ist aus königlichem Geblüt und vermutlich auch noch unschuldig.«

»Sie sind beide männlich«, sagte Uzun. »Mikayla ist die unberührte Tochter eines Königs.«

»Na und?« sagte Haramis, ohne zu überlegen. »Ich auch.« Plötzlich wurde ihr bewußt, was sie gesagt hatte, und sie wiederholte mit Nachdruck: »Ja, ich bin auch die unberührte Tochter eines Königs. Wenn es das ist, was sie wollen, eine jungfräuliche Königstochter …« Sie verstummte und dachte nach.

»Nein, Ihr könnt nicht an ihre Stelle treten«, fuhr Uzun sie an. »Ihr seht Mikayla nicht im entferntesten ähnlich.«

»Ein einfacher Schein«, sagte Haramis. »Wir sind beinahe gleich groß, wir müßten lediglich die Kleider tauschen.«

»Haramis«, preßte Uzun zwischen fest zusammengebissenen Holzzähnen hindurch, »Ihr könnt keinen einfachen Schein über Euch werfen. Ihr seid nicht in der Lage, die Lämmergeier zu rufen. Ihr könnt nicht einmal in die Ferne sehen! Ihr wart krank und seid noch nicht im Vollbesitz Eurer Kräfte!«

Haramis schaute ihn schweigend an und hatte das Gefühl, als würden sich die Stücke ihres Lebens zu einem Muster zusammenfügen. »Tut mir leid, alter Freund«, sagte sie leise. »Ich kann ihre Stelle einnehmen, und es ist meine Pflicht. Ich bin es ihr schuldig, und ich bin es dem Land schuldig. In den letzten fünf Jahren hatte ich mindestens zwei schwere Schlaganfälle, und nur die Heilige Blume mag wissen« – sie fuhr mit der Hand an ihren Talisman, der ein Stück Drillingslilie in Bernstein enthielt – »wie viele kleinere. Seit dem ersten Anfall konnte ich nicht mehr mit den Lämmergeiern reden, und mit jedem neuen Anfall habe ich weitere Fähigkeiten eingebüßt. Eigentlich habe ich keinerlei magische Kraft mehr, und mein Körper versagt, was nicht weiter verwunderlich ist, da er über zweihundert Jahre alt ist. Und jedesmal, wenn ich krank werde, leidet das Land mit mir. Denk nur daran, was beim letzten Mal geschah – der Schaden war so groß, daß Fiolon den ganzen langen Weg von Var hierher kommen mußte! Wenn die Bewohner von Var unsere Schwierigkeiten bereits zur Kenntnis nehmen, dann leiste ich keine gute Arbeit.«

»Fiolon war der einzige, der es bemerkt hat«, sagte Uzun, »und er und Mikayla waren imstande, den Schaden zu beheben. Das war übrigens schon beim vorletzten, nicht erst beim letzten Mal der Fall. Beim letzten Mal ist nichts Schlimmes passiert.«

»Mikayla ist wieder fortgelaufen.« Haramis schaute Uzun scharf an. »Was soll das heißen, ›Fiolon war der einzige, der es bemerkt hat‹ – warum war er der einzige?«

Uzun tat sich mit der Antwort schwer. »Fiolon ist der Erzzauberer von Var.«

»Was ist er?«

Haramis starrte ihn mit offenem Mund an. Was immer sie auch erwartet hatte, das bestimmt nicht. »Willst du damit sagen, daß er noch immer mit Mikayla verbunden ist und …«

»Nein, nicht was Ihr denkt.« Die Antwort war deutlich. »Aber er ist wahrscheinlich noch immer mit ihr verbunden – und der Heiligen Blume sei Dank dafür, denn auf diese Weise erhalten wir einen Großteil unserer Informationen: Sie sprechen nach wie vor jeden Abend miteinander.«

»Wie denn?« fragte Haramis.

»Sie haben in den alten Ruinen am Golobar zwei Kugeln gefunden, kurz bevor Ihr sie hierher brachtet. Als Ihr Fiolon zum ersten Mal fortgeschickt habt, stellten sie fest, daß sie sich damit in Verbindung setzen können – Mikayla benutzt ihre Kugel auch, um andere Verbindungen herzustellen, wenn Ihr sie nicht gerade beobachtet. Wenn Mikayla sich im Tempel aufhält, wo sie die Kugel nicht vor den Priestern verbergen kann, paßt ihr Lieblings-Lämmergeier solange darauf auf. Dann nimmt sie durch den Vogel mit Fiolon Verbindung auf.«

»Dann haben sie also in den letzten fünf Jahren ständig miteinander Verbindung gehabt?« fragte Haramis. »Selbst nachdem ich Fiolon nach Var geschickt hatte?«

»Richtig«, sagte Uzun. »Ihr erinnert Euch vielleicht, daß Mikayla sich damals sehr darüber aufregte ...«

»Sie hat sich zwei Tage lang in ihr Zimmer eingeschlossen«, sagte Haramis, als es ihr wieder einfiel. »Und sie war sehr lange still, nachdem sie wieder herausgekommen war.«

»Sie hat sich in ihrem Zimmer eingeschlossen und sich mit Fiolon verbunden«, sagte Uzun. »Das hat sie mir später einmal gesagt. Es sieht so aus, als hätte sie alle Lektionen mit ihm gemeinsam gelernt – und Ihr habt ihr damals ziemlich viel beigebracht, wahrscheinlich mehr, als Euch bewußt ist. Ihr hattet noch die Macht über Ruwenda inne und das Gefühl für das Land, aber Var hatte niemanden dieser Art. In dem Augenblick, als Fiolon einen Fuß auf den Boden von Var setzte, kam das Gefühl für das Land über ihn.«

»Und das hatte natürlich Rückwirkungen auf Mikayla.« Für diesen Teil benötigte Haramis keine weiteren Erklärungen. »Kein Wunder, daß sie sich plötzlich dafür interessierte, was es heißt, das Gefühl für ein Land zu haben und Erzzauberin zu sein. Ich dachte schon, sie hätte sich endlich in ihr Schicksal ergeben. Aber sie hat nur Informationen für Fiolon gesammelt, nicht wahr?«

»Das dachte sie, ja«, sagte Uzun. »Aber sie ist nicht dumm, und sie konnte ihm nur das weitergeben, was sie selbst gelernt hatte.«

»Ein Erzzauberer.« Haramis schüttelte immer noch ungläubig den Kopf. »Bist du dir ganz sicher, Uzun?«

»Ja«, antwortete Uzun. »Aber wenn Ihr an meinen Worten zweifelt, dann fragt ihn doch selbst.« Er ging zur Klingelschnur hinüber und zog heftig daran.

»Ist er denn hier?« fragte Haramis. »Ich wußte gar nicht, daß wir Besuch haben.«

»Er ist als *mein* Gast hier«, sagte Uzun. »Ich weiß nicht, was Ihr gegen ihn habt, Haramis, außer der Tatsache, daß er ein Mann ist, aber ich mag ihn.«

Enya trat ein, während Haramis noch immer versuchte, sich eine Antwort auf Uzuns Bemerkung zu überlegen. Uzun bat Enya, Fiolon zu suchen und ihn zu Haramis zu schicken. Haramis hatte keine Einwände, dafür aber Enya.

»Aber Meister Uzun, er ist wahrscheinlich wieder da unten in der Höhle, da wollte er nämlich hin …«

»Dann schick einen Vispi nach ihm«, fuhr Uzun sie an. »Die Herrin will ihn sehen, und du willst doch gewiß nicht, daß sie selbst hinunter geht und ihn holt!«

»Nein, Meister Uzun.« Enya verließ unter Verbeugungen den Raum. »Ich werde ihn sofort holen lassen, Herrin.«

Natürlich war »sofort« ein dehnbarer Begriff, wenn es darum ging, jemanden in den Keller des Turmes und durch den Tunnel in die Eishöhle zu schicken, um den Betreffenden zu holen und zurückzubringen. Uzun versuchte unterdessen, Haramis davon zu überzeugen, daß sie unmöglich Mikaylas Stelle einnehmen könnte, aber er war keinen Schritt vorangekommen, als Fiolon sich zu ihnen gesellte.

»Weiße Frau.« Fiolon verbeugte sich formvollendet vor Haramis und lächelte Uzun zu. »Meister Uzun. Was kann ich für Euch tun?«

Haramis betrachtete den jungen Mann. Er sah ganz und gar nicht aus wie die jungen Männer, die sie in ihrer Mädchenzeit gekannt hatte. Er hatte die zeitlose, ruhig-heitere Erscheinung eines großen Eingeweihten – oder eines Erzzauberers eben. Sie versuchte herauszufinden, wie alt er inzwischen sein mochte. *Mal sehen, er ist so alt wie Mikayla, und das wäre – achtzehn? Ja, achtzehn. Uzun hat zumindest teilweise recht,* stellte sie fest. *Er ist bestimmt nicht wie ein normaler Achtzehnjähriger.*

»Ihr könnt mir helfen, die Herrin zu Verstand zu bringen«, fauchte Uzun. »Sie hat die verrückte Idee, sie könnte Mikaylas Stelle einnehmen!«

Fiolon schaute Haramis eine Zeitlang an. Dann warf er dem Seltling einen traurigen Blick zu. »Tut mir leid, Uzun«, sagte er nüchtern, »aber sie hat recht. Es geht, und ich fürchte, es wäre das Beste für das Land.«

»Das Land!« Uzun schrie beinahe. »Ist das alles, worum ihr Erzzauberer Euch kümmert?«

»Das Land und seine Bewohner«, sagte Fiolon freundlich. »Tut mir leid, Uzun; ich weiß, Ihr wollt sie nicht verlieren. Ich auch nicht. Aber ich will auch Mikayla nicht verlieren.«

»Natürlich will auch ich Mikayla nicht verlieren!« rief Uzun. »Aber es ist meine Schuld, daß sie sich in dieser Zwangslage befindet – ich müßte eigentlich an ihrer Stelle geopfert werden. Haramis kann kaum laufen, und sie kann gewiß keinen Schein annehmen, der dafür sorgt, daß man sie im Tempel für Mikayla hält. Im übrigen ist Mikayla ein Abkömmling der königlichen Familie von Labornok und Haramis nicht.«

»Die beiden Länder sind vereint, seit Prinzessin Anigel den Prinzen Antar geheiratet hat«, erinnerte Fiolon ihn. »Das solltet Ihr wissen: Ihr habt die Hälfte aller Balladen darüber geschrieben.«

»Soll das heißen, daß ich Erzzauberin von Labornok und von Ruwenda bin?« fragte Haramis neugierig.

Fiolon starrte sie ungläubig an. »Ja, seid Ihr es denn nicht?«

Haramis zuckte die Achseln. »Ich habe darüber nie nachgedacht.«

Fiolon legte nachdenklich die Stirn in Falten und begann, im Zimmer auf und ab zu schreiten. »Das wäre eine Erklärung dafür, warum der Meret-Kult noch immer in Labornok existiert«, sagte er. »Wenn Ihr das Gefühl für Labornok nicht habt, dann hat es vielleicht ein anderer – oder keiner.« Er wandte sich um und sah sie an. »Haramis, wart Ihr jemals in Labornok?«

»Nein«, sagte Haramis und schüttelte den Kopf. »Näher als bis zu diesem Turm bin ich der Grenze nie gekommen, und wir befinden uns hier noch tief in Ruwenda. Movis liegt auf halber Höhe des Mount Rotolo, und selbst die Eishöhle, in der ich meinen Talisman gefunden habe, war auf dieser Seite von Mount Gidris. Nein, ich habe noch nie einen Fuß auf das Gebiet von Labornok gesetzt, und überflogen habe ich es auch nicht.«

»Darin mag das Problem liegen«, sagte Fiolon. »Aber es ist im Augenblick nicht vordringlich. Hat Uzun Euch etwas über das Opfer erzählt?«

»Nur, daß es übermorgen bei Tagesanbruch stattfinden soll.«

Fiolon nickte. »Ich habe den Spiegel befragt. Er ist eine sehr nützliche Einrichtung, ich konnte mit seiner Hilfe die gesamte Tempelanlage aufzeichnen.« Er lächelte kurz. »Und wahrscheinlich bin ich außer ihrem Priester – demjenigen, den sie den Angetrau-

ten der Göttin nennen – der einzige Mann, der die Räumlichkei-
ten gesehen hat, in der die Jungfrauen des Tempels wohnen. Da der
Spiegel mir auf Anfrage jeden Teil des Tempels zeigt, kann ich
Mikayla auf Schritt und Tritt verfolgen, und ich muß nicht mit ihr
persönlich oder über ihren Lämmergeier in Verbindung treten.

Aber die neuesten Nachrichten sind nicht gut. Sie soll morgen
den ganzen Tag fasten und morgen abend allein in der äußeren
Höhle Wache halten. Ich habe den Verdacht, man beabsichtigt, sie
so zu schwächen, daß sie sich nicht mehr zur Wehr setzen kann,
wenn sie merkt, was vor sich geht. Aber wenn sie allein ist, kann
ich mit Rotauge dort eindringen, sie packen und ungesehen wieder verschwinden.«

»Rotauge?« fragte Haramis.

»Ein Lämmergeier«, erklärte Fiolon.

»Lämmergeier sind Tagtiere«, sagte Haramis. »Sie schlafen
nachts und können im Dunkeln nicht gut sehen.«

»Rotauge ist eine Ausnahme«, sagte Fiolon. »Er ist Albino – völlig weiß und ohne Pigment in den Augen.«

»Albinos haben rosa Augen«, sagte Haramis.

»Rotauge auch«, sagte Fiolon. »Er will es nur nicht zugeben. Er
sagt, ›Rosa Auge‹ sei ein lächerlicher Name. Er ist Mikayla stets ein
treuer Freund gewesen, und ich will ihm in dieser Hinsicht seinen
Willen lassen. Er kann im Dunkeln sehr gut sehen und ist in der
verschneiten Umgebung nahezu unsichtbar.«

»Also willst du auf diesem Rotauge eindringen«, sagte Haramis,
»dir Mikayla schnappen, was dir nicht schwer fallen dürfte …«

»Oh doch«, sagte Fiolon, »es wird nicht leicht werden. Sie wird
nicht freiwillig mitkommen. Sie sagt, daß sie ihr Wort gegeben
hat, am Ritual teilzunehmen, und daß sie ihr Versprechen hält.«

»Und was ist mit ihrem Versprechen, Erzzauberin zu werden?«
fragte Haramis.

Fiolon lächelte merkwürdig schief. »Wann soll sie das je versprochen haben?«

»Als sie hierher kam, natürlich«, sagte Haramis, überlegte es sich
aber noch einmal. »Ich glaube, sie hat eigentlich nie richtig versprochen, Erzzauberin zu werden.«

291

»Ihr habt sie auch nie darum gebeten«, stellte Fiolon fest. »Ich war dabei, wenn Ihr Euch erinnert. Ihr habt sie lediglich davon unterrichtet, daß sie nach Euch Erzzauberin sein werde, und als sie fragte, ob sie eine Wahl habe, habt Ihr gesagt, die Angelegenheit sei zu wichtig, als daß man sie den Launen eines Kindes überlassen könne.«

Haramis seufzte. »Du hast recht, das habe ich getan. Ich hätte weniger reden und mehr zuhören sollen – ich möchte fast behaupten, Uzun kennt sie besser als ich. Nun, das spielt jetzt keine Rolle. Kann Rotauge mich auch mitnehmen?«

»Ja«, sagte Fiolon. »Aber Ihr müßt nicht unbedingt ihre Stelle einnehmen. Ich kann sie einfach nur herausholen.«

»Und dafür sorgen, daß Labornok ein zweites Mal Ruwenda angreift«, sagte Haramis, »und diesmal auf magische Weise – und in Ruwenda ist niemand, der einen solchen Angriff abwehren könnte.«

»Das ist sicher ein wichtiger Gesichtspunkt«, sagte Fiolon unglücklich. »Die Meret-Priester sind ziemlich rücksichtslos, aber Mikayla will das nicht wahrhaben. Ich habe die Priester öfter gesehen als sie – und unter anderen Voraussetzungen. Sie halten die Töchter der Göttin fern von allem, so daß sie nicht viel mitbekommt, wenn sie sich dort aufhält, und ich glaube nicht, daß sie die Priester noch einmal im Spiegel beobachtet hat, nachdem sie das erste Mal dort war. Sie wissen, daß Mikayla hier zum Turm gehört«, fuhr er fort. »Sie wissen, daß sie Erzzauberin werden soll, also werden sie hier als erstes nach ihr suchen. Im übrigen wird Mikayla keine große Hilfe sein, wenn es darum geht, gegen die Meret-Priester zu kämpfen: Ich würde sie sogar einsperren müssen, um sie davon abzuhalten, einen Lämmergeier zu rufen, der sie wieder zu ihnen zurückbringt.«

»Aber sie kann nicht mehr zu ihnen zurück, wenn sie nicht mehr da sind«, sagte Haramis.

»Wie meint Ihr das?« fragte Fiolon.

»Mikayla weiß nicht, daß man sie töten will, nicht wahr?« fragte Haramis.

»Rotauge hat versucht, es ihr zu sagen, und ich habe es auch versucht«, sagte Fiolon, »aber sie wollte uns nicht glauben. Sie sagt, sie sei vor zwei Jahren zur Jüngsten Tochter auserwählt worden und habe es ohne Schwierigkeiten überlebt, und außerdem schulde sie ihnen drei weitere Besuche, warum sollte man sie also jetzt umbringen? Sie versteht nicht, daß das Jubiläumsfest andere Gesetze hat. Sie werden ihr bei lebendigem Leibe das Herz herausreißen, um der Göttin ein frisches Herz und weitere zweihundert Lebensjahre zu schenken.«

»Dann werden sie Mikayla also auf den Altar legen, um ihr das Herz herauszuschneiden?« fragte Haramis.

»Mit dem rituellen Messer aus schwarzem Obsidian. Dann übergeben sie den Körper dem Fluß, der das Blut der Göttin darstellt«, sagte Fiolon. »Ich habe eine Sitzung beobachtet, in der die Priester das Ritual vorbereitet und bestimmt haben, wer den Gottesdienst leitet und so weiter. Ich habe dabei eine Menge Einzelheiten erfahren. Dann bat ich den Spiegel, mir die Kammer zu zeigen, in der das Opfer stattfindet. Der Opferaltar steht genau über der Stelle, an der der Fluß aus dem Fels tritt, an der westlichen Tempelseite.«

»Du hast ihn also gesehen«, sagte Haramis. »Woraus besteht der Altar?«

»Aus bloßem Felsgestein«, sagte Fiolon. »Die gesamte Kapelle ist aus dem Fels gehauen – oh, ich weiß, worauf Ihr hinauswollt. Ja, er ist ganz gewiß ein Teil des Landes. Er ist nicht künstlich errichtet. Wenn Ihr Euch das Land auf der Seite von Labornok zunutze machen könnt, dann könnt Ihr Euch auch die Kapelle, den Altar und alles andere dort zunutze machen.«

»Zunutze machen?« fragte Uzun.

»Eine Erzzauberin bezieht ihre Kraft aus der Verbindung mit ihrem Land«, erklärte Fiolon.

Er versteht es wirklich, dachte Haramis. *Uzun hat wohl recht, aber es kommt mir nach wie vor sonderbar vor, einen Erzzauberer vor mir zu haben.*

»Eigentlich kann eine Erzzauberin jedes beliebige Land in gewisser Weise benutzen«, fuhr Fiolon fort. »Ich habe bei meiner Arbeit mit Mikayla festgestellt, daß ich auch Ruwenda ein wenig anzapfen konnte.« Er warf Haramis einen kurzen Seitenblick zu. »Ich hätte Euch um Erlaubnis gefragt, Herrin, aber Ihr wart damals sehr krank ...« Er verstummte.

»Das Wichtigste ist, daß es dem Land gut geht«, sagte Haramis. »Wer es heilt, ist im Grunde gleichgültig.« *Und das hätte ich bereits vor vielen Jahren erkennen können,* dachte sie. »Um auf unseren Plan zurückzukommen«, fuhr sie fort. »Morgen abend, Fiolon, werde ich mit dir zu der Stelle fliegen, wo Mikayla Nachtwache hält. Da wir nicht die ganze Nacht mit Diskussionen verbringen wollen, schlage ich vor, daß wir ein Mittel mitnehmen, mit dessen Hilfe wir sie rasch und lautlos ihres Bewußtseins berauben können.«

Fiolon nickte. »In einer Flasche im Keller gibt es eine Flüssigkeit, die dazu in der Lage ist«, sagte er. »Sie gehört zu den Dingen, die Orogastus gesammelt hat. Aber ich habe ihm gegenüber einen großen Vorteil«, sagte er schelmisch lächelnd, was ihm plötzlich wieder das Aussehen eines sehr jungen Mannes verlieh, »ich kann nämlich die Anweisungen lesen.«

»Das kannst du?« Haramis war verblüfft. »Wie hast du die Sprache des Versunkenen Volkes gelernt?«

»Mit Hilfe des Spiegels«, sagte Fiolon. »Der ›Zauberspiegel‹ des Orogastus ist neben vielen anderen Dingen ein Lerngerät.«

»Ich dachte mir, daß es eine Maschine ist«, sagte Haramis, als sie sich daran erinnerte, wie sie zum ersten Mal davor gestanden hatte. »Vom ersten Augenblick an. Da stand Orogastus und rief alle möglichen, nicht existierenden Dunklen Mächte an, und da war auf der anderen Seite diese alte Maschine, die kaum funktionierte.«

Fiolon lachte. »Schade, daß Orogastus das nicht erkannt hat. Er hat diesen Turm genau auf der Energiequelle für die Maschine errichtet.« Er bemerkte den verständnislosen Blick der Erzzauberin und erklärte es ihr. »Die Maschine bezieht ihre Energie über das Sonnenlicht. Über ihr hat man eine Solarzelle eingerichtet, die das Sonnenlicht sammelt und es in Batterien speichert.«

Haramis fragte sich, was eine »Solarzelle« und »Batterien« sein mochten, unterbrach Fiolon jedoch nicht mit Fragen. Aus dem Zusammenhang schloß sie, daß es sich um eine Art Energieaufnahme und -speicherung handeln mußte.

Fiolon fuhr fort: »Orogastus wußte nicht, wozu diese schwarze, glatte Fläche diente, aber sie war vorhanden und schneefrei, also baute er seinen Turm darauf. Und dann ließ er alles, was der Turm nicht bedeckte, zuschneien, so daß die Maschine ihre Batterien nicht mehr richtig aufladen konnte. Das wiederum bedeutete, daß er sie irgendwann nicht mehr nutzen konnte. Mikayla hat die Maschine gefunden, als Ihr krank in der Zitadelle darniederlagt, und sie hat herausgefunden, was und wo eine Solarzelle war – in mechanischen Dingen war sie schon immer bewandert. Deshalb haben wir den Hof vom Schnee befreit und damit die Solarzelle freigelegt. Danach funktionierte der Spiegel ausgezeichnet. Wir haben ihn benutzt, um nach Euch zu suchen und um die Sprache des Versunkenen Volkes zu lernen. Auf diese Weise hat Mikayla auch den Meret-Tempel entdeckt.«

»Der Spiegel hat ihr bestimmt gezeigt, wo er liegt«, meinte Haramis. »Er hat auch gezeigt, wo meine Schwestern sich aufhielten, als Orogastus ihn mir vorführte.«

»Ja«, sagte Fiolon. »Sie ließ sich von ihm menschliche Magier zeigen, bis sie auf jemanden stieß, der Uzun einen neuen Körper anfertigen konnte. Dann ließ sie mich hier zurück, um Uzun Gesellschaft zu leisten, während sie dorthin ging, um die Technik zu erlernen.«

»Ich hätte sie nie gehen lassen sollen!« platzte Uzun heraus.

»Ihr hättet sie nicht aufhalten können«, gab Fiolon freundlich zurück. »Ich glaube, nicht einmal mir wäre es zu dem damaligen Zeitpunkt gelungen. Sie war so wütend auf das Leben, daß sie einen Kampf ausfechten mußte. Die Suche nach einem richtigen Körper für Euch war ihr Kampf – ihre Art, sich gegen das Schicksal aufzulehnen, das sie hier festhielt.«

»Du kannst sie also handlungsunfähig machen«, sagte Haramis und kam wieder auf das eigentliche Thema zurück. »Dann kann ich mit ihr die Kleider tauschen, und du kannst sie wieder hierher bringen. Es ist dein Problem, sie so lange hier festzuhalten, bis das Opferritual vorüber ist. Was mich betrifft, so ist die Tatsache, daß Mikayla vermutlich gefastet und die ganze Nacht in der Kälte zugebracht hat, Grund genug für meine Schwäche oder meine Schwierigkeiten beim Laufen. Aber, Fiolon, Uzun hat mich daran erinnert, daß ich nicht einmal imstande bin, mir einen einfachen Schein anzulegen. Kannst du einen solchen über mich werfen, bevor ihr mich dort zurücklaßt?«

Fiolon nickte. »Ich kann einen Schein über Euch werfen, der Euch das Aussehen Mikaylas verleiht, solange Ihr am Leben seid und Euer Körper unversehrt ist. Aber wenn sie Euch das Herz herausnehmen, wird dieser Schein in sich zusammenfallen.«

»Gut«, sagte Haramis mit finsterem Lächeln. »Ich hoffe, ich kann dann noch ihre Gesichter sehen. Werden sie versuchen, mit meiner auserwählten Nachfolgerin heimlich Verhandlungen aufzunehmen? Ich glaube nicht.«

»Ich werde Euch auch mit einem Zauber gegen den Schmerz belegen«, sagte Fiolon. »Wahrscheinlich gelingt es mir, ihn mit dem Land dort zu verbinden, so daß er anhält, solange Ihr nicht gerade in der Luft schwebt oder etwas ähnlich Unwahrscheinliches eintritt.«

»Das sollte genügen«, sagte Haramis. »Ich will mich ausruhen, bis es Zeit für uns wird, zu gehen – morgen gegen Mitternacht, denke ich. Ich werde Enya bitten, mir zwei Stunden vorher etwas Suppe und Brot zu bringen: *Ich* muß ja nicht auch noch fasten. Damit dürfte ich die Kraft haben, die ich brauche.«

»Aber, Haramis …«, wandte Uzun ein.

»Tut mir leid, Uzun«, sagte Haramis mit fester Stimme, »aber ich muß es tun. Fiolon, du und Mikayla werdet euch um Uzun kümmern, wenn ich nicht mehr da bin, nicht wahr?«

»Ja, Herrin, natürlich« – Fiolon zwang sich zu einem Lächeln – »wenn er sich nicht um uns kümmert.«

»Gut.« Haramis sank in ihre Kissen zurück und fühlte sich plötzlich sehr müde. »Ich würde mich jetzt gern ausruhen.«

»Gewiß, Herrin.« Fiolon verneigte sich und verließ das Zimmer, Uzun im Schlepptau hinter sich.

Haramis vernahm die Stimme des Seltlings, als er durch den Korridor gezogen wurde. »Glaubt sie denn im Ernst, ich *will* noch leben, wenn sie nicht mehr ist?«

Mein armer, alter Freund, dachte Haramis schläfrig, *was habe ich dir angetan? Was habe ich uns allen angetan?*

296

28

Am nächsten Tag ruhte sich Haramis aus und aß etwas. Kurz bevor sie mit Fiolon aufbrechen mußte, trat Enya mit einem langen, weißen Gewand in ihr Zimmer. Es war hochgeschlossen und hatte lange Ärmel. »Lord Fiolon hat mir aufgetragen, Euch das hier zu bringen, Herrin«, sagte sie. »Er sagt, Mikayla habe es beim letzten Mal, als sie zu Hause war, in ihrem Zimmer liegenlassen.«

Haramis kannte das Gewand nicht. Sie vermutete, daß es ein Kleidungsstück war, das Mikayla aus dem Meret-Tempel mitgebracht hatte. Wenn sie Glück hatten, war es das gleiche, das Mikayla jetzt auch trug, und wenn sie die Kleider wechselten, müßten sie sich in der Eiseskälte nicht bis auf die Haut ausziehen. »Danke, Enya«, sagte sie. »Hilf mir doch bitte beim Anziehen.«

Als Enya gehorchte, betrachtete Haramis die kleine Nyssomu-Frau. Es war nicht recht, sie nach all den Jahren treuer Dienste ohne ein gutes Wort zu verlassen. »Enya«, sagte sie, »ich gehe heute fort.«

Enya schniefte. »Das ist mir nicht neu. Meister Uzun bläst den ganzen Tag schon Trübsal und spricht davon, daß Ihr in Euren sicheren Tod geht.«

Haramis huschte ein Lächeln über das Gesicht. »Melodramatisch wie immer, aber ich fürchte, im wesentlichen hat er recht. Es ist sehr wahrscheinlich, daß ich nicht lebend zurückkomme.«

»Oh, Herrin«, flüsterte Enya und rang nach Luft. »Und ich dachte schon, er übertreibt wie üblich.«

»Fiolon kommt mit mir und wird voraussichtlich Mikayla wieder zurückbringen«, sagte Haramis. »Wenn ich sterbe, wird einer von beiden Erzzauberer von Ruwenda – oder vielleicht teilen sich beide die Aufgabe.« Sie hielt kurz inne. »Glaube ich. Weißt du, Enya, ich stelle auf einmal fest, daß ich mir oft meiner Sache nicht mehr so sicher bin wie sonst.«

»Macht Euch keine Sorgen, Herrin«, sagte Enya kurz. »Das Land wird sich kümmern. Das hat es immer schon getan, wenn man es in Ruhe ließ.«

»Ja«, sagte Haramis. »Ich habe endlich aufgegeben, mich dagegen zu wehren. Ich habe ein ganz schönes Durcheinander angerichtet, aber ich glaube, es ist noch nicht zu spät, es zu beheben. Das hoffe ich wenigstens.« Sie atmete tief ein. »Ich möchte dir danken, Enya, dafür, daß du mir gedient hast. Du warst eine treue Dienerin und eine gute Freundin.« Sie zögerte. »Ich weiß nicht, ob du hier bei Mikayla bleiben willst. Aber wie auch immer du dich entscheidest, du hast meinen Segen.« Sie legte eine Hand auf Enyas Kopf und spürte flüchtig, daß Wärme durch ihre Finger strömte. *Ich habe meine Kräfte noch nicht restlos verloren,* dachte sie. *Das beruhigt mich.*

Sie nahm Stiefel, Handschuhe und einen warmen Umhang mit und suchte Uzun auf. Er saß in gedrückter Stimmung vor der Feuerstelle im Arbeitszimmer, wo er lange Jahre als Harfe gestanden hatte. »Alter Freund«, begann sie, und ihre Stimme ließ sie im Stich. »Ach, Uzun«, sagte sie, und Tränen rannen ihr über beide Wangen, »du wirst mir fehlen. Und ich bitte dich um Vergebung für alle Schmerzen, die ich dir zugefügt habe.«

»Ihr habt mich nie verletzt, Prinzessin«, erwiderte Uzun rasch. Haramis wußte, daß er nicht die Wahrheit sagte, denn sie konnte sich an zahlreiche Begebenheiten erinnern, in denen sie mit ihrem gedankenlosen oder egoistischen Verhalten Uzun ebenso verletzt hatte wie andere, die ihr nahestanden. Aber Uzun würde wahrscheinlich lieber sterben als zugeben, daß seine Erzzauberin nicht vollkommen war. »Und mach dir um mich keine Sorgen.« Der hölzerne Seltling begann zu schluchzen. Er weinte tatsächlich, stellte Haramis fest. Dieser Körper grenzte an ein Wunder. »Ich bleibe noch so lange hier, bis ich eine Ballade über Eure Tapferkeit und Euer Opfer verfaßt habe, dann folge ich Euch. Mikayla hat mir vor langer Zeit versprochen, mich zu erlösen, wenn Ihr nicht mehr da seid.«

Haramis nahm ihn in den Arm. »Tu, was du für richtig hältst«, sagte sie. »Lebe wohl, mein liebster und bester Freund.«

»Lebt wohl, Prinzessin.« Uzun wandte sich wieder der Feuerstelle zu und verbarg das Gesicht in den Händen.

Langsam stieg Haramis die Treppen zum Balkon hinauf, wo die Lämmergeier zu landen pflegten. Fiolon war bereits oben und hielt einen der besonderen Schlafsäcke in der Hand, in denen Haramis die Nyssomu-Boten in die Ebene schickte. »Ich dachte, es wäre vielleicht am besten, wenn wir Mikayla auf dem Rückflug da hineinsteckten«, sagte er.

»Eine gute Idee«, pflichtete Haramis ihm bei.

»Jaaah«, erklang eine Stimme aus der Dunkelheit über ihnen. Haramis schaute überrascht nach oben. Fiolon hatte recht. Vor einem weißen Hintergrund – vor einer verschneiten Landschaft oder ihrem Turm – war der große Vogel unsichtbar. Nur die Augen konnte man erkennen.

»Du bist Rotauge«, sagte sie. Der Vogel nickte kurz. »Ich danke dir für deine Hilfe in dieser Angelegenheit«, sagte Haramis.

Sie selbst vermochte die Antwort des Vogels nicht zu hören, aber Fiolon wiederholte es für sie. »Ich helfe gern«, hatte der Vogel gesagt. »Mikayla ist meine Freundin.« Er hüpfte auf den Boden des Balkons und streckte einen Flügel aus. Die Geste war deutlicher als alle Worte, die zum Aufbruch gemahnt hätten.

Fiolon half Haramis auf den Rücken des Vogels und stieg hinter ihr auf. Der Lämmergeier schlug mit den Flügeln und erhob sich lautlos in den nächtlichen Himmel.

Als sie an Höhe verloren, hatte Haramis das Gefühl, daß kaum Zeit vergangen war. Der Vogel flog nach links in eine große Höhle hinein. Die Säulen am Eingang, die Haramis zunächst für riesige Eiszapfen hielt, standen so weit auseinander, daß Rotauge mühelos mit ausgebreiteten Schwingen hindurchfliegen konnte. Im Innern fiel ihr Blick sofort auf eine kleine Gestalt, die im Schneidersitz auf einem Fell saß. Mikayla schaute zu ihnen auf. »Rotauge, was machst du denn hier? Ich soll hier allein Nachtwache halten!«

Haramis konnte nicht hören, was Rotauge ihr sagte. Aber sie konnte sich denken, daß es etwas ähnliches wie »du darfst das nicht tun« war.

»Das haben wir doch schon einmal durchgesprochen«, sagte Mikayla, die der Diskussion überdrüssig war. »Ich habe es versprochen.«

»Aber du hast nicht gewußt, was du versprochen hast.« Fiolon glitt vom Rücken des Vogels und streckte eine Hand aus, um Haramis zu helfen.

»Niemand weiß wirklich, was er bei den wichtigen Dingen im Leben verspricht«, sagte Mikayla ungehalten. »Meine Eltern haben eine Woche, nachdem sie sich kennenlernten, geheiratet – glaubt ihr, sie wußten, was sie sich bei der Eheschließung versprachen?«

»Für mich steht fest, daß sie bestimmt besser über ihr Versprechen Bescheid wußten als du«, sagte Haramis und glitt vom Vogel auf das Fell am Boden. Sobald sie den Boden berührte, gaben ihre Beine nach. Sie sank vor dem Mädchen in die Knie, so daß sie ihr, die sie zu ihrer Nachfolgerin hatte ausbilden wollen, direkt in die Augen schaute. Fiolon wich in die Dunkelheit zurück und schlich um Mikayla herum.

»Ehrwürdige Haramis«, sagte Mikayla verblüfft. »Ihr solltet zu Hause im Bett liegen. Hat Fiolon Euch mitten in der Nacht den weiten Weg hierher geschleppt, damit Ihr ihn bei der Diskussion mit mir unterstützt?«

»Nein«, sagte Haramis gelassen. »Ich bin gekommen, deine Stelle einzunehmen.«

Mikayla starrte sie ungläubig an. »Das könnt Ihr nicht«, sagte sie. »Das ist nicht Eure Angelegenheit. Ihr habt nichts versprochen.«

»Vielleicht nicht mit Worten«, sagte Haramis. »Aber als ich Uzun seinen Freunden fortnahm und ihn in meinem Turm von allen absonderte, habe ich die Verantwortung für die Folgen auf mich genommen. Als ich dich und Fiolon eurem Zuhause und eurer Familie fortnahm, habe ich auch die Verantwortung für euch beide übernommen. Ich kann nicht zulassen, daß du dein Leben verschenkst – vor allem nicht in deinem jungen Alter –, um Dinge in Ordnung zu bringen, die in erster Linie ich zu verantworten habe.« Mikayla starrte sie an. Sie war über die Worte der Erzzauberin so erschrocken, daß sie nichts entgegnen konnte. Haramis fuhr fort: »Ich weiß nicht, ob das Gefühl für das Land Ru-

300

wenda über dich kommt, wenn ich sterbe. Ich dachte, du solltest meine Nachfolgerin werden, aber« – sie lächelte traurig – »ich habe vor kurzem die Entdeckung gemacht, daß ich mich in manchem geirrt habe. Wenn du Erzzauberin sein sollst, dann wird es dir gegeben sein. Wenn nicht« – sie zuckte die Achseln – »dann weiß ich nicht, was geschehen wird. Meine einzige Hoffnung ist, daß du weiterlebst und glücklich wirst, was immer auch geschieht.«

Fiolon, der inzwischen hinter Mikayla getreten war, beugte sich plötzlich vor und hielt Mikayla ein mit Flüssigkeit getränktes Tuch über Mund und Nase. Mikayla wehrte sich kurz und sackte dann in sich zusammen. Fiolon legte den Körper sanft nieder und zog ihn bis auf die Unterwäsche aus. Wie Haramis vermutet hatte, war es die gleiche Kleidung, die sie auch trug.

»Herrin.« Fiolon half Haramis beim Wechseln der Kleidungsstücke.

Als er sich über Mikayla beugte, um den bewußtlosen Körper aufzuheben, sagte Haramis: »Warte noch!«

Fiolon schaute sie fragend an. Dann zog Haramis ihren Talisman, den sie seit dem Tag vor zweihundert Jahren, an dem sie ihn gefunden hatte, stets bei sich getragen hatte, über den Kopf. Sie legte ihn Mikayla um und sagte feierlich: »Ich übergebe meiner Verwandten Mikayla meinen Talisman, den Dreiflügelreif.« Sie setzte sich. »Fiolon, du kannst sie jetzt nach Hause bringen. Paß du an meiner Stelle gut auf sie auf.«

Fiolon hob Mikaylas Körper hoch, steckte ihn sorgfältig in den Schlafsack und befestigte ihn auf Rotauge. Dann wandte er sich noch einmal an Haramis. »Ich werde jetzt den Zauber sprechen«, sagte er. »Zuerst den Schein.«

Haramis spürte nichts, aber der Vogel neigte den Kopf und nickte.

»Danke«, sagte Fiolon knapp. Haramis fragte sich, ob der Vogel Fiolon etwas gesagt hatte, was sie nicht hören konnte. »Und jetzt den Zauber gegen Schmerz«, fuhr Fiolon fort. Er zog die Handschuhe aus, murmelte ein paar Worte, jedoch so leise, daß Haramis sie nicht verstand, legte die Hände kurz über ihrem Kopf zusam-

301

men und ließ sie zu beiden Seiten ihres Körpers hinabgleiten. Zum Schluß kniete er vor ihr und hatte beide Hände flach auf dem Boden neben dem Fell liegen. »Ich glaube, der Zauber ist jetzt im Land verankert«, sagte er. »Wie fühlt Ihr Euch?«

»Gut«, sagte Haramis. Es stimmte. Auch der kleinste Schmerz und das Reißen in den Gliedern waren verschwunden. Seit hundert Jahren hatte sie sich nicht mehr so wohl gefühlt. »Danke, Fiolon. Und nun geh mit meinem Segen.« Sie legte ihm die Hand auf den Kopf, den er nach vorn geneigt hatte.

»Ich danke Euch, Herrin«, sagte Fiolon. »Ich hoffe nur, daß ich ebenso tapfer und weise sein werde wie Ihr, wenn meine Zeit gekommen ist.«

Haramis wußte nicht, was sie darauf antworten sollte. Sie hielt sich nicht für besonders tapfer – und ganz gewiß nicht für weise. »Leb wohl, Fiolon«, sagte sie schließlich. »Und nun geh, ehe dich jemand sieht.«

Fiolon kletterte auf Rotauge und setzte sich hinter den Schlafsack. Der Vogel neigte schweigend den Kopf vor Haramis, ehe er durch die Säulen flog und im Dunkel der Nacht verschwand.

Haramis hatte Mikaylas Platz eingenommen und hielt Wache. Die noch verbleibenden Stunden der Dunkelheit nutzte sie, still über ihr Leben nachzudenken: ihre Eltern und Schwestern, ihre Lehrer und Freunde – vor allem Uzun; die Zeit, in der sie gerade Erzzauberin geworden war und noch herauszufinden versuchte, welche Aufgaben damit verbunden waren; die Suche nach ihrem Talisman …

Ich habe meinen Talisman genau auf diesem Berg gefunden, dachte sie, *nur auf der anderen Seite*. Sie erinnerte sich daran, wie brüchig die Eishöhlen dort gewesen waren. *Ob das Land auf dieser Seite auch so brüchig ist?* Sie versuchte, in Gedanken das Land ringsum zu erfassen. Sie hatte den Eindruck, als könnte sie das Land ein wenig spüren – ganz schwach nur. Ihr war, als könnte sie einen Riß irgendwo im Fels über sich wahrnehmen. *Ich glaube, er befindet sich über dem Tempel. Gut so. Vielleicht kann ich ihn gebrauchen – vorausgesetzt, daß er nicht nur meinem Wunsch entspringt.*

Kurz vor dem Morgengrauen holte man sie ab. Es waren vier Jungfrauen in hellen, graublauen Gewändern, die eine Hymne angestimmt hatten. Sie mußten ihr auf die Beine helfen, denn sie war nach so vielen Stunden in unveränderter Sitzhaltung steif geworden. Auch ein paar junge Männer kamen herein. Sie trugen einen verzierten Stuhl auf Pfählen – *fast wie ein Thron*, dachte Haramis. Einer der jungen Männer schenkte ihr das boshafteste Lächeln, das sie je auf einem menschlichen Antlitz gesehen hatte. *Selbst die Skritek habe ich freundlicher in Erinnerung. Ich frage mich, was Mikayla ihm getan hat. Bestimmt nichts, was seine hämische Freude über ihren Tod rechtfertigen würde.*

Sie beachtete ihn nicht; sie beachtete niemanden. Da sie nicht wußte, wer diese Menschen waren, schien ihr dies die sicherste Methode zu sein. Es wäre nicht gut, jetzt schon merken zu lassen, daß sie nicht Mikayla war. Zum Glück schien niemand von ihr zu erwarten, daß sie redete. Singend trugen sie Haramis in den Tempel.

Vor einem durch einen Vorhang verhängten Türbogen blieben die Männer mit dem Stuhl stehen, und die Frauen führten sie über den mit Teppichen ausgelegten Boden in ein Bad. Sie wuschen Haramis, flochten ihr Haar zu komplizierten Zöpfen und salbten sie am ganzen Körper mit einer Art Öl. Haramis fiel auf, daß die Frauen sich das Öl sorgfältig von den Händen wuschen, als sie fertig waren. *Es ist bestimmt eine Droge darin*, dachte sie. *Etwas, das mich gefügig macht, vielleicht? Oder etwas, das den Schmerz verstärkt – diese Art der Opferung bezieht einen großen Teil ihrer Macht aus dem Schmerz und der Furcht des Opfers. Ich werde sie wohl bitter enttäuschen.*

Die Frauen legten ihr ein sauberes Gewand und ein paar ziselierte goldene Armbänder an und führten sie wieder hinaus. Dort warteten die Männer mit dem Stuhl, um sie auf die andere Seite des Tempels zu tragen, wo die Opferkammer lag.

Haramis schaute sich interessiert um und achtete nicht auf die beiden schwarz gekleideten und maskierten Priester, die jetzt auf sie zutraten, um sie zu begrüßen. Wie Fiolon ihr gesagt hatte, war der Raum aus dem blanken Fels gehauen. Eine grob geschnitzte Statue der Göttin schien aus der gegenüberliegenden Wand hervorzutreten, vor der ein hüfthoher Steinaltar stand, über und über mit vertrocknetem Blut bedeckt. Ein Wasserlauf, von dem Haramis wußte, daß es der Noku war, trat unter dem Altar hervor und floß ungehindert durch den Raum. Am Eingang hatte man ihn mit Planken aus dunklem Holz überbrückt, vor dem Altar aber lag er offen, und es war Platz genug, stellte Haramis fest, einen Körper hineinfallen zu lassen. Das Wasser hatte eine starke Strömung und war zweifellos eiskalt.

Die Priester redeten mit ihr, aber Haramis verstand ihre Sprache nicht und versuchte gar nicht erst zu antworten. Die beiden tauschten flüchtige Blicke und halfen ihr dann vom Stuhl herunter, wobei sie acht gaben, Haramis an den Armbändern festzuhalten, um ihre bloße Haut nicht zu berühren. Haramis fragte sich, ob sie nur vorsichtig waren, damit sie nicht mit dem Öl in Berührung kamen, oder ob es verboten war, das Opfer direkt anzufassen. *Vielleicht auch beides*, dachte sie. In diesem Augenblick stellte sie die bloßen Füße auf den Boden. Haramis schnappte nach Luft, die Knie gaben unter ihr nach. Sie spürte kaum, daß einer der Priester ihr einen Arm um die Hüfte legte und sie aufrecht hielt. *Bei der Heiligen Blume, Fiolon hatte recht*, dachte sie, als das Landgefühl für Labornok mit voller Wucht über sie kam. *Ich hätte schon lange hierher kommen sollen. Hat es die ganze Zeit auf mich gewartet?*

»Prinzessin«, drängte der Priester, dessen Stimme hinter der schwarzen Maske gedämpft klang. »Reißt Euch zusammen! Ihr wollt Euch doch nicht etwa der hohen Ehre, der Ihr teilhaftig werden sollt, unwürdig erweisen?«

Haramis schaute ihn zunächst ausdruckslos an, bevor ihr der Sinn seiner Worte klar wurde. Dann atmete sie tief durch und richtete sich kerzengerade auf. »Es geht schon wieder«, sagte sie leise. »Ihr könnt mich loslassen.«

Der Priester lockerte den Griff um ihre Hüfte, doch beide Priester hielten sie nach wie vor an den Armbändern fest, während sie Haramis zum Altar führten und sie mit dem Gesicht zu den Anwesenden aufstellten. Alle Bewohner des Tempels schienen versammelt, und nur wenigen war Mitleid mit Mikayla anzusehen. Die meisten Mienen glichen vielmehr denen von Skritek auf Jagd. *Ich glaube kaum, daß ich ihren Untergang sehr betrauern werde.*

»Seht die Auserwählte«, stimmte der Priester an.

»Gegrüßet sei sie!« erwiderte die Menge.

»Geliebte Jüngste Tochter der Göttin«, sang der zweite Priester.

»Gegrüßet sei sie!«

»Die ihr Herz ihrer Mutter schenkt.«

»Gegrüßet sei sie!«

»Die ihrer Mutter ihr Leben schenkt.«

»Gegrüßet sei sie!«

»Die stirbt, auf daß ihre Mutter leben kann.«

»Gegrüßet sei sie!«

Man half Haramis auf den Altar und legte sie so, daß sie zur Göttin aufblicken konnte – oder zu dem, was einmal eine Göttin dargestellt hatte, dachte Haramis. Die Statue war in der Tat grob geschnitzt, die Gesichtszüge konnte man nur ahnen. Die wichtigste Funktion der Göttin schien darin zu bestehen, die Decke des Raums zu tragen. Haramis spürte, daß beinahe das gesamte Gewicht des Raumes durch diesen Teil der Wand lief. Die Menschen hinter ihr konnte sie nun nicht mehr sehen, was ihr gerade recht war.

Ein Priester war zur Seite getreten, während der andere sie noch am Armband festhielt. Doch nun trat der erste Priester an die rechte Altarseite und hielt den Obsidiandolch in der Hand, von dem Fiolon gesprochen hatte. *Er muß zum Eingang zurückgegangen sein und die Brücke überquert haben*, dachte Haramis. *Seltsam, wie sich der Verstand angesichts des nahen Todes an Nebensächlichkeiten festhält.*

Irgend etwas schien die Priester zu beunruhigen. Der Priester zu ihrer Linken hielt ihren Arm noch immer fest, als rechnete er damit, daß sie sich zur Wehr setzen und einen Fluchtversuch unternehmen würde. Der Priester zu ihrer Rechten ergriff mit einer Hand ihr Armband und hob mit der anderen den Dolch, hielt aber in dieser Haltung inne und tauschte mit dem anderen Priester einen Blick. Haramis glaubte, Besorgnis zu erkennen. *Wie gut für sie, daß sie Masken tragen*, dachte sie, beinahe amüsiert. *Sonst würde die Gemeinde spätestens jetzt merken, daß irgend etwas nicht in Ordnung ist.*

»Was hast du?« zischte der Priester mit dem Dolch. »Siehst du nicht, daß du sterben sollst?«

Haramis zwinkerte ihm zu. »Doch, natürlich.«

»Hast du denn gar keine Angst?« fragte der andere Priester.

»Warum sollte ich?« entgegnete Haramis. *Meine Zeit zu sterben ist gekommen, und ich sterbe für das Land. Es ist genauso, wie es sein soll – warum sollte ich also Angst haben? Natürlich,* dachte sie nicht ohne Belustigung, *bin ich in Wirklichkeit viel älter als ich für sie aussehe; sie glauben, sie haben ein entsetztes Kind vor sich.* Sie stellte sich Mikayla an ihrer Stelle vor und mußte ein Schaudern unterdrücken. *Ich bin froh, daß sie das Mädchen nicht haben.*

»Was machen wir jetzt?« flüsterte der Priester zu ihrer Rechten gepreßt.

»Wir fahren mit dem Opfer fort«, erwiderte der Priester zu ihrer Linken. »Was sonst? Wo steht geschrieben, daß das Opfer Angst haben muß?«

»Aber die Energie stimmt nicht!«

»Ich weiß, aber wir können das den Leuten kaum erklären – die darauf warten, daß wir fortfahren«, murmelte der Mann hinter seiner Maske. Er streckte die linke Hand aus und zog dem Abbild der Göttin eine Steinplatte, kaum größer als seine Handfläche, aus der hölzernen Brust. Er legte sie auf den Altar neben Haramis. Sie sah jetzt die Aushöhlung in der Statue, in der etwas Kleines, Verschrumpeltes lag, wahrscheinlich das Herz des letzten Opfers. »Weiter«, flüsterte der Priester dem anderen mit dem Dolch zu. »Der Schmerz wird die fehlende Angst aufwiegen«, fügte er warnend hinzu. »Will ich hoffen.«

Denkst du, dachte Haramis. *Gesegnet seist du, Fiolon, ich glaube, es ist uns gelungen, dieses Opfer gründlich zu verderben.*

Der Priester stach mit dem Dolch auf sie ein, wobei er ihr das Gewand bis zur Hüfte aufschlitzte. Als er den Dolch wieder hob, sah Haramis Blut an der Spitze, aber sie spürte nichts. Die beiden Priester schauten auf ihr ruhiges Antlitz herab, und Haramis konnte förmlich ihre ängstlichen Mienen hinter den Masken spüren. Sie lächelte den beiden heiter zu. Inzwischen hatte es den Anschein, als ob die beiden das blanke Entsetzen, das sich eine Rachegöttin gewöhnlich von einem Opfer wünschte, selbst ausstanden.

Der Mann mit dem Dolch schluckte sichtbar, als er ihr die Brust öffnete, ein paar Rippen auseinander brach (Haramis hörte das Knacken) und ihr Herz freilegte. Haramis spürte keinen Schmerz, obwohl sie große Mengen Blut zu verlieren begann. Ihr wurde ganz leicht im Kopf.

Aber es geschah, wie Fiolon vorhergesagt hatte: Sobald ihr Körper nicht mehr unversehrt war, fiel der Schein in sich zusammen. Der Zauber gegen den Schmerz, der durch den Fels unter ihrem Rücken gespeist wurde, blieb erhalten. Der Priester zu ihrer Linken, der sich abgewandt hatte, um das alte Herz aus der Statue zu holen, schnappte entsetzt nach Luft, als er sich umdrehte und mit ansah, wie Mikaylas Gesicht sich in das Antlitz einer alten Frau verwandelte. Der Priester, der ihr Herz in die Höhe hielt, um der Menge zu zeigen, daß das Opfer stattgefunden hatte, schaute auf sie herab und ließ das Herz beinahe fallen. »Heilige Meret!« flüsterte er. »Wer bist du?«

»Wie heißt du?« fragte auch der andere Priester drängend.

Glauben sie wirklich, ich sei dumm genug, es ihnen zu verraten? fragte sich Haramis voll beißender Ironie. *Ohne meinen Namen ist dieses Ritual für sie wertlos – glauben sie etwa, ich wüßte das nicht?*

»Eure Göttin ist falsch«, sagte Haramis ruhig und zwang sich, noch ein paar Augenblicke bei Bewußtsein zu bleiben. »Ich bin das Land, und ich sterbe niemals.« Sie wirkte mit der Kraft ihrer Gedanken auf den Riß ein, den sie zuvor entdeckt hatte. Sie spürte, wie der Fels nachgab, und wußte, daß ihre Arbeit getan war.

Dann schlüpfte sie mühelos aus ihrem Körper und schaute, über allem schwebend, zu. Ihr Herz zerfiel zu Staub und rann dem entsetzten Priester durch die Finger. Auch der Körper wurde zu Staub, so wie die Statue der Göttin. Über sich erblickte Haramis ein helles Licht, auf das sie zustrebte, wobei sie durch den Fels drang, der krachend zusammenstürzte. Sie flog durch den Himmel auf das Licht zu, und die Herrscher der Lüfte begleiteten sie in der Gestalt großer Lämmergeier. Ihr Leben war vorüber, und die Arbeit, die ihr aufgegeben gewesen war, hatte sie vollbracht.

29

Mikayla kam wieder zu Bewußtsein, als sie auf dem Balkon des Turms aus dem Schlafsack geschält wurde. Rotauge schaute auf sie herab und warf dann Fiolon einen Blick zu. »Ich überlasse dir die weiteren Erklärungen«, sagte er und zog es vor, rasch abzufliegen.

»Feigling«, sagte Fiolon leise. »Er scheint seine Erfahrungen mit Mikaylas Temperament gemacht zu haben.« Er beugte sich über Mikayla, hob den schlaffen Körper hoch und trug sie ins Arbeitszimmer, wo er sie auf ein Sofa neben der Feuerstelle legte.

Uzun beugte sich besorgt über sie. »Ist alles in Ordnung?«

»Warten wir's ab«, sagte Fiolon. »In wenigen Augenblicken wird sie zweifellos hellwach sein und uns anschreien.«

»Und Haramis?«

»Als ich fortging, war alles in Ordnung.«

Uzun neigte schweigend das Haupt.

Es dauerte wirklich nicht lange, bis Mikayla aufwachte und ihre Umgebung wahrnehmen konnte. »Fiolon, du bist ein Idiot! Bring mich sofort zurück, ehe sie mich vermissen!«

»Du wirst ihnen nicht fehlen«, sagte Fiolon. »Haramis hat deinen Platz eingenommen, erinnerst du dich?«

»Ja.« Mikayla schaute ihn voller Verachtung an. »Vor allem kann Haramis ihnen auch wunderbar vorgaukeln, sie sei die Jüngste Tochter der Göttin. Sie kennt nicht einmal die Rituale. Außerdem war sie seit ihrem letzten Anfall nicht mehr imstande, sich mit einem Schein zu versehen – oder war es schon seit dem vorletzten?«

»Seit dem vorvorletzten«, sagte Fiolon. »Ich habe sie mit einem Schein versehen.« Zu Uzuns Beruhigung fügte er hinzu: »Und mit einem Zauber gegen Schmerz. Sie wird nichts spüren – diesen Zauber habe ich im Land verankert, und der Altar ist aus dem Fels gehauen. Der Schein wird wahrscheinlich verschwinden, wenn sie ihr das Herz herausschneiden …«

»Wenn sie was tun?« Mikayla schrie förmlich. »Oh, bei der Heiligen Blume, Fiolon – das ist doch nur symbolisch! Ich habe vor zwei Jahren das Ritual vollzogen, und es wird dir nicht entgangen sein, daß ich immer noch lebe!«

308

»Dieses Jahr ist ein Jubiläumsjahr«, sagte Fiolon. »In einem solchen Jahr findet es nicht nur symbolisch statt.«

Mikayla richtete sich abrupt auf. »Wir gehen hinunter zum Spiegel und schauen zu«, fauchte sie ihn an, »dann wirst du ja sehen!« Verwirrt legte sie eine Hand auf ihre Tunika und begann, an der Kette zu ziehen, die ihr um den Hals hing. »Was ist denn das?« Sie streifte die Kette über den Kopf, hielt sie vor sich und starrte den Silberstab mit dem Reif und den drei Flügeln ungläubig an. »Das habe ich noch nie gesehen.«

»Es ist der Dreiflügelreif«, sagte Uzun mit trauernder Stimme. »Der Talisman der Erzzauberin, ihr Anteil am Großen Zepter der Macht.«

Mikayla betrachtete den Talisman. »Irgendwie erinnert er mich an die Krone der Königin.«

»Das Dreihäuptige Ungeheuer«, sagte Uzun. »Das gehörte zu Anigel.«

»Und was ist aus Kadiyas Talisman geworden?« fragte Mikayla neugierig, wobei sie den Talisman am Ende der Kette hin und her drehte.

»Sie nahm ihn mit in die Sümpfe, und niemand hat sie oder den Talisman je wiedergesehen.«

»Demnach können wir ihn nicht für das Zepter der Macht gebrauchen«, sagte Mikayla, die vorübergehend von ihren anderen Sorgen abgelenkt war. »Wozu soll er gut sein, und warum habe ich ihn jetzt?«

Fiolon stöhnte. »Du hast ihn, weil Haramis ihn dir gegeben hat. Es handelt sich um echte Magie – nicht um eines dieser Spielzeuge des Versunkenen Volkes. Geh also sorgfältig damit um. Uzun, könnt Ihr Mikayla beibringen, was man damit macht?«

Der Seltling schüttelte den Kopf. »Nein. Das weiß ich nicht. Nur Haramis hat ihn überhaupt benutzt, und ich war damals nicht bei ihr.«

Mikayla starrte die beiden verärgert an. »Ihr wollt doch wohl nicht sagen, daß Haramis nach den vielen Jahren, in denen sie mir etwas beigebracht hat, worauf ich durchaus auch allein hätte kommen können, mir das hier urplötzlich in den Schoß gelegt hat, ohne auch nur ein Wort der Warnung und ohne Anweisung, wie man es verwenden kann?« Sie runzelte die Stirn. »Wieviel Macht besitzt es?«

»Man kann damit töten«, antworteten Fiolon und Uzun wie aus einem Mund.

»Uuh!« Mikayla ließ den Talisman am ausgestreckten Arm baumeln. »Wenn das so ist, werde ich ihn weglegen. So dumm bin ich nicht, daß ich Zufallsexperimente mit Gegenständen ausführe, die andere Menschen umbringen können.« Sie erhob sich. »Ich bin gleich wieder da«, sagte sie, »und dann können wir uns das Ritual im Tempel anschauen.«

Im Hinausgehen hörte sie, wie Fiolon zu Uzun sagte: »Ihr müßt das nicht mit ansehen.«

Uzuns Antwort verfolgte sie über den Korridor. »Wenn ich es nicht mit eigenen Augen sehe, wie soll ich dann eine angemessene Ballade über ihre Heldentat verfassen? Nein. Ich habe einen Großteil ihrer Suche nach dem Talisman verpaßt, jetzt werde ich es bis zum bitteren Ende ansehen.«

Mikayla ging allen voran in die Höhle mit dem Spiegel. »Spiegel, zeige Prinzessin Haramis von Ruwenda«, befahl sie.

»Suche«, erwiderte der Spiegel. Dann zeigte er zwei Priester, die Haramis von einem Stuhl herunter halfen. Man sah, wie ihr die Knie weich wurden und die Priester sie stützten.

»Was hat sie?« fragte Uzun erschrocken.

Fiolon sah sich das Bild genau an. »Sie hat keine Schuhe an«, bemerkte er. »Mikayla, wäre dies das erste Mal gewesen, an dem du einen Fuß auf den Boden gesetzt hättest, nachdem wir dich verlassen hatten?«

»Sie hätten mich auf dem Stuhl vom Berg ins Bad gebracht und dann vom Bad in den Haupttempel. Ich weiß nicht, warum sie in diesem Raum vom Stuhl steigt: In der Regel verläßt die Jüngste Tochter den Stuhl den ganzen Tag nicht.«

»Woraus besteht der Boden im Bad? Ist es bloßer Fels?«

»Natürlich nicht«, sagte Mikayla ungeduldig. »Nur weil der Tempel in einer Höhle verborgen ist, heißt das noch lange nicht, daß das Ganze eine Höhle ist. Im Bad liegen Teppiche auf dem Boden.«

»Das wäre dann also das erste Mal, daß sie den Boden von Labornok berührt«, beharrte Fiolon.

»War sie denn noch nie dort?« fragte Mikayla. »Sie ist doch seit zweihundert Jahren Erzzauberin!«

»Mikayla, würdest du mir bitte meine Frage beantworten?«

»Ob sie jetzt zum ersten Mal mit bloßen Füßen auf den Fels tritt? Ja, wahrscheinlich. Warum?«

»Es ist alles in Ordnung, Uzun«, beteuerte Fiolon. »Sie bekommt gerade das Gefühl für Labornok, was nur hilfreich sein kann.«

»Sie bekommt es erst jetzt?« fragte Mikayla. »Was muß das für eine Erzzauberin sein, die eine Hälfte ihres Landes nicht beachtet? Und warum bekommt sie das Gefühl für Labornok, obwohl es ihr für Ruwenda schon seit Jahren abhanden gekommen ist?«

»Mikayla, würdest du bitte den Mund halten!« fuhr Fiolon sie an.

Mikayla schwieg. Das war nicht der Ton, in dem Fiolon mit ihr zu reden pflegte. *Was ist denn los?* fragte sie sich. *Warum ist er so wütend?*

»Sie kann wieder stehen«, kommentierte Uzun das, was er sah, »und geht tapfer ihrer Bestimmung entgegen.«

Hört sich an wie eine Ballade, na schön, dachte Mikayla. *Aber »tapfer ihrer Bestimmung entgegengehen« ist doch lächerlich.* Laut sagte sie jedoch nichts. Sie wußte noch immer nicht, warum das Ritual abgeändert wurde; in der Regel hielten sie sich nie so lange in diesem Raum auf. *Vielleicht ist es besser, wenn ich einfach still bin. Wenn ich recht habe, werden sie es ja bald erfahren, und sie können hingehen und Haramis abholen, und ich kann ihr den Talisman zurückgeben. Wenn ich im Unrecht bin ...* Sie schauderte. *Hoffentlich nicht.*

Im weiteren Verlauf des Rituals wurde nur allzu deutlich, daß Mikayla sich irrte und daß alle, die versucht hatten, sie zu warnen, recht gehabt hatten. Entsetzt und ungläubig schaute Mikayla zu, wie der Priester Haramis das Herz herausschnitt. *Wieso sieht sie so ruhig dabei aus?* Plötzlich zerfiel das Herz zu Staub, der dem Prie-

311

ster durch die Finger rann. Der Körper wurde zu Staub, und der gesamte Raum begann sich aufzulösen. Das Dach brach mit lautem Krachen zusammen, und das Echo hallte von den Bergen wider. Das letzte, was sie sahen, ehe der Spiegel dunkel wurde, war eine große Schneewand, die sich auf sie zu wälzte.

Mikayla stürzte zu Boden und bedeckte das Gesicht mit beiden Händen. Entfernt hörte sie den Spiegel: »Objekt existiert nicht mehr. Keine Überlebenden an diesem Ort.«

Dann spürte sie es. Es begann mit dem Gefühl, als würde sie tief in den Fels unter sich sinken und zu einem Teil des Mount Brom werden. Dann wurde auch Mount Gidris ein Teil ihrer selbst. Sie spürte die Lawine auf der Nordseite und zerteilte sie in kleine Stücke, um das Ausmaß der Katastrophe zu begrenzen. Dann spürte sie Mount Rotolo mit seinen heißen Quellen und verborgenen Tälern. Flüchtig wurde ihr Rotauge bewußt, der in seiner Höhle schlief. Von der Bergkette breitete sich ihr Bewußtsein in zwei Richtungen aus – nach Norden entlang des Noku quer durch Labornok zum Nördlichen Meer, dann nach Süden, entlang des Nothar, durch die Dornenhölle, die Dylex-Gebiete, die Goldsümpfe, vorbei an der Zitadelle und am Großen Damm, durch die Schwarzsümpfe und die Grünsümpfe, am Wun-See vorbei und an den Tass-Fällen, entlang des Mutar bis an die Grenze zu Var, wo ein Abbild von Fiolon Wache hielt.

»Fio?« fragte sie laut.

»Ich bin hier bei dir, Mika.« Starke Arme hoben sie auf und trugen sie aus der Höhle. Hinter sich hörte sie, wie die Tür leise an ihren Platz glitt, und Uzuns hölzerne Schritte, aber sie vernahm auch das Rauschen der Flüsse, die ihren jeweiligen Mündungen ins Meer zustrebten, und das Zirpen der Insekten in den Sümpfen.

Am Eingang der Höhle setzte Fiolon sie kurz ab, so daß er sich mit Uzun gegen die große Tür lehnen konnte, um sie zu schließen. Dann hob er Mikayla wieder auf. Sie wollte schon aufbegehren und ihm sagen, sie könne allein laufen, aber der Wirrwarr von Bildern vor ihrem geistigen Auge überlagerte alles andere.

Wenn Haramis dasselbe spürte, dann wundert es mich nicht, daß die Priester sie stützen mußten, dachte sie. *Es ist viel schlimmer als damals, als Fiolon das Gefühl für Var bekam. Natürlich ist das Land mindestens doppelt so groß, und ich bekomme das Gefühl zum ersten Mal – wenigstens glaube ich es …*

»Fio? Kannst du das Land spüren?«

Seine Antwort drang kurz und prägnant durch das Raunen in ihrem Kopf. »Nur Var. Bekommst du jetzt das Gefühl für Ruwenda?«

»Ja, und für Labornok.«

»Versuche nicht zu reden«, riet Fiolon ihr. »Entspanne dich einfach, laß es auf dich einwirken und sich setzen.«

Ja, hoffentlich kommt es zur Ruhe! Schwach lag sie in seinen Armen, während er sie in die Küche trug, sie auf einen Stuhl an der Feuerstelle setzte und Uzun bat, sie festzuhalten. Sie hatte kaum gemerkt, daß er mit Uzun den Platz getauscht hatte, bis sie Fiolons Gesicht vor sich sah, der ihr einen Becher reichte. »Trink das.« Er half ihr, den Becher ruhig zu halten, bis sie ihn geleert hatte. Nach dieser heißen Adop-Suppe spürte sie wieder etwas mehr von sich selbst. Das Gefühl, nur noch aus jedem Zentimeter Boden von zwei Königreichen zu bestehen, hatte nachgelassen.

»Geht's besser?« fragte er. Sie nickte bedächtig. Ihr Körper schien ihr noch nicht ganz zu gehören.

»Gut. Dann iß das hier.« Er reichte ihr ein Stück Dörrfleisch. Das Kauen bereitete ihr einige Mühe, aber als sie das Stück aufgegessen hatte, war sie wieder die Alte. Das Durcheinander in ihrem Kopf hatte sich gelegt, und tatsächlich, als sie vorsichtig versuchte, es in Gedanken noch einmal zu erreichen, war es nicht mehr vorhanden.

»Fio«, sagte sie erschrocken, »ich habe das Gefühl für das Land wieder verloren.«

»Nein«, versicherte er ihr rasch. »Es ist nur für eine Weile abgeschaltet. Das liegt an der warmen Suppe und dem Fleisch. Das Gefühl für zwei Königreiche gleichzeitig zu bekommen, würde jedem Menschen Schwierigkeiten bereiten, noch dazu jemandem, der seit mindestens einem Tag fastet und gerade mit ansehen mußte, wie eine Verwandte starb.«

»Haramis.« Mikayla schüttelte den Kopf und wünschte sich, sie könnte leugnen, was sie gesehen hatte. »Uzun.« Sie wandte den Kopf und schaute zu dem Seltling auf. »Es tut mir so leid.«

»Nein, Herrin«, sagte Uzun. »Es war alles meine Schuld. Ich hätte nie nach einem neuen Körper verlangen sollen.«

»Wenn man bedenkt, daß es Haramis war, die Euch in eine Harfe verwandelt hat, so daß Ihr einen neuen Körper brauchtet, um ihr beistehen zu können, als sie krank war«, bemerkte Fiolon, »scheint mir, daß man die Schuld überall suchen kann. Im übrigen ist es sinnlos. Was geschehen·ist, ist geschehen, und es war eigentlich niemandes Schuld.«

»Und Haramis hatte ihre Magie verloren«, sagte Mikayla. »Sie wäre nicht wiedergekommen, oder?«

Uzun seufzte. »Ich glaube nicht, und sie hat letzten Endes auch nicht daran geglaubt. Ich denke, sie hat zum Teil aus diesem Grund darauf bestanden, es zu tun.«

»Wollte sie den Tempel zerstören, wie sie es letztlich getan hat?« fragte Mikayla.

»Ich glaube schon«, sagte Fiolon. »Als wir den Plan schmiedeten, erwähnte sie, daß du nicht dorthin zurückkehren könntest, wenn es ihn nicht mehr gäbe. Ich fragte sie, wie sie das meinte, aber dann kamen wir vom Thema ab, und sie ist mir die Antwort schuldig geblieben.« Er hielt inne. »Aber ich glaube, sie hatte die Absicht, ihn zu zerstören. Du weißt, wie sie über Blutopfer dachte – vor allem unfreiwillige. Das ist es, was das Ritual eigentlich verdorben hat, weißt du«, sagte er nachdenklich. »Sie wollten ein nichtsahnendes Opfer, jung, von Entsetzen gepackt und unter Schmerzen leidend. Was sie bekamen, war eine Eingeweihte, die willens und bereit war zu sterben.«

»Das mußte die erforderliche Energie stark verändern«, pflichtete Mikayla ihm bei.

»Denkt an die Priester«, sagte Uzun. »Sie hatten mehr Angst als Haramis! Oh, es wird eine großartige Ballade.« Plötzlich zitterte sein Gesicht, und er begann zu weinen. »Entschuldigt«, schluchzte er, eilte aus dem Raum und klapperte die Treppen hinauf.

Mikayla stand ein wenig schwankend auf und streckte sich. »Ich glaube, ich kann jetzt allein in mein Zimmer gehen, Fiolon. Am liebsten würde ich jetzt eine ganze Woche lang nur schlafen. Ich fühle mich so stumpf und ausgepumpt, daß ich nichts anderes tun könnte, selbst wenn ich wollte.«

»Schlaf ist sicher jetzt für dich das Beste«, sagte Fiolon. »Es ist viel leichter, das Gefühl für das Land in sich aufzunehmen, wenn man nicht gleichzeitig etwas anderes tun möchte.«

»Das glaube ich gern«, sagte Mikayla voller Überzeugung. Dann fiel ihr noch etwas ein. »Fiolon, für den unwahrscheinlichen Fall, daß Haramis den Tempel nicht absichtlich zerstört hat, denke ich, wir sollten unter freiem Himmel sterben, wenn einer von uns stirbt. Binah und Haramis sind ziemlich rücksichtslos mit Gebäuden umgegangen.«

Fiolon lachte in sich hinein. »Da könntest du recht haben«, stimmte er ihr zu. Er mußte sie in ihr Zimmer tragen. Sie schlief ein, noch ehe er ihre Zimmertür erreicht hatte.

Ein paar Wochen später sang ihnen Uzun seine Ballade vor. Es war ein rührendes Epos, voller Lob auf die Weisheit und die Tapferkeit der Erzzauberin, auf die Klugheit Fiolons, die treue Freundschaft Mikaylas und die Flugkünste des Lämmergeiers Rotauge. Als er seinen Vortrag beendet hatte, schaute Uzun sie verlegen an. »Was haltet Ihr davon?«

Mikayla versuchte, ihre Tränen zu verbergen, und sagte: »Die Ballade ist wunderschön, Meister Uzun. Haramis hätte sie sehr gefallen.«

»Ihr müßt sie mir beibringen«, sagte Fiolon. »Ein paar Akkorde darin sind wirklich originell.«

Uzun zögerte. »Ich werde sie dem Spiegel vortragen«, sagte er, »und er kann sie Euch beibringen.«

»Das ist eine gute Idee«, sagte Mikayla. »Auf diese Weise wird die Ballade immer im Spiegel sein, genau so, wie Ihr sie vorgetragen habt, auch wenn Ihr schon hundert Jahre nicht mehr unter uns weilt.«

»Da wir gerade beim Sterben sind«, sagte Uzun, »erinnert Ihr Euch, was Ihr mir versprochen habt, Mikayla, an dem Tag, an dem

Ihr den Zauber fandet, mit dem Haramis mich in eine Harfe verwandelt hat?« Er schaute auf die Harfe, mit der er seinen Gesang begleitet hatte.

Nein! protestierte eine innere Stimme in Mikayla. *Ich will ihn nicht auch noch verlieren!* Aber sie ermahnte sich im stillen, daß sie beschlossen hatte, nicht so selbstsüchtig mit ihrer Umgebung umzugehen, wie es Haramis getan hatte. »Ja«, sagte sie, und bemühte sich um eine feste Stimme. »Ich erinnere mich. Ich habe versprochen, Euch zu erlösen, wenn Ihr darum bittet.« Sie schluckte. »Bittet Ihr mich jetzt darum?«

Uzun nickte. »Morgen vor Tagesanbruch wäre wohl die beste Zeit, denke ich. Dann hätte ich noch Zeit genug, dem Spiegel meine Ballade vorzutragen.«

Mikayla neigte den Kopf, um ihre Tränen zu verbergen. »Gut, dann morgen.«

»Danke«, sagte Uzun leise. »Gute Nacht.«

Nachdem er hinausgegangen war, wandte sich Fiolon an Mikayla. »Hat er dich gerade gebeten, ihn zu töten?«

»In gewisser Weise, ja«, sagte Mikayla. »Rein technisch gesehen ist er meiner Ansicht nach schon seit dem Zeitpunkt tot, an dem Haramis ihn in die Harfe verwandelt hat. Aber er hat darauf bestanden, daß ich ihm mein Wort gebe, ihn nach dem Tod der Erzzauberin zu erlösen.«

»Mußt du das denn wirklich tun?« wandte Fiolon ein. »Er wird mir fehlen.«

Mikayla traten Tränen in die Augen. »Mir auch«, sagte sie. »Aber ich muß es einfach tun. Ich habe es versprochen, ihm mein Wort gegeben.«

Fiolon seufzte. »Wenn das so ist, will ich dir helfen. Was müssen wir tun?«

Am nächsten Morgen standen Mikayla und Fiolon bei Tagesanbruch auf dem Steindach des Turms. Sie hatten Uzuns Holzkörper den Flammen eines Scheiterhaufens auf dem Dach übergeben. Das Feuer war inzwischen heruntergebrannt. Sie standen zu beiden Seiten der übriggebliebenen Asche und sahen der aufgehenden Sonne entgegen. Als sich der Morgenwind auftat, fegte er die Asche vom Dach und verteilte sie in der Luft.

Mikayla hielt einen kleinen Kasten Knochenstaub in der Hand. Es war alles, was von Uzuns ursprünglichem Körper übriggeblieben war. Sie schüttete die Hälfte des Inhalts in ihre Hand, dann reichte sie Fiolon das Kästchen, der sich den Rest in die Hand schüttete. Sie hoben gleichzeitig die Hände, bliesen sachte den Staub von den Handflächen und schickten ihn mit der Morgenbrise der Sonne entgegen.

»Nun ist er eins mit den Herrschern der Lüfte«, sagte Mikayla leise.

Sie gingen gemeinsam ins Arbeitszimmer, wo Fiolon zu der Harfe griff und ein altes Lied spielte, die erste Komposition von Meister Uzun, die er erlernt hatte. »Es ist sonderbar, zu denken, daß dies jetzt nur noch eine Harfe sein soll«, sagte er. »Ich glaube, sie wird für immer ein Stück Uzun sein.«

»Dann werden wir immer ein wenig von ihm bei uns haben«, sagte Mikayla. *Vorausgesetzt, wir bleiben zusammen.* Sie zwang sich, die Frage zu stellen, vor der sie sich gefürchtet hatte. »Was willst du jetzt tun, Fiolon? Mußt du nach Var zurückkehren?«

»Ich muß mich von Zeit zu Zeit dort aufhalten«, antwortete Fiolon, »ebenso wie du auch durch deine Länder reisen mußt. Aber ich dachte, wenn du nichts dagegen hast, könnten wir den Turm zu unserem eigentlichen Zuhause machen. Natürlich werden wir uns noch mehr Bücher anschaffen müssen«, fügte er schelmisch hinzu, »inzwischen habe selbst ich alle Bücher in der Bibliothek gelesen.«

Mikayla lachte erleichtert auf. Er würde sie nicht verlassen; sie mußte nicht so allein leben wie Haramis. »Ich auch«, stimmte sie ein. »Schon vor Jahren. Also werden wir uns mehr Bücher zulegen. Was brauchen wir noch?«

»Kinder«, antwortete Fiolon. »Ich weiß, es ist reichlich früh, daran zu denken, aber in fünf bis zehn Jahren dürftest du alt genug sein, um Kinder bekommen zu können – falls dir diese Idee behagt?«

317

Mikayla nickte. »Ich glaube, ich möchte eigene Kinder haben, wenn die Zeit dafür reif ist. Eigene Kinder mit dir, meine ich«, fügte sie hastig hinzu.

»Wir können unsere Kinder im Wissen um Magie und im Respekt vor dem Land erziehen und so viele in die Welt setzen, daß das Land eine große Auswahl hat, wenn es um unsere Nachfolge geht.«

»Heißt das, es stimmt nicht, was Haramis sagte, daß Magier enthaltsam leben müssen?« fragte Mikayla.

»Nur wenn sie die Magie zu ihrem einzigen Lebensinhalt bestimmen, wenn sie die Macht als solche suchen«, erklärte Fiolon ernst. »Wenn wir die Magie lediglich als Werkzeug bei unserer Arbeit gebrauchen, müssen wir nur einigermaßen gesund bleiben.« Er schmunzelte. »Und da wir zu zweit sind, können wir uns gegenseitig aushelfen. Wir waren immer schon ein gutes Gespann.« Er wurde wieder ernst. »Mikayla, ich liebe dich seit unserem siebten Lebensjahr, und wir sind nun alt genug und brauchen niemanden um Erlaubnis zu fragen. Willst du mich heiraten?«

Mikayla schlang beide Arme um ihn und hielt ihn fest. »Von ganzem Herzen, ja!« antwortete sie.

Anne McCaffrey

Der Drachenreiter (von Pern)-Zyklus

Eine Auswahl:

Drachengesang
Band 3
06/3791

Drachensinger
Band 4
06/3849

Der weiße Drache
Band 6
06/3918

Drachendämmerung
Band 9
06/4666

Die Renegaten von Pern
Band 10
06/5007

Die Weyr von Pern
Band 11
06/5135

Die Delphine von Pern
Band 12
06/5540

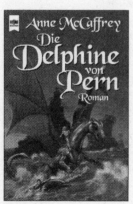

06/5540

Heyne-Taschenbücher

Marion Zimmer Bradley

Die großen Romane der Autorin, die mit »Die Nebel von Avalon« weltberühmt wurde.

01/10389

Trommeln in der Dämmerung
01/9786

Die Teufelsanbeter
01/9962

Das graue Schloß am Meer
01/10086

**Das graue Schloß am Meer
Die geheimnisvollen Frauen**
*Zwei romantische
Thriller – ungekürzt!*
23/98

Marion Zimmer Bradley
Mercedes Lackey/Andre Norton
Der Tigerclan von Merina
01/10321

Marion Zimmer Bradley
Julian May
Das Amulett von Ruwenda
01/10554

Marion Zimmer Bradley
Julian May/Andre Norton
Die Zauberin von Ruwenda
01/9698

Marion Zimmer Bradley
Andre Norton
Hüter der Träume
01/10340

Marion Zimmer Bradley und
»The Friends von Darkover«
Die Tänzerin von Darkover
Geschichten
01/10389

Heyne-Taschenbücher